2009 · 32

（总第434-437 期）

合订本

STORIES

上海故事会文化传媒有限公司　出品

（00226）

图书在版编目（CIP）数据

2009《故事会》合订本.32/《故事会》编辑部编.
上海：上海锦绣文章出版社，2009.4
ISBN 978-7-5452-0287-8

Ⅰ．2… Ⅱ.故… Ⅲ.故事－作品集－中国－当代 Ⅳ.I247.8

中国版本图书馆 CIP 数据核字（2009）第 035649 号

责任编辑　朱　虹
装帧设计　李宝强

故事会 2009 年合订本 32

（总第 434－437 期）

《故事会》编辑部　编

上海锦绣文章出版社·上海故事会文化传媒有限公司出版

地址：上海绍兴路 74 号

电子信箱：gushihui@263.net

网址：www.slcm.com

中国图书进出口上海公司发行

地址：上海市广中路88号

电话:36357888

字数 280,000

ISBN 978-7-5452-0287-8/G·087

434

2009
SEMIMONTHLY
上半月刊

3月
STORIES

欢迎登录本刊主办的"故事中国网"（www.storychina.cn）

故事会
-STORIES-

2009年3月
上半月·红版

社 长、主 编：何承伟
常务副主编：吴 伦
副主编：姚自豪（上半月·红版）
副主编：夏一鸣（下半月·绿版）
本期责任编辑：叶小萌
电子邮箱：xiaomeng.ye@gmail.com
红版发稿编辑：
姚自豪 郑继文 吕 佳
美术编辑：李宝强
电脑制作：郭瑾玮
通 联：归依玲
本社办公室电话：021-64375030
上半月刊编辑部电话：021-64332325
下半月刊编辑部电话：021-64336469
（上海市绍兴路74号 邮编：200020）
主管、主办：上海文艺出版总社
出版单位：《故事会》杂志社

───────────

制作、发行总监：张 凯
电话：021-64313938
广告业务：上海故事会文化传媒有限公司
广告总监：张 淮
广告业务：021-34010383
广告投诉：021-64333738
广告经营许可证
沪工商广字3100320050022号
发行：中国图书进出口上海公司

特别提示： 凡本刊录用的作品，即视为本刊已获得该作品与《故事会》相关的网上传播、汇编出版、电子和录音录像制品等权利。本刊向作者支付的稿酬，已包含了上述各项权利的报酬，如有特殊要求，请提前说明。

· 笑话 ·

男医生收信

一个女网友声称要给一位男医生写信，男医生得知消息后欣喜若狂，因为据他所知，那个女网友长得十分漂亮，于是他便对同事炫耀起自己的桃花运来。

结果10天过后，女网友没有一点音讯，同事安慰那位男医生，说："有的女性写信需要像生孩子一样孕育！"

又过了10天，女网友仍杳无音讯，同事又去安慰那位男医生："没事，也许碰上难产了。"

第三个10天过后，男医生自言自语地说："完了，流产了！"

（尹来昭）

（本栏插图：包丰一）

团结同学

上幼儿园的妞妞最近当上了班长，爸爸不忘教育她："妞妞，以后在班上可要多团结同学，听见没？"

妞妞答道："女生我会好好团结的，但是男生还是算了。"

爸爸一脸疑惑，问："为什么呀？"

妞妞一本正经地答道："万一和男生的关系太好了传出绯闻，会影响我的班长形象。"

（董　行）

漏填的表格

肖恩骑自行车摔伤，得住医院治疗，一位年轻美貌的护士拿着表格让他填写。

肖恩填好，递上表格，女护士看了看表格后，不放心地问："您还有什么漏填的吗？"

肖恩想了想说："有，我是个单身汉。"

（上弦月）

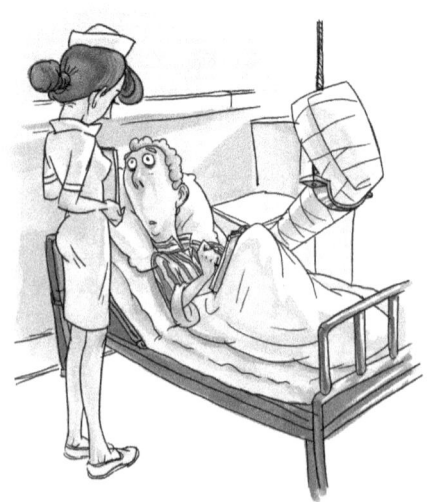

静待良机

一位理发师傅在路边的小棚子里帮人理发，有个来理发的男士注意到有一只狗老是喜欢蹲在客人的座椅旁边，于是他好奇地问师傅："那是你的狗吗？"

师傅回答："不，不是我的狗，我不知道那是谁的狗，不过，它每天都会来。"

那位男士又问："那你从来没有喂过它吗？"

师傅回答："没有。"

那位男士不解地问："那它为什么每天都来？"

师傅说："它在等着看有没有耳朵掉下来。"

（祈 东）

妙 解

在一堂语文课上，老师正向同学们解释"惊慌失措"、"不知所云"、"如释重负"、"一如既往"四个成语的意思。恰巧，一个学生正在呼呼大睡，老师一拍桌子，那位学生顿时坐起，拿起书本便看，老师指了指他，说："这便是惊慌失措。"接着，老师让他回答问题，他站起来支支吾吾了半天，这时老师说："这便是不知所云，请坐！"那位同学长长地舒了一口气，坐了下来，老师又说："这便是如释重负。"等老师走上讲台，那位同学又趴下睡觉，老师猛一转身，又指着他，说："这便是一如既往。"

（海之风）

虚荣心

阿三从商场出来时，正好碰上局长平时乘坐的"红旗"轿车经过。司机看见阿三，把窗子摇下来，对阿三说车里没人，力邀他坐上去。阿三受宠若惊，赶忙坐到副驾驶的位上，在路人羡慕的目光中，回到了自家住的居民区。"红旗"轿车离去后，阿三又赶紧打的，跑了两站路，回到商场，骑回自己寄存在那儿的自行车。

（刘丽娜）

效率专家

效率专家在办公室巡视工作,看到一个办事员正坐在办公桌前,于是问他:"你在做什么?"

办事员回答:"我刚空下来没有事做。"

专家点点头,走到另一张办公桌前,问另一个办事员:"你在做什么?"

另一个办事员回答:"我现在没有事做。"

"啊哈!"专家一面叫,一面在笔记簿上记下:"岗位重复。"

(黎义全)

一表多用

大伟省吃俭用节余了一些钱,到钟表店买了一块手表。

用了一段时间后,大伟发现手表的时间不准,于是他来到钟表店,对着店员怒气冲冲地说:"这块表不好,冷天走得太快,热天又走得太慢,一点也不准确。"店员微笑道:"这正是它的好处!它除了告诉你时间之外,还是一个可靠的寒暑表。"

(赵景亮)

辈 分

下班后,老王和同事老杨一块儿骑自行车回家。半路经过一个小区门口,老杨突然下了车,扯起嗓子冲一条宠物狗喊"孙子,孙子!过来!"那狗看也不看老杨,径自颠儿颠儿地跑了。

老杨骂了两句,上了车,继续向前骑。老王问老杨:"这是你家的狗吗?"老杨说:"是我儿媳妇养的,我儿子他们就在这个小区住。"

老王好奇地问:"这狗怎么叫'孙子'呀?"老杨苦笑着说:"其实那狗不叫'孙子',我儿媳妇管它叫'儿子',到我这儿可不得叫它'孙子'了?"

(张金平)

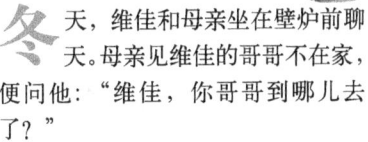

公鸡父子

公鸡儿子："爸爸，我们为什么长着高高的鸡冠？"

公鸡爸爸："这是向敌人展示我们的威严。"

公鸡儿子："那我们的嘴为什么尖尖的？"

公鸡爸爸："这是攻击敌人的武器。"

公鸡儿子："那我们的嗓门儿为什么那么高？"

公鸡爸爸："那是为了在气势上压倒敌人。"

公鸡儿子："可是，爸爸……"

公鸡爸爸："怎么了？"

公鸡儿子："既然我们那么强悍，怎么会被人圈在养鸡场里？"

（一笑姻缘）

喜欢吃蔬菜

狼妈妈和狼爸爸对它们的儿子小狼的前途非常担忧，因为小狼总是喜欢吃蔬菜，不喜欢吃肉。

有一天，它们看到小狼在追一只小白兔，它们很高兴，也追了上去，想看个究竟。

小狼追了很久，终于抓住了小白兔，只听它恶狠狠地对小白兔说："快把胡萝卜都交出来！"

（王　伟）

两种可能

冬天，维佳和母亲坐在壁炉前聊天。母亲见维佳的哥哥不在家，便问他："维佳，你哥哥到哪儿去了？"

维佳说："可能下河去了。"

母亲疑惑地问："下河去干什么呢？"

"有两种可能，"维佳说，"如果冰厚，他也许在溜冰；如果冰薄，他也许在游泳。"

（大　龙）

本栏欢迎来稿，读者、作者可将有新鲜感、有精彩细节的笑话佳作投寄给我们。来稿一经采用，最高稿费为一则100元。本期责任编辑电子信箱：xiaomeng.ye@gmail.com。

 新一千零一夜

窗台上的圣诞树

这次，席先生是12月25日到董事长家的，恰好是圣诞节，董事长的卧室内摆放着一棵很大的圣诞树，树上挂满了五颜六色的彩带、彩灯、礼物、贺卡，这是公司为董事长精心准备的。董事长见了席先生，感慨地说："要是在以往，昨天的平安夜，我和公司的几个老总都是彻夜不眠的。"

席先生说："圣诞是个洋节日，董事长也很在意？"

董事长笑了："我不管它是什么节，有酒就好，有情就好，相聚就好，开心就好。"

这天，席先生说了一个和圣诞节有关的故事……

有个男人叫孙成，三十三岁那年离了婚，转眼就到了三十六，这三年里，孙成没少找对象，可阴差阳错的，居然一个也没成。最近这段时间，孙成认识了一个叫朱莉的女人，

也是离过婚的，是个中学老师，虽年过三十，但人很漂亮，性格也好，一来二去，孙成和朱莉彼此都觉得对方不错，两人都有进一步交往的意思。

这天是圣诞前的平安夜，孙成和朱莉现在的关系有点像恋人，既然是恋人，这个节日就显得很重要了。一大早，两人就在电话里约好，先去找个地方吃饭，再买个影碟回到家里一起看，至于看碟之后干什么，两人都没好意思说，最后孙成红着脸在电话里说了句："再说，再说吧……"

两人从初次见面到今天也仅有一个多月，但孙成和朱莉都明白，他们是离过婚的人，不宜久拖，所以两人都想着今晚能有所突破，至于去谁家看碟，两人没说，要知道，这可是他

8

们第一次决定到对方家里去看碟呢。

两人如约来到事先定好的西餐厅，要了牛排和一些点心。餐厅里有一支小乐队，演奏着那首经典的《加州旅馆》，气氛很好。孙成和朱莉吃得都很开心，吃完饭，两人并肩走出了餐厅，这时他们惊奇地发现外面开始下雪了，而且还不小。接着，两人又来到旁边一家音像店，挑了两盘爱情电影，按计划，他们该回去看碟了。

两人顺着餐厅走过六一大街，过了一座长长的桥，路就分成了两条，一条向北，一条向西南。向北的那条可以到孙成的家，向西南的那条则通到朱莉的家，两人谁也不好意思说去谁的家，最后还是孙成开的口："咱们玩一把'剪刀石头布'吧，谁赢了就去谁家。"朱莉红着脸答应了，就这样，两个年过三十的人当街玩起了孩子们的游戏，结果孙成赢了，他风趣地说："欢迎朱莉女士莅临我家检查指导工作。"

雪越下越大，孙成在前，朱莉在后，两人冒着雪，保持着半步距离，一前一后往孙成家走去。走了十几分钟的路，到了孙成家，孙成打开门，赶紧给朱莉泡了一杯咖啡，接着，他把买来的碟放到DVD机里，两人聊着天，看起了电影。电影情节不错，可两人都没看进去，尤其朱莉，紧张得要命，坐在那里心一直"怦怦"地跳，电影里讲的什么，她一点都没看进

去。

就在这时，电影里突然出现了男女主人公抱在一起热吻的镜头，虽然两人都结过婚，这样的情景并不会见怪，可现在两人之间的关系有点微妙，所以还是让他们觉得有些尴尬。孙成觉得自己是个男的，多少得主动一些，于是悄悄地向朱莉那边挪了挪，接着又悄悄把手伸过去，一把抓住了朱莉的手，朱莉很紧张，稍微挣了两下，就放弃了，她的脸红红的，一句话也不说，手心全是汗水。就这样，两人手拉着手，干坐在那里一动不动，两人都期待着有点事情发生，却又都焦躁不安，更奇怪的是，他们的眼睛都时不时地在朝窗外看，都

·新一千零一夜·

注意到了窗外的雪还在不停地下着……

等那部电影放完，朱莉要走，孙成说："那我送你吧。"朱莉推辞不掉，只好让孙成送她。两人临出门的时候，孙成变戏法般地从卧室里弄出一棵圣诞树，他把圣诞树放到窗口，插上电源，圣诞树上五颜六色的灯立刻亮了。朱莉笑着问："干吗把圣诞树放在窗口啊？"孙成道："过节嘛，让那些从楼下路过的孩子也能看到这棵树，多好！"

朱莉微微一笑，两人穿上外套出了门，到了楼下，才瞧见雪已经下了厚厚的一层，雪后的路很滑，两人还像刚才来的时候那样一前一后走着。

不一会儿，两人来到刚才走过的

桥边，不知是谁，居然在桥边堆起了一个雪人，雪人很矮，大脑袋上还戴着一个红帽子。这时，朱莉说话了，她不让孙成送了，她自己回去，孙成哪肯答应？就这样，孙成一直把朱莉送回了家，眼见朱莉进了自己家，孙成赶紧往回走，走出一百多米后，他小跑起来，一直跑到桥边的雪人旁，拿起雪人头上的帽子一看，禁不住心头一颤：啊，果然是当当的！当当不是别人，是他九岁的儿子！

为了今晚和朱莉的约会，孙成给了当当五十块钱，让他带上作业，自己去肯德基吃晚饭，吃完饭就在肯德基餐厅里做作业，如果没看到自家窗口有圣诞树亮起，就不能回家。

孙成为什么要这样做？说来怪不是滋味的：在此之前有好几个女的眼看要和他成了，可当人家知道他有个儿子后，立刻就同他拜拜了。这次，他觉得自己和朱莉挺谈得来，不想再次错过，不得不出此下策，让儿子暂时回避一下，等生米成了熟饭，再和朱莉实说，可让他没想到的是，老天竟突然下起了大雪，这么小的孩子，让他一个人在冰天雪地里孤零零地待着，做父亲的能不心疼？

孙成一看儿子的帽子戴在雪人的头上，心里明白了：当当在肯德基做完作业后准备回家，见窗户上没亮起圣诞树，不能回家，就在桥边堆雪人……孙成很害怕，因为不远处就是徐水河，虽然是冬天，但冰只结了薄薄一层，万一当当走下河去，怎么办？孙成心急火燎，朝漆黑的河面大喊了几声："当当——"没想到桥下很快就有了回应："爸爸，我在这儿。"

孙成赶紧跑到桥下，一看，桥拱里铺了一些柴草，当当正在里面躲雪呢，桥拱里还有一个小女孩，年龄同当当差不多，怯生生的。原来，当当在肯德基吃东西的时候，恰好遇到了这个女孩，一问，她家里人也有事，让她自己去吃肯德基。两个小家伙很快就打成了一片，结果一看天下起了雪，就兴冲冲地跑出来堆起了雪人，堆累了，雪也越下越大，他俩发现桥拱里是个好去处，就在里面躲了起来。

孙成一听，赶紧问女孩："小朋友，你知道回家的路吗？"

女孩说知道回家的路，于是，孙成一手拉着女孩，一手拉着当当，走上了桥，送女孩回家。没想到女孩回家的路居然和刚才送朱莉回家的路一样，孙成猛然脑子一亮：这孩子不会是朱莉的吧？

就在这时，女孩高兴地跳起来，指着远处一座楼喊道："快看，圣诞树亮了，那是我们家的圣诞树。"孙成顺着女孩指的方向，看见那栋楼的一扇窗户里也亮起了一棵美丽的圣诞树，女孩开心地说："我妈妈说，圣诞树亮了，就表明圣诞老人给我送来了一个爸爸。"

孙成看明白了：那窗户，正是朱莉的家，眼前这个孩子确实是朱莉的，也许朱莉同自己一样，不想让对方知道自己还有个孩子，当时两人没约定去谁家，只好让孩子先到肯德基去躲躲，而且说来也巧，因为是平安夜，两人不约而同地弄了个圣诞树的暗号，好让孩子远远地就能看见，然后赶紧回家，怪不得朱莉见外面下起雪，就一直焦躁不安呢。

女孩眼尖，她远远地指着那个小区门口喊道："快看，我妈妈在那儿等我呢！"

孙成一看，站在路灯下的那个女人正是朱莉，顿时，一股暖流涌遍了全身，他紧紧攥住两个孩子的小手，满脸笑着，向那个女人走去……

（本期作者：王兴棻）

（题图、插图：安玉民　梁　丽）

征稿启事

"新一千零一夜"是本刊"红版"新推出的栏目，希望广大读者能喜欢。"红版"编辑部热忱欢迎作者惠赐原创佳作，要求：1.题材不限，能以较新的视角反映生活，立意独到；2.核心情节新鲜、奇巧、生动3.篇幅在2000字左右。来稿可从邮局寄发，也可发电子邮件，请在信封或电子邮件的主题栏内注明"新一千零一夜"字样。红版编辑部各编辑邮箱见第24页。

 · 快乐辞典 ·

地产广告的另类解读

◇ 远离闹市喧嚣，尽享静谧人生——偏远地段

◇ 回归自然，享受田园风光——郊区乡镇

◇ 坐拥城市繁华——紧邻闹市

◇ 绝版水岸名邸，上风上水——挨着臭水沟

◇ 东方威尼斯，演绎浪漫风情——挖个水池子

◇ 视野开阔，俯瞰全城——地势高

◇ 私属领地，冬暖夏凉——地势低洼

◇ 巴洛克风格——楼顶是圆的

◇ 哥特式风格——楼顶是尖的

◇ 个性化户型设计，紧跟时尚潮流——户型很烂

◇ 邻里亲近，和谐温馨——楼间距小

◇ 超大绿化，满眼绿意——边上是荒草地

◇ 紧邻中央商务区——边上有家银行

◇ 中心政务区核心地标——边上有个居委会

◇ 浓厚人文学术氛围——边上有家学校

◇ 拥抱健康，安享惬意——边上有家诊所

◇ 便利生活触手可及——边上有家小卖店

◇ 人性化环境管理——边上有个垃圾站

◇ 交通便利，四通八达——边上有火车道

◇ 简约生活，闲适安逸——边上什么也没有

(推荐者：张　涛)

让笑话给你的生活增添色彩

　　"故事会精品笑话丛书"是《故事会》几十年来精品幽默笑话的再度精选，是一套极具特色的作品集，是当之无愧的幽默精品。此套丛书以笑话为载体，讲述了人生百态，幽默诙谐，令你忍俊不禁，让你在轻松幽默的氛围中品味人生、领悟真理。

● 《小笑话 大健康：**身体笑话**》 —— 开口一笑，全身的细胞都会跟着快乐
● 《小笑话 大道理：**另类笑话**》 —— 在笑声中享受经典
● 《小笑话 大情感：**男女笑话**》 —— 让笑声吹暖你爱人的心
● 《小笑话 大财富：**家庭笑话**》 —— 管家的秘诀，在于把握笑的魅力
● 《小笑话 大趣味：**荒诞笑话**》 —— 快乐不需要理由
● 《小笑话 大时尚：**休闲笑话**》 —— 是它让平淡的生活多一种味道
● 《小笑话 大创意：**餐桌笑话**》 —— 笑话，才是餐桌上的主菜
● 《小笑话 大人生：**金色笑话**》 —— 笑声伴你跨进金色的年代
● 《小笑话 大成功：**职场笑话**》 —— 上班就要偷着乐
● 《小笑话 大自然：**动物笑话**》 —— 动物一思考，人类就笑了
● 《小笑话 大视野：**课间笑话**》 —— 孔子说，上课不亦乐乎；我们说，下课不亦乐乎！
● 《小笑话 大智慧：**机智笑话**》 —— 智者，让人笑得更久，想得更多

·我的故事·

金融危机来了

□ 梅永远

金融危机来了以后，我一直在提心吊胆，我们这家不大的公司，是专做进出口贸易的，可是最近三个月，我们连一笔新客户的订单都没接到，而且老客户在协议到期后都纷纷终止合作，给我们的答复非常一致："公司采取收缩策略，暂缓海外市场的开发进度。"这并不是商业托辞，我知道全球的企业都不景气，照这样下去，我们也坚持不了多长时间，看来裁员是势在必行了。

大家似乎都有预感，经常睡懒觉的小王不再迟到了，爱在办公室吃零食的可可桌面上也干净了，喜欢发牢骚的胖子更是安静得像一只兔子，谁也不想在这个节骨眼上丢了饭碗，但该来的是回避不了的，果然，周一早晨，老板面色凝重地走进了办公室，

在简短的晨会上，老板只简洁地说了一句话"鉴于目前的情况，公司要裁员百分之七十。"

天哪，百分之七十！我们公司加上老板总共才十九个人！此言一出，大家顿时惊愕得连话都说不出来。要知道，这家公司成立之初，我们大都是经过老板游说、放弃原有优厚的待遇而到这里来的，我们一个个非常卖力，对公司充满感情，可气的是，困境当前，老板便立即大规模裁员，太让人寒心了！

不过，顾不了那么多了，先保住自己的职位要紧，现在出去找工作太难了，想到这里，我和柯经理都心照不宣地彼此看了一眼。我们各自负责一个部门，不仅要将自己部门的裁员名单搞定，估计我们两个部门经理也

只会保留一个。

散会之后，大家聚在一起嘀嘀咕咕，胖子还凑过来满脸堆笑地对我说："领导，不会把我干掉吧？"我不置可否地"哼"一声。其实，我心里有了大致的名单，我们这个部门连我在内共有八个人，有两个必须要留下来，因为他们都是老板的亲属，剩下的人当中，可可和胖子我需要抉择一下了，这个胖子虽然毛病不少，可业务能力强，但可可好像跟老板也有点亲戚关系。权衡再三，我在裁员名单上写下了可可的名字，毕竟公司还要发展，必须把骨干力量留下来。

整理完毕，我拿着名单去敲老板办公室的门，得到允许后，我走了进去，柯经理正在里面，想不到这家伙比我动作还快！老板对他说："你先去，赶紧办吧！"柯经理答应着退出办公室，面无表情地看了我一眼。

我把名单递给老板，对自己还是很有信心的。因为公司成立以来，我的部门业绩一直领先于柯经理，即使要裁掉一个部门经理，那个人肯定不会是我。老板看了名单，沉默了一会儿，忽然说："把可可留下来吧！"

我忍不住说道："胖子的业绩一直第一，公司以后再发展，必须把人才留下来。"

老板直接拿起笔改掉了名字，签完字，又叹了口气，说："不用说了，就按照我的意思办吧！"

我有些愤愤不平地走出办公室，外面一帮人忐忑不安地看着我，尤其是胖子和小王，我不敢正视他们焦虑的眼神，快步走进财务室，将名单递给骆经理。骆经理不仅是财务经理，也是管人力资源部的，同时还是老板的夫人。骆经理看过名单后，说："通知他们明天就过来领工资吧！"

我将名单复印后交给了胖子，把自己关进了办公室，我也不知道如何面对这一帮兄弟姐妹般的下属。

第二天早晨，我来到公司，顿时觉得冷清了不少，呆着也不知道该干些什么。一会儿，我的下属们陆陆续续来领工资了，胖子特意跑到我的办公室来告别，他有些动情地对我说："梅经理，不要难过，我们都挺理解你的，大家都商量着晚上要请你吃个饭，跟你道个别呢！"

我的心头酸酸的，说"晚上我做东，送送大家！"

晚宴的时候，除了有些伤感，我不免多了几分忧虑：在我和柯经理之间，老板会选择谁呢？虽然我的部门业绩要好一些，但现在老板根本不在乎人才了，否则胖子也不会被可可挤下来，想到这些，满桌的酒菜我也觉得不是滋味了。

辗转了一夜，周三早晨去上班，见公司里越发冷清了，连文员都被辞退了，行政工作也交给骆经理做了。

我如坐针毡地呆了一上午，始终没有看见柯经理的身影。直到下午，依然没有见到他，我想这场 PK 我应该是赢了。

下班的时候，我轻松地哼着歌曲收拾东西，这时骆经理走了进来，有些踌躇地递给我一个信封，对我说："梅经理，现在公司状况不佳，你还是另谋高就吧，以你的能力，一定能找到更好的舞台……公司对不住你了，这是你四个月的工资。"

听到这话，我一下子惊呆了，没想到我还是输给了那个姓柯的！

骆经理把信封放在我的办公桌上，轻轻地拍了拍我的肩膀，默默地走了出去……

三天后，我在一场招聘会汹涌的人潮中意外地遇到了柯经理，他有些黯然地跟我打了招呼，看到他，我几天以来郁闷的心情一下烟消云散了，我有些幸灾乐祸地问他："你怎么也来找工作？"

柯经理满脸疑惑地问："你不知道吗？公司快倒闭啦！"

虽说对公司怀有感情，但由于老板的不仁不义，我听到这个消息还是非常痛快的，我大声说："倒得好！"

柯经理叹了口气，说道"其实你误会老板了，公司早就无法支撑下去了，考虑到大家辛辛苦苦这么多年，所以就赶在债务到期前将员工做辞退处理，这样也好按照'劳动法'的规定多给员工们一点补偿，留下来的人都是自家人，就无所谓了。"

我听了大吃一惊，怪不得老板要辞退胖子、而把和自己有亲属关系的可可留了下来，我连忙又问："你什么时候离开公司的？据我所知，最近虽然业绩不佳，但公司的财务状况不会这么差的！"

"其实我周二就接到裁员通知了，这事还是听一个朋友说的，公司倒闭其实是另有原因，你还记得老板在两个月前亲自出马签的那笔食用油进口的大额订单吗？"

我诧异地说："记得啊，是这笔订单惹的祸吗？虽然近来食用油价格大

2009年"《故事会》最有影响力的故事"征文启事

为鼓励多出优秀作品,《故事会》杂志社决定继续举办2009年"《故事会》最有影响力的故事"征文大赛,并对优秀作品实行四大奖励措施:

1. 入选作品除在杂志上发表外,还将收入《第一推荐·最具人气的故事E》一书; 2. 入选作品可得两笔稿酬: 在《故事会》杂志发表的作品,首发稿酬每千字400元; 获"《故事会》最有影响力的故事"优秀作品奖,再追加每千字1000元; 3. 入选作品均颁发奖励证书; 4. 本刊将邀请有关作者参加年底的颁奖大会,所有费用均由编辑部承担。

征稿范围: 1. 具有现实感、新鲜感且可读性强的中短篇(包括超短篇)原创作品; 2.故事性强、有口传性、能引起读者兴趣的推荐作品。

超短篇(如"幽默故事")的字数一般在1500字以内,短篇(如"中国新传说")的字数一般在5000字以内,中篇故事的字数一般在15000字以内。

来稿方法: 1. 从邮局寄发,请在信封上注明"征文大赛"字样,本刊地址: 上海市绍兴路74号《故事会》杂志社, 邮编: 200020。

2. 从网上传递,可寄各责任编辑信箱,请在主题上注明"征文大赛"字样,本期责任编辑的信箱是: xiaomeng.ye@gmail.com。

跌,可是那笔进口订单我们跟买主也签了协议了啊!"

柯经理无奈地说:"都是这金融危机闹的,那家订货的企业倒闭了!我们购进的那批食用油只能按目前市场价抛售,整体损失将超过百分之四十! 于是,老板赶在到货之前就疏散了大伙,他知道大家对公司很有感情,担心我们了解真相后不愿意离开,所以谁也没告诉。"

原来是这样! 我呆立半响,一把拉住柯经理的手,说:"跟我走!"

"到哪去?"

我看着柯经理,果断地说:"我们再去找老板,共同想办法,大不了重新创业,你愿意吗?"

"好,我同意,跟着这样的老板,我就不相信做不成一番事业!"

我们俩互相搂着肩膀,头也不回地走出了失业大军的队伍。

现在,我、柯经理、胖子等人都回到了公司,还要告诉你的是,我们回到公司不久,意外地得到了一个消息: 装载我们从非洲订购的那批食用油的货轮,途经印度洋的时候遭到了索马里海盗的劫持,从而错过了交货日期。我们不仅没有损失,还得到了对方保险公司的赔付,公司并没有因此而倒闭。尽管生意还是很难做,但我们团结一致,我相信一定会越过金融危机这道坎的!

(题图、插图: 佐 夫)

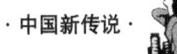

跪 茶

□ 于文君

马嫣红祖居北京，家庭条件优裕，又是独生女，所以，她选对象也就东挑西拣，最后选中一个硕士研究生，她亲昵地叫他"硕哥儿"。

要结婚的时候，硕哥儿坚持婚礼要在他的家乡农村举行，以报答他父母的养育之恩。要知道，现在一个农家孩子要完成高等学历，全家人得操多少心、费多少神、花多少钱啊，回老家结婚，只是给他们一点心理安慰，满足一下他们那点可怜的光宗耀祖的虚荣心。

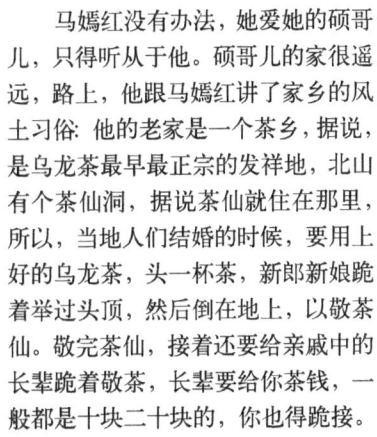

马嫣红没有办法，她爱她的硕哥儿，只得听从于他。硕哥儿的家很遥远，路上，他跟马嫣红讲了家乡的风土习俗：他的老家是一个茶乡，据说，是乌龙茶最早最正宗的发祥地，北山有个茶仙洞，据说茶仙就住在那里，所以，当地人们结婚的时候，要用上好的乌龙茶，头一杯茶，新郎新娘跪着举过头顶，然后倒在地上，以敬茶仙。敬完茶仙，接着还要给亲戚中的长辈跪着敬茶，长辈要给你茶钱，一般都是十块二十块的，你也得跪接。

十块二十块的还得跪着接？马嫣红说她不干，从小连自己的爷爷、奶奶、父母都没跪过，还跪外人？打死也不干！男儿膝下有黄金，女子膝下有铂金哩，跪茶这一项免了！

硕哥儿有些为难地说："其实，也不用跪很多，一般都是选十位德高望重的长辈，等着你去敬茶。选择十人敬茶，也就是取个吉利，预祝小两口将来十全十美的意思。咱要是不跪

茶，乡里乡亲保准笑话咱，刚跳出农门就忘了本，咱跪一跪，又掉不了半根毫毛。"

马嫣红说，这事没商量，不跪就是不跪，打死也不跪，给多少钱也不跪！硕哥儿心中不快，不再言语，马嫣红怕她的硕哥儿不高兴，她一边逗他开心，一边想着办法，最后她说："要不这样吧，咱可以敬茶，但不跪着敬。咱收了长辈十块二十块的茶钱，再一一回敬他们一个两百元钱的红包，算是孝敬他们的，也堵住别人的嘴，不能笑话咱，这样行吗？不就赔上两千块钱嘛！"硕哥儿点头说："行。"

结婚那天，因为事先说好了，敬茶的时候，十个长辈在屋前坐成了一排，硕哥儿把壶，马嫣红持盏，从左首开始一一敬茶。

到了一个叫七爷爷的面前，这七爷爷就是不接茶杯，他微微笑着说："你孝敬我多大的红包也不行，必得按规矩跪着敬茶！"

马嫣红早就从硕哥儿口中知道了这个七爷爷，他是硕哥儿家的恩人。硕哥儿的祖上是"地主"，有着三座茶山和百亩良田，七爷爷是他家的长工，因为硕哥儿家仁义，七爷爷也有图报之心，从土改开始，七爷爷就护着硕哥儿他们家。这样一个恩人，马嫣红自然不敢轻视，她满脸笑容地说："七爷爷呀，你孙媳妇从小腿就有

毛病，膝盖骨没长好，只要一跪，保准半年不会走道儿……七爷爷啊，您喝了这杯茶，我孝敬你两个红包。"

这一招还真管用，七爷爷也不会忍心让人跪残废了吧？就这样，婚礼顺利地进行了下去，等到吃喜宴的村人陆续地散去，天色已近黄昏，接下来的大事，就是晚上闹洞房了。硕哥儿自然知道乡下闹洞房的厉害，什么新郎和新娘要在灯下当众亲嘴搅舌头，甚至还要新郎当众扒新娘的衣服给大伙看，不扒，新郎就要挨打，反正借着喜庆劲儿，年轻人愿意怎么闹就怎么闹，你还不能翻脸，人家都是来给你贺喜的，你不能不知道好歹吧？可硕哥儿的妻子是京城来的"千金小姐"，哪能受得了这些？

硕哥儿跟媳妇说了这事，两人商量着决定玩它一个新郎失踪计，家里只留下一个京城里来的媳妇，看你们怎么闹！可藏哪儿呢？硕哥儿又想起了七爷爷，七爷爷在村里德高望重，说一不二，年轻的后生也都敬畏他，藏在他家，把门一关，谁敢去搜查？

于是，硕哥儿早早地去了七爷爷家，说了他的来意，七爷爷却摇了摇头，说："不行啊，现在的年轻人，我也管不了；再说人家图个喜庆气儿，没啥歹意，他们要是撬门破窗地进来把你带走，我也没办法……要不这样吧，北山的茶仙洞，你是知道的，那是个迷洞，一般人是不敢进去的。我

呢，以前进去过两回，我把你送到那儿，等过了半夜，年轻后生都散去了，我再去把你接出来，怎么样啊？你敢不敢进那洞里呀？"

硕哥儿一咬牙，说："敢！"七爷爷泡了一壶上好的乌龙茶，他说，自古以来，要进茶仙洞的人，必得在洞口给茶仙跪敬一杯茶，进洞以后才不至于迷路走不出来，要知道，那洞七岔八岔的，以前就有人没能走出来。

七爷爷孤身一人生活，家里的一只老母狗正好下了一窝小狗，临出门的时候，七爷爷当着老狗的面，从狗窝里捧起一只小狗崽，让硕哥儿抱着离开了家。

七爷爷领着硕哥儿到了茶仙洞，敬茶进洞，打着手电往里走了好多路，怕的是离洞口太近，容易被那些人找到。七爷爷叮嘱硕哥儿，抱着小狗，在洞里老实待着，等他来接应，千万不要自儿出去，免得走迷路了，饿死在洞里，没法跟孙媳妇交待。

晚饭之后，听说跑了新郎，村里的年轻人闹翻了天，只听见摩托车声响成一片，那些愣头愣脑的男孩骑上摩托，车后座上载着女孩，挨家挨户地搜查，那阵势杀气腾腾的，一直折腾到深夜，实在找不到新郎，所有年轻后生这才懊恼地偃旗息鼓，各自回家睡觉去了。

乡村的夜终于静了下来，可是，新娘马嫣红左等右等，还是不见硕哥

儿回来睡觉，她一个新媳妇，也不好去问公公婆婆，更不好深更半夜去跟七爷爷要人吧？打硕哥儿的手机，又是关机。马嫣红很生气，等到天亮以后，打听着找到七爷爷的家，七爷爷正在喂猪，他一拍脑袋，说："哎呀，人老真是不中用啦，昨晚回来睡了一觉，竟忘了去茶仙洞把那孩子接出来！"马嫣红一听急坏了，可七爷爷还是不紧不慢的，他泡了一壶好茶，牵着他家的老

母狗，领着马嫣红去了北山的茶仙洞。在洞口，七爷爷先跪着敬了茶仙一杯茶，让马嫣红也跪敬一杯，告诉她，不跪敬茶仙的人，进了这茶仙洞肯定出不来。

可是，马嫣红却浅笑着说："我不信仙不信神，这样一个传说，何必当真呢？你七爷爷进去能出得来，还能把我扔在里面？"这丫头够倔，她就是不敬这茶！

七爷爷领着马嫣红进了洞，到了昨晚安置硕哥儿的地方，却不见了他的踪影，马嫣红急得眼泪汪汪的，可七爷爷还是不紧不慢的，他拍了拍老母狗，让它在前面带路，走了好多的分岔洞，终于找到了硕哥儿，因为七爷爷事先让硕哥儿抱着小狗崽，老母狗的鼻子可灵着呢，它找到了小狗崽，自然也找到硕哥儿了。

他们走出茶仙洞，就在这时，七爷爷停下脚步，说："咱们还得进洞。"硕哥儿惊异地瞪大了眼睛，七爷爷接着说："因为洞里藏着你们家的祖传宝物，我得出了洞，重新进去，才能认得该走哪个岔洞，找到我藏宝的地方。你们挺奇怪，好像我在说聊斋是不是？"

七爷爷顿了顿，对马嫣红说："其实呢，昨晚我把你丈夫送进洞里，真正的原因是我要试试他，看他有没有胆略，你丈夫不听我的劝告，不是待在原地等我来接，而是试着自己走出

来，说明这小子有种，是个男人；再说你这孙媳妇吧，不信神不信仙，也是一个有主心骨的人儿，这我就放心啦……"

硕哥儿和马嫣红默默地站着，眼睛全盯着七爷爷，直勾勾地看着，他们在等着有关"祖传宝物"的下文。

七爷爷接着说道："你们太爷爷临死的时候，把你们的祖传宝物交给了我，是两锭金元宝和一张家谱。那金元宝一锭是老秤八两，也就是现在的半斤，两个元宝正好是一斤！你太爷爷嘱咐我，不能把这东西交给你们的爷爷和爹爹，因为你爷爷和爹爹让一次次的运动批斗吓破了胆，是守不住这份家传宝物的。你太爷爷让我把宝物交给曾孙辈，现在看来，你们行！如今的世道太平了，你们成了家，又是长房长孙，我得把东西交给你们了。"

七爷爷领着两人重新进洞，走了五道岔洞，在一处洞壁上撬开一块石头，拿出一本家谱和两只金元宝，递给硕哥儿，说："你们家的规矩是，这俩金元宝永远不能卖，要和家谱一块传下去，这叫黄金家谱，现在就交给你这房长孙了……"

硕哥儿刚要伸手去接，马嫣红一巴掌把他打了回去，神色严肃地对硕哥儿说："跪接！七爷爷这样的人值得跪！"

（题图、插图：谭海彦）

红豆子
绿豆子

□ 赵丽娟

陈静已经成家了，她的弟弟陈勇虽然二十出头了，但他的智力却只相当于一个五岁的孩子，一直和母亲住在乡下。这天，母亲带着陈勇突然到了城里，她对陈静说，自己要去南方妹妹家住几天，由于路途远不方便，想让陈勇在城里暂住几天。还没等陈静说什么，丈夫李如一口答应下来，并说一定会把陈勇照顾好。母亲交待了几句话就走了，她已经买好了下午的火车票。从陈静记事起，母亲就一步没离开过陈勇，陈静不明白母亲这次为什么突然离开他，而且走得这么匆忙。

陈静在给陈勇收拾衣服的时候，看到他的包里有两小袋豆子，一袋红豆，一袋绿豆，两种豆加起来也没有一斤。陈静有些纳闷儿，母亲真是老了，拿这点豆子能干什么用？

晚上，陈静想吃红豆饭，她拿出母亲给的红豆用水泡过后，倒进电饭锅里跟大米一起煮，然后，就到客厅里看电视。几分钟后，厨房里突然传来陈勇的惨叫声，陈静连忙跑过去，一看，只见陈勇正站在电饭锅前，从锅里往外拣红豆，锅旁边已经扔了一堆，他一边拣还一边叫着，看到陈静后，不高兴地说："这是我的豆子，你干吗把它们扔进锅里？"

陈勇的几根手指已被烫得通红，陈静来不及生气，给陈勇的手指涂上药水，见他没事后，才朝他喊道："你怎么一点脑子都没有？不知道疼吗？你把锅里的水都弄脏了，这饭还怎么吃？"

陈勇不情愿地退到墙边，哭着对

陈静说："我想回家，我要找妈……"陈静感觉自己头都大了，后悔不该答应母亲。一会儿，陈静看到陈勇委屈的样子，她的气慢慢地消了，指着地上的豆子耐心地解释："这些豆子不是玩的，姐要用它做饭吃，懂吗？"

不管陈静怎么劝，陈勇就是吵着要他的豆子，陈静无奈，只得给李如打电话，让他买些红豆子回来。没过多久，李如买了豆子回家了，陈勇这才安静下来，抱着红豆和绿豆进了自己的房间。

绿豆子

之后，陈静跟单位请了两周的假，在家照顾陈勇。她给陈勇买了一些玩具，可是陈勇对这些玩具不感兴趣，他更喜欢玩豆子。陈静有些无奈，自从她上大学后，就很少回家，回去也只呆个两三天，对陈勇更是不了解，也不知道该跟他如何相处，陈静盼望着母亲快点回来，把陈勇接走。

陈静怕邻居们嘲笑她有个弱智弟弟，不敢带他出门，吃的用的全是李如下班买回来的。这天，家里没米了，李如晚上要加班，陈静只得自己带着陈勇去超市。

越怕出事就越会出事，陈静在超市里买了米，付了款，准备往外走时，却被超市的保安叫住了，告诉她还有一样东西没付钱，陈静诧异地看了看

手上的袋子和陈勇，对保安说："你什么意思？我交完钱了。"

保安走到陈勇面前，说："把东西拿出来。"陈勇胆怯地看着保安，一副手足无措的样子。陈静气愤地说："你干什么？欺负他什么都不懂是吗？"保安轻轻一拉陈勇的衣服，突然从衣服里掉出一袋绿豆子，陈静见状，脸刷地红了。

姐弟俩被保安带进了保卫科，交了两百元的罚款。头一次这么丢人，陈静恨不得找个地缝钻，而刚刚还吓成一团的陈勇，此时却像换了一个人，竟安然无事地坐在保安的办公桌前，把袋子里的绿豆子一颗一颗往外数，很快，桌子上的绿豆子堆成了一个小"丘陵"。几个保安看着，顿时嘲讽起来："原来是个傻子啊……"陈静的脸更红了，她拉起陈勇就往外走，陈勇不停地喊着："我的豆儿，我要妈妈……"在一阵哄堂大笑中，陈静硬拉着陈勇离开了超市。

陈静回到家看到李如后，心中的委屈再也抑制不住，她哭着要丈夫把母亲找回来。李如听后，叹了口气说："咱妈可能没去南方姨妈家。"

那天，李如把陈静的母亲送进站台后，没有立刻离开，过了五分钟，他看到陈静的母亲回到候车室，等了一个小时后，乘上了另一辆火车，那辆火车正是开往她家乡的方向。

陈静有些蒙了："我妈到底是什

么意思？把陈勇扔给我，她自己倒躲清闲去了，不行，我要回妈那儿问个清楚！"

豆子的秘密

那天一早，陈静嘱托李如照顾陈勇后，坐上了回家乡的火车。陈静回到村子，刚走进自家的院门，就被眼前的景象惊呆了：院子里又脏又乱，像是很久没收拾了，母亲头发凌乱、脸色苍白地坐在墙根下……啊，自己才半年多没回来，家里竟然变化这么大？陈静鼻子一酸，眼泪忍不住流了下来，哭叫起来："妈……"

母亲看到陈静后十分惊异，她急切地向门外张望着，见外面没人，才松了一口气，尴尬地笑了笑，解释说，自己没去妹妹家，这些日子感觉身体不舒服，嫌陈勇太吵，所以把他送到陈静家住几天，怕陈静不乐意，就撒了个谎。母亲不放心地说："你啥时回去？小勇需要人照顾……等我身体好点，就把他接回来。"

陈静说："李如会把他照顾好的，我既然来了，就让我多陪您几天。"母亲见陈静这么说，就没再说话。

第二天早上，陈静起床后看到饭桌上摆着热气腾腾的饭菜，母亲却没在屋里，一直到下午，母亲一身疲惫地回到家，她说去镇上赶集了，可母亲两手空空，怎么也不像是赶集回来的人。晚上，母亲又催促陈静回城，陈

静想了想，假装同意了。

第三天，陈静吃过早饭后告别了母亲，但她没有回城，却在村外转了一圈后，偷偷躲在自家屋外，远远地察看着动静。一会儿，母亲出了门，陈静悄悄地跟在后面。母亲出了村后就上了一辆长途车，陈静拦下村口的一辆红色面包车，像这类车在农村一般都是拉客做生意的。陈静跟着长途车一路前行，两个小时后，母亲在一个陌生的镇子下

车，陈静尾随其后，她看到母亲似乎在跟别人打听什么，一路走，一路打听，陈静就这样跟母亲走了一个多小时，最后实在忍不住了，便走了过去。母亲看到陈静后惊呆了，好半天才反应过来，尴尬地说："你、你怎么在这儿？我是来、看一个朋友的，结果走错了路……"母亲搪塞得十分笨拙，陈静皱着眉头问："妈，有什么事不能跟我说的？"

母亲连连摇头，说："没有，我真的是走错了路。"看到母亲不愿承认，陈静没再往下问，扶着母亲坐上了返回的车。

当天夜里，在陈静的一再追问下，母亲终于说出了实情：二十年前，母亲在回娘家的路上捡到了不到一岁的陈勇，她曾到处打听孩子的家人，周围的村子差不多全跑遍了，却没打听出个结果。有一天晚上，陈勇突然发起了高烧，在医院里治病时医生告诉她，这孩子的症状像是先天性弱智。这些年来，母亲把陈勇当亲生的养着，花钱给他治病，自从陈静的父亲死后，陈勇就成了她的全部。就在上个月，家里突然来了几个人，说是陈勇的亲人。母亲虽舍不得把陈勇还给人家，但他的亲人找上门来，哪有不还给人家的道理？可她又怕这些人是骗子，她最近常听说有人拐骗一些残疾或弱智的人，帮他们骗钱。找上门来的那几个人是邻县六川、怀县一带的口音，问他们地址，他们却不讲，说是怕母亲将来再去找陈勇。母亲没办法，就一边拖延时间，一边到六川和怀县去打听，看是不是真有人家在二十年前遗弃过孩子。

陈静听到这里，眼眶早就湿漉漉的，她心疼地问母亲为什么不早早地告诉她，母亲苦笑着说："我怕你知道陈勇不是你亲弟弟，以后不管他了，我还能活几年呀？"陈静听了这话，眼泪忍不住流了下来："妈，你太小看你女儿了吧？"

陈静找了几个好朋友，在他们的帮助下，很快就查清了这事，知道这些人的确是陈勇的亲人，他们也是最近才知道陈勇身世的，至于陈勇是怎么被扔在路边的，已无从查究了。

三天后，陈勇被他的亲人带走了，临走时，他手里紧紧地抱着两袋豆子。母亲说，父亲死后，陈勇总是哭，母亲含着眼泪，把陈勇紧紧搂在怀里，说："爸爸变成了红豆子，将来妈妈会变成绿豆子，爸爸妈妈变成的豆子会永远陪着你……"

(题图、插图：魏忠善)

红版编辑部各编辑邮箱：

姚自豪 yaobianji@126.com;

郑继文 zjw002@vip.163.com;

吕　佳 lujia411@yahoo.com.cn;

叶小萌 xiaomeng.ye@gmail.com.

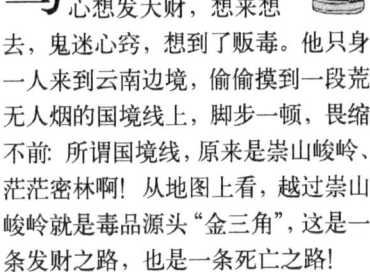

□吴 天

别走
那条道

马三是个无业游民，一心想发大财，想来想去，鬼迷心窍，想到了贩毒。他只身一人来到云南边境，偷偷摸到一段荒无人烟的国境线上，脚步一顿，畏缩不前：所谓国境线，原来是崇山峻岭、茫茫密林啊！从地图上看，越过崇山峻岭就是毒品源头"金三角"，这是一条发财之路，也是一条死亡之路！

犹豫不决中，一眨眼，从密林中钻出一个人来，马三以为是幻觉，揉揉眼，没错，那是一个老头，五十来岁，脸膛紫黑，胡子拉碴，身背一个布包，一边倒退着走，一边用手中的松枝清除脚印。鬼鬼祟祟偷越国境，还怕留下脚印，这不就是毒犯吗？

马三贼眼一转，起了歹心，拔出腰间的假枪，悄悄摸过去，一声大吼："不许动！我是'雷子'！"老头一下僵住，盯着枪口，一动不动。马三一把抓过老头的布包，刚要打开，一个冷冰冰的东西顶住了脑袋，侧眼一看，老头手握一支小枪，脸上挂着狡黠的冷笑："就你这样，还想冒充'雷子'，'雷子'有用假枪的吗？看好了，老子手里可是真家伙！"老头好厉害，一眼就看穿了"李鬼"！

面对枪口，马三魂飞胆丧，这才想到：敢走这条道的都是亡命徒，都带着真家伙，心狠手毒、杀人如麻！他膝下一软，"扑咚"跪下："我不是'雷子'，我瞎了狗眼，大爷饶

命……"喊着喊着，灵光一闪：老头敢单枪匹马走这条道，一定是个贩毒老手，就算给他当个"马仔"，不也能挣个十万八万？马三"咚咚咚"磕了三个响头，一声高喊："师——傅！"这戏剧性的变化把老头弄糊涂了，马三赶紧解释："我想拜您为师，跟您跑跑腿，挣几个小钱。"

老头哭笑不得，收起枪，叫起马三，审视他半响，突如其来地问："你有父母吗？"马三说："早死了。"老头又问"你有老婆吗？"马三说"早离了。我一个人无牵无挂，上刀山下火海，只要您一句话！"老头眉头紧皱，良久，一声长叹"没有一个亲人，谁来为你收脚迹？回去吧，哪儿来的回哪儿去。"可马三还是死乞白赖的，一定要老头收下他，老头沉吟片刻，说："你还真想走这条道？好，收下你，跟我走！"

老头专走人迹罕至的深山老林，马三明白，这是为了绕开公路上的边防检查站。一路上，老头对身上背的那个布包特别小心，更不可思议的是，每走一段路，都要拿松枝抽打布包三下，说是驱邪请神。马三以为，老头既然收自己为徒，肯定会讲些"内幕"，谁知老头一声不吭，只是不停地走啊走，马三实在忍不住，只得主动出击："师傅，听说'白面'在那边一公斤只要8万，到昆明翻十倍，80

万，到广州再翻十倍，800万！真的吗？"

老头就像没听见，理也不理。这天傍晚，来到一个山洞，马三直叫累，倒下就呼呼大睡，看马三睡着了，老头将布包放到一个石台上，烧了三炷香，口中喃喃叨念，好像是祈求神灵保佑。其实，马三是装睡，一直暗暗盯着老头，他看到：老头叨念完了，小心翼翼打开布包，里面又是一个红布包，打开红布包，现出白色的粉末……马三一下心跳加速，猜测被证实了，果然是"白面"！少说有几公斤，那要值多少钱啊！

马三蠢蠢欲动，可惜老头太精了，睡觉也抱着那个布包，一直等到半夜，他才蹑手蹑脚摸到老头身边，确认老头睡熟了，抓起布包，撒腿就跑，刚跑到洞口，脚下一绊，一个狗吃屎摔倒——不知什么时候，洞口拉了一道"绊马绳"！等到马三爬起来，一个黑影已站在跟前，迎面是一个黑洞洞的枪口，一看，竟是老头："早看出你小子贼心不死，老子防了一手！跑啊，老子一枪崩了你！"马三吓得屁滚尿流"别误会，别开枪！我……我是梦游，梦游！"

有了这个教训，第二天，马三老实了，一路上一个劲地讨好卖乖，马屁拍得老头眉开眼笑，马三胆子大了，趁机提出："前辈，给我传授点经验，说说您是怎样走上这条道的？"

老头正在兴头上，脱口而出："我有个儿子，跟你一般大，在那边……"说了半截话，猛然打住，怎么也不肯往下说，马三琢磨着：在那边当大毒枭呗，不然，你一个死老头，哪有本事弄来这么多"白面"？

中午，路过一个山区小镇，老头来到一个凉粉摊前，买了几碗凉粉，两人坐下，狼吞虎咽。老头给的是毛票，吃相特别"粗"，马三暗暗冷笑：装，我看你装！吃着凉粉，马三隐约感觉不对，熙熙攘攘的人群中似乎有两双眼睛朝这边打量，仔细搜索，那两双眼睛又不见了，他越想越害怕："师傅……好像有'雷子'盯着咱俩？"老头若无其事："盯就盯呗，你我又不是大姑娘，能盯出一朵花？"马三佩服得五体投地，看看人家，到底是老江湖，镇静自若啊！

让马三意外的是，过了小镇，老头不再走山路，而是上了通往县城的大路。老家伙活得不耐烦了，带着"白面"进城，这不是去找死吗？马三果然有先见之明：刚进县城，冷不防冒出两个便衣警察，一下将老头按翻在地……事情来得太突然，马三一下僵住了，可马三是什么人啊，危急关头，脑筋一转：这也是一次立功受奖的好机会呀，听说有"重奖"，老子照样可以发一笔横财！一瞬间，马三大义凛然，喊道："小心，他有枪！"

奇怪的是老头没有反抗，更没

有开枪，乖乖束手就擒。接下来，两人被带到边防检查站，分开审讯。有了那一声呐喊，马三底气十足，把自己吹嘘成了缉毒英雄："老东西一偷越国境，我就看出他是毒犯，咬死他不放……对了，我有个重要情报，老东西的儿子在那边当大毒枭！为了抓住毒犯，为民除害，我可是费尽心机，绞尽脑

·中国新传说·

汁，好不容易才把老东西引进县城……"便衣警察打断了马三的话："别吹了！你俩在边境上的一举一动，全在我们的监控之中。本来，我们也以为老头是毒犯，没想到……"

"没想到"什么，便衣警察咽了下去，马三是何等的精明，他很快就琢磨明白了，明白了也就大失所望了：看来，老头不是毒犯，到手的"重奖"泡汤了！不是毒犯，那会是什么人呢？搞得这么神秘，莫不是"卧底"？要不，他咋敢带着"白面"进城？便衣警察抓他，那是大水冲了龙王庙，一家人不认识一家人？

马三料事如神，再次证实了他有先见之明：果然，老头安然无恙放出来了，便衣警察对他毕恭毕敬，左一个"对不起"，右一个"对不起"，不是"卧底"是啥？相反，便衣警察对马三横眉冷眼，几乎是给他下了死命令：必须老老实实跟老头一起走。

从县城出发，两人坐的是长途客车，身边有个"卧底"，马三不但没有安全感，反而更加害怕，"卧底"不就是为了"钓鱼"吗？万一来个鱼死网破，打起来，子弹是不认人的！马三越想越害怕，瑟瑟发抖，老头察觉了："你哆嗦个啥？"马三声音打颤："我怕……车上有毒犯。"老头神秘地一笑："别怕，我带着真家伙呢，给你！"说话间，一支小枪已塞到马三手里，

马三感觉不对，仔细一看，这"真家伙"其实也是假的！弄了半天，老头是赤手空拳呀！马三更加惊恐，万一碰上毒犯，真的打起来，老头死了算英雄、有抚恤金，我算个屁？白白陪老头送死！马三几乎是带着哭腔哀求："我知道，您是卧底……我想撒尿，求求您，让我下车。"

看马三吓得快尿裤子，老头这才说出真相：老头的儿子原在城里打工，嫌钱少，跟一伙狐朋狗友跑到"金三角"，想当"马仔"挣大钱，去了没几天，就在一次贩毒团伙"黑吃黑"的械斗中被打死了。布包里的"白面"，其实是儿子的骨灰！老头神色肃穆，说："我只有这一个儿子，不忍心看他在异乡当孤魂野鬼，就冒着风险跑到境外去把他接来，顺便，按照我家乡的习俗，去为儿子收脚迹：当初他走哪条路去的，我就走哪条路回来，把他留在人间的罪恶脚印一个个收干净，到了阴间，他才能干干净净做鬼。"

马三如梦初醒：老头不是毒犯，更不是"卧底"，只是一个普普通通的农民父亲！要不是老头把自己从边境上"骗"回来，迟早有一天，自己也会成为眼前这包骨灰！马三又惊又悔，又听见老头一字一顿地说："你可记住了——千万别走那条道，你死了，没人为你收脚迹！"

（题图、插图：谭海彦）

出人意料的约会方式

□ 长 安

奇怪的兴趣

阿缅是个漂亮姑娘，她的爸爸是远近闻名的有钱人，因此很多人追求她，但是这些追求者统统都失败了，原因是他们达不到阿缅的要求，阿缅的要求很特别，就是每次约会的时候，她都要有一个出乎意料的见面方式。

那天，阿缅前往公园，去见她的男朋友，这个男朋友为了博得阿缅的欢心，真是在如何见面上下够了功

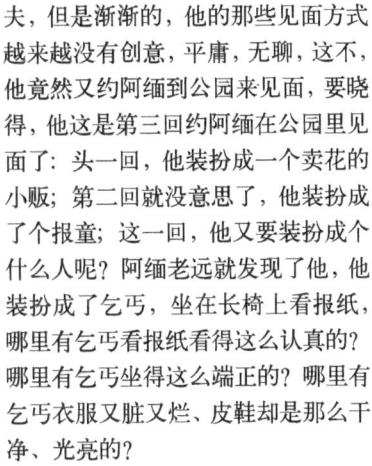

夫，但是渐渐的，他的那些见面方式越来越没有创意，平庸，无聊，这不，他竟然又约阿缅到公园来见面，要晓得，他这是第三回约阿缅在公园里见面了：头一回，他装扮成一个卖花的小贩；第二回就没意思了，他装扮成了个报童；这一回，他又要装扮成个什么人呢？阿缅老远就发现了他，他装扮成了乞丐，坐在长椅上看报纸，哪里有乞丐看报纸看得这么认真的？哪里有乞丐坐得这么端正的？哪里有乞丐衣服又脏又烂、皮鞋却是那么干净、光亮的？

阿缅不高兴了，她撅着嘴，走到男朋友面前，斥责他太没有创意了，那个男朋友再也忍受不了啦，他扯下身上的破衣裳，嘀咕道："做你男朋友我实在受够了，要不是看着你爸爸的钱，我才懒得遭这个罪呢！"说着，他丢下衣裳，转身就走，阿缅冲着他的背影叫道："走吧，走得远远的！我一

定找一个比你好的男朋友，他会天天和我见面，每天的见面方式都会令我出乎意料、惊喜万分！"

"做梦去吧！"男朋友哈哈大笑，"才没有谁做得到呢！"

阿缅看着男朋友渐渐远去，她坐在长椅上，气得泪水长流，正抹着眼泪，突然听见一个男人的声音传来："我做得到！"

阿缅吓了一跳，谁在说话啊？正在这时，树上突然传来一阵响声，很快，一个人影麻利地跳到树下，站在阿缅面前，这是一个很奇怪的人，身上穿着树叶婆娑的迷彩服，头上戴着一顶用树叶做的伪装帽，他有点尴尬地低下头，自嘲地笑笑，说："我叫东鱼，这些天主要在公园的大树上安置人工鸟窝，另外帮那些鸟固定它们快被台风吹掉的鸟窝……我，我是个农民工，老家在很远的一个叫秦村的地方，我是跟你开个玩笑，刚才，见你在下面伤心……"

出乎意料的见面

认识东鱼的人都说这小子真是桃花运当头了，从树上滑下来，就能碰见这么漂亮、这么有钱的女朋友，其实他们哪里晓得东鱼的苦恼，起初他确实是开玩笑，只是想闹着玩玩，渐渐地竟然深陷其中，因为他爱上阿缅了。

没过三天，东鱼就为阿缅奉献了一个精妙绝伦的见面方式。那天阿缅约东鱼，问有没有时间安排个见面，东鱼刚好休假，欣喜地答应了，约定下午在南湖见面，可是刚放下电话，老板却叫他了，说有人生病了，要东鱼赶紧去代班。

这下可怎么办呢？约好的见面怎么能黄呢？老板安排的事又不能不干，东鱼急坏了，见老板一个劲地催，只得跟他来到工地，工友见东鱼哭丧着个脸，问怎么回事，东鱼照实一说，工友们笑起来了："这好办啊，不就一个出乎意料的见面方式么？我们今天就给她来十个八个！"东鱼愣住了，工友们把计划一说，东鱼也乐了。

再说阿缅准时来到南湖，发现原来约好见面的那个长凳上已经坐了一个戴墨镜的瞎子，阿缅犹豫了一下，在旁边坐下。

那瞎子听到有动静，就问："你是来约会的吧？"

阿缅一愣，这该不会是东鱼装的吧？正打量着，那瞎子却说："我知道你等人，别在这里等了，他在另外一个地方。"瞎子指指对面，"看见那个茶楼没有？去那里，他在那里。"

阿缅盯着瞎子看了又看，不禁诧异了，这是谁啊？这是东鱼吗？这也装得太像了嘛，这胡须，这白发，这脸上的皱纹……不是，他装不了这么像！阿缅认定眼前的瞎子不是东鱼后，就站起来，走到对面的茶楼，还没进门，一个跑堂的小伙子就走过来问："你是阿缅吧？"

阿缅点点头，小伙子笑笑，热情地将阿缅请进茶楼，端来茶杯茶壶，俏皮地眨眨眼，说："今天客人不多，我给你表演一下茶艺吧。"

阿缅欣赏着茶艺，心头却想着东鱼，他哪里去了呢？搞什么名堂嘛！

茶艺表演完毕，小伙子指指楼下的小船："你去那只船，东鱼在那儿……"

阿缅又来到那只小船边，发现摇船的竟然是一个中年妇女，中年妇女笑着说："是阿缅吧？"她热情地伸手，牵阿缅上了船，开船就走。

阿缅着急了，心想这是去哪里啊？东鱼呢？中年妇女看出了阿缅的心思，微笑着说："他等着你呢，姑娘。"

阿缅并非第一次游南湖，可是这次她却去了很多以前没去过的地方，看到了很多之前没看到过的景色，小船回到岸边时已经黄昏，阿缅小心地站起来，准备上岸，小船突然一晃，阿缅一惊，就在这时，却见眼前伸过一只手来，阿缅毫不犹豫地赶紧抓住，两脚跨上岸，一看，呀，东鱼！

阿缅生气了："你跑哪里去了？怎么才来啊？"

"我一直在你身边啊！"东鱼笑眯眯地说，"难道你没感觉到我时刻

· 大千世界 众生百相 ·

相伴吗？"

后来，东鱼还是对阿缅说了实话，他因为上工地实在抽不出身来赴约，工友们听说后，都想办法来帮忙，那个戴墨镜的瞎子是工友小张的父亲，来城里割白内障；那个茶楼里表演茶艺的小伙子是工友老王的儿子，就在那家茶楼上班；而摇船的中年妇女，则是老黄的老婆……说完这些，东鱼得意地问："你不是要出乎意料的见面方式吗？今天这样如何？"

阿缅想到大家对自己的关照，再看看东鱼为了尽快赶来，累得满头全是汗水，她心头十分感动，但是嘴里

却恨恨地说"下回再不准这样了！"

爸爸的魔术

因为爱上了阿缅，东鱼不得不在如何见面上苦思冥想，他装扮成侍者，约阿缅在咖啡店见面；他装扮成修窨井的，约阿缅在马路上见面；他装扮成有钱人，约阿缅在银行见面；他还装扮过牛、垃圾筒、巨大的爆竹，也搞过从天上掉下来、从地上冒出来、从墙角蹦出来的把戏，一切都是为了让阿缅出乎意料，使她惊喜。

但是渐渐的，阿缅对于东鱼处心积虑想出来的这些见面方式习以为常了，不觉得惊异，不觉得好笑，更别说喜悦了。东鱼感觉到阿缅就要离他而去，而此刻他发觉自己已经深深地爱上了她，无法割舍了。

就在此时，有个人约东鱼见面，说他知道阿缅的底细，有些话想要告诉东鱼。东鱼如约前往，在一个小茶馆里，东鱼见到了那个人，那是个老年人，清瘦，但是很和善。

东鱼一见面就迫不及待地问："你怎么晓得阿缅的事？你是她的邻居？"

"不，我是她爸爸。"

这话把东鱼吓了一跳，他转身就想跑，阿缅的爸爸一把拉住他："你不想知道阿缅为什么会有这么一个奇怪的嗜好吗？"阿缅的爸爸叹息一声，

动情地讲述起了往事——

阿缅很小就失去了妈妈，那时候她爸想要开创一番事业，父女俩就来到这座城市。人生地不熟，每次她爸外出，只好把她丢在家里，阿缅那时候很小，很瘦弱，胆子也很小，每当爸爸离开，阿缅就抱着爸爸不放手，哭着闹着。为了安慰阿缅，她爸就说自己其实并没走远，就像变魔术一样，很快就会出现在她跟前，但是他很清楚，自己一旦出门，多半要第二天黎明才可能回得来，为了让女儿相信自己的话，有时候在和女儿告别后他并没走开，而是躲在门口，只要一听见女儿在屋子里哭，他就会突然开门出现在女儿面前……

"还有几回我趁阿缅不注意，藏在一些角落里，然后突然出现在她跟前，我的每一次出现，都叫阿缅惊喜万分，她真相信我可以变魔术似的随时出现在她跟前，想着我可能马上就会推门进来，想着我会从窗户里爬进来，想着我会从床底下钻出来，想着我会从她的玩具盒子里跳出来，她想着一切我可能尽快出现在她面前的方式，相信我一直没走开。阿缅跟我说，她很想爸爸，尤其是夜里，一觉醒来，不见爸爸在身边，她就觉得害怕，于是就想着爸爸马上会出现，以此来壮胆子……"

说到这里，阿缅的爸爸酸楚地笑笑，不禁热泪盈眶，东鱼也听得心里

酸酸的，他是从小失去爹娘的孤儿，阿缅小时候所有的遭遇，他又何尝不清楚呢？渴望亲人，渴望在噩梦之后有爸爸妈妈安慰："爸妈在你身边呢，宝贝，安心地睡吧……"

"小伙子，需要帮助吗？"阿缅的爸爸说，"我可以帮你从飞机上跳伞下来跟阿缅见面，我还可以让你从海底蹦出来和她见面。"

"不用。"东鱼轻轻擦掉眼泪，起身出了门……

我要钥匙

第二天上午，东鱼经过彻夜思考，决定不约阿缅，直接去她家和她见面。他洗漱停当，收拾了行李，做好离开这个城市的一切准备，然后起身前往阿缅家。

阿缅正在沙发上看书，因为没有约会，也没有出门的计划，阿缅没有梳洗，也没打扮，像只邋遢的瞌睡虫，听见敲门声，她以为是保姆出门忘了带钥匙，谁晓得开门一看，呀，是东鱼，她嘟哝着说："你怎么这样子啊？不事先约一下就来了，不礼貌哎！"

东鱼笑嘻嘻地问："这样的见面，你不出乎意料吗？"阿缅勉强点点头，突然，她的眼睛瞪大了，因为她看见东鱼摸出了两样东西，一张车票，一把钥匙，阿缅不明白他什么意思。

"这很简单。"东鱼指指钥匙，说，"这是我出租房的钥匙，房间窄小，但是干净，锅碗瓢盆什么都有，可以自己做饭，还有全天二十四小时热水供应。如果你拿了这把钥匙，我保证时刻都在你身边，睁眼闭眼都可以看见我，我们根本不用约会，也不用考虑出乎意料，因为能天天在一起。"

阿缅歪着脑袋，微微笑着问："我要是不要你的钥匙呢？"

"你不要我的钥匙，我就要我的车票。"东鱼指着车票，说，"这是我去另外一个城市的车票，不管三年还是五年之后，也不管是车站还是街头，到时候假如我们能够碰见的话，所有的见面，可能都是出乎意料的。"

阿缅低头不说话，东鱼明白了，他拿起车票，痛苦地转过身，推门而去，等阿缅抬起头，她已是满面泪水，她猛然醒悟了似的，跳下沙发，连鞋子也没穿就往外跑，跑出门，跑到街头，东鱼已经不见了踪影。

"东鱼，东鱼，我要钥匙呀……"阿缅蹲在地上，嘤嘤地抽泣起来。

突然，一个声音传来："你说什么？你是要钥匙吗？"阿缅站起来，扭过头去，看见东鱼从一旁的花丛边闪出身来，笑嘻嘻地问："这样的见面是不是出乎意料？"

阿缅扑过去，扑到东鱼身上，"呜呜"大哭起来，像一个迷路多时、终于找到家门的娃娃……

(题图、插图：谢 颖)

采药

□ 帅士象

欧前进这几天很着急，因为乡下的弟弟要跟他借两千元钱修房子。欧前进他们县在这次汶川八级大地震中是极重灾县，弟弟的土房子全震垮了，只得重修，弟弟跟自己借两千元，并不多，却很紧要，但是欧前进没有这钱，他一个月的工资只有九百多，妻子是公司的工人，一个月才七百多。家里每月的房子贷款和物管要五百多，余下的只够生活。你说借吧，拿什么还？但是他又很想给弟弟这两千元钱，兄弟情深，所以，每想到钱，他就头痛。

这当儿，一个在乡上当老师的铁哥们秦老师来了，秦老师一进门就说："借三千元钱给我，乡下的父母要修房子！"欧前进一听，差点跳了起来，嗨，前几天我倒还真想找你姓秦的借钱呢，没想到你倒打上门问我借钱来了！

欧前进无奈地说了实情，两人商量了一阵，决定去山上找高中同学万猴子借钱，万猴子的木头房子这次没震垮，他以采药为生，一直在两人面前吹他弄了好些钱。于是，两个人沿着山路，朝万猴子家走去。在下午三点的时候，来到了万猴子的家。

万猴子听了两人的来意后，说，家里原来有万把块钱，可早被亲戚修房子借走了。欧前进一听，大失所望，万猴子说："别急呀，两位哥哥这么远来，我不可能让你们空手而归，我有个办法。"

秦老师忙问啥办法，万猴子说："我把望牛岩上那窝药采了，卖了，可能有几千元钱。这是我一个人的秘密，我一直舍不得采那药，想让它再长些年，既然你们急等钱用，我现在就把它采了卖了。"

两人喜出望外，于是，万猴子带了背篓、山锄，还背了一大捆绳子，带着欧前进和秦老师，走了几里路，来到了望牛岩边，万猴子指指那窝药的所在位置，欧前进一看，倒吸了一口冷气：我的妈呀！

原来，他们站在一个悬崖的顶上，这悬崖至少有七百多米高，在悬崖下五十多米的地方，有一个小小的平台，上面长了些青草。万猴子说那窝值钱的药，正是在悬崖下的那个小平台上。万猴子说到这里，就找结实的地方拴绳子，绳子另一头则拴在他自己的身上，他要下去采药了，这个时候，欧前进手脚都吓软了，他说："你不要命了？算了，我们也不问你借钱了，不想害死你！"万猴子不听他们的劝告，身上拴着绳子，手拉着绳子，一步一步地沿着悬崖坠了下去……

欧前进和秦老师趴在悬崖上，看着万猴子一点一点下去，又在太阳快落山的时候，一点一点地爬了上来，万猴子高兴地说："这窝药很珍贵，能够卖七千多元，你们的钱，有着落了！"

欧前进听了，笑着说："兄弟，你这药是舍命采来的，这钱我们不借了，秦老师的钱，我会帮他另想办法。"万猴子再三要借，欧前进坚决不

借。

第二天，欧前进带着秦老师离开了万猴子，来到了山下。一路上，秦老师黑着脸，怨声载道，不是吗，他明明可以借着钱了，却被欧前进一下拒绝了。秦老师正恼着，欧前进却笑吟吟地说："秦老师，别气，现在我带你到驾校采药去。"

秦老师愣了："你疯了？驾校有

·中国新传说·

什么药可采？他们是建在一片河滩地上的！"

欧前进说："你跟着我就是了，山人自有妙计。"

一个小时后，两人来到了驾校前，这驾校就在公路边，原来是县交警队办的，后来转给了私人，现在的林校长，欧前进认识，比他小五六岁，高中生，但是比他们能干多了。林校长这几年把驾校的地盘扩到了十亩左右，几个市、县都有分校，弄得十分红火。

林校长见了欧前进十分热情，握过手后，林校长问："哥，有什么事？学驾驶？"欧前进说："不是，我给你介绍一个人。"然后，欧前进把秦老师拉了过来，说他是著名作家，三年前有一篇小说还得了省文学大赛一等奖。

林校长一听，肃然起敬，连忙站起身来和秦老师握手。欧前进又转过头来对秦老师说，据县政务网介绍，林校长在这次抗震救灾中，是全县成绩最出色的民营企业家，地震一发生，他就利用自己驾校的力量，组织了一个车队救人；他把无家可归的灾民安置在驾校内，自己掏钱给他们吃、穿、住；另外，他还为灾民捐了一百多万元……

说到这里，欧前进又开了口："林校长，我有个想法——你有这么好的事迹，秦老师有那么好的写作才华，我和秦老师合作，给你写一组纪实文学，把这历史记下来，找家大报纸发表，也可以借此宣传宣传你的驾校；更重要的是，对于你的子孙来讲，你留给他们一百万、两百万，还不如这作品的价值高，而你支付的，不过是我们两人一万元的稿费，这事就成了。"

林校长一听，立刻瞪大了眼睛："给我作这样的宣传，只要一万元？"

欧前进点点头，于是双方一拍即合。欧前进松了一口大气，他听见秦老师也松了一口大气。下午，他们从驾校出来的时候，身上已经有了林校长付的五千元定金。

秦老师笑着对欧前进说："给林校长写纪实文学，就是你在驾校采的药？"

欧前进点了点头，说"贫穷是个病，我们平时不知道到哪里去采药来治贫穷这个病，其实药到处都有，我们最缺乏的就是采药的勇气，没有勇气的人可能永远都是贫穷的，有勇气的人不可能永远都是贫穷的。万猴子舍身采药的事让我震撼，所以我才有勇气拉你到驾校来采药。"

秦老师说："万一在驾校没采到药呢？"

欧前进笑了："那没关系，我们可以到别处去，一定有能采到药的地方。"

（题图、插图：刘斌昆）

36

我是谁

□张军

2048年6月的一天凌晨,非洲勒亚国暴雨倾盆、电闪雷鸣,一架直升机在雷电暴雨中颠簸着飞行。虽然这架直升机的性能堪称世界之最,具有很强的夜航和避雷能力,但大自然的力量毕竟太强大了,狂风暴雨中的直升机像狂涛中的一叶小舟,随时都可能倾覆。

乘坐这架直升机的客人叫埃迪,是即将上任的勒亚共和国总统,他天亮后必须赶到首都,参加勒亚共和国的成立大会。随行的总理叫特川,是埃迪最好的朋友,他怀里抱着一个伞包,显得神色紧张。

埃迪瞟了特川一眼,却显得若无其事,说:"在这样恶劣的天气中,跳伞无异于自杀。"

特川听了这话,便把伞包放下了,说:"降落伞是给我留着的,直升机里有特制的弹射舱,我建议你坐到那里面去,一旦飞机出事,弹射舱可以把你安然无恙地送到地面。"

弹射舱只容得下一个人,埃迪不愿独自使用它,因为同机的几个人中,还有即将上任的陆军总司令,两个强力部门的部长,他们都是国家的精英、支柱啊,飞机一旦真的出事,而自己独自使用了弹射舱,即使活下来了,又有何意义?

特川知道总统此刻的心思,但他还是恳求埃迪:"目前国家只是表面的统一,全国的所有政党和军队只拥戴你,如果你不在了,我们的国家将重新陷入战乱,因此,我希望你马上进入弹射舱!"

特川的话没错:长期来,勒亚共和国一直被多个不同的组织所把持,四分五裂,战乱不止;历任政府腐败

堕落，导致经济萧条，民怨沸腾，联合国维和部队对这个国家也无计可施。面对如此境况，埃迪从青年时期起就立志拯救国家于危难，经过四十年出生入死的奋斗，他赢得了广大民众的信任，当选为国家总统，一个没有战乱、没有腐败、人人安居乐业的新国家也将由此而诞生。在这决定国家兴衰的紧要关头，勒亚共和国不能没有埃迪！

特川的话说得十分恳切，最终说动了埃迪，埃迪沉默了一会儿，说："好吧，希望我不会有机会被弹出去。"

就在埃迪准备走向弹射舱的时候，一阵山崩地裂般的声音轰然响起，他和特川似乎被一只无形的手猛推一掌，身不由己地向机舱前方撞去……

不知过了多久，埃迪突然觉得眼前有了亮光，他努力睁开眼睛，苏醒了，阳光把他住的房间照得很明亮。透过窗子能看到蔚蓝的天空，一只燕子从窗前掠过；远方，击打珍贝鼓的声音欢快而激越……他意识到自己还活着，自言自语道："为了国家我不能死，为了亲人我也不能死。"

埃迪从床上坐了起来，被单滑落到地上，他这才看到自己竟然没穿任何衣服，与此同时，他突然大吃一惊，他发现自己身体上所有的疤痕都没了踪影，那些疤痕，是埃迪在战争中留

下来的，有刀痕，有弹伤，现在怎么都不见踪影了呢？更让埃迪费解的是他的手指：十二年前因为被一条毒蛇咬中、而不得不削掉的左手食指，眼下竟然也完好如初！

墙上有面大镜子，埃迪走下了床，来到了镜子前，他从镜中看到自己因长期劳累而变形的身材被修整过了，多年因缺少睡眠而产生的大眼袋也消失了……这是怎么回事？

就在这时，有人轻轻地敲响了门，进来的居然是特川，埃迪心里一阵欣喜：我最好的朋友，这个国家的总理也还活着！

埃迪看到特川，禁不住跳起身来，见自己裸着身子，又慌忙扯起被子披上，他急不可耐地提出了一连串的问题：开国典礼是否推迟了？国家情况如何？飞机上其他人情况怎样？

特川回答道："开国大典推迟到今年4月……"

埃迪大吃一惊："今年4月？我记得飞机失事是6月呀？"特川说："飞机失事是6月没错，可现在是第二年了——2049年3月！"

埃迪惊叫起来："天哪，难道我昏迷了9个月？"

特川继续向埃迪介绍说，失事直升机上活下来的两个人都是重伤，这两人中一个恢复良好，就是他特川，另一个活着的人却一直昏迷着，至今未醒。

埃迪忙问："那个昏迷的人是谁？"

特川答道："就是你——"

埃迪蒙了：我明明已经完全苏醒了，他怎么说我仍在昏迷之中？

特川接着解释说："而且你即将死亡，你的伤太重了，我们请了世界上最好的医生，但仍无能为力，你很快就将死去！"

埃迪再次惊叫起来："你在胡说什么？"

特川请埃迪别发火，他细细地诉说了事情的真相：飞机失事后埃迪昏迷不醒，并即将死去，特川他们担心失去埃迪后国家将重新陷入混乱，于是不顾国际法和医学道德的约束，请来世界上最好的专家，克隆了一个新的埃迪，并把埃迪的大脑记忆全部进行了复制，翻录在新埃迪的大脑中！特川不得不如实相告："如今的你，其实不是你了！"

埃迪被惊得目瞪口呆：天哪，我是克隆人？原来不是真正的埃迪！他心中突然泛起一股莫名的恐惧，这种恐惧感深入到心灵深处，浸透到每个毛孔！埃迪想起了自己的妻子和儿子，想起了老父亲……随即就在心里说：不，他们不属于我，他们是埃迪的亲人，与我没有任何关系！他又想起了自己国家，数十年来为之出生入死的祖国，随即又痛苦地对自己说：不！是埃迪数十年来出生入死，而不是我……

特川关切地看着埃迪说："虽然你不是原来的埃迪，但你继承了他的灵魂，你的灵魂是埃迪的，埃迪所有的性格，思想，记忆，感情，所有的一切，都保存了下来。你就是埃迪，你就是我们的总统！"

过了好长时间，埃迪才从惊惧和迷惑的深渊中走出来，问道："你为什么要告诉我真相？"

特川说"国家就好像一条船，船长有权知道这条船的一切状况，因此，我没有必要隐瞒你，这个国家的一切都不需要隐瞒你！"

他们两个交谈的时候，原本的埃

迪还深陷在昏迷之中，他看到了自己的妻子，看到了大学刚毕业的儿子，还有自己的老父亲——可父亲不是已经过世了吗？幻觉中的亲人很快就消失了，此时的埃迪其实只是回光返照，他艰难地睁开了眼睛，灯光把整个屋子照得通亮，窗子被厚实的窗帘遮挡着。

原本的埃迪看到自己身上插着几十支管子，红的、黄的、白的，透明的，各种颜色的液体在管中流动，他能感觉得到，有个一直塞到气管深处的机器在帮助自己呼吸，心脏的跳动沉重而又艰难。

原本的埃迪一点儿都不能动弹了，所有器官都在衰竭，每部分组织都在溃烂。尽管他已经完全不能动弹，但思维仍在活动：我要活着，为了国家我不能死，为了亲人我也不能死……

这时，一个人来到原本的埃迪面前问候，对方的面孔是那么的熟悉，他会是谁呢？问候者就是那个克隆后的埃迪，他说："埃迪，你放心吧，我们的国家不再会有战乱，人民将安居乐业，你所有的理想和抱负，都很快就会实现的！"他轻轻叹了口气，又说："据医生推测，你无法坚持过今晚了。"

原本的埃迪突然想起来了：他就是我！他的面容，说话的语气，思考时的神态……然而，如果说他是我，我又是谁？

浓浓的倦意袭来，迫使原本的埃迪放弃对这个问题的思考，坠入到无边的黑暗中，原本的埃迪很快就了……

那另一个埃迪久久地坐在死者床前，突然产生了一种如释重负的解脱感，脱口说道："从现在开始，我就是埃迪了！"

（题图、插图：佐　夫）

· 本刊信息传真 ·

法律知识故事征文启事

本刊在与司法部连续举办三届法制故事征文的基础上，推出新栏目"法律知识故事"，通过发生在我们身边的、短小而具体的个案，生动、形象地宣传法律知识。这些知识注重现实性、实用性，真正起到解剖一个案例、明白一个道理的作用。

为鼓励作者深入生活，写出高质量的法律知识故事，我刊决定面向全国征文，优秀作品除在《故事会》发表并参加评奖外，还将结集出书。

本次征文也欢迎读者和法律界人士提供相关素材、案例，一经录用，即付稿酬。

来稿方法：1. 从邮局寄发，请在信封上注明"法律知识故事"字样，本刊地址：上海市绍兴路74号《故事会》杂志社，邮编：200020。2. 从网上传递，可寄以下信箱：wulun@vip.sohu.net，请在主题上注明"法律知识故事"字样。凡已和我刊编辑有联系的作者，稿件可继续投给联系的编辑。

老婆要查岗

不需查岗

有道是"三个女人一台戏",这天，几个姐妹又在那里大谈男人，楚海茹没有插嘴，她一边忙着自己手上的活，一边听着姐妹们抽疯。

"现在这男人的话真是信不得，他们满嘴跑火车，说瞎话根本不用打草稿!"一个姐妹愤愤不平地说，"时不时地要查查他的岗，不然，他干多少坏事咱还蒙在鼓里呢!"

楚海茹倒不这么想，在她看来，她丈夫常大良是不需要查岗的，因为结婚三年来，丈夫几乎没有晚回家过，偶尔的一两次应酬，都是和他的铁哥们胖帅、大个儿李在一起，丈夫对她很忠诚。

不过，没过多久，事情就来了，这一天已经下班很长时间了，还不见常大良回家，楚海茹打他的手机，没人接；打办公室电话，还是没人接，楚海茹心里那个急啊，他到底会去干什么呢？去找别的女人？没听说他和哪个女人有来往，莫非是路上出事了……她越想越害怕，一个电话打到胖帅那里，胖帅也不知道常大良去了哪里；再问大个儿李，大个儿李也不知道，还张罗着要帮着找。楚海茹急得眼泪都快下来了，正当她焦躁不安地准备出去寻找的时候，门铃响了，进来的正是常大良!

经过"审讯"，原来常大良正在赶一篇汇报材料，不知不觉已经过了下班时间，他怕回来晚了楚海茹担心，便急匆匆地带上办公室的门下楼往回赶，等出了门才发现，钱包、手机、钥匙都忘在办公室的抽屉里，已过了下班时间，整个办公楼连个熟人都找不到，想借点钱打公用电话或坐公交车都不可能了。

楚海茹一听急坏了："那你是怎么回来的？"

常大良双手一摊："万里长征呗！"

楚海茹看着常大良裤脚上的尘土和额头上的汗，又生气又心疼，同时心里又多了一份骄傲：自己的丈夫是不需要查岗的！

该查还得查

经过几年的奋斗，常大良升职了，楚海茹心里乐开了花，可同时又

多了一层担忧：都说人是会变的，现在的常大良已不是当年的常大良，要不要查查他的岗？

这天晚上，两人正看电视，常大良的手机响了，是胖帅的老婆周美美打来的，她问："胖帅说今天晚上去你家吃饭，现在还没回来，是不是还在你那里啊？"

常大良的回答让楚海茹大出意料："是啊，他就在我这里。"

"那你让他听电话！"

常大良支支吾吾地说："他刚下楼买烟去了，呆会儿他回来了我让他立马给你回电话！"说完，他就挂上了电话，就在这一瞬间，常大良呆住了，因为楚海茹正用怪异的眼神打量着他，便连忙解释："噢，是这么回事，胖帅的老婆周美美是个有名的醋坛子，胖帅一丁点自由时间都没有，我要是不帮他一下，他家肯定又要热闹了。你放心，胖帅肯定没去干坏事。"

常大良说完，赶紧又拨通了胖帅的电话："胖帅啊，你小子死哪去了？刚才你老婆打来电话查你的岗了，我替你扛了，说你就在我这儿，刚才下楼买烟去了，快给你老婆回个电话，就按我刚才说的话讲。"

常大良说完，如释重负地挂上手机，正想坐下继续看电视，却发现电视被关了，只见楚海茹的两只大眼睛直勾勾地盯着他看，看得常大良浑身

忙拦住:"现在调查这个,你不是成心让周美美起疑心嘛,到时候人家两口子又要干仗了!"

楚海茹合上手机:"不问也行,你敢不敢再做个试验?"

常大良愣了:"什么试验?"

楚海茹要过常大良的手机,放在桌子上,然后用她自己的手机拨通了大个儿李的手机:"大个儿李吗?大良现在还没回来,他是不是在你那里呀?"

大个儿李的回答差点没把常大良的鼻子气歪了,大个儿李是这么回答的:"是在我这儿,他现在正在方便呢,等他出来我让他给你回电话!"

几秒种后,常大良的手机响了,楚海茹按下了接听键,手机里传来了大个儿李的声音:"大良,你小子在哪儿呢?你老婆查岗了,我就说你在我这呢,快给你老婆回个电话!"

楚海茹合上手机,盯着常大良:"还有什么话说?姓常的我可告诉你,从今天起,我可不再相信你的花言巧语了,你的岗,我看该查还得查!"

发毛:"老婆,你……干吗这么看着我?"

楚海茹说:"大良啊,我今天算是开了眼啦,闹了半天你和你那些狐朋狗友是圆谎联盟啊!说实话吧,过去你让他们帮你圆过多少回谎?远的不提了,就说上周末吧,你说在胖帅家喝酒了,当时我都信了,现在给我说实话,到底上哪了?是不是在外边有了狐狸精?"

常大良急得从沙发上跳了起来:"我真在胖帅家喝酒了,不信你问……"

"让我问大个儿李?还不是和胖帅一个德行,还不如问周美美呢!"说完,楚海茹就要打电话,常大良赶

幸亏查岗

这天,天已经很晚了,常大良还没有回家,楚海茹坐不住了,就打他的手机。常大良在手机那头显然很疲惫,他说:"我正在办公室里整理材料,上头叫我去沈阳出趟差,明天一

早就得出发,你在家一定要照顾好自己。"

楚海茹多了个心眼,她故意跟常大良用手机说着话,又悄悄地用座机拨常大良办公室里的座机,可拨通以后,从手机里却听不到常大良办公室座机的铃声,楚海茹明白了:常大良根本不在办公室,他在骗自己,幸亏今天想起来查他的岗啊!她生气地对着手机说:"常大良,别忽悠我了,你根本就不在办公室!老实说,你在哪里?"

还没等常大良答话,楚海茹从手机里听到有个甜甜脆脆的女子的声音,楚海茹脑袋"嗡"地一下子就大了——常大良这是在哪个女人那里?她对着手机大叫:"常大良,你个没良心的,你死在外边吧,一辈子也别回来了!"说完,她怒气冲冲地挂断了电话。

片刻后,手机又响了,楚海茹一看号码,是常大良打回来的,她按下接听键,没等对方说话就连珠炮似的嚷起来:"姓常的,你给我听好了,明天就离婚!"

手机里没听到常大良的声音,竟传来了那个甜甜脆脆的女子声音:"你好!"

楚海茹的火"腾"地烧起来了:"你是谁?常大良呢?"

那个女子说:"大姐你误会了,我是市第二医院的大夫,常大良受伤了,正在我们这里接受治疗,刚才他

强打着精神给你打完电话,现在又昏过去了,你抓紧时间过来一趟吧……"

楚海茹吓傻了,医院?受伤?昏迷?这到底是怎么回事?她急匆匆地赶到市第二医院,闯进病房,看到了躺在病床上的常大良,胖帅和大个儿李都在那儿陪着他说话。原来,今天常大良和往常一样下了班准备上公交车,忽然发现街对面的敬老院里冒出滚滚浓烟,不好,有火灾!常大良连想都没想,一个箭步冲进敬老院里救人,他从火海中连续救出三个老人,又返身冲进火海,不料被掉下来的横梁砸到了腿上……

楚海茹心疼地看着丈夫:"你为什么不告诉我实情,还要骗我说去什么沈阳?"

常大良憨厚地一笑:"这点小伤,养几天就好了,等养好了再告诉你,省得你为我担心嘛!"

一看两人说上了悄悄话,胖帅和大个儿李都悄悄退了出去,屋里的医生和护士也都出去了,楚海茹不好意思地说:"你看,连医生和护士都躲出去了。"

靠窗的一个病友说:"她们都在走廊里打电话呢!"

常大良笑了:"她们都在查老公的岗呢,都是跟你学的!"

(刘恒品根据生姜茶的一篇网文改编)

(题图、插图:魏忠善)

□燕歌

大花轿

民国年间,路州城里出了个能人,名叫温六,他有一手做轿子的绝活,轿夫们都说,温六做的轿子外观气派华贵,而且抬着最舒服,分量轻,不压肩,走起来一点响声都没有,接口之间严丝合缝,要做到这一点可不容易,要知道,那时的木工是不用钉子的,全靠木头之间的咬合力。要搁现在,温六这双巧手,也算得上是"民间艺术家"了,可在那兵荒马乱的年月,他空有一手绝活,却连肚子也填不饱。

自从推翻了清政府,坐轿子的人就渐渐少了,这样一来,温六家的日子也就越发艰难了。

这一年,温六的女儿小莲十四岁,儿子温贵十岁。穷人的孩子早当家,小莲见一家三口吃了上顿没下

顿,就进大军阀李世仁府里做了丫鬟,挣点钱贴补家用。

这李世仁有个独生女儿李媚,胖得要命,足足有180斤。她不但长得丑,而且从小娇生惯养,刁蛮任性,二十多岁还没找到婆家。李媚为这事心头窝火,整天拿丫鬟们撒气,不是打就是骂,要不就用针刺,穷人家但凡有点活路,都不愿女儿到她这里去受苦。小莲每天提心吊胆,小心服侍,还是免不了挨打受骂。

这天,李媚出门游玩,小莲难得有片刻清闲,便悄悄找出温六给她做的小花轿,拿在手上把玩。那小小花轿半尺见方,雕龙画凤,做得极为精致。小莲正玩得开心,没想到李媚半路突然回来,一脚踏进门,见了花轿,顿时气红了眼,你想呀,花轿是姑娘

出嫁坐的，李媚见了能不气吗？她上前一脚将花轿踩碎了，让人下死力将小莲一顿好打，扔进了柴房。

可怜的小莲当晚就断了气，死个丫鬟对李家来说根本算不了什么，只是将尸体发还苦主，连大洋都没赔一块，说是小莲偷东西被抓，畏罪自杀的。温六悲愤欲绝，可哪敢说半个"不"字，只得咬碎了牙往肚里咽，痛哭一场了事。

一个多月过去了，温六还没从丧女的悲痛中解脱出来，这天，他在家里闷坐，想起小莲，又忍不住掉起泪来。这时，四个荷枪实弹的卫兵闯进来，为首的，正是李世仁府里的管家。卫兵们不由分说，先将温六的儿子温贵捆了起来，温六不知发生了什么事，吓得两腿发软。管家吩咐两个卫兵将温贵押走，然后吹胡子瞪眼，对温六说："温六你给我听着，李大帅的小姐要出嫁，限你七天之内，为小姐做一顶合适的轿子！大帅这可是瞧得起你，你可得用心了，做得好，重重有赏，做得不好，哼哼……"

原来，一个下级军官为了巴结李世仁，让儿子迎娶李媚，李世仁正为女儿的婚事发愁呢，听到有人提亲，这可真是瞌睡有人送上枕头，当下也不管门当不当户对不对了，喜笑颜开地答应下来，命管家去大肆操办，不能委屈了宝贝女儿。

李大帅要嫁女儿，自然来奉承的人多，事事办得顺利，唯独一件事，让管家犯了难，就是李媚坐什么花轿的问题。李媚太胖，平常轿子根本坐不进去，好不容易找了顶大轿子，装上180斤的石头，两个轿夫一抬，根本抬不动，再一用力，连轿杠都断了，到哪里去找李媚坐得进去、轿夫又抬得起来的轿子？管家想来想去，在路州城里，这活只有温六做得了，可温六的女儿刚死在李府，怕他不答应，便先绑了温贵。

管家拿出十块大洋，让温六马上买料，开始制作。温六摇了摇头，冷冷地说："这样的轿子，我也做不出来。"管家早料到温六会拒绝，冷笑道："哼哼，李大帅说了，不做也得做，不做也得做，由不得你，不然就让你儿子当炮灰去！"温六气极，流着泪说："你们这是逼公鸡下蛋呢……"管家阴沉沉地一笑，扔下一句："七天之后，我来验货！"

管家让剩下的两个卫兵把温六看管起来，别让他跑了，要买什么东西，统统让卫兵去办。温六被逼得没法子，每天闭门不出，只盯着家中的一顶小花轿发呆，什么活也不干。

这顶小花轿也是他做给小莲玩的，他只有这个手艺，只能做这些给女儿当玩具。他大帅家的女儿是人，咱穷人家的女儿也是爹娘的心头肉啊！温六没什么给女儿的，只希望将来女儿出嫁时，拿出最好的手艺，精雕细琢，为女儿做顶最气派最漂亮的花轿，可如今……欺人太甚的是，这些人还逼他给害死女儿的仇人做花轿！温六心里气哪，又无可奈何，只是一个劲地掉眼泪。

三天后，李媚和管家跑来查看，见温六没开工，大发脾气。李媚将那顶小花轿踩得稀烂，大骂："你再不干活，我用针把你眼睛刺瞎！"温六像个木头人一样，呆呆地望着被踩烂的花轿，李媚叫人用鞭子抽他，他也不动。邻居们见了都偷偷抹眼泪，悄悄议论说，温六这下死定了，他这是在等死啊！

可谁都没想到，第五天夜里，院子里响起了锯木头的声音。两天两夜，温六不眠不休，到第七天傍晚，一顶大花轿端端正正地摆在了李府。

这是一顶带帷幕的暖轿，全用硬木做成，雕龙画凤，轿杠是上好的白腊杆，全部漆成红色，透着喜庆；尤其难得的是，轿身看起来并不庞大，可掀开帷幕，里面的空间却极为宽敞，看得出，温六是花了心思的。

李府里围观的下人们私下都说，能用这么短的时间，做出这顶花轿，温六真是能人啊！可抬来轿子的两个轿夫却暗暗叫苦：这轿子不装人都太沉了，再装上180斤的李媚，还抬得动吗？

李世仁沉着脸，围着轿子转了一圈又一圈，查看来查看去，生怕温六做了什么手脚，到时让李家出丑。温六站在一边，心里紧张得要命，他知道，自己和儿子的生死，全在这轿子上了。

按规矩，李媚现在是不能试坐花轿的，因为"大姑娘上轿——头一回"嘛。李世仁想了想，吩咐两个卫兵摘

下帷幕坐进去，这两个卫兵加起来足有二百多斤，三尺来宽，居然挤着坐下了。紧接着，两个轿夫使足了力气，吆喝一声，那轿子居然被抬了起来，轿杠被压得弯成了一张弓，可并没有断！两个轿夫走了一圈，放下轿子跷起了大拇指，说别看不装人时挺沉，一旦装上人，居然不觉得特别沉。

现场一片赞叹之声，李世仁脸上露出了笑容，令人把温贵带出来，放温六爷儿俩回家。

三天后，是李媚出嫁的日子，李府摆足了排场，宾客云集，热闹得很。李媚披着盖头坐上了花轿，吹吹打打地送往城西婆家。

两个轿夫走了没多远，就觉得轿子乱晃，听见李媚大声号哭起来。按规矩，大姑娘出嫁是要一路哭到婆家的，大伙也就没在意。等到了婆家，新郎倌一掀轿帘，眼前竟是一块木板遮挡着，看不见花轿里面，连忙找人砸碎木板，一看，吓得一屁股坐在地上，只见李媚被牢牢地卡在轿子里，脸色青紫，两眼翻白，看样子，是被活活吓死的！

这可不得了，李世仁又惊又怒，抓住轿夫一顿拷打，轿夫们说，好像听到李媚叫什么"小莲"，李世仁马上去温六家抓人，可连根人毛也没捞到。

这事很快传开了，人们私下都说，这是报应啊，李媚为花轿害死了小莲，小莲就在花轿里将李媚吓死。

其实真正的原因只有温六知道，他在花轿上做了手脚：首先，这花轿的四个轿脚有机关，内藏弹簧，弹簧一头连到座位底下，另一头连着钢球，轿子里没人时，钢球缩在轿脚里，不着地，由于轿子自身很重，放在地上时，四脚都钉进地里，抬起来很困难，可一旦坐上人，钢球就被压得着地了，起轿时能在地上短距离滚动，轿夫也就觉得坐上人后反倒省力了，一旦走起来，配合得当，倒不费力了。

而真正将李媚吓死的，却是另外的机关：那李媚生性好动，哪里肯顶着盖头老老实实坐到婆家？花轿没走多远，她就扯下盖头到处看，身子一阵动，触动了座位底下的卡簧，卡簧弹起，两边的木板一齐向里弹压，将人卡在里面，动弹不得，然后轿帘处的一整块木板就会落下来，将轿子封得像个棺材一样，而落下来的这块木板上竟然贴着小莲的照片！

李媚哪知道这些机关，她见自己像是坐进了棺材，又看到木板上小莲的照片，脑子里只有一个念头，以为小莲来向她索命了，她人胖，心脏本来就不好，被这一吓，就一命呜呼了。

就这样，温六为女儿报了仇，他不敢在路州城久留，带着儿子逃到乡下，隐姓埋名，再也不做花轿，这一手绝活也就慢慢失传了……

（题图、插图：黄全昌）

失爱者

□ 方白羽

杀手艾略特接到一单生意，雇主开出一百万美元，请他去清除三个"垃圾"。艾略特有些奇怪，一百万可不是小数目，可那三个"目标"看起来挺一般的，并不值这么多钱，谁会为清除他们付这么高的佣金？

按照资料提供的地点，艾略特来到纽约一间昏暗的酒吧，他很快盯上了一个黑胖子，那个老酒鬼的脸上，明显有吸毒后的恍惚之态。艾略特见黑胖子结账后摇摇晃晃地出门，立刻跟了上去，尾随他来到一条僻静的小巷，轻声叫道："安德鲁！"

黑胖子回过头，打着酒嗝，问："你是谁？"

艾略特对准他的心窝闪电般地一击，黑胖子捂着胸口慢慢软倒在地，

抽搐十几秒就停止了挣扎。

第二天傍晚，艾略特出现在底特律皇后大道。他驾着车，找到了第二个目标露茜，露茜是一个憔悴的中年妓女，艾略特轻易地将她骗上车，半小时后，她和那辆汽车一起翻下了郊外的悬崖……

一切太顺利了，一小时后，艾略特坐上了飞往华盛顿的航班。第三个目标名叫玛丽，二十岁，是华盛顿艾滋病救助中心的一名义工。艾略特好奇心更重了，一个吸毒者，一个年老色衰的妓女，还有一个涉世未深的少女，这三人看起来没有任何联系，雇主为什么要出这么高的价杀他们？

玛丽是一名混血儿，不算漂亮，但脸上始终洋溢着发自内心的真诚微笑，能让人立刻从心底感受到温暖。艾略特第一眼见到她，就不由自主地对她产生了好感，他走上前去，礼貌

地拦住了她，作了自我介绍，并谎称自己的弟弟因为艾滋病刚刚去世，他希望能像玛丽一样成为一名义工来帮助艾滋病人，这可以减轻他失去弟弟的痛苦。

玛丽听了很同情，也很感动，她说："我会向艾滋病救助中心提出申请，正好这儿也缺人手，如果顺利，大概三天后就能批下来。"

三天后正好是任务的最后期限，艾略特相信在救助中心发现自己身份有假之前，他已经完成任务销声匿迹了，不过，他很想知道是什么原因使雇主花高价来清除这三个目标，为此，艾略特殷切地告诉玛丽，说是希望马上开始工作，于是玛丽就带着艾略特参观了救助站。半天的参观时间过得很快，艾略特的风趣幽默给玛丽留下了极深的印象，而且他对艾滋病人充满了同情和爱心，这对健康的人来说实在难能可贵，而玛丽的天真单纯，也让艾略特有点依依不舍，他实在想不明白，这样一个单纯的少女，为什么会有人出高价杀她？

第二天下午，艾略特手捧一束鲜花出现在艾滋病救助站外，玛丽见了鲜花，脸上却没了笑容，她神色异样地迎上来，默默接过鲜花，低声说："我替救助站的所有病人收下你的鲜花，除此之外的一切邀请，我都不会答应。"艾略特有些尴尬，问："为什么？"玛丽一脸平静地说"因为——

我是一个'失爱者'。"

"失爱者"，那是许多艾滋病人对自己的戏称，意思是"失去恋爱资格的人"。玛丽告诉艾略特，她的艾滋病毒是从娘胎里带来的，尽管如此，她一点也不恨父母，是他们给了她生命，她要认真活好每一天，尽自己所能帮助跟她一样的人。

看着玛丽脸上散发出的圣洁容光，艾略特心生羞惭，他回到酒店，第一次在执行任务期间喝得烂醉，玛丽那番话，深深触痛了他的灵魂，一个身患绝症的人，都对生活充满热爱和感恩之心，而自己在做些什么呢？又有什么权力去夺取别人的生命？他从未像现在这样痛恨自己的杀手身份。

这天中午，艾略特从噩梦中醒来，不停地在房中徘徊，像陷入绝境的猛兽般焦躁不安。今天就是最后期限，已不容他再犹豫，如果不能完成任务，等待他的将是被人追杀的命运，可他忍心向玛丽下手吗？眼看窗外天色渐暗，艾略特无计可施，打开了电视，新闻主播的声音立刻在房中响起"……几天前，一场起因不明的大火，烧毁了卡罗琳博士的艾滋病研究实验室，几将所有资料烧得一干二净。不过卡罗琳博士宣称，这场大火虽然为她的研究带来了意外损失，却不会影响她找到控制艾滋病的新方法。她同时对外宣布，人类已经站在了征服艾滋病的大门外。"

随即，画面切换了：一群记者围着一个戴眼镜的中年女士，一个记者高声问："卡罗琳博士，你不久前宣称，人类已经站在了征服艾滋病的大门外，不知这话有什么根据？"

卡罗琳博士冷静地说，从二十年前开始，艾滋病研究中心对一万名艾滋病感染者进行跟踪调查，如今，有三名感染者，在没有采取任何治疗措施的情况下，奇迹般地活了下来，他们至今也没有任何发病的症状，艾滋病研究中心将他们称为"艾滋病天然免疫者"。她领导的研究小组，不久前从三位艾滋病天然免疫者的血样中分离出了一种罕见的病毒，这种病毒对艾滋病毒有极强的抑制作用，堪称艾滋病毒的天然疫苗，相信在不久的将来，人类就可以用疫苗制服艾滋病魔了。

说到这里，卡罗琳博士的脸上充满自信："虽然实验室因一场大火而毁，所有资料和实验样本均毁于一旦，不过，只要找到当初那三个'艾滋病天然免疫者'，就可以重新采集到这种疫苗病毒，在完成临床试验后大规模生产……"

电视里响起了掌声和喝彩，艾略特呆呆地望着意气风发的卡罗琳博士，突然感到后背发冷，三个！刚好是三个！他突然意识到这不是巧合，其中两个艾滋病天然免疫者已经死在自己手中，最后一个就是——玛丽！

艾略特一头栽倒在床上，心中一阵后怕，他明白是谁在指使自己暗杀这三个"艾滋病天然免疫者"了！现在那些昂贵的鸡尾酒疗法和控制药物，为医药公司带来了比毒品还高的利润，全世界每年用于艾滋病治疗的费用超过百亿，一百万佣金连九牛一毛都算不上，难怪他们如此大方，但如果这三人都死在自己手里，那人们又要花多少年去寻找新的天然免疫者？

艾略特猛然从床上跳起，拨通了警察局的电话，不等对方询问就吼道："有人要暗杀艾滋病救助站的玛

丽小姐，快派人前去保护！"他又查到卡罗琳研究小组的电话，匆匆拨过去，却一直无人接听。

艾略特焦急地拨通了玛丽的电话，说："玛丽，我是艾略特。有人要杀害你，你立刻离开救助中心，去最近的警察局，让他们保护你，稍后我会去那儿见你。"

电话那头传来了玛丽爽朗的笑声："真奇怪，为什么你也说我有生命危险？刚才来了个警察，说有人会伤害我，要我跟他去警察局，我正准备出门，你的电话就来了。你们是不是搞错了，谁会伤害我？"

艾略特心中一松，但立刻又被更大的恐惧代替：自己给警察局打电话还不到一分钟，警察不可能这么快就赶到！想到这里，艾略特冲着话筒大叫："玛丽，千万不要跟他走，我马上就赶到！"

玛丽迟疑着说："那……好吧，我先去洗手间。"

五分钟后，艾略特气喘吁吁地冲进了玛丽的办公室，刚进门，就见房中有一个年轻英俊的警察，艾略特心头一颤，立刻认出了眼前这个同行，他盯着对方的眼睛，从齿缝间轻轻吐出一个名字："孤狼！"那警察一怔，眼睛里闪出了阴森森的光："微笑！"

艾略特走上前去，低声质问："这个任务是我接手的，你怎么来了？"

"雇主担心一个人不可靠，又花了一百万加上双保险。"孤狼脸上露出一丝阴笑，"现在看来，雇主的担心并不多余。"

就在这时，玛丽突然推门进来，孤狼立刻换上笑脸，右手悄悄打开枪套，左手伸向玛丽："咱们快走吧，警车就在外面。"艾略特对着玛丽大喊："玛丽，他不是警察，别跟他走！"他一边喊着，一边向玛丽伸出了手，并将桌上的裁纸刀悄悄抄在手中。

玛丽看看这个，望望那个，有点无所适从，也就在这个时候，远处传来刺耳的警笛，孤狼面色大变，突然拔出手枪对准玛丽，"小心！"艾略特一声大叫，闪电般挡在玛丽的身前，几乎同时，"砰"，枪响了，艾略特的身体往后倒下了，就在倒地前的一刹那，他拼起最后一丝余力，将手中的裁纸刀甩了出去，刀锋扎进孤狼的脖子，孤狼也重重地摔倒在地。

艾略特胸口的鲜血不断喷出，玛丽扑到他的身边，紧紧按住他的伤口，泪水喷涌而出："艾略特，你为什么要救我？我不值得你爱，更不值得你用生命来保护！"

艾略特握住玛丽的手，吃力地说"因为——我也是一个失爱者，我不希望……这世上有更多的人……失去爱的权利……"

（题图、插图：佐　夫）

致命的
油画

□ 青 蔻

布朗先生是个画商，在伦敦经营着一家画廊，他有很高的艺术鉴赏力，却冷酷贪财，唯利是图。

这天，布朗在画廊里闲坐着，一位头发斑白的老人走进来，胳肢窝下夹着一个纸包，看上去像个穷困潦倒的艺术家。老人打开纸包，露出一幅镶嵌在乌褐色木质画框里的油画，老人小心翼翼地问："老板，我想把这幅画卖给你，你看值多少钱？"

布朗走到柜台前，拿起画来仔细端详，看着看着，他眼睛一亮，这是一幅肖像画，虽然不是出自什么名家之手，但颜色构图非常出色，画中的女人看上去栩栩如生，这样的画卖出去肯定值一大笔钱。布朗心里盘算着，脸上却不动声色，皱了皱眉头说："这幅油画嘛，说实话它看上去很平庸，在市面上最多值50英磅。我愿意

出45英镑买下它，但愿上帝保佑它将来能找到一个好买主。"

老人没有和布朗讨价还价，点头同意了。布朗把45英镑交到老人手里，老人转身要走，布朗叫住他："等一下，这幅油画是你画的吗？"

"不，它是我的收藏，这幅肖像画叫《最后的艾丽丝》，据说出自一位无名的法国画家之手。"说完，老人匆匆离去。

布朗把这幅画挂在画廊里，心情愉快地欣赏着它。画中的女人大约二十多岁，穿着黑色晚礼服，手中拿着一束白玫瑰。她看上去非常美丽，神情里却带着哀伤，眼睛里充满了悲戚。布朗看着看着，似乎被油画中忧郁的气氛感染了，变得心情沉重起来，他想，那位无名画家真的很有艺术表现力！

晚上，一位法国收藏家来拜访布朗，他看见墙上那幅肖像画，一下子愣住了，他和布朗共进晚餐时显得心事重重，欲言又止，最后，收藏家忍不住问道"布朗，你从哪里买到墙上那幅肖像画的？它在我们法国的收藏界很有名气。"

布朗得意地说"今天下午，我从一个穷老头手里买下了它，我的眼光不错吧？如果卖给懂行的人，它起码值500镑。"

收藏家点上了一根烟，缓缓地吸了一口，说："布朗，如果我是你，会把这幅画尽早脱手。"

布朗怀疑地看着对方，冷冷地说："为什么？难道它是赃物吗？"

收藏家默默地吸了一会儿烟，说："我不是一个迷信的人，不想散布有关灵异事件的小道消息，但是关于这幅肖像画，确实存在着一些恐怖的传说。"

收藏家告诉布朗先生，这幅画名为《最后的艾丽丝》，创作于三十年前，创作者是位年轻的法国画家，画中的女人就是他的妻子。那位画家很有才华，可一直怀才不遇，日子过得很清苦，幸好他妻子美丽温柔，陪伴他一起奋斗了好多年，终于迎来了转机。那位画家的画逐渐受到人们赏识，他开始小有名气，生活条件也变得优越了，可就在苦尽甘来的时候，画家却移情别恋，迷上了一个年轻的

女模特儿，他成天呆在画室里和女模特儿厮混，最后向妻子提出离婚。

画家的妻子十分爱他，什么也没说，很快就在离婚协议上签了字。第二天，她在家里服毒自尽了，临死前她身上穿着黑色的晚礼服，手上拿着一束白色的玫瑰花，脸上表情平静。

妻子死后，画家受到了良心的谴责，他这才意识到，自己最爱的人其实还是妻子，任何人都无法替代她的位置。他化悲痛为力量，把自己关在画室里两个月，疯了一样地画，终于创作出一幅令人震撼的油画，画中的妻子和生前一样美丽。油画完成后，画家跳进塞纳河自杀了。

"这真是一个令人悲伤的故事，"布朗耸了耸肩说，"可是这和我有什么关系呢？"

收藏家继续讲下去：画家死后，这幅画落到了一位巴黎富商的手中，他很喜欢画中的美女，经常把自己关在房间里，独自欣赏她美丽的容颜。有一天清晨，人们发觉他死在房间里，眼睛瞪得大大的，满是恐惧，仿佛看到了什么可怕的东西。他的衣领被扯开了，脖子上、胸膛上被抓出一道道血痕，他的嘴巴就像缺水的鱼一样大张着，脸上满是痛苦。

富商死后，那幅肖像画被拍卖了，买主是个画商。一个月以后，那个画商也莫名其妙地死在店铺里，表情和那巴黎富商一模一样。

又过了几年，收藏家的叔叔买下了这幅画，当时收藏界已经有了关于这幅肖像的流言，人们说它是一幅不祥的画，会给收藏者带来种种不幸，可收藏家的叔叔是个不信邪的人，根本不相信那一套。他把这幅肖像和其他收藏品放在一起，几年过去了，什么事也没有发生。

有一年冬天，收藏家应邀去叔叔家作客，叔叔把所有的收藏品都拿出来给他看。收藏家看到《最后的艾丽丝》，被它吸引了，叔叔把这幅画的传闻告诉他，还笑呵呵地说："他们说这幅画上附着死者的冤魂，会给画的主人带来灾难，可是你看，我买下它已经几年了，生活一切正常。"

那天晚上，收藏家睡在叔叔的卧室里，叔叔睡在书房。第二天清晨，收藏家去敲书房的门，里面没有动静，他推开门，发现叔叔倒在椅子上，衬衫纽扣被扯开了，脖子上、胸口上被抓出一道道血痕，指甲上鲜血淋漓。叔叔翻着白眼，嘴巴大张着，就像离开水而窒息的鱼，幸好他还没死，他用微弱的声音说着什么。

收藏家把耳朵凑上去，才听清楚叔叔说的话："那幅画……看着看着……我就开始难受……"他艰难地说着，头一歪死去了。收藏家低头一看，那幅肖像画正落在地上……

布朗先生听到这里惊呆了，焦急地问："后来怎么样？警察查出他的死因了吗？"

收藏家摇摇头："法医鉴定，他死于心血管疾病，可他的身体一向非常健康。我无法忘记他死前恐惧的眼神，他的手一直指着那幅画……我叔叔死后，那幅画被家人出售了，我曾经把这个故事私下里告诉了几个朋友，很快消息就在收藏界传开了，这幅画获得了一个别称——'死亡肖像'。"

布朗只觉得手脚冰凉，直到收藏家离去，他还没从震惊中恢复过来。他想了想，走到墙边，摘下那幅油画，用白纸包裹好，塞进了抽屉，再也不敢看它了。

第二天，布朗先生正在画廊里胡

思乱想，从门外走进来一个英俊青年，他叫阿隆索，刚从南美移民到英国，布朗的女儿珍妮对阿隆索很有好感，他最近就借宿在布朗家。布朗对女儿喜欢一个穷移民很不满，多次责骂她，可珍妮根本不听他的话。

阿隆索夹着一个大邮包走到柜台前，挠了挠脑袋，不好意思地说："布朗先生，我想请您帮我鉴定一幅油画。"

布朗先生看了看方方正正的邮包，邮件上写着南美的地址，阿隆索说，这幅画原本属于他的一位远房姑妈，她喜欢收藏艺术品，前几天她去世了，按照她的遗嘱，阿隆索分到了一幅油画，刚从邮局拿来，还没打开包裹看呢。

于是，布朗拿出裁纸刀，慢慢裁开纸包，准备取画鉴定，就在这时，珍妮开车从外面回来，车上装着大包小包的东西，她喊阿隆索过去帮忙搬东西。阿隆索刚走，布朗已经把邮包打开了，里面露出了一幅风景油画，他定睛一看，激动得双手颤抖，揉揉眼睛仔细看，没错，这是法国画家莫奈的一幅风景画，没想到，阿隆索意外得到了价值连城的宝贝！

布朗贪婪地看着那幅画，忽然冒出了一个念头，他抬头看看，阿隆索和珍妮还在搬东西，没注意这边的情况。那幅《最后的艾丽丝》看上去和莫奈的画尺寸相仿，如果把两幅画掉包，不仅能得到一张传世名画，还能甩掉死亡肖像的负担。布朗当机立断，迅速打开抽屉，从木头画框中取下那幅《最后的艾丽丝》，把莫奈的画放进画框里，再把没有画框的肖像画塞进邮包里。

一会儿，阿隆索走了回来，好奇地问："怎么样，布朗先生，这幅画值钱吗？"

布朗咳嗽一声，故意用惊奇的口气说："没想到真是一幅好画，我估计它在市场上能值500英镑。"

"真的吗？太好了！"阿隆索高兴地从邮包里取出油画，仔细地欣赏了一番，然后向布朗道谢，兴高采烈地抱着画回房间去了。

布朗也很高兴，烦心事就这么圆满解决了，还意外地得到了一幅贵重的名画。他幸灾乐祸地想，如果死亡肖像能应验在阿隆索身上，他又少了一个麻烦。晚上，他蹑手蹑脚地走到阿隆索的房间外，透过门缝，看见阿隆索斜躺在床上，那个大邮包就放在床头，邮包里露出肖像画的一角。布朗诡异地一笑，又悄悄走回自己的卧室。

布朗取出莫奈的画，端端正正地挂在墙上，然后又坐到床上，观赏着风景画，心里充满了喜悦。"这幅画能卖几十万英镑啊，天，我真的发大财了，谁会想到我的运气这么好。这幅画应该尽快拍卖掉，钱到手就放心了。"

半个月后的一天早晨，珍妮没见布朗下楼吃早饭，便去房间叫他，门没关，推门进去一看，珍妮一声惊叫："阿隆索，快来！"

阿隆索睡在楼下的房间里，听到喊声连忙跑上去，只见布朗直挺挺地躺在床上，床单乱糟糟的，似乎他在床上来回翻滚过。布朗的睡袍扯开了，胸前抓出了一条条血印，他眼睛木然地瞪着前方，还没有断气，他的手艰难地指着墙上……

阿隆索抬起头，墙上只有一幅风景画，他茫然地看了看布朗，而这时的布朗已经气息奄奄了，他的身子抽搐了几下，终于不动了。

珍妮吓得脸色惨白："爸爸到底得了什么病？"

阿隆索没有回答，他默默地走到墙边，仔细打量那幅风景画，突然，他看到了那乌褐色的画框，身体猛地震了一下，他伸出手去，轻轻抚摸着画框，回头对珍妮说："我知道你父亲的死因了。"

阿隆索告诉珍妮，这画框的木材来自一种罕见的树木，它的树身是乌褐色的，木质细密，会释放出有毒的气体，如果人长期在密闭的空间里吸入这种毒气，就会中毒而死。这种树生长在南美热带雨林，阿隆索在南美长大，所以了解它的特性。这种木材运到欧洲，欧洲人对它的毒性一无所知，就把它制成了画框。

珍妮恍然大悟，但阿隆索说的只是画框的秘密，至于墙上那幅画的秘密，将永远是一个谜了……

(题图、插图：佐　夫)

·本刊信息传真·

2009 年中国最佳故事评选

为了繁荣故事文学、推动故事创作，2009 年，故事中国网(www.storychina.cn)举办年度中国最佳故事评选。**评选标准：**在情节性、艺术性、思想性、文学性方面有突出表现，能够代表年度故事创作最高水平的各类故事作品。**参选条件：**2009 年 1 月 1 日至 2009 年 12 月 31 日期间在国内正规报刊（省级以上）发表的故事作品均可参加，不限题材、风格、篇幅。**参加方法：**1、作者本人登录故事中国网提交作品；2、推荐别人的作品，需事先征得作者本人的同意，再通过故事中国网提交；3、各家故事报刊编辑部可直接向故事中国网推荐作品，推荐信箱：storychina@gmail.com

评选流程：每月参评故事经评审小组审核，确定入围作品，进入年终决选，各故事报刊编辑部合作成员推荐的作品可直接进入年终决选；年终决选阶段，将邀请由资深故事编辑、专家、学者组成的评审组进行投票，评出年度最佳故事一篇，优秀作品若干。

奖励：年度最佳故事作者获得特别荣誉证书及奖金 3000 元，并受邀前来上海领奖；所有优秀作品将结集出版《2009 年度中国最佳故事》一书，并支付稿费。更多详情，请登录故事中国网查看。

和推磨有关的奇案

□ 肖亚雄

你见过推磨吗？过去，富裕人家的磨一般用牲口来推，而穷人家则需要靠人力来推，推磨时间长了，人就会头晕，我国西南地区的人发明了一种木制的"丁"字形工具，叫做磨担钩，借助这种工具，推磨人可以站在原地不动，只需推动磨担钩就可以使石磨动起来，今天讲的故事就和磨担钩有关。

清朝乾隆年间，重庆杨家坪有一个叫杨一德的人，靠开磨房起家，成了当地一个不大不小的财主，人称磨房杨老爷。这杨老爷虽然家道殷实，可惜膝下无子，后继无人。杨老爷原配夫人张氏精明貌美，但肚皮不争气，久久没有动静，于是杨老爷就要纳妾，张氏起初不愿意，但时间一长也只好妥协，但她要求，老爷所纳之妾需由她张氏亲自挑选。

就在张氏答应老爷纳妾的第二天，重庆破天荒地下了一夜的大雪。一大早，杨家仆人起来开门扫雪，发现门口倚靠着一对衣衫褴褛的男女，男的四十多岁，女的二十岁出头，两人已经冻得说不出话来了。张氏平日就积德行善，因此仆人自作主张，把两人扶到客房，灌了几口热汤之后便来禀报张氏。

张氏来到客房，经过打听得知，这是一对父女，父亲叫张老坎，女儿叫张翠花，因家乡遭了难，逃难过来的。张氏见他们父女可怜，便收留了

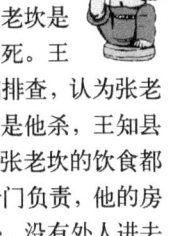

下来，张翠花很快就成了杨老爷的二房太太，而张老坎则去磨房当了账房先生。张翠花和杨老爷圆房后，她的肚子就一天天大了起来，七个月后不知什么原因动了胎气，孩子早产了。这孩子虽是早产，但是由于杨家照顾得好，因此孩子满月抱出来一看，和足月生的小儿没有什么区别。杨老爷为儿子起名杨赛虎，赛虎不到三岁，翠花又生一胎，还是男婴，起名杨赛豹。

杨老爷中年得两子，真是喜上眉梢，他每天看着睡在身边的两个小子，像吃了蜜糖一样。他铆足了劲赚钱，又买了好几十亩良田给两个儿子备着，夜晚搂着这个捡来的小老婆"心肝宝贝"地叫个不停。就在赛虎四岁、赛豹刚学走路时，一场突如奇来的祸事降临到杨家。

这天，杨老爷从外面要账回来，刚到庄口，就见自家门口围满了看热闹的人。原来，自己的"第二老丈人"张老坎突然暴亡。杨老爷惊惶失措，他急急忙忙赶到老丈人的房间，只见张老坎全身一丝不挂，扭曲着身子倒在地上，口鼻流血，面目狰狞，一看就知道不是正常死亡。杨老爷本想隐瞒了事，然而有众多家仆和外人在场，并且人命关天，死的又是自己爱妾的父亲，于是立刻差人报官。

不久，本地的王知县带着仵作及其他一干人，赶到现场仔细勘验，经过仵作验尸后确定张老坎是中剧毒"鹤顶红"而死。王知县对杨家上下细细排查，认为张老坎不可能自杀，一定是他杀，王知县还从众人口中得知，张老坎的饮食都是由二奶奶张翠花专门负责，他的房间除了二奶奶进去外，没有外人进去过。张老坎今天上午没有去磨房，仆人进入他的卧室召唤，却发现他已经僵死在地上了。

由此看来，张老坎的死定然和张翠花有莫大的关系，于是王知县下令将张翠花押到县衙。众人见张翠花被押走，都丈二和尚摸不到头脑，这张翠花和张老坎乃是父女，就算她再不孝顺，也不至于用鹤顶红将亲老子毒死啊！

再说这张翠花在县衙大堂之上战战兢兢，身体颤抖如同筛糠，口中大呼冤枉，在场的人也觉得这王知县确实冤枉了张翠花。

突然，王知县一拍惊堂木，大喝道："大胆刁妇，还不从实招来，你口口声声称张老坎是你亲爹，岂有闺女到亲爹房中过夜的道理？"原来在杨家排查的时候，有仆人告知，他们多次在夜里听到亲家老爷房里有二奶奶的声音，而且有时候一大早看到二奶奶从张老坎卧室出来。王知县大声呵斥："俗话说没有不透风的墙，你与那张老坎究竟是何关系，还不从实招来？莫非想受皮肉之苦？"王知县话

音刚落，那张翠花早已吓得七魂离窍，急着喊道："小女子招供……"

其实这张翠花并不是张老坎的女儿，而是张老坎拐来的，张翠花也不清楚自己的身世，只知道自己从十四岁起就被张老坎霸占了，只是对外一直都称是父女关系。自从张翠花到杨家做妾之后，她确实想死心塌地地跟着杨老爷，无奈杨老爷不仅年龄大，还老是外出做生意，正值青春韶华之年的张翠花很是寂寞，而张老坎便见缝插针，要挟她，如若不从，便会将这一切公之于众，因此张翠花也就半推半就了。

那天，杨老爷进城打点生意未归，三更时分，张翠花便悄悄溜到张老坎房中，就在两人恣意亲近的时候，张老坎突然七窍流血，从床上翻滚到地下，猛叫一声，便一命归西了，张翠花吓得面无人色，慌慌张张地收拾一下床铺就逃离了现场。

张翠花讲了这些之后，在大堂上磕头不停，口中道："奴家不守妇道，确实该死，可是大人，奴家真的没有毒杀张老坎，若有半句虚言天打雷轰，还望青天大老爷明鉴。"

审案到此，王知县不禁皱起了眉头，因为凭借多年的断案经验，张翠花所言应该是真，那么究竟是谁杀了张老坎呢？

这案子过了三日没有丝毫进展，王知县又带人来到杨家，将张老坎的卧房又彻底搜了两遍，还是没有发现丝毫线索，于是又到张翠花的房间去搜，在张翠花的床上，王知县发现了一个三寸长的磨担钩，便禁不住拿在手中，轻轻地在掌中摩挲，突然，他觉得有一点点儿的砂砾掉在掌中，王知县将掌中的砂砾凑到窗前一看，脸色突变，原来，磨担钩的钩嘴部是空心的，砂砾就从里面掉落，这砂砾乃是毒药"鹤顶红"！

王知县火速赶回县衙重新审案，他让人将磨担钩拿到张翠花面前，喝

道："张翠花，你可认得这物件？"张翠花看着磨担钩，疑惑地回答："大人，这磨担钩是我大儿子赛虎玩耍过的，不知此物件与本案何关？"

王知县立即命衙役将赛虎带到大堂之上，张翠花一把搂过赛虎，哭得呼天抢地，泪如雨下。

王知县拿了几块米花糖，塞给神情惊恐的赛虎，然后，拿过磨担钩，笑着对赛虎说："赛虎，告诉大爷，这个磨担钩是谁给你的啊？"

赛虎捏着米花糖，看看亲娘，又看看王知县和众人，胆怯地说道："是外公给的。"

王知县又轻轻地追问："好孩子，告诉大爷，外公给你这个干吗啊？"

赛虎一边比划一边说："外公拿给我磨面面要的。"

王知县见赛虎不怕了，接着道："外公要你在哪里磨面面呢？""外公说，等娘亲睡着了，在娘亲的奶奶上面磨……磨了后，他给我买好吃的。"

王知县叫人送走了孩子，紧接着追问张翠花："这个孩子不是你和杨老爷的，而是你和张老坎的，对不对？"张翠花愧疚地点了点头。

王知县叫来女仵作，并在她的耳边低语几句。那女仵作在堂上用屏风将张翠花团团围住，用湿毛巾反复擦拭张翠花的乳房，然后将鸡蛋打于湿毛巾上，牵一条黄狗来舔毛巾，眼睛一眨，只见黄狗倒地而亡。

案情终于明白了，原来张翠花"早产"生下的赛虎，并非是杨老爷之子，而是张老坎的种，为了避嫌，故意称足月生下的赛虎为"早产"。张老坎虽然丢了老婆张翠花，但是自从有了儿子赛虎，他似乎看到了人生的希望，因为将来赛虎将要继承杨家的家产，可哪知后来张翠花又生了个赛豹，将来长大就要分走赛虎一半的家产，于是他要想办法害死赛豹，让自己的儿子赛虎独享杨家家产，他想出了一条毒计：哄骗赛虎用磨担钩往张翠花乳房上涂毒药，毒死正在吃奶的赛豹！

哪知这两天赛豹染病腹泻，郎中吩咐需禁奶三天，换用米面糊糊充饥，而赛虎拿到了张老坎给的磨担钩，睡觉的时候非要在娘亲的奶奶上磨面面，张翠花觉得儿子贪玩，也没有太阻挡。那天正好杨老爷又外出谈生意未归，晚上，张翠花将两个儿子哄着睡了，便跑去偷情，而张老坎因见赛豹未死，误以为赛虎并未往张翠花乳房上涂抹鹤顶红，因此在亲近时误将张翠花乳房上的鹤顶红吃进了嘴里，一命呜呼，命丧黄泉，因此，赛虎实际上才是杀死他假外公、真亲爹张老坎的"凶手"，此案一破，成了当时重庆府的一大奇案。

这真是机关算尽，恶有恶报，张老坎的"聪明"反而自误了性命啊！

（题图、插图：黄全昌）

你也逃不了

□ 啸 声 倍 思

有个小伙叫林青，他在一家配送公司上班，他在社会上交了一些不务正业的朋友，平时一起打打牌、喝喝酒、吹吹牛。

这天下班后，林青又被三个朋友约去喝酒，因为口袋里没钱，他们四人开着轻骑出去，挑了个乡下的小饭店，在一间阴暗的小包房里胡喝傻聊。喝着喝着，几个人就发起了牢骚："看那些富翁多潇洒，用钱像流水，我们什么时候也能咸鱼翻身？"

说到这里，有人就说："哎，啥时候哥们找户人家去捞上点什么。林青，你有没有这个胆？"

这时候林青已喝了不少酒，酒劲一上来，兴奋得不知所以，"啥没……没胆，我有……一个地方，哥们想捞一把的话，今夜就去做。"

三个混混一听林青有地方好去捞一把，就嚷嚷着要他快讲。乘着酒兴，林青有声有色地描述了一个地方。

那是林青送货时了解到的一个单位，去了多次，熟了。这个单位也在近郊，位置比较冷僻，夜里附近一般没人。上半夜有人加班，下半夜只有一个六十多岁的老头守夜。那个单位里有一间库房，里面堆放着许多的元器件，据说很值钱，随便弄一些出来日子就好过了。

那三个混混听了兴奋得不得了，觉着四个人对付一个糟老头，小菜一碟。他们一个个摩拳擦掌，都说立马就想去做。林青两手一按，说："这事不可太……太性急，我们再好好安排一下。"

大家计划好后，林青就带领着这些人一起开轻骑来到那个单位。他们在周围溜了一圈，发现无法下手，因为此时，那家公司里灯火通明，里边还有人在工作。他们几个便约好先各自回家作准备，等下半夜两点正在这家公司的墙外会合。

林青高一脚低一脚地回到家里，他酒实在喝得多了，房门一关，倒头便睡。林青这一觉睡得舒服，一觉睡到了大天亮，他从床上爬起来匆匆刷牙吃早饭，直到在单位上班时才突然想起：自己竟忘了合伙抢劫的事了！

下班的时候，林青接到电话，是昨天的几个混混请他喝酒。

在洋豪大酒楼一间装潢考究的包房内，他们四个又聚到了一起。不过今天比昨天气派多了，他们喝的是葡萄酒，点的是大龙虾等海鲜。林青看出苗头来了，说："不好意思，昨天睡过头了，你们做了吗？"

对面那个小混混嘴里嚼着龙虾肉，含混不清地说："去了。你让我们等得急死了，后来哥们就……"

旁边那个一瞪眼，"后来什么呀，他妈的一场空欢喜。"

林青不解，问："怎么一场空欢喜？"

那个混混说："保险箱是空的，背出来的那点货，又没人要，只好当废品卖了，弄了顿酒钱。这不，你也在享受哪。"

后来他们都觉着没趣，就不再说这事了，于是就喝酒，临散时，有人塞给了林青一包中华烟。

转眼一个星期过去，林青已把这一档子事抛到了脑后。那日他送了一单货刚回单位，就被候在那里的公安逮捕了。

原来，前些时候，发生了一起非

编读聊天室：众手浇开故事花

陈抗美：美国当代著名的作家和科学家诺曼·卡曾斯指出：每天微笑可多活7年，幽默是我们所有人都具备却没有充分利用的武器。人们笑得越多，抗忧郁药就卖得越少，离婚率和自杀率也会相应减少。而且，幽默感对于改善人际关系具有很强的积极作用。

为此，每期贵刊上的《笑话》和《幽默世界》中的故事是我必看的。看着、看着，忍俊不禁的我顿时抛弃了所有的烦恼。

作为贵刊的一名老读者，希望《笑话》和《幽默世界》这两个栏目越办越好，希望能看到更多的精品故事。

廖日坤：我是《故事会》多年来的忠实读者，很喜欢最近几期推出的《法律知识故事》一栏，它就像发生在我们身边的一些故事，离现实很近，离生活很近。通过律师的点评，就可以发现法律离我们很近，当我们遇到法律问题时，我们不仅要维护自身的权利，更要知法、懂法、守法，用正确的方法去解决纠纷和问题。

常严重的杀人抢劫案，一家仓库的值班员惨遭杀害，大批元器件被劫。公安人员接到报警以后，立即组织专案组侦查。通过不懈的努力，杀人抢劫案终于告破，三个小混混被捕拿归案。初审时三案犯就供出了林青，于是，林青也落网了。

林青到案以后，交代时如竹筒倒豆子。他想，自己虽然也参加了商量抢劫的事，但自己后来没有去，也没分到什么赃，应该说，不去就没有罪，有也是轻的。弄得好，主动彻底坦白交代，也许就无罪释放了。谁知后来法院判决下来却使他大吃一惊，虽然林青没有去参加杀人，因而没有定他杀人的罪，但他是这起抢劫案的策划者、主使人，是案件的主犯，因此判了重刑，他的刑期甚至比另外两个没动手杀人的小混混还要长。

律师点评：

林青没有最终亲自参加抢劫，为什么也构成了犯罪而且还重判了呢？一般说，人的犯罪包括主观和客观两个方面。林青在与朋友一起喝酒时，已产生了实施"抢劫"的意图，他为了保证"抢劫"的顺利进行，还积极提供线索，出谋划策，甚至带人到现场实地观察，所以说，他主观方面的"抢劫"故意是没有异议的。至于他没有最后参与，这完全是意志之外的原因。而他的其他同伙已根据他们共同形成的犯意付诸实施，完成了抢劫全过程。因此，林青应当对抢劫行为所产生的全部结果承担相应的刑事责任。

（题图、插图：谭海彦）

·中篇故事·

世上许多的收藏是有价的，而人生经历中一些富有纪念意义的物品却是无价的……

绝对宝贝

□ 安昌河

1. 鉴宝

梁文成是个古董迷，在收藏界混了两年，经常参加鉴宝活动。这天，梁文成准备去一个鉴宝现场，这次来现场的鉴宝专家可是举国上下妇孺皆知的大人物，此人名叫羊田，五十多岁，和其他鉴定专家不一样的是，羊田鉴定器物，总是能将它所蕴藏的历史和故事讲得明明白白，如同面对一位刚从历史的风云中走来的饱经风霜、阅历无数的老人，令人尊崇、敬畏。

和以往一样，梁文成装扮成工作人员，混进了鉴宝现场。这个城市的藏家太多了，宝物也太多了，门外排着长长的队伍，大家都小心翼翼地搂着、抱着自己的藏品。

从羊田一进鉴宝现场起，梁文成的两眼就没离开过他。大半个上午过去了，梁文成还没从羊田的脸上看见什么喜色，对于那些藏友们恭恭敬敬送来的藏品，羊田的鉴定并不仔细，都是粗看，表情也很平静，说的都是些含混话："还行"、"不错"、"收起来"、"放好"，大概是因为外面排的队太长了，需要鉴定的东西太多了，羊田才不得不走马观花地看看，再则，可能确是没有什么好东西出现。

梁文成并没灰心，他知道，惊喜

总在不经意的时候出现，他继续紧盯着羊田的脸，注视着他鉴定器物时的眼神。

梁文成明白，在鉴宝现场，鉴定的专家面对古玩，往往不会把话说死，因为把话说满了，说透了，说绝了，总是会给自己惹来麻烦的，要是人家十万八万淘的东西，你愣说这玩意儿是近仿的，不值几个钱，那还不出人命？再说无论哪个专家，他再有能耐，也有知识经验不全面的地方，所以，那些专家往往都是含糊其辞，话留七分。要知道那东西究竟怎么样，你得从他看东西时的眼神、表情等各个方面去揣度，这是第一感觉，第一感觉往往差不离。

梁文成很善于捕捉鉴宝专家的眼神和表情，只要专家一见那古玩眼睛有神的，多看两眼的，表现出浓厚兴趣的，他都要撵着那古玩的主人，问人家卖不卖，啥价儿。

临近中午，鉴宝现场进来一个二十多岁的小伙子，老实巴交的样子，裤腿上还有泥水，看样子是从乡下赶来的。小伙子抱着个包袱，手里拿着票签，走在堂皇的大厅里，整个人显得有些畏畏缩缩的，很胆怯似的。

有人朝那小伙子喊道："嗨，小伙子，走快点儿，还有人等着呢。"

那小伙子走到羊田跟前，怯怯地问："你是叫羊田吧？是电视里的那个羊田吧？"

羊田说："我是羊田，是电视里的那个羊田。"

那小伙子取出包袱放在桌子上，小心翼翼地打开，取出一个碗来，就在那刹那间，只见羊田两眼"嗖"的闪过一道光芒，那光芒并未消失，而是亮闪闪地照耀在那碗上，叫梁文成感到惊奇的是——羊田接过那碗的时候，两手都在哆嗦!

羊田问话的嗓音都是颤抖的："这……这碗，哪里来的？"

那农村小伙子答道："我奶奶的。"

羊田又问："你奶奶呢？"

"死了，去年死的。"农村小伙子说，"我奶奶特别喜欢看你的鉴宝节目，她临死的时候给了我这个碗，说实在没钱了，叫我捧着这碗来找你，说只有你才晓得这是个宝贝。"

羊田点点头，认真地看着那碗。

在一旁的梁文成看得清清楚楚，羊田显得很激动，他拿着那碗看了好一阵子，才恋恋不舍地归还给小伙子，说："这碗你保管好，在门口等着，等我这会儿忙过了，我们好好谈谈。"

那小伙子很高兴，把碗揣进包袱，高高兴兴地出去了。

梁文成心头暗喜，他得赶紧溜出去，要抢在羊田前面，把东西弄到手，就在这时候，羊田起身了，说是去上厕所。梁文成看得出来，羊田找了个

借口，因为他把放在一边的手机拿到了手里，于是就多了个心眼，悄悄儿跟了去，果然不出梁文成所料，羊田躲在角落里打电话。

因为时常参加这样的鉴宝会，梁文成很清楚一些鉴宝专家的卑劣做法，他们遇到真正的宝贝，并不告诉你真相，只是敷衍了事，有时候甚至还说些叫你丧失信心的话，说什么这是赝品啊，不老啊，但是接下来他们就赶紧招呼朋友去捡漏。

梁文成真不希望羊田是这样的人，但他还真是，羊田的电话大概是打给助手的，他问助手在哪，那个助手大概跑得比较远，因此羊田很生气，责问助手跑那么远干什么，要他赶紧回来，到鉴宝现场的大门口，找一个年轻的小伙子，说那个小伙子手头有个宝贝……就在羊田详细地跟助手描述那小伙子长相的时候，梁文成赶紧走了，他得抢在羊田的助手之前下手！

2. 捡漏

梁文成来到鉴宝现场门口的时候，那个农村小伙子正坐在台阶上，抱着他的包袱打瞌睡，看样子他是从很远的地方赶来的，显得很疲惫。

梁文成上前叫道："嗨，朋友。"

那小伙子看看梁文成："咋？"

梁文成问："等钱用吧？"

小伙子反问："你咋知道？"

梁文成笑呵呵地说："不等钱用，你会把你奶奶的碗拿出来卖？"

"我奶奶没说要我卖，只是叫我给羊田看看。"

梁文成又问："他不是看了吗？你怎么不回去呢？"

小伙子憨厚地一笑，说："他叫我等着。"

"他叫你等着是要买你的碗。"梁文成顿了顿，看看小伙子的表情，笑眯眯地问，"你卖不卖？"

这问题叫小伙子犯难了，他疑惑地打量着梁文成，久久没有开口。

"你不缺钱吗？如果不缺钱，你会拿这个碗跑这么远？"梁文成上前拉起小伙子，说，"走吧，我看你也饿了，咱们先去吃点东西，边吃边说，价钱合适，你就把这碗卖给我。"见小伙子一脸犹豫，梁文成催促道："你等他，你看看这长队，都是等着请他鉴宝的呢，你要等到猴年马月啊！走吧走吧，我看你连早饭都没吃吧，瞧你饿得，嘴巴都瘪了……"

梁文成成功地把小伙子带走了，带进了一家偏僻的小酒馆，要了两瓶啤酒，喝起来。一边喝，一边闲聊，一会儿，话就多了起来，小伙子告诉梁文成，他是从一个叫老王沟村的地方赶来的，这碗，是奶奶给他的遗物，如果不是两个弟弟今年考上大学，短学费，他也不会拿出来去找羊田。

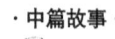

闲扯了一阵，梁文成就把话题转到了价钱上，他捧着那碗看来看去，问那小伙子心头有没有个价格。

小伙子扒拉着饭，说了一句实话："没有。"

"你估计值多少呢？"没等小伙子回答，梁文成像是自言自语似的说，"这碗品相不好，粗瓷的，还钉过，破得可不轻啊……"

小伙子放下碗筷，眼睛直愣愣地看着梁文成，生怕他不要了似的。

梁文成问："你认为值多少？"

小伙子看着梁文成，吞吞吐吐地说："你说呢？"

梁文成沉默了，他又将羊田拿到这碗时的表情、神态在脑子里过了一遍，咬咬牙，盯着小伙子，吐出了一句话："一万块！"

小伙子愣住了。

"你如果认为这价钱不合适的话，我就没办法了。"梁文成苦笑说，"实话告诉你，我刚刚下岗，老婆也没工作，还有个娃娃也刚刚考上大学，我是真喜欢这碗，才舍得出这一万块的，嗨，这一万块，可是我们家的救命钱啊，要是生疮害病，医院都没法子进了……你要觉得我这朋友可以，就爽利点卖给我！"说到动情处，梁文成不禁眼泪汪汪的。

"大哥，你别说了，我卖给你！"小伙子哪里受得了梁文成这表演的功夫，哽咽着把碗捧给了他，就这样，梁文成得了这宝碗。

得了宝碗那几天，梁文成白天捧着看，晚上捧着看，真是怎么也看不够啊，可看来看去，这碗究竟什么朝代的？出自那个窑口啊？梁文成觉得有必要搞清楚，于是找来图谱，对着看，却从没在图谱上发现过类似的。

难道这是世上仅存的孤品？梁文成真是越琢磨越兴奋，如果真是孤品，那这宝碗可真个是价值连城了！

3. 估价

听说梁文成一万块钱捡了个稀世的大漏，一些藏友都跑来要赏宝，梁文成也很得意，自然是要拿出来炫

耀的，可是大家看来看去，总觉得不太对劲。宋代的五大名窑中肯定没这玩意儿，那么这是哪个朝代的？汉唐明清？肯定不是啊，于是都议论纷纷，说是一件真正的文物，起码得说得清楚历史，什么朝代都说不明白，那还叫文物？所以，大家都认为梁文成多半打眼了。他们还说，就这品相，极有可能是小地方产的土瓷，而且就这说不清楚、道不明白的玩意儿，顶多也就值个三五块钱。说的人一多，梁文成心头也有些发毛，该不会真是捡了个瞎活儿吧？

就在梁文成拿着那碗狐疑不决的时候，有人给他吃了颗定心丸——

这天傍晚，一个外地人突然来到梁文成家门口，说是听说梁文成新得了个宝碗，很想长长见识，还说自己是大老远来的，而且找他很费了些工夫，希望梁文成能满足这个愿望。

见来人说得诚恳，梁文成就拿出了那个宝碗，那人捧在手上，看了看，就问梁文成愿不愿意出让，梁文成一听愣了，因为到他家来看这碗的人多了去，这还是头一回有人提出要买呢。梁文成心想，他既然想买，必定是清楚这碗的底细，何不听他报个价格，以此来判断自己是不是打眼了，于是就表示：如果对方真喜欢，也不是不可以出让，但是对方得给个实诚价。

"不是我喜欢，是我的一个朋友。"那人告诉梁文成，他这朋友近来非常忙，但是知道这碗，很想收藏，因此就托他来了，"听说你出价一万得的，我的朋友愿意给你一万五。"梁文成一听暗暗高兴，却不露声色地说："我不管你是自己买还是给你朋友买，一万五肯定不成，因为它根本就不止这价！"

那人沉思片刻，咬咬牙，说道："好吧，你说个数吧！"

梁文成斩钉截铁地说："六万！少一个子儿都不行！"

那人沉吟了一会儿，说："两万吧！"

梁文成微笑着摇摇头："不行。"

那人很失望，临走的时候，他要了梁文成的电话，看样子他并不死心。送走那人之后，梁文成一拍脑袋，觉得自己真是太疏忽了，怎么也该跟那人搞清楚一件事情啊，就是这碗他凭什么出两万块钱，他肯出这价，肯定知道这碗的底细，真是遗憾！不过梁文成还是满心欢喜，因为这次没成功的买卖证明了自己不仅没有打眼，而且确实捡了个漏！

过了一段时间，那人又来了，这回他愿意出三万，但是梁文成还是不肯卖，他固执地要六万，少一个子儿也不行。那人叹息一声，说："实话告诉你吧，你最好卖了。"

梁文成一听这话觉得奇怪了："为什么啊？为什么我最好卖了？"

那人说："因为它根本就不是你

想象的……那样值钱！"

梁文成"哈哈"大笑起来，从一开门看见那人，梁文成的心头就暗自得意，而且做好准备，不管今天是不是能交易成功，他都要来人好好说一说这碗的底细，现在，自己还没就这碗的底细扯开话题，他倒先说起来了，正好。梁文成问："为什么它不值钱呢？"

"因为它不是什么宝贝！"

"不是宝贝？那是什么？"梁文成忍不住还想笑，这人啊，为了得到想要的东西，真是会不择手段啊！

"它就是一个破碗！"那人急了，"我看你根本就不懂收藏，你就没看过陶瓷图谱？你看哪里记载过这样的东西？实话跟你说了，它不是什么宝贝，只是个破碗。"

"破碗？破碗你会三番五次来，还开价两万三万？"那人见梁文成有些生气了，就叹息一声，说："好吧，你真想知道，我就告诉你。"

4. 故事

那人告诉梁文成，这碗和著名的鉴宝专家羊田有关系，而他，是羊田最要好的朋友。要说这碗和羊田究竟有什么关系，这还得从三十五年前说起——

三十五年前，羊田在一个叫老王沟村的地方插队落户，老王沟村是一个偏僻、贫穷的小山村，只有二十多

户人家。村上帮羊田盖了个屋子，还给他置办了锅碗瓢盆。每天，羊田和大家一起出工，一起回他的小屋，做饭睡觉，生活一天天就过去了。

一天傍晚，突发了洪水，洪水席卷了整个老王沟村，还引发了泥石流，泥石流将羊田的小屋冲毁，除了一只粗瓷大碗，什么也没留下。为了给羊田盖这个房子，村里已经耗费不少，眼下大家都遭受灾难，也没能力再给他盖房子了，于是就安排他住在村上的牛棚子里。那么吃呢？不仅粮食没了，锅碗瓢盆也全没了，吃饭的家什就剩下这么个粗瓷大碗。看着那只粗瓷大碗，大家商量了一下，决定每户人家轮流管羊田一天的吃喝。一个月三十天，只有二十多户人家，那么月末剩余的几天又怎么办呢？有个叫王大娘的说，她家里人多，月末几天，就都由她家来管吧。

从此，那只粗瓷大碗就在村子里各家各户之间转悠，一日三餐，都由大家送到牛棚子里，端到羊田的手上，等他吃过了，空碗捧回去，下顿又满碗饭菜端来，大家给这样的管饭叫转转饭。这样的转转饭羊田整整吃了一年，那只粗瓷大碗，在村里每家每户手里也转悠了十二天，当然，王大娘家要除外，因为月末几天都是她家管着，所以那碗在她家里要多转几个十二天。

王大娘家人口多，但是劳力却

少，因此负担更重，但是王大娘的心眼却特别好，轮着王大娘管饭，那粗瓷大碗里的饭菜要特别多些，特别好些，这真叫羊田很是感激，他一直在想着，该怎么报答这家人。

这一天，又轮着王大娘家管饭了，早上，王大娘家小儿子来端碗的时候已经告诉羊田了，中午吃玉米干饭，可是等到午后了，饭还没送来，这是怎么回事呢？又等了一阵，还是没等到，羊田就饿着肚皮出工去了。晚上，羊田刚一回到家，王大娘就站在门口等他，请他到家里去吃。

到了那里，王大娘做了一大锅玉米干饭，一边招呼羊田吃，一边向他赔不是，羊田连忙说："怎么了？大娘，你给我赔什么不是呢？我感激你都还来不及呢。"

王大娘不好意思地指指羊田手里的碗，羊田这才注意到，自己端的饭碗，不是原来那个粗瓷大碗。

"你那个饭碗，我不小心打碎了，成了两瓣。"王大娘尴尬地笑笑说，"本来是想赔你一个新的，可是没钱买，也买不到那么大的，只有找人给你补了，到时候你别嫌它破就是了。"

羊田笑了："大娘，赔什么呀，你这里这么多碗，我借一个用用，等到啥时空了，再去集镇买就是了。"

"不行，我们家的碗你不能用。"王大娘说，"你瞧，我们这些碗，比你

·社会长廊 生活广角·

那碗要小一大号。"

羊田满不在乎地说："小就小，有什么关系呢！"

"那可不行，孩子，这碗小啊，人家给你盛的饭菜就少，咋够你吃呢？"看着王大娘关切的眼神，羊田真是感动万分。此后两天，羊田一直在王大娘家吃饭，直到王大娘找补碗匠把那只粗瓷大碗补好。

一年之后，羊田离开了老王沟村，临走那天，他是在王大娘家吃的饭，那天王大娘做了丰盛的饭菜，却是用那只粗瓷大碗盛给他的。因为就要离开这里，羊田这顿饭吃得真是五味俱全，想想这一年来所受过的苦

楚，乡亲们对自己的感情，再想想未来的生活，羊田难以抑制地想要哭泣。

吃完饭后，王大娘抹了抹湿漉漉的眼窝，说："孩子，晓得我为什么要用这只碗给你盛饭吗？"

羊田泪眼蒙眬地看着王大娘，没说话，王大娘告诉羊田，用这破碗给他盛饭，为的是要他别忘记在这里受过的磨难，今后无论生活怎么样，遇到什么困难，都要想到自己吃转转饭的日子，咬咬牙，坚强地应付。

"孩子，这碗你吃过了我就会给你好好收起来，谁也不给用！"王大娘哭着说，"大娘这么做，是要叫你明白，要真有什么困难你熬不过去了，咬牙也应付不了了，就记得回老王沟村里来，这里还有你一个饭碗，你可以继续吃转转饭，我们还养你！"

羊田大哭起来，他给王大娘、乡亲们磕头道谢，走出了村庄……

梁文成虽然听得两眼泪花，却不相信这故事是真的，他长时间地看着那人，那人还沉浸在自己讲述的故事里，表情凝重，不停地掏出手帕来擦拭眼角的泪水。

梁文成问："你说羊田一直没回过老王沟村？"

"是啊，羊田从老王沟村出来后到了工厂上班，然后考上大学，读书，毕业，继续工作，结婚生孩子……最后研究文物，搞收藏，成了如今人人知晓的羊田。"那人告诉梁文成，羊田其实一直也想回老王沟村去看看，帮助乡亲们做点什么，可是太忙，直到他看见这只碗，听到王大娘早已去世的消息，才知道自己犯了不可弥补和不可原谅的错误。

梁文成听到这里，鼻子里"哧"的一声，笑着说："你以为我会相信你说的吗？"

那人急了："我说的千真万确，确实是羊田让我来帮他买回去的。"

"如果这故事是真的，那么我倒要问问你——王大娘已经死了，羊田也早就把当年的生活忘到了脑后，为什么还要这个破碗？还要拿三两万来买？这三两万可不是什么小数目啊！你告诉我，为什么？"梁文成盯着那人，一字一句，一句一问，一问一逼，逼得那人支支吾吾的，回答不上来了。

梁文成冷冷地笑了笑，说："要是羊田真想要这碗，你回去告诉他，八万块，少一个子儿也不行。"

"这……这碗哪里值得了这么多！我已经告诉你了，这碗不是什么文物，不是什么宝贝，只是个粗瓷大碗，对你没什么……什么意义的。"那人满头大汗，因为着急的缘故，话语也不利落了。

"如果真是你说的那样，对他羊田也照样没有什么意义，你说是不是？"

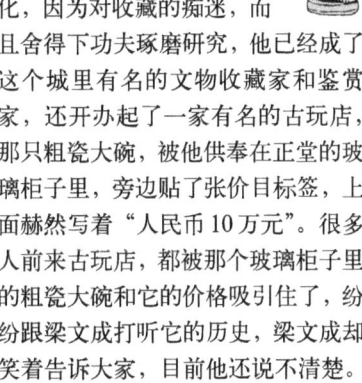

那人唉声叹气，却不知说什么是好了。

5. 胜券

梁文成的几个朋友知道这事后，有的说他过分，有的说他傻，要知道这样的东西拿在他手里，还真是没什么意义，没意义，自然也就没价值了。但是，梁文成却显得胸有成竹，他告诉大家，他现在拿着这碗，还真等于是坐拥了一件宝物，如果这真是一件年代久远的瓷器，没准儿它还值不了八万，但是关键现在它和羊田有了那样复杂的关系，所以，八万的价码一点不高。

"如果那故事是真的，羊田就绝对不会放弃这碗的。你们想想，这碗里头，装的是他的什么？记忆，情感，怀念，良心！关键是良心！"梁文成笑起来了，"八万块对于一个著名的鉴定专家来说，算得了什么呢？所以，要不了多久，他还会回来！"

但是这一回梁文成失算了，三个月过去了，羊田的那个朋友再也没来，半年过去了，羊田的那个朋友还是没来。不仅如此，羊田似乎也从公众的视线里消失了。一年过去了，羊田的那个朋友仍然没来，而且羊田也好像销声匿迹了，因为没有谁再从电视里看见过他，报纸上也没消息，上网搜索，同样没有……

就这样过去了三年，这三年时间里，梁文成发生了很大变化，因为对收藏的痴迷，而且舍得下功夫琢磨研究，他已经成了这个城里有名的文物收藏家和鉴赏家，还开办起了一家有名的古玩店，那只粗瓷大碗，被他供奉在正堂的玻璃柜子里，旁边贴了张价目标签，上面赫然写着"人民币10万元"。很多人前来古玩店，都被那个玻璃柜子里的粗瓷大碗和它的价格吸引住了，纷纷跟梁文成打听它的历史，梁文成却笑着告诉大家，目前他还说不清楚。

有人好奇地问："既然说不清楚，凭什么就证明它值十万块呢？"

"因人而异。"梁文成说，"这世界

上有很多东西你看起来一文不值，但是别人拿在手里却愿意用性命呵护。我说不清楚它的历史，是因为它的历史只属于某些人，甚至某个人，我把它放在这里，是在等说得清楚它的历史的人来。"

梁文成的话叫大家感到深奥难懂，他却微笑着不愿意再多作解释。

有一天，梁文成的古玩店里来了一个人，他对这只碗感到很好奇，愿意出五万块钱买下它，梁文成却不肯卖，还问人家："你为什么要买下它呢？"

那人说不清楚。

梁文成笑着说："你不懂它，它就不属于你。"

那人说："我好奇啊！"

梁文成更是觉得好笑，说："你总不能拿五万块来满足一个好奇啊！"

那人很失望就走了。朋友们得知消息后，都问梁文成的脑子哪里出了问题，这玩意儿摆着三四年了，却从来没有谁买的，现在人家开出五万的价格，为什么不卖呢？难道你还在等你那所谓的八万吗？

"不，是十万，涨价了。"梁文成微笑着，一切都好像胸有成竹似的。见朋友们很想知道他究竟什么打算，梁文成犹豫了片刻，告诉了朋友们。原来，自从羊田从公众的视线里消失之后，他就觉得不对劲，于是到处打

听，费尽心机，终于打听到了羊田的下落：羊田回老王沟村去了，他卖掉自己的所有藏品，告别了收藏界，带着钱，悄无声息地回了老王沟村，在那里修公路，建学校，办养殖，搞种植……梁文成说，根据他最近获得的消息，羊田把那个老王沟村天翻地覆地变了个模样，自己也成了大富豪。

"他为什么会那样做？"梁文成指着那只粗瓷大碗，说，"就因为它。因此，这碗对于他羊田来说有多重要就不言而喻了，你们说他会放弃这碗吗？而且他现在有的是钱，会在乎十万块吗？"

6. 无价

事情还真如梁文成所预料的那样发展了。这一天，古玩店里突然闯进一个西装革履的小伙子，一进门就直奔正堂的玻璃柜子，然后站在柜子边大声吆喝："老板呢，老板呢？"

梁文成走过，眯着眼一瞧，嗨，这不就是当年卖给自己这碗的那个来自老王沟村的小伙子嘛，瞧这打扮，名牌西装，领带，锃亮的皮鞋，黑亮的头发，大款派头，果真是发达了，有钱了。

梁文成问："啥事？"

小伙子也认出了梁文成，他指着那碗，说："赶紧给我取出来，我要它物归原主！"

梁文成伸出手指，轻轻地点了点

柜子边上的标签，示意小伙子瞧瞧，小伙子瞧了一眼，吓了一跳，惊呼起来："十万？"

梁文成点点头。

"你这不蒙人吗？一个碗，十万？"小伙子瞪大眼睛，再把标签看了一遍。

梁文成微笑着问："你不也是一万块钱卖给我的吗？"

"好吧。"小伙子想了想，取下挎包，拉开拉链，让梁文成看了看包里的钱，"这是十万，你把碗给我吧！"

梁文成看着挎包里塞得满满的钱，问道："谁叫你来买的？"

"我自己。"

"你为什么要买它呢？"梁文成说道，"十万块，这可是一大笔钱啊！"

"我知道。"小伙子说着，脸色显得悲戚起来。

梁文成又问："你买去干什么呢？也是收藏吗？"

"摔了它！"小伙子说出这三个字时，已是泪眼涟涟了。

梁文成关切地问："究竟发生了什么事？为什么要摔了它？"

小伙子哽咽起来，梁文成忙将他拉到旁边的书房里，给他倒了杯开水，请他坐下。小伙子告诉梁文成，当时他拿着卖碗得来的一万块钱，把两个弟弟送进了大学。刚回到老王沟村不久，羊田就找来了。乡亲们认得羊田，都热情地招待他。羊田告诉他们，这次来老王沟村，有两件事，一件是想买回那只碗，第二件是想帮助大家，看他能帮着做点什么。小伙子告诉羊田，那只碗已经被人花一万块钱买走了，羊田听了，也没说什么。乡亲们见到羊田，都很高兴，说哪里要你什么帮助，你能回来看看，大家就都高兴了。

那次羊田是哭泣着离开老王沟村的，因为他听说了王大娘的事。王大娘生了很久的病，但是一直不肯吃药，更不肯进医院，因为她怕花钱，她的几个孙子读书都要花钱，而且家里那么穷。她一直说自己生病是因为老了，老了就要死。老人在临死的时候很惦念羊田，很想见见他。

没过多久，羊田再次来到了老王沟村，从此就再没离开过。他变卖了在城里的所有资产，他要帮助老王沟村的人民富裕起来，他修公路，建学校，带领大家养鸡养鸭，栽树木种药材，最后组建了土特产商贸股份公司，老王沟村的村民人人都是股东……因为劳累，羊田患上了严重的疾病，但是他一直瞒着大家，他不想大家为他担心。因为太忙，从患病到实在撑不住倒下，羊田从来没进过医院，他一直在老王沟村……

梁文成听到这里，心里酸酸的，眼里湿湿的，他问："羊田现在怎么样了？"

"死了。"小伙子抹了把泪水,"三天前去世的。"

梁文成怔住了。

小伙子告诉梁文成,如今的老王沟村,已经是远近有名的富裕村,家家户户住上了楼房,很多人家还买上了小车……为了感激羊田的恩情,大家商议:一定要找到那只粗瓷大碗,在羊田出殡的时候摔了它!

梁文成疑惑地问:"为什么一定得摔了它呢?"

"如果没有这只碗,他就不会记得老王沟村,他就不会回老王沟村,当然也就不会累死在老王沟村了。"小伙子说,"而且他在临死的时候,也很惦念那只碗,说真想用那只粗瓷大碗盛碗饭吃吃……于是我们就到处找,没等找到,他就死了,现在终于找到了,就该让他带走了……"

"如果你买它是拿去摔,我是不会卖给你的。"梁文成说,"十万不卖,二十万也不会卖!"

小伙子听了,脸上满是恼意:"可是你拿着它有什么用呢?它又不是什么宝贝,只是个碗!"

梁文成冷冷地反问了一句:"既然只是一只普通的碗,你为什么要花十万块钱买它呢?"

小伙子不知如何应答了。

梁文成最终没有满足小伙子的愿望,他没有卖掉那只碗,而是重新做了柜子,水晶的,里头铺垫了金丝绒,那只粗瓷大碗摆放在柜内,在水晶柜子的四个角落,搁置着四盏漂亮的射灯。晶亮的水晶柜子,明亮的射灯,把那只碗映衬得璀璨夺目。只要是一进古玩店的,没有谁不被那碗吸引过去的,没有谁不开口问这碗卖多少钱的。

每当这时,梁文成就会微笑着说:"无价之宝!"

"究竟什么来头,竟然敢称无价之宝?"

于是,梁文成就将羊田和这只碗的故事讲了一遍,每一个听完故事的人,都禁不住泪眼蒙眬的,都会认为这确是无价之宝。

(题图、插图:杨宏富)

为困境买一份"保险"

司机老王从县城载一批乘客去山村，途中，汽车在海拔4800米的山上抛锚，老王笑着安慰乘客们："大家不要着急，我可是买了保险的哦！"乘客们暗笑老王的迂腐。傍晚时分，一辆开往县城的面包车经过此地，一位年轻司机走了出来，和老王打招呼，接着小声地说了一通后开车走了。晚上12点，山上寒气逼人，这时傍晚经过的那辆面包车回来了。原来，年轻司机到县城带了维修工具和配件赶了回来。车终于修好了，因为老王年纪大了，而前面的路况不好，

所以由年轻司机来驾车。

路上，年轻司机告诉乘客们，他和老王认识才一年，但他们之间都会相互帮助，一年前就在这条路上，老王为年轻司机推了15公里路的车。老王跑了20年的运输，帮助过的司机不计其数。听到这里，旅客们纷纷想起老王之前所说的话："我可是买了保险的哦！"原来，他就是靠平时乐于助人为自己未来的困境买了一份"保险"。

（作者：付交煌；推荐者：蓝献伟）

爱的玄机

爷和奶奶都80多岁了，有时神志不清，连儿孙也认不太分明，好几次他们互相指对方发问："这是谁呢，一直呆在我身边？"过一会儿，似乎又清醒了，奶奶便翕动着干瘪的嘴巴开了口："你呀——老头子，那一次你送我的羊皮，我用来做一件夹袄，穿了这么多年还没见烂哩！"也不知爷爷到底听清没有，接过话茬就说："还说呢，老婆子，那天你给我的两个青杏，我吃到现在还酸牙！"

两个老人每日都旁若无人地重复这几句话，表情安然祥和，平静得像是什么也没发生过。岁月是无法消磨掉人们心中爱的记忆的，纵然是一点点，只要是真爱，便意味着地久天长。

（作者：佚　名；推荐者：韩　心）

三碗茶成就一代名将

日本历史上的名将石田未成名之前在观音寺谋生。有一天，幕府将军丰臣秀吉口渴到寺中求茶，石田热情地接待了他。在倒茶时，石田奉上的第一杯茶是大碗的温茶，第二杯是中碗稍热的茶，当丰臣秀吉要第三杯时，他却奉上了一小碗热茶。

丰臣秀吉不解其意，石田解释说：这第一杯大碗温茶是为解渴的，所以温度要适当，量也一定要大；第二杯用中碗的热茶，是因为已经喝了一大碗不会太渴了，稍有品茗之意，所以温度要稍热，量也要小些；第三杯，则不为解渴，纯粹是为了品茗，所以要奉上小碗的热茶。

丰臣秀吉被石田的体贴入微深深打动，于是将他招入自己的麾下，使得石田成为一代名将。

（作者：佚 名；推荐者：任 一）

卖 破 绽

不久前，王经理在旅游区新接手了一家土特产店，主要以接待团队游客为主，虽然全场九折优惠，但生意不好。

王经理有个朋友很有经营头脑，他自告奋勇来帮王经理出主意，他先去店里转了转，不一会儿，那朋友回来了，说他发现了一个现象：很多空手的顾客在出口那两排货架前都不约而同地停下，拿起货物不停地比较，然后几乎都会拎一些来到收银台，不一会儿那两排货架就空了。那货架上放的是"瘪壳货"，原来前几天新进一批商品时，有几箱货在运输途中受到碰撞挤压，外包装有了不同程度的皱褶或凹陷，只好将这些货在九折基础上再降价处理。

然后，那朋友让王经理带几个人到仓库，调出一批货来，或挤，或压，硬是把它们完好无缺的外包装弄得皱褶不堪，忙完这一切，那朋友还郑重地建议：专门指定一名销售主管，要紧密跟踪，随时保证"瘪壳货"的供应，同时取消全场九折销售方案，"瘪壳货"比正常货优惠15元左右。

这一招果然比直接打折奏效，直接带动了全场的销售，王经理禁不住连声夸赞那朋友，朋友说了这样一句颇有哲理的话："你以为开店就是卖货啊？还要卖些破绽呢！"

（作者：陈 穆）

（本栏插图：安玉民 梁 丽）

学写作文，从读故事开始

意外的
遗产

维尔是一个富翁，过着悠闲安逸的生活，可是最近他却为一件事所烦恼：他担心自己一旦离开人世，他的那对孪生儿女就会由于遗产问题而产生争执。维尔年轻的时候，父亲就去世了，为了争夺遗产，他不惜想杀掉自己的亲兄弟，可是那次的谋杀没有得逞，这件事一直折磨着他，让他羞愧难当。

为了避免发生这种不幸的事情，维尔将儿子何塞送进军校读书，不让他呆在家里。

一天，维尔将女儿马丽亚叫到身旁说道："孩子，你是姑娘家，我得特别地关照你，所以，在你哥哥回来之前，我要告诉你一件至关重要的事情——在我们家别墅一楼的客厅里，从门开始往左数第17块砖头底下有块石头，石头下埋着一个铁匣，里面装有100万金币，这可是我多年的积蓄！这都是归你所有的，从现在起，我不再谈这件事了，为你保守住这个秘密！"马丽亚悲戚地微笑着，一再劝慰父亲，并祝愿父亲身体健康。

秋去冬来，时光流逝，维尔越来越老了，渐渐地就卧病不起了。

在军校读书的儿子何塞也请假回了家，兄妹俩悉心照料着维尔，没过多久，死神终于夺走了维尔的生命。眼泪陪伴着兄妹俩度过了葬礼后的一段时光，他们少言寡语，无心交谈。过了许多天，他们才打开父亲的遗嘱，同律师一道处理了后事。

这天晚上，兄妹俩呆在客厅里，

马丽亚走到哥哥何塞身旁坐下来，然后怯生生地开了口："何塞，我得告诉你一件……怪事！"马丽亚小声地说，"你可别吃惊……我们的别墅里有100万金币……"

何塞不假思索地打断了马丽亚的话："金币不是在家里，而是在牧场！"

马丽亚瞪大着双眼，有条有理地说："爸爸跟我说得一清二楚，那100万金币就放在客厅往左第17块砖底下……"

何塞皱起了眉头，摇了摇头："一定是你搞错了！爸爸告诉我，钱放在牧场那棵靠旧墙的树下！"

马丽亚站起身，反驳道："亲爱的，那是不可能的！你得相信，你回到

家时，爸爸快不行了，神志已经不大清楚了。"

"马丽亚，"何塞抓住了妹妹的手，沉思了片刻，说，"爸爸不可能说错，他一字一句，千叮万嘱，还说这钱是只给我一个人的。"

"他也这么对我说的！"

两人发现了什么，突然沉默了。过了很久，何塞喃喃地说："要是你愿意，我们现在就去看看，这样一切都会明白了。"

于是，兄妹俩先到了别墅的客厅里，按照父亲说的地方找到了铁匣子，马丽亚打开一看，匣子里果然放满了金光灿灿的金币，匣子里还有一张字条，马丽亚兴奋地叫了起来："瞧，这是爸爸的笔迹！"兄妹俩凑在一起，读着读着，泪如泉涌。

接着，他们又朝牧场出发了，在那棵树下也找到了一样重的铁匣子，打开一看，里面果然也盛满了金币，也放了一张字条，上面也是维尔亲笔写的一封信，内容是这样的："我的孩子，如果读这张字条时是你单独一人，那么我深感遗憾，但我原谅你；如果是你们兄妹俩一起看，那么我会高兴得从墓地中跳出来为你们祝福……"

兄妹俩又悲又喜，伸开双臂向对方迎了上去，久久地拥抱在一起……

（作者：彭慕泽；推荐者：紫　阆）

（题图、插图：安玉民　梁　丽）

这棵柳树怎么了

□ 老 三

老邢开了家画廊，卖些名人字画，开业以来生意一直不景气，老邢认为这与店门前那棵柳树有很大关系：那柳树两层楼高低，距离店门五六步远，是步行道和马路间的绿化树。它枝繁叶茂，却把老邢店门前的招牌遮挡住了，其实也没完全遮挡住，只不过从马路上或者对面人行道上某个角度往这边看，有些遮挡罢了，生意好与孬，和树实在没什么关系。

不过老邢可不这么想，他把不挣钱的原因完全归咎于这棵树，但是这咋整？把树砍了？他可没这胆，乱砍滥伐是要罚巨款的。老邢开始试验用

各种方法来杀死这棵树，比如往树坑里倒汽油、农药啦，往树根喷"灭蚊灵"啦，没事就上去踹它两脚、割它两刀啦等等，可结果呢？柳树虽然被折磨得伤痕累累，但依然屹立，枝翠叶绿，它不死，就是不死！

这天上午，本市一位名画家来到老邢店里，要取走他在这寄售的几幅画。他的画，老邢是费了不少劲儿才弄来的，却因为一直卖不出去，人家等不及了。老邢垂头丧气地送走画家，怒火万丈地瞪着那棵该死的柳树，暗暗发誓：24小时之内，老子要是还搞不死你，誓不为人！老邢想尽办法，弄来了一大桶浓硫酸，足有50公斤，然后，就静等夜幕降临。

晚上打烊后，老邢给老婆打电话，说是今晚不回家了。他关了店门，喝着小酒，耐心地等到了半夜三点，

开始行动了：他关了灯，从店里把那桶硫酸滚了出来，滚到柳树边。街上不见一人，路灯昏暗，树下阴影浓重，真是杀树的好时机。他用钳子扭开桶盖，往树坑里倒硫酸。

这硫酸浓度极高，气味刺鼻，冒着白烟，一接触到地面立即"滋滋"作响，气泡沸腾。树根在浓硫酸的侵袭下，迅速地腐蚀、碳化……源源不断的浓硫酸顺着根系烧出的缝隙，朝地底泄漏下去，整棵柳树在升腾而起的烟气中呻吟、摇晃……

突然，柳树显灵了：随着浓烟升起，一声惨叫在黑夜中响起来："我的妈呀，救命啊……"这声音发自地底，

就在柳树的树根深处，却像从地狱里传出来那般恐怖！老邢顿时吓得当场尿了一裤裆，眼前金星乱撞，差一点儿脑溢血，再看柳树，在地底下发出的惨叫声中，它"吱吱呀呀"地扭动着，竟然缓缓地朝地下陷落下去……

这不是见鬼了吗？老邢声嘶力竭地大吼了一声："有鬼啊……"随即一翻白眼，直挺挺地仰倒在地。

店铺上面楼房的窗户一扇扇亮了，有人趴在窗口往下瞧，有人打电话报警，一辆巡逻的警车被惊动，飞速驶来。

也不知过了多久，老邢被人掐着人中苏醒过来，这才知道自己竟然立功了：他旁边那家店是卖珠宝的，一伙窃贼盯上了那家店，他们在马路对面租了间门面房，往这边挖地道。挖到老邢店门前这棵柳树下时，那贼觉得憋得慌，气不够喘的，知道上边是棵树，就顺手用长扞子往上打了个出气孔，出口就打在树坑里，谁知没几分钟就赶上老邢杀树，浓硫酸从出气孔泄漏下去……在下面洞穴中掘进的那小子，差点没被烧死……

老邢虽然擒贼有功，后来还是因破坏树木被处于罚款，罚款是珠宝店的老板替他交的。考虑到事出有因，不久，城市园林部门在原树坑处移植了一棵毛白杨，这种树树干只有一层楼高，不会再遮挡老邢的店招牌了。

（题图、插图：安玉民　梁　丽）

82

理由

动心的

□ 张晓晖

小明凑钱开了一家健身减肥中心，开张头几个月，生意非常红火，可是几个月后，生意就冷清下来，因为顾客反映，这里的减肥效果差。可不是，小明也看出来了，顾客练一个月下来，丝毫不见成效。

一时，小明的事业跌入了低谷，好在有失必有得，事业走了，爱情来了，隔壁小吃店的老板娘小丽对小明很有好感，每次小明去吃饭，总是热情地招呼他，还少收他的饭钱，一来二去，两人熟了。小丽长得漂亮，说话又温柔，还真的打动了小明的心。

这天，小明像往常一样到隔壁小吃店吃饭，一边吃一边唉声叹气，说健身房生意太差，小丽像往常一样劝道："不要急，再等等，时间长了，自然人会越来越多的，我这小吃店的生意也是熬出来的。"

可是小明熬半年了，生意还是没见一点起色，他急了，向懂行的朋友一说，朋友说他选址没选好，这地方适合开饭店，应该换一处，并且向他推荐了一个地方，小明租下了那间店面，然后兴冲冲回来告诉小丽，没想到小丽一听，立即就不理他了。

小明觉得莫名其妙，拉着小丽解释的时候，一直在小丽店里打杂的那个男人拿起一把扫把，冲着小明说："你快走吧，我老婆不想理你了。"

小明大吃一惊，指着男人问小丽："你不是说你未婚吗？他真是你的老公吗？"

小丽红着脸不说话，那男人扔了扫把，一拍桌子吼道："哼，要不是你开个健身馆，招来了许多到我们店吃饭的客人，我老婆才懒得跟你套近乎呢！"

小明这才突然想起，到自己健身房的人每次运动完，就冲进小丽的店，狼吞虎咽地吃起来，难怪会员们都瘦不下来呢！

（本栏题图、插图：顾子易 王俭）

坚决不借

□ 李英梅

大周最近很郁闷，老板借口公司效益下滑，把每个员工的工资减了几百块，这让每月还要还房贷的大周头疼不已，更烦的是，最近找他借钱的还特别多，大周手里那点儿闲钱很快被借光了，正当他准备勒紧裤带过日子时，主管又找到他："大周，

我要送儿子上私立学校，你能不能先借我一万？"上司发话了，大周不好拒绝，稀里糊涂就点了头。

下班的路上，大周暗想道：自己哪里有钱借给主管啊，难道还要向别人转借不成？正胡思乱想呢，手机响了，竟然是大学时分手的恋人小慧，小慧在电话里哭着说："大周，我的服装店遇到困难了，急需一笔钱周转，你能不能先借我一万两万的？"一想到昔日的恋人已经哭得梨花带雨了，大周心一软，没过脑子就答应了。

放下电话，大周恨不得扇自己两个嘴巴，他又去哪儿给小慧弄钱啊！一路上他后悔着，在心里狂骂自己犯傻，到自家楼下时，他都快神经了，这时候，他听见有人喊他："周……周哥……"回头一看，原来是邻居二毛，二毛是个结巴，他冲大周说："借……借……"

大周惊出了一身冷汗，天啊，二毛也要借钱，这次他可不能再犯傻了！想到这儿，他急忙打断了二毛的话："不行啊，二毛兄弟，现在全球经济危机，我们公司效益不好，工资都降了，我哪有钱啊，不是我不帮你，我是真的没办法啊！"

没想到他激动的样子把二毛吓了一跳，二毛指了指身后的三轮车，说："周……周哥啊，你……你咋了，借……借……借光，我……我想过去一下……"

卖枣的人

□李博华

东庄的三个人来到集市，一人提议买枣，另外两个同意了。三人来到一个枣摊前，发现卖枣的汉子见了他们也不招呼，却蹲在那里"嘎巴嘎巴"地吃自己摊子上的枣，一个接一个，还把吐出来的枣核扔得老远，看这样子，不等集散，老本也被自己吃完了。三人见他像是个傻帽儿，便商量着想个法子，白吃他一顿。

于是，其中一人走上前，问："我们想吃枣，你看这样可以吗，你的枣，我们一毛钱买一个，每吃一个，就把枣核吐在地上，然后你数枣核收钱，成吗？"卖枣的汉子一下子愣住了，因为按市价，一斤枣子才五毛钱啊！

紧接着，只见那人掏出一百元，递给卖枣的汉子，说："今天我们身上没有零钱，你去把这张钱全换成零的，到时候我们好算账。"卖枣的汉子真老实，他立马拿了钱去换了，全然不知道那三个人打的算盘。

汉子一走，那三人立刻大嚼大吃起来，他们把枣核使劲往远处扔，这样，等卖枣的回来了，他们就可以说自己有事，不买了，枣子他们可一个也没有偷吃——地上没有枣核呀！

三人正吃得美呢，突然，背后一声大喝："你们干什么？"三人回头一看，只见背后站着一个粗壮的大汉，两手叉腰，正怒气冲冲地瞪着他们！

一人正吃着枣，他理直气壮地说："我们在买枣吃，关你什么事？"大汉浓眉一横，喝道："你们不给钱就吃我的枣子，怎么不关我的事？"三人大吃一惊："你的枣？"

大汉说："刚才一个人给了我五十块钱，让我去换成零的，说是吃一个枣子一毛钱，按枣核算钱。我换钱回来，那个人不见了，却看见你们在这里吃我的枣子，今天你们要是不给钱，就别想走！"大汉说着就抄起了扁担……

· 幽默世界 ·

哪句话都没错

□ 侯智勇

小高的局长和书记都爱看球赛，局长是尤文图斯队的粉丝，而书记是国际米兰队的粉丝。一天晚上，小高和小马正在值班室看球赛，局长听到值班室里有声音，赶紧进来，兴致勃勃地问："尤文图斯和国际米兰的比赛吗？有看头，哼，尤文图斯实力强，国际米兰根本不是对手，小高，你说呢？"

小高号称意大利联赛的"活字典"，果然，他一开口就如数家珍"局长，您说得没错，尤文图斯和国际米兰历史上一共交锋142场，尤文图斯68胜35平，占绝对优势。"局长高兴极了，一会儿，局长接了个电话，出去了。

没过多久，值班室的门开了，书记虎着脸站在门口，问小高："刚才我听别人说，你觉得国际米兰踢不过尤文图斯啊？你倒给我说说，历史上两队之间的比赛，国际米兰是不是没尤

文图斯踢得好？"小高顿时窘了，脸色煞白，他想了想，又笑道："书记，据我了解，历史上他们一共交锋142次，国际米兰74场不败。"

书记听了大笑："那不就结了？这说明国际米兰略占上风嘛！"书记看完半场球，也走了，小高赶紧关了值班室的门，长长地吐出了一口气："妈呀，总算应付过去了。"

一旁的小马说"小高，你可真行啊，你当着局长说尤文图斯更强，当着书记说国际米兰更厉害，两个都不得罪，这不是在说瞎话吗？"

"错！我的话绝对经得起检验！"小高坏笑着眨眨眼，"尤文图斯和国际米兰历史上一共交锋142场，尤文图斯68胜35平39负，所以，我跟局长说的话没错；而国际米兰呢，则是39胜35平68负，39胜和35平加起来是74场不败，所以，我对书记说的也没错！"

梦游艺术

□ 韩春玲

乡里举办书画作品大赛，村主任老钱的一幅书法作品被评为了一等奖，这下，引起轩然大波了，老钱的书法水平，那可是一瓶子不满、半瓶子晃荡，怎么会得一等奖？言下之意，老钱的这幅获奖作品，并不是他写的，说不定是请哪个名家写的呢。

消息传到评委们的耳朵里，他们把老钱喊过去，委婉地转述了"流言蜚语"。老钱听后，委屈地说："评委老师们，这幅作品真是我自己写的，不过，那是我在梦游时写的，现在我醒着，根本就没有这么高的水平。"

评委们你看看我，我看看你，没

人相信。老钱急了，发誓说"如果骗你们，我就不得好死。当时，我正在做梦，梦到西门庆和潘金莲坐到一块石头上谈情说爱，我一时气愤，下床来到写字台前，挥笔而就，才有了这幅书法作品：一石二鸟。"西门庆和潘金莲这一对狗男女，不就是"鸟人"吗？评委们"哈哈"大笑，其中一个说："要不这样，你吃下几粒安眠药，说不定真的会梦游呢，到时候就一清二白了。"老钱为了替自己洗清冤屈，咬了咬牙答应了，于是，大家准备好笔墨纸砚，并摆了一张小床。

老钱吃了安眠药，果真睡着了，而且真的梦游了，只见他下床后来到桌子前，拿起毛笔，"刷刷"几笔，一幅书法作品一气呵成。大家凑近一看，还是那四个大字：一石二鸟，评委们把这幅作品和老钱原先的那幅仔细比较了一下，全心服口服了。

可新的疑问来了：原来那幅作品，是老钱梦到西门庆和潘金莲坐到一块石头上，这才有了"一石二鸟"，那么老钱这次书写一石二鸟，又是梦见了什么呢？大家赶紧把老钱喊醒，问他作品的由来，老钱迷迷糊糊地醒来，看着屋里的人开始数数，这一数不打紧，除了老钱，屋里正好有十二个人，这不正是一石（十）二鸟吗？

□ 孙新峰

私人动物园

晚上熄灯后，在一个大学的宿舍里又摆起了龙门阵，话题七扯八扯地扯到了动物上，没想到王帆和康伟为谁认识的动物多吵了起来。

王帆一直生活在大都市，爹妈对他的学习抓得很紧，从小连电视都没让他多看，但书读得多，所以，他对自己的学识十分自负。这会见康伟跟他死扛，不由挖苦道："进大学前，你一直呆在农村里，只不过读了点死书，见过什么世面？可能连动物园都没逛过吧？"康伟一听，气坏了，说："谁说我没逛过动物园？告诉你，我爸还开了个私人动物园呢，那些动物都是城市动物园没有的！"

这话把王帆唬住了，私人办厂子、开公司的多啦，还没听说过办动物园的，他立马说："我不信。"康伟说"信不信由你，你不知道的事多着呢。"

这话把王帆惹恼啦，说："我要跟你去看看。"

第二天，两人就坐火车来到了康伟的家乡，到家后，康伟跟爸妈打了声招呼，就领着王帆逛了起来，很快，到了第一个关动物的棚子，康伟指着两头正在吃草的动物说："这是高原矮马，旁边那个就是传说中的四不像。"王帆的眼睛一下瞪大了，这些动物长得虽然没啥"个性"，可他还真没见过。到了另一个屋子，康伟指着一个个头很骇人的家伙说："这是无毛山熊。"之后，在康伟的引领下，王帆又见识了袖珍豹、大耳鼠、森林雪羊等珍稀动物。现在，王帆只有惊奇的份了，不停地用数码相机拍着。

正参观着，一条狗跑进来，冲着

· 滑稽小品 喜剧空间 ·

王帆一阵乱叫，康伟说："这是极其罕见的无尾狗，不用怕，它已经被我爸驯化了。"动物没有尾巴？王帆仔细一看，嘿，那狗还真是没尾巴！

家里的动物看完后，康伟说"有些动物野性已经开始退化，我爸正试着把它们在野外放养，走，去看看。"说着，他们来到一个池塘，看见里面有一种脖子长长的禽类在戏水，康伟说"这是我们这里独有的长颈巨鸭。"

他们再往前走，到了山脚下，康伟指着山坡上的一个庞然大物说："那是宽角野牛，力气特别大。"这时，正好一个村民走过来，王帆想问问这么个大家伙是打哪捉来的，不料，被康伟制止了："在这儿什么都不要问，在它们完全被驯化之前，我不希望外人知道，不然，全村都会惹上麻烦的。"王帆只好不吭声了，即使这样康伟还不放心，在家也不多呆，第二天一早就拉着王帆回学校了。

同学们压根就不相信私人动物园的事，两人一回校，他们就围上来问七问八。王帆答应过康伟要保密，什么也不肯说，只是不停地感慨着："不虚此行呀！"这下，把大家的胃口吊得更高了，晚上回到寝室，室友们又追问上了，王帆被缠得没办法，一看康伟不在，干脆豁出去了，把照片输进电脑，邀请大家一同欣赏起来。

看完照片，大家全傻眼了，终于，有位同学忍不住笑了起来："这是什么珍奇动物呀？这个高原矮马不就是驴嘛，这个四不像是骡子，无毛山熊是大公猪，袖珍豹是荷兰猪，森林雪羊就是普通的山羊，至于大耳鼠，不就是兔子嘛，还有这个，是水牛，还宽角野牛呢！"

王帆明白了，敢情是康伟这小子欺负自己没去过农村、电视也看得少，弄了些家畜、牲口来戏弄自己呀，他不甘心地指着无尾狗问："那这个怎么解释？""那就是一条土狗，只不过尾巴断了。"

"那长颈巨鸭呢？"

那同学眼泪都快笑出来了："什么长颈巨鸭——那是鹅！"

内容的代表性·题材的多样性·叙事的时代性·编选的权威性

《故事中国》带你看最好精彩的故事

占据主动

□梅文化

亚历山大是公司新上任的总经理，这天公司要和一个供应商谈判。临出发前，老秘书告诉亚历山大，公司有一个成功的秘诀，就是在谈判前，装作接电话的样子，在电话里教训一下其他商家，这样，公司就会在谈判时占据主动。

到了谈判桌上，亚历山大屁股还没坐热，就开始表演了："对不起，我的手机调成了振动，可能是个很重要的电话。"说着，他退到一边，故意提高声音："哦，知道了，你们要是不及时交足管理费的话，我们会撤掉你们所有的货物！"刚坐下，他的手机又

"响"了："你们也想进场？像你们这样的厂家我们会收取二十万美元的进场费，少一美分都不行！就这样，我还有事！"

接下来，第三场戏又开演。

亚历山大表演完，心里乐得开花：我这演技上好莱坞也没问题吧？他看到对方代表正表情惊讶地看着他，心里无比得意，他眯起小眼睛："对不起，刚才接了几个电话，都怪业务太忙。现在，我们谈一谈你们商品进场的问题吧。关于进场费……"

还没等亚历山大说完，对方代表就说"对不起，我们不想进场了。"亚历山大傻了眼：难道他们看出我在故意演戏？他们也是在用心理战术？亚历山大不想让第一笔买卖就砸了："我们的商场位置好，规模大，你们的商品会卖得很好。"

对方代表还是摇头："我们不能进场，真是很抱歉。"亚历山大有点急了："为什么？我们的进场费其实不高。"

"不是进场费的问题，是我们产品的质量问题。"

亚历山大听傻了："什么？你们产品质量的问题？"

对方代表耸耸肩："我们公司生产的是手机信号屏蔽器，刚才我带了一个样品，而且机器是开启的，可是，您却毫无影响地接了电话，我们开始怀疑我们的机器有问题……"

435

2009
SEMIMONTHLY
下半月刊
3月
STORIES

欢迎登录本刊主办"故事中国网"（www.storychina.cn）

故事会
—STORIES—

2009年3月
下半月刊·绿版

社长、主编：何承伟
常务副主编：吴　伦
副主编：姚自豪（上半月·红版）
副主编：夏一鸣（下半月·绿版）
本期责任编辑：杭　帆
电子邮箱：hangfan1102@126.com
绿版发稿编辑：
夏一鸣　朱　虹　邢　悦
美术编辑：李宝强
电脑制作：郭瑾玮
通　联：归依玲
本社办公室电话：021-64375030
上半月刊编辑部电话：021-64332325
下半月刊编辑部电话：021-64336469
（上海市绍兴路74号 邮编：200020）
主管、主办：上海文艺出版总社
出版单位：《故事会》杂志社

制作、发行总监：张　凯
电话：021-64313938
广告业务：上海故事会文化传媒有限公司
广告总监：张　淮
广告业务：021-34010383
广告投诉：021-64333738
广告经营许可证
沪工商广字3100320050022号
发行：中国图书进出口上海公司

特别提示：凡本刊录用的作品，即视为本刊已获得该作品与《故事会》相关的网上传播、汇编出版、电子和录音录像制品等权利。本刊向作者支付的稿酬，已包含了上述各项权利的报酬，如有特殊要求，请提前说明。

· 笑话 ·

随机应变

凯莉到一家浴室洗桑拿。她推开一扇门走了进去，发现里面雾气很大，又走了几步，突然看见一个壮汉站在那里，身上只围了一条毛巾，嘴里还叼着根香烟。

凯莉一愣，这才发现自己鬼使神差，竟走进了男浴室。

那男人看见凯莉也是一惊，拉了一下身上的毛巾，尴尬地问："女士，有什么需要帮忙的吗？"

"哦，不，谢谢！"凯莉立刻恢复了平静，微笑着回答，"先生，我只是在找无烟区。"

（史志鹏）

（本栏插图：包丰一）

最近有点烦

最近，小张有点烦恼，眼看就要大学毕业了，工作还没有着落。

朋友也替他担忧，就问："听说应聘时证书很管用，你有高级口译证吗？"小张摇摇头说："没有。"

"注册会计师证呢？""没有。"

"驾驶证呢？""也没有。"

朋友想了一会，拍拍小张的肩膀，说："哥们，别的都来不及了，要不办张结婚证吧！"（茶 茶）

电梯的用途

这天，妈妈带妞妞去医院看病。妈妈忙着排队挂号，便让妞妞一个人在旁边等候。

过了一会儿，妞妞跑过来，拉一拉妈妈的衣角，问："妈妈，电梯里也能做手术吗？"

妈妈瞪大了眼睛，不解地问："啊，怎么可能呢？谁告诉你的？"

妞妞拉着妈妈来到一部电梯前，只见旁边的墙上写着几个字——此电梯手术室专用！（仁 彬）

说些顺心话

这天，儿子小刘放学回家，一进门，就兴冲冲地对大刘说："爸爸，爸爸，楼下的张叔叔结婚了，新娘子可漂亮了！"大刘听了十分兴奋："是吗？那我得瞧瞧去！"

这时，大刘的老婆从厨房探出头来，喝住大刘："瞧你这个德性！人家新娘子漂亮，就想去偷看啊？"

大刘连忙收住脚，挤眉弄眼道："新娘子有什么好看的，肯定没我老婆漂亮啊！"

丈母娘听见了，也过来凑热闹，喊道："新娘子真的漂亮吗？那我也下楼看看。"

大刘搓着手，笑道："妈，更没您漂亮啦，您现在千万别下楼，省得抢了新娘的风头！"　　　（波　波）

第一外语

一天，小可去一家旅游公司应聘，经理一边翻阅他的简历，一边问："你说你会多门外语？"

"是的，我会英语，还会阿拉伯文。"小可挠挠头皮说。

"阿拉伯文？"经理一听来了兴趣，递过来纸和笔，说，"懂这门语言的人可不多呀！你写两个让我看看。"

"这是我的第一外语，"说着，小可接过纸和笔，依次写下：1、2、3、4……　　　（陈　丹）

婚姻难题

小伙子马克来到书店，问店员："你这里有关于婚姻方面的书吗？"

"有啊，你等一等！"不久，店员便搬来一大摞书，抽出一本递给马克，说，"这本是《婚姻概论》。"马克翻了一下，摇摇头不满意。

店员又拿起另一本书，说："这本是《婚姻宝典》。"马克翻了一下，还是摇摇头。店员一连递过去七八本书，马克都没有看中。

店员感到有些为难了，说："先生，您到底研究什么婚姻课题啊？"

"对不起，"马克涨红了脸，说，"我只是想知道，结婚时可不可以戴白色领带？"　　　（蓝昌科）

归我所有

最近,乐乐买了一个新版的汽车模型,可神气了。邻居家的小龙看见了,非常羡慕,就问乐乐借来玩两天。乐乐爽快地答应了。

小龙高兴极了,却听乐乐一本正经地说:"不过,咱们得订一个协议:第一,不能把玩具弄丢了;第二,不能再转借给别的小朋友玩;第三,三天后必须还给我。"

小龙眨着眼说:"知道了,还有别的吗?"

乐乐想了想,突然一拍脑袋,说:"对了,本协议的解释权归我所有!"(张朝元)

不必担心

小李生了病要做手术。上手术台前,他有些紧张地问:"医生,万一手术失败,您会受到处罚吗?"

"会啊,要扣奖金的!"医生看了小李一眼,不解道,"你问这个干吗?"

"哦,没什么,随便问问。"小李说完,心里一块石头落了地。

医生似乎听明白了,开玩笑地说:"不过,万一开错了也没关系!"小李又紧张了,忙问:"为什么?"

医生小声说:"告诉你,我昨天炒股赚了4000块!"　　(阿 雷)

有生活基础

刘强去艺术院校参加面试,主考官问他:"如果镜头里出现了一对男女,他们刚刚进屋,你该怎样表现出他们是一对夫妻呢?"

刘强脱口而出,说:"男演员可以吻女演员。"主考官摇了摇头:"这样观众会认为他们是一对情人!"

刘强想了想,又说:"女演员应该说,'和你在一起,真是糟糕透了!'"

"刚离婚的女人也会这样说。"主考官还是不满意。

"让我想想!这样吧,那女演员从男的衣兜里取出钱包,捏一捏,说,'这个月的工资怎么还没发?'"

主考官一拍大腿,说:"不错,有生活基础,你被录取了!"(曹杏生)

谁比谁多

六岁的露西和弟弟坐在客厅里玩耍。突然，妈妈听见弟弟大哭起来，跑过去一看，只见露西正在抢弟弟手中的积木。妈妈忙问露西："怎么啦，为什么要抢弟弟的积木？"

"积木是我的！"露西委屈地说。

妈妈耐心地哄道"你看，你的玩具比弟弟多，零食也比弟弟多，大方一点嘛，分给弟弟一些，好不好？"

露西扑闪着大眼睛想了一下，拿起糖罐："那把我的糖豆都给他吧！"

"不错，真大方！"妈妈夸完露西，又问，"怎么想到把糖豆给弟弟呢？"

"这样，他的蛀牙就能比我的多啦！"

（何秀岩）

人小鬼大

这天，一个小男孩跑进玛丽的菜园，问："玛丽夫人，您这西红柿卖吗？"玛丽说"卖呀，怎么啦？"

小男孩指着一个又大又红的西红柿说："我有2美分，就买这个吧。"

"不行啊，"玛丽笑着摇摇头说，"那个西红柿，我要卖8美分呢！"

小男孩想了想，又指着小一点的青西红柿问："那我用2美分买这个，行吗？""行！"玛丽爽快地回答道。

"这样吧，"小男孩把钱放到玛丽手里，说，"我一个星期后再来摘它！"

（王永生）

头头是道

珍妮在百货公司买了件大衣，回家后发现有问题，就又来到那家公司，找到售货员，说："你跟我介绍时，说这大衣是纯毛的。"

"不错，是纯毛的呀！"

"那商标上为什么写纯棉制品？"说着，珍妮就让售货员看商标。

售货员愣了一下，马上回过神来，解释道："是这样的，这个商标嘛，是我们特意缝上去的。"

"为什么？"珍妮问。

"你想呀，纯毛大衣容易惹蛀虫啊，我们就是要让蛀虫产生误解。"

（史志鹏）

（本栏目欢迎原创笑话，最新外国笑话。来稿可从邮局寄发，也可从网上传递。如为电子邮件，请发以下信箱：hangfan1102@126.com）

上锁的不仅仅是门，还有心……

换 锁

□ 田 黄

今年冬天特别冷。这天晚上，我和妻子小华呆在暖气充足的新房里看电视，突然想起老家的父母来，我就打了个电话过去，问他们那边冷不冷。

接电话的是母亲，她的声音有些嘶哑，说："家里不冷，你不要挂念我们……咳、咳！"话筒里传来一阵咳嗽声。

通过断断续续的对话，我这才知道：原来父母舍不得交取暖费，把暖气给停了！

打完电话，我心情沉重地坐在沙发上，心想：总不能任由父母在家受罪吧！不行，我得把他们接来。于是，我把事情跟小华说了，试探着问："咱家的房子这么大，空着也可惜，我想……我想把我爸妈接来过冬。"

小华一听，脸色就变了，我忙赔着十二万分的小心，说"我知道你想要二人世界，可现在……我真的不忍心让爸妈在家里受冻，我向你保证，等开春天气一暖，就让他们回去。"

小华虽然有点任性、自我，但本性还是挺善良的，她考虑了一下，说"接来也行，但我有个条件，你必须答应。"

我大喜，忙说："好老婆，别说一个条件，十个条件我也答应！"

小华想了想说:"他们来住没有问题,但我不想让人乱碰乱动房间里的东西。所以,咱俩不在家的时候,要把卧室的门锁上。"

"上锁?"我一听就急了,激动地说,"哪有自己爸妈在家还锁门的?他们见了,肯定会寒心的!再说,大家都是明理的人,你不喜欢别人用你的东西,跟他们说一声就行了,犯得着锁门吗?"

小华也提高了声音:"那要是不小心用了怎么办?我这人有洁癖的,你又不是不知道!"

我有点不服气,说:"那前些天你妈来的时候,你为什么让她用卧室的厕所?"

小华理直气壮地回答:"那不一样,那是我妈,我不嫌弃她!"

我本想恶声恶气地反击,但想到万一要是闹翻了,事情就更不好办了,因此话到嘴边又咽了回去,改口央求道:"老婆,不上锁好吗?有没有别的办法?"

无奈,小华仍然很坚持。

我挠了挠头,心想:看来,只能答应她的条件了。可是每天出门前,要在父母面前锁上卧室的门,那场面想想都尴尬啊!怎样才能化解这种尴尬呢?

想来想去,我突然眼前一亮,兴奋地对小华说:"行,我答应你!我明天就去换锁。"

小华一头雾水,惊讶地问:"换锁?"

我点点头,得意地说:"对,换锁!我想换成那种老式的碰锁,门关上后,只能从里面打开,外面想进去的话,必须用钥匙开门。这样,只要咱们走的时候把门关上,门就自动上锁了,爸妈自然不会进去。"

小华"哼"了一声,总算同意了:"你要是自己不嫌麻烦,你就换吧!"

我大喜,立即联系人来家里换锁。为了不露痕迹,我干脆把家里所有的门锁都换了一遍,省得父母看了起疑心。然后,我就去老家把父母接

了过来。

第二天一早，我和小华出门时，假装若无其事地将卧室门带上，"啪"的一声轻响，门已经锁得死死的。而一旁的父母，似乎并没有察觉到什么。我和小华相视一笑，放心地上班去了。

傍晚，我回到家打开大门，发现父母在客厅里急得团团转。见到我，母亲如释重负地说："你可回来了，赶快把卫生间的门给打开！"

原来，两个老人不知道机关，到处随手关门，结果到最后，把所有房间的门都锁上了，连厨房和卫生间的门都关得严严实实。两个人又不知道钥匙在哪里，只好在客厅里呆了整整一天。

父亲责怪我说："你怎么装这种锁？这锁虽然防盗，但用起来很不方便，人家都是装在外面大门上的，家里面怎么能用这种锁呢？"说到这里，他疑惑地看着我，"是不是贪图便宜啊？你啊，房子都买了，还差几把好锁吗？"

我心中有鬼，脸一红，支吾着道："爸，这都怪我，忘了提醒你们。其实，只要把这个键拨下去，锁舌就固定在里面，门就不会锁上了。"说着，我拉开一扇门，示范给父亲看，完了说，"你们如果觉得进出不方便，就把这个键一直拨在下面好了。"

但这样一来，问题又出现了：这个键如果老在下面，锁就失去了作用，门根本关不住。

当晚，小华在单位加班，我等到半夜不知不觉睡着了。迷迷糊糊之中，忽然听到一声惊叫，接着是一连串拍打房门的声音。

我慌忙跳下床打开房门，只见是小华，也不知出了什么事，她都来不及拿钥匙开门了。我忙问："你慌什么？出什么事了？"

小华指着父母的房间，又羞又恼地大声说："他们怎么能这样？睡觉怎么可以不关房门呢？简直太没礼貌了！"

我一听，赶紧捂住她的嘴"小声点！你这样大喊大叫，难道就有礼貌了吗？"

安抚好小华，我蹑手蹑脚走到父母房间门口，只见房门大开，父母在床上睡得正酣。我松了口气，暗自庆幸小华的话没被他们听到，否则多窘迫啊！

我伸手轻轻将房门带上，不料刚离开两步，房门又自动开了。原来，并不是父母不关房门，而是锁舌被固定后，门锁完全失去了作用。

我探手到门后，将锁背上的那个键拨上去，锁舌立刻弹了出来。我再次关上房门，"吧嗒"一声响，门锁上了。

门关上的一瞬间，借着蒙眬的灯光，我看到父亲的身子动了动，耳边

认颜色（推荐者：仁 彬；图：包丰一）

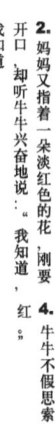

1. 公园里，妈妈指着一朵颜色鲜艳的红花，告诉牛牛说："这是大红。"

2. 妈妈又指着一朵淡红色的花，刚要开口，却听牛牛兴奋地说："我知道，我知道！"

3. 妈妈说："宝贝，那告诉妈妈这是什么颜色？"

4. 牛牛不假思索，大声地说："小……

隐隐约约听到一声长长的叹息。我一惊：父亲肯定被吵醒了。

又过了两天，我下班回家，进了门直奔卫生间，一摸门把手，就觉得不对——门锁换了！

我大惊，扫了一眼其他房间，除了卧室的门，其他的房门竟然都换上了新锁。我心里暗暗叫苦：这肯定是父亲换的，卧室的门父亲打不开，不然的话，一准也给换了。

父亲见我惊讶的样子，乐呵呵地说："怎么样，样式还漂亮吧？我和你妈每天做饭收拾卫生啥的，进进出出，还是用这种锁方便。"

我强作笑脸："爸，真是，你花这

些钱干啥呢？"说完，我拿出钥匙，去开卧室的门，心中怦怦直跳，生怕父亲提出说，也要给这扇门换锁。

正担心呢，耳边就听父亲说："你们房间的锁……"

我的手一抖，钥匙掉在了地上。

父亲接着说："你们房间的锁就先别换了，反正我们也不会进去。"顿了顿，又说，"锁我已经买好了，等我们回老家后，你自个儿换上吧。"说完，他就转身回了自己的房间。

我一怔，看着父亲苍老的背影，心头猛地一热，醒悟过来：原来，父亲心里什么都明白啊……

（题图、插图：安玉民 梁 丽）

奇怪的草药

从前，有一对结拜兄弟。这天，义弟忽然得了一种怪病，嘴里吐血，鼻孔流血，大便拉血，小便尿血，没过几天，他的脸色就像白纸一样。

义兄知道后，急忙从自家后院挖来一棵草药，给义弟煮汤喝。义弟连喝了几天，血竟奇迹般地止住了。

义弟感到好奇极了，便问："大哥，这是什么灵丹妙药？"

义兄笑了笑，说："是我家祖传的一种止血草药。"说着，他把义弟带到自家后院，只见那里长着一片奇花异草，有的开着淡黄色的小花，有的果实累累，红得就像快要流出鲜血来。

"除了止血，它还能活血化瘀，消

肿止痛，治疗跌打损伤呢！"义兄说。

义弟听完，眼珠一转，撒谎道："大哥，我听说这'出血病'三年之后还会复发，你能不能给我一棵幼苗带回去栽培，以备将来应急用。"义兄爽快地答应了。义弟把幼苗带回家栽在院子里，精心侍弄，一年后，那幼苗长得枝繁叶茂。

这天，财主的儿子得了"出血病"，吃了许多药也没用，眼瞅着就活不成了。老财主重金悬赏，谁能治好儿子的病，就赏一百两银子。义弟听说，忙把自家的草药挖出来送给财主。

可是，财主的儿子服用后，不仅不见效，没过多久，竟血尽身亡。财主气急败坏，抓着义弟就去见官。县衙大堂上，义弟招认说是跟义兄学来的。

县官派人去把义兄抓来审问。义兄如实回答："这草药是我家祖传秘方，专治跌打损伤、止血止痛。我义弟之所以会误治他人，那是因为他对草药一知半解。这种草药要生长三到七年，药力才强，才有疗效。而他那棵只长了一年多，根本就没有药性。"

这么一说，所有人都明白了。

后来，人们给这种草药取名叫"三七"，意思是它须栽培三到七年，药力才最佳。这个药用名，一直沿用到今天。

（作者：梁益新；推荐者：陈亦清）

（本栏插图：安玉民 梁 丽）

关键词：三七

这"点睛"的一笔看似平凡无奇，实则内有玄机，它不仅仅是一种荣誉，更是一份责任……

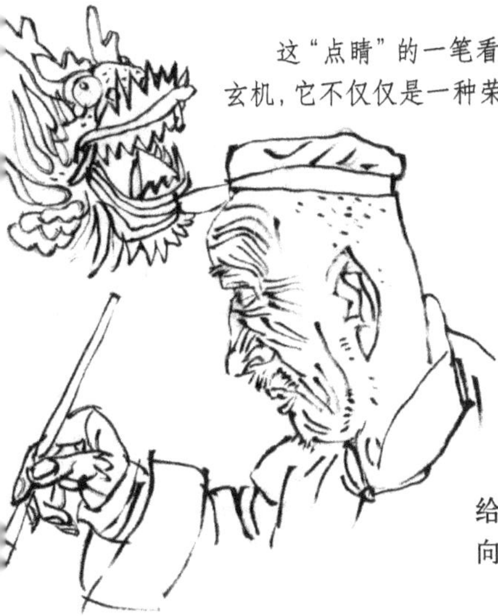

点 睛

□ 东 江

葫芦之乡

马连山乡盛产葫芦，山里的家家户户都从事葫芦彩绘和雕刻手艺。每年秋天，乡里还要举办葫芦文化节，把各种葫芦工艺品集中展出。

说到文化节，不能不提的是一项传统活动——点睛。

所谓"点睛"，就是精挑细选两个葫芦，请高手匠人分别绘制上龙、虎。而所绘的龙虎都有眼无珠，等到文化节开幕了，才由人当众举笔点睛，然后现场拍卖。

这"点睛"可是一门大学问呢，并不是简单地点一笔就行了，下笔的轻重、位置、大小等等，都有要求。而葫芦彩绘最讲究落笔生根、一次成功，要是稍不留神，可就把两个葫芦

给废了。所以，这几年，点睛的荣耀向来是落在刘来财刘老汉的身上。

这刘老汉是乡里最富盛名的葫芦艺人，一辈子从事葫芦的彩绘加工，笔法准确老练，恰到好处。经他点睛后的葫芦，自然成了各路行家收藏的抢手货，都拍出了很高的价格。

这天，又是马连山乡举办葫芦文化节的日子。一大早，刘来财老汉穿戴一新，早早来到乡里。

乡政府门前的广场上已经热闹非凡，正中央的戏台上，戏班子正在卖力演出。

大家看到刘老汉，纷纷打招呼，有人问："刘师傅，您来得这么早？今年点睛的还是您老吧？"

没等刘老汉回答，旁边有人接口道："废话，不是刘师傅，还能是你？你小子有那两把刷子吗？"

众人哄堂大笑，刘老汉也跟着笑，不过，笑得多少没有底儿。因为

到现在为止，刘老汉等干了眼珠子，也没有接到让他点睛的通知，心里不免有点嘀咕：难道会有变，今年不让自己点睛了？

想到这里，刘老汉有些心神不宁，他的目光向戏台右侧的那根立柱看去。柱子上，挂着两个硕大的葫芦，正在随风摇摆。

拍卖之奇

台上唱的戏，刘老汉一句也听不进去。看看表，开幕的时间就要到了，老汉再也坐不住了，决定到乡政府里去问问。

还没等走进乡政府的大门，从里面呼啦啦涌出一群人来。刘老汉赶紧靠边让路，一看，自己认得其中几位，有马乡长、孙书记，还有县里的领导。正中还有一个人，所有人的注意力都聚集在他身上，众星拱月一般。

只听马乡长恳请那人："赵部长，等会儿有个点睛的环节，按照惯例，是由最尊贵的来宾来点睛，所以我们想邀请您来执笔，您可一定要答应啊！"

赵部长也不推辞，哈哈笑道"没问题啊，我当然要支持你们的工作。"

马乡长脸上露出受宠若惊的欢喜表情，与众人一起拥着赵部长向广场走去。果然不是自己点睛了！刘老汉像树桩一样立在路边，呆呆地看着领导们的背影，脸上写满了失落。

十点整，仪式正式开始。在开幕和剪彩结束后，才是重头戏—点睛。工作人员将挂在柱子上的两个葫芦取下来，放到舞台正中的一张桌子上，又摆上了毛笔和油彩。

马乡长兴奋地宣布："下面，由赵部长为我们点睛，大家热烈鼓掌欢迎。"赵部长站起来，走到台中央，微笑着向大家挥手。

台下的众人全都傻眼了。这些年，大家已经习惯了由刘老汉点睛，突然间发现换了人，一时都反应不过来。不过，片刻的静默之后，大家开始配合地鼓掌。

在掌声和欢呼声中，赵部长提笔向葫芦点了下去。刹那间，锣鼓喧天，鞭炮齐鸣，全场的气氛达到了高潮。

点睛完毕，马乡长又宣布："下面，开始拍卖由赵部长亲自点睛的这两件葫芦艺术品。我宣布，拍卖所得款项，全部用于乡养老院的改建，请大家踊跃竞价。"

话音刚落，台下就有人喊："我出一万元！"

"轰"的一声，人群中炸开了锅。一万元！以往拍卖的葫芦，还从没卖出过这样的高价呢。

还不算完，接下来又有人喊道："我出一万二！""一万五！""两万！"……

刘老汉站在人群里，心中难受不已。从赵部长刚才点睛的动作来看，他心里很清楚，这两个葫芦已经成了疵品，价值就跟满街都是的大路货差不多，懂行的人是不会收藏这种葫芦的。

然而，眼前的场面却大大出乎他的意料，葫芦竟然如此抢手，有人已经给出了三万元的高价。这也太夸张了！彩绘葫芦即便是完美无瑕，也不可能值这个价钱。显然，这些人都是外行，根本不知道自己出高价竞拍的竟是两个疵品。

价格还在一路上升，又有人出价了："三万五！"

刘老汉急了：花三万多买两个疵品回去收藏，事主上当受骗不说，别人看到这两个葫芦，还以为马连山葫芦就这个水平呢，传扬出去，非砸了招牌不可。

刘老汉心急如焚，情急之下，他走到一个出高价的买主跟前，轻声说"这位老板，你别买了，那是疵品。如果你真的想要，我可以为你做，质量可以保证，价钱也便宜多了。"

对方不耐烦地看了看老汉，问："疵品？什么疵品？"

刘老汉说："你刚才没见台上那位领导点睛吗？他下笔太随便了，就是那几笔，把葫芦给毁了。"

不料，对方哈哈一笑，道"大爷，跟你说，就是赵部长的这几笔才值钱呢。不然的话，我花这冤枉钱干啥！"那人说完，不再理老汉，又举起手来，冲台上喊，"我出四万！"

刘老汉呆了。他这才明白：原来人家出高价并不是冲着葫芦，而是冲着点睛的人去的。

收藏之意

这时，马乡长冲着台下大声喊："四万，四万，有没有朋友再往上加了？没有的话……"

话音未落，一个苍老的声音应声喊道："四万一，我出四万一！"

全场一下子安静下来，继而一片哗然。因为这次出价的不是别人，正是刘来财刘老汉。

众人议论纷纷，这个说："刘伯，你没糊涂吧？干吗花钱买这个？"那个说："就是，你想要多少，自己回家做多少就是了。"

最着急的要数马乡长了。他见出价的竟是刘老汉，第一个念头是：老头是不是受了什么刺激？第二个念头更让他担心起来：是不是因为今年没让老汉点睛，他才故意跑来闹场？

情急之下，马乡长来到台边俯下身子，冲着刘老汉直摆手，低声道："老刘，你就不要出来凑热闹了嘛，这

可是四万多块啊！"

刘老汉呆了一下，突然醒悟过来 是啊，四万块可不是个小数目，自己哪里掏得出来啊？可是，这些年，马连山葫芦之所以被人追捧，第一靠质量，第二就是信誉。这两个疵品，自己就算是砸锅卖铁，也要买下来，决不能让它们流传到市面上去。

想到这里，刘老汉一咬牙，说："我喊得出这个价，自然付得起钱！"

马乡长恼怒地看了一眼刘老汉，心说：真是榆木疙瘩不开窍，我倒要看看你能付得起多少钱。他直起腰，冲台下一个方向使个眼色。立刻，那边有人喊出："四万五！"

刘老汉梗起脖子吼道："四万六！不管谁要，我都高出一千块！"

台下又是一片哗然。见吓不退老汉，马乡长愣在那里，有些气急败坏 这老头，今天吃错药了吧？

赵部长却不知情，他还非常兴奋，两个葫芦卖出这么高的价钱，了不起啊！他见在场不少人都认识这位老人，就问马乡长："这位老人是谁？"

马乡长如实说："他是乡里的葫芦匠。"

"葫芦匠？"赵部长一怔，感到很纳闷，便冲老汉招招手，道，"大爷，请您到台上来，能不能告诉我，为什么要买这葫芦？"

刘老汉走上台去，说："不为什

么，我就是不想让外人买去。"

赵部长更是奇怪："为什么？你们加工葫芦不就是为了卖吗？"

刘老汉抬起头，说"我们卖的是正品，不是疵品。疵品传出去，会坏了我们马连山葫芦的招牌。"

赵部长惊奇道："什么？"他看了看那两个葫芦，"大爷，你的意思是说，这两个葫芦是疵品？"

刘老汉不言语，可那神情分明是肯定的意思。

赵部长拿起一个葫芦，说"这我倒要请教一下了，这个彩绘葫芦这么漂亮，哪里有瑕疵了？"

刘老汉叹了口气，指着上面老虎的眼睛说："你看，这只老虎不但一个眼珠子点到了眼眶外，眼珠的位置还都靠内侧，成斗鸡眼了。"

台下传来一阵哄笑声，赵部长恍然大悟，不禁惭愧地说："原来这点睛的学问这么大，是我冒昧了！"

刘老汉说："由您点睛是乡里的荣幸呢。不过，以往我们确实都是由内行来点睛的，今年刚变了。"

赵部长闻听，回头严厉地看了马乡长一眼。马乡长顿感后背一凉，心里暗暗叫苦。今天他苦心安排了这场戏，先请领导点睛，又安排人出高价竞买，本想讨好赵部长的，没想到半路杀出个程咬金，被刘老汉这一搅局，只怕事情要糟啊。

赵部长看了看那两个葫芦，问：

"大爷，这葫芦被我点坏了，这样吧，我照价赔偿，四万六由我来出，行不行？"

刘老汉一怔，忙说："其实，就是没点坏的葫芦，也根本不值这么多钱，五千块就是高价了。"

赵部长一转念，顿时明白了七八分：刚才竞拍如此踊跃，其意显然并不在葫芦，而在自己身上。他回过头，冲一个年轻人说："小李，你从我的工资卡上取五千块，这对葫芦我买下收藏了。"

刘老汉一听，拒绝道："不行，我们不能卖，这样的疵品是不能外流的。"

赵部长握住老汉的手，认真地说："大爷，您就为我破一回例吧！我向您保证，这对葫芦不会外流，我就把它们摆在家里，每天都能看看提醒自己，以后别去胡剪彩、乱点睛，少犯错误，多做实事。你说好不好？"

刘老汉心中一热，不由踌躇起来："这——"

旁边的马乡长急了，咋能让领导掏钱呢？他殷勤地说："赵部长，这葫芦我们乡里……"

赵部长冷冷地扫了他一眼，打断他："你先住嘴，过会儿我再专门听你解释。"

马乡长一听，脸色顿时红了白，白了又红，甭提多难看了！

（题图、插图：魏忠善）

牛县长越听越觉得吃惊：市长才上任不久，居然对下面的情况了如指掌……

微服私访

□ 王静者

新上任的市长要到各县去"微服私访"了，这消息是市长秘书刘强偷偷透露给牛县长的。

牛县长听完就笑了：微服私访？拉倒吧，现在通讯这么发达，你前脚刚出来，后脚消息就来了。

但不准备那是不行的。于是，牛县长立即召开会议，由各部门一把手负责，该维修的维修，该拆除的拆除……

别说，仅一个星期，全县就变了样。牛县长亲自转了一圈，非常满意，着重强调："继续保持啊！"

这天，牛县长的电话响了起来，一接听，是刘强打来的。牛县长连忙问："老同学，市长什么时候来？有个准时间没有？"

刘强说"绝对要下来的，但具体时间不知道。不过，前几天市长提到你那里了，说是不错。"

"什么？"牛县长的眼睛顿时就亮了，"市长说我这里不错？"

"是啊，市长好像对你那里非常了解。你们县有条'东风路'吧，听说路灯黑了半年多，如今都亮了，而且下水道窨井盖也都补全了。"

牛县长听完，有些傻了。没错，这些都是实情，可市长怎么会知道得这么细？突然，牛县长情不自禁地叫了一声："莫非，市长在我们县里有耳目？"

"估计是！"刘强说，"不然不会这么清楚。对了，你那里还有几个小区没供上暖吧？市长提过一句，你可要注意了。"

牛县长一听，顿时汗都下来了，结巴着说："是、是有这么回事，我这就、就去解决，还有什么消息，老同学你给我、我留意着点。"

放下电话后，牛县长的脑瓜转得飞快，谁是市长的耳目？想了半天也没头绪，算了，先别管这个了，赶紧解决眼前的问题，把市长的这次"微服私访"应付过去再说吧。

当天，牛县长就把供暖公司的赵经理叫来，不管三七二十一，下令说："别给我提还有几户没交上取暖费，赶紧给我供暖，最少保证半个月，半个月后再说。"

赵经理咧了咧嘴。县长话都说到这份上了，还说啥？连忙点头如捣蒜。

又过了几天，牛县长一面督促各部门的工作，一面暗自寻找起了市长的耳目，却还是毫无进展。

这天，刘强的电话又来了，语气有点神秘："供暖的事情市长知道了，非常高兴，还在会议上点名表扬了你呢。"

牛县长顿时乐开了花，忙不迭地感谢刘强，又问："市长来我们县，有确切的日子了没有？"

刘强说："不清楚。市长也一直在问其他几个县的情况，具体先到哪个县，真不敢确定。"牛县长叹口气，还说啥，接着忙吧！

哪料第二天，牛县长突然接到了通知，让他明天去市里开会。牛县长愣住了：到市里开会？那市长到底还来不来？

正寻思间，刘强的电话来了，告诉牛县长：明天的会议是市长亲自主持的。三天后，市长要去省里开个重要会议，不可能"微服私访"了。

牛县长听完长出一口气，总算能歇歇了，这一阵快累死了。

刚放下电话，赵经理的电话又打了进来，小心翼翼地问："牛县长，明天可就满半个月了，那几个小区的供暖……"

牛县长不耐烦地说："知道了，我的意见是既要保证公司效益，更要兼顾群众利益。当然了，对那些不交取暖费的个别人，要区别对待。这样吧，你找找相关部门，共同研究一下看看怎么办。"说完，"啪"的一声挂断了。

第二天，市里的会议准时召开。市长逐个点名，对各个县的情况说得头头是道。牛县长越听越觉得吃惊：市长才上任不久，居然对下面的情况了如指掌……再看那几位县长，一个个磕磕巴巴的，还有两位被问得汗都下来了。

"牛县长！"市长问，"你们县里

有几个小区，据说因为有几户人家没交上取暖费，一直到十二月初了，还没给供上暖。前几天总算供上了，可从昨天下午开始，又停。到底有没有这事？"

牛县长的心一下子悬了起来：坏了，昨天赵经理打电话问过我这事，我听说市长不来"微服私访"了，就给含糊过去了。没想到，这小子居然当天就停了。

牛县长心里嘀咕，嘴上却没闲着："咦，这事我解决了啊？请市长放心，我回去后一定处理好！"

市长点了点头，环视了一下全场，接着说："现在，大家一定觉得很奇怪，我怎么对你们那里的情况如此了解呢，甚至怀疑我暗中'微服私访'过了，是不是？好，我也不瞒着大家，我的确是'微服私访'了一下……"

原来，市长所说的"微服私访"，就是"天天上网"。如今，网络十分发达，经常上去留意看看各种消息和议论，很多问题就暴露出来了。

市长停顿了一下，接着说："今天，之所以说这件事，其实就是想提醒大家：欺瞒住我一个人可能很容易，但要想堵住所有老百姓的嘴，唯有靠踏踏实实地工作，才是根本。"

听到这里，牛县长不禁佩服地看着市长，带头鼓起了掌……

（题图、插图：谭海彦）

您手中有没有得意之作？本刊辟有二十多个原创性栏目，如中国新传说、我的故事、情感故事、16岁故事、海外故事和中篇故事等；您读到或听到什么有趣事可以和大家一起分享吗？3分钟典藏故事、外国文学故事鉴赏和快乐辞典等都是本刊推荐性栏目。热忱欢迎来稿，可从邮局寄发，也可从网上传递。邮寄地址：上海绍兴路74号《故事会》杂志社，邮编：200020；如为电子邮件，本期责任编辑信箱：hangfan1102@126.com。

老辈的禁忌并非空穴来风：有些钱真是不能挣的……

第三个禁忌

□ 徐树建

石传灯年纪轻轻，却是个游手好闲、天天做着发财梦的主儿。

最近，传灯又想到了一条发财路子：上山打猎。眼下，这山里野味的价格，可是噌噌噌地往上涨。而且这一带黄鼠狼还特别多，这黄鼠狼的皮子从来都是热门货，只要有货，想不发财都难。

传灯的父亲老石头，昔日是远近闻名的好猎手，但一听说儿子要打猎，马上瞪大了眼苦劝道："想当初，我为了生计，这一双手不知害过多少动物性命，现在回想起来还像挖心似的难受。如今，你还要罪上加罪吗？再说，公家不是有那个《野生动物保护法》吗？儿子，还是到城里正正经经找份工作吧！"

传灯听了脖子一梗，说："咱这深山老林，公家哪有闲工夫管啊？再说，单凭打工那点钱，什么时候才能娶媳妇啊？爸，你总不能眼睁睁看着你儿子找不到老婆断了香火吧？"

这话击中了老石头的心病，眼看自己一天天老了，抱孙子成了他最大的心愿，现在传灯拿这话一堵他，他一下子无话可说了。

半晌，老石头无奈地从箱底取出一杆乌黑锃亮的猎枪，轻轻地抚摸着，说："老伙计，又得劳烦你出山了。儿子，从现在起你就是一个猎手了，有些规矩一定要牢记：幼兽和怀

孕的母兽不能打,还有,对任何野兽都不能赶尽杀绝。"

传灯接过沉甸甸的枪,不禁心花怒放,嘴里打滚似的说:"我知道,我知道,打小就听你说过几百遍了。"

谁知,老石头的脸色越发凝重,说:"你听我把话说完,当年我开始打猎时,你爷爷曾嘱咐过我三个禁忌,一代传一代,现在我也要交代给你:一是,递送刀剑利器时,一定要把尖头朝着自己;二是,不要戴兔毛帽子;三是,千万不能打黄鼠狼。"

传灯一听,失声笑了起来:"爸,这都什么年代了,还弄这些神神道道的东西?你说不打黄鼠狼,那还不如不让我打猎哩,我打猎就是冲着黄鼠狼的皮子。"

老石头听了脸色一变,说:"你可不要大意了!我听你爷爷说过,这世上动物中就数黄鼠狼灵性最大,如果万不得已非要打黄鼠狼,那必须在掏黄鼠狼洞时,跪下一条腿,以示尊敬,这样一来,黄鼠狼就不怪你了……"

传灯笑得眼泪都出来了,说:"还得跪下一条腿?这不是哄小孩子玩吗?"见传灯一副不以为然的样子,老石头忧虑地摇了摇头。

很快,传灯喊了一个叫石小二的同伴好友,全副武装地进山了。日子一天天过去,他们每天都打到好多野味,钞票就像水一样哗哗哗地流进口

袋里,两人快活极了。而每天在传灯出门时,老石头总要唠唠叨叨地说上几句,传灯越听越不耐烦。

这天,一场大雪一夜之间覆盖了大山。要知道,此时的黄鼠狼最肥最懒,身上的皮子也最好最值钱,石传灯和石小二快活地大叫道:"发大财的机会来了,掏黄鼠狼洞去!"

在山里转了几圈后,两人终于发现了一处黄鼠狼的洞穴,可洞里是空的,想必黄鼠狼是外出觅食去了。黄鼠狼的鼻子很灵,两人便在一块下风的巨石后悄悄躲了起来,准备来个守株待兔。

这时,石小二忽然指着传灯的头说:"传灯,你爸不是不让你戴兔毛帽子的吗?你怎么戴了?"

传灯一摸头,这才想起早上看见下大雪,便顺手摸了一顶帽子,想不到刚巧就戴了一顶兔毛帽子。这几天,父亲恰好出门了,也没人叮嘱他。

传灯心里犯嘀咕,嘴上却硬道:"怕什么?那都是老辈人的迷信。"

两人正一动不动地伏着,忽见侧着脸的石小二脸色陡变,大叫一声:"不好,快让开!"

传灯见状大惊,刚要动,已经来不及了,只听得头顶风声四起,雪沫乱飞,他本能地一低头,只听"刷"的一声,头皮上一阵寒冷,疼痛同时急剧袭来。传灯一摸头,没摸到帽子,却摸到一手血,原来头皮破了,而且破

得不轻，似乎骨头都受伤了，要不是刚才一低头，后果不堪设想，这是怎么回事呢？他忍痛转头望去，只见一只巨大的金雕正用那钢钩似的爪子，抓着他的帽子越飞越远，眨眼间变成了一个小黑点。

原来金雕把他的头当作一只兔子了，传灯和石小二面如土色，面面相觑，好半天才回过神来，原来老辈的禁忌不是没有道理的。

可传灯的犟脾气上来了，他不想放弃，当下抹了一些药在头上，又喝了两口酒挡挡寒气，继续在雪地里守候，只是头皮冻得不行。

石小二哭丧着脸说："传灯，你受伤了，咱先回去吧，明天再来好不好？"

传灯咬着牙，说："要走你自己走，不过丑话说在前头，掏到黄鼠狼没你的份。"石小二一听，不出声了。

忽然，传灯悄悄一举手，石小二一下子屏住呼吸，偷眼望去，只见一溜好几只大大小小圆滚滚的黄鼠狼出现在雪地上。心里暗数一下，竟有八只之多，其中一只最大的，长得又大又肥，那张金色的皮子油光水滑，一丝杂色也没有。然后，那八只黄鼠狼鱼贯进入洞中。

传灯兴奋得脸上直放光，跟石小二咬耳朵说："我上去掏，你张开袋子守！"

两人当下像蛇一样，在雪地上慢慢地游动，一点儿声响也不敢发出。等到了洞口，传灯拔出刀一跃而起，把刀尖闪电般刺进洞口，洞穴里顿时一阵骚乱，可是没有黄鼠狼敢跑出来，否则等于自撞刀尖。

等身后的石小二张开了袋口，传灯略一缩刀尖，"嗖"的一声，一只黄鼠狼奔了出来，却一头撞进了透明的尼龙袋里。传灯再闪电般把刀尖伸进洞口，黄鼠狼又不敢往外逃了。

这边，石小二敲昏袋中的黄鼠狼，捆好四蹄后，又张开袋口。传灯再如法炮制，一时黄鼠狼捉了一只又一只，两人快活得直想放声大笑。

当捉住第七只时，他们停了下来。原来，那只最肥大的黄鼠狼似乎反应过来了，怎么也不肯出来，而这张皮子最起码值几百块钱。

传灯等了一会儿，有点不耐烦了，着急地说："快把我的套子拿来！"传灯带了扎在杆子上的尼龙套子，就是专门用来对付这种狡猾畜牲的。

石小二连忙递过套子，传灯又说了声："把刀拿去！"

为了防止大黄鼠狼趁机溜出来，传灯一边把套子伸进洞里，一边头也不回地递过长刀。谁知忙中出错，他忘了父亲教给他的禁忌，竟把刀尖递向了石小二。

此时，石小二正手忙脚乱地捆着一只打晕的黄鼠狼，当下头也不抬伸手就接刀，只听"啊"的一声大叫，石小二的手被递过来的刀尖戳伤了，一时鲜血直流，疼得他捂住伤口直吸冷气。

就在这时，那只被打晕的黄鼠狼恰好醒了过来，从雪地里一下子蹦了起来，一溜烟地跑了。

本来，刚才被金雕抓了头，传灯心里就生出畏惧之感，所以掏黄鼠狼洞时，他一直没忘了跪着一条腿。这回，见伤了石小二，又丢了一张大皮子，顿时火冒三丈，他把尼龙套使劲往里捅，发狠一定要逮住这只最大的黄鼠狼。

很快，尼龙套缠住了那只大黄鼠狼，那家伙拼命地叫着、挣扎着，传灯使劲往外拖，可怎么也拖不出来。石小二的手伤得不轻，半分力气也使不出来，也帮不上忙。

传灯一时火起，便把跪着的一条腿直了起来，弓起腰正要发力往外拖。就在这时，屁股上忽然有人使劲一撞，那劲太大了，传灯再也站不住，往前就是一扑，眼前是一处深沟，传灯一声惊叫，掉了下去……

不知过了多久，传灯醒来时，发现自己躺在医院里，突然感觉一阵剧痛从右腿上袭来，再一看，腿上打着厚厚的石膏。

从此以后，传灯的一条腿就跛了，头皮见了风也时不时地疼。石小二的右手，也一直使不上劲，肌腱伤得太深了。

让传灯纳闷的是，撞他下深沟的人到底是谁呢？石小二告诉他，撞他的不是人，而是那只逃走的黄鼠狼。它见石小二只顾在一旁包扎伤口，便一头狠狠地撞上传灯的屁股。而当时，传灯正好直起了腿，他要是一条腿跪着，黄鼠狼就撞不动他了。

原来，老辈的三个禁忌都是有道理的，里面其实蕴涵着生活的智慧。传灯现在明白了，可惜，这明白的代价也太大了。

（题图、插图：魏忠善）

异想天开

□ 严国仁

美梦成真

毛明东是个老板，因为工作的关系，平时经常在世界各地飞来飞去。最近，毛明东去了趟欧洲，回来以后却添了一桩心事。

原来，毛明东在北欧的时候，看见当地有一种木制的别墅，古色古香、别致玲珑，实在优雅极了。他突然想起，在自己的老家，几个山头上全是郁郁葱葱的柏树林，要是自己也用柏木建造一座中国式的古典别墅，那该多好啊！

手里有钱，做事不难。毛明东很快在城西的一个高坡上买下了一块

地，然后找了个工程队。不过，好几家建筑公司送来的设计图，不是太现代化，就是俗不可耐，他都不太满意。

这天，毛明东刚走进办公室，秘书就交给他一张图纸。毛明东一看，眼睛就亮了，这也是柏木建筑的设计方案：整幢别墅全部使用柏木，连一颗铁钉都没有，屋顶用从中间剖开的半圆柏木，直接盖在上面，既新颖别致，又古趣盎然。这正是毛明东对其他设计方案不满意的地方，现在都被聪明地解决了。

毛明东拿着设计图不住地点头，他兴奋地翻到设计图后面的签名，却突然沉默了。那签名是"陶树勋"三个字。毛明东心里不由一怔。

说起这陶树勋，和毛明东不但是老乡，还曾经一起做过生意。有一次，两人去收购天麻，他们身上带的钱不够，毛明东便回家拿钱，让陶树勋留在那里等。等毛明东拿着钱往回赶，半路上却遇到了陶树勋，他已经把天麻背回来了。原来那货主是个老人，

眼睛不大好使，陶树勋一边和他谈价钱，一边就把一多半的天麻捞进了口袋。毛明东知道后，坚持要把钱送回去，两人为此吵了起来。毛明东一气之下，报告了派出所，陶树勋被拘留了一个星期，两人从此反目成仇。

此时，毛明东心想：陶树勋为这事怀恨多年，这次他主动来揽这个活儿，多半是存心报复。

毛明东还没有打定主意，这天下午，陶树勋就找上门来了。他一见到毛明东就打哈哈："毛老板，你发财了，把老朋友忘了没有啊？"

陶树勋随即主动说起建别墅的事情，还说自己已经拟了一个合同样本。毛明东一看合同，工钱在完工之后才支付，其他的也没有可以作弊之处，于是便答应了。没几天，就开始动工了。为了确保万无一失，毛明东还专门聘请了一个工程监理。

三个月后，别墅完工了。毛明东找了专家来验收，各项指标都没有问题。他放心地付了工钱，搬进了别墅。

噩梦连连

可几天以后，毛明东发现了一个奇怪的现象：别墅的墙壁、屋顶、地板等等地方，都开始出现细小的窟窿。他觉得很奇怪：新造的房子，又是刷过桐油的，怎么会有蛀虫呢？他找人来治理，工人检查后，却说："这并不是蛀虫，不知道是什么东西钻成的孔。"

毛明东想尽了种种办法，都没法治虫眼，而且那些小窟窿还在变大。他感到寝食难安，却也无可奈何。

这天晚上，毛明东好不容易睡着了，却很快在噩梦中醒来，身上好像有什么东西在爬。他打开灯仔细查看，在床单上，竟然发现了一只红色的蚂蚁。毛明东不禁毛骨悚然：是血蚁！

这血蚁产自云南的原始森林，体色鲜红如血，长成后有两公分长。毛明东听说过这种东西，现在一看就认出来了，可是这东西怎么会出现在自己的别墅里呢？

毛明东再也不敢住下去了，带着家人搬出了别墅。他怀疑陶树勋做了手脚，可是苦于没有证据。

这天，毛明东的弟弟从老家来，听说了这事，立即说："肯定就是陶树勋干的！我以前听他说过，他曾经去过云南，跟当地人学习养血蚁。"

毛明东明白了，千防万防，就没有防备到这一招。他立即去找陶树勋，可是陶树勋不在家，一问才知道他出门旅游去了。毛明东心想：这家伙一定是知道自己要找上门来，提前跑掉了。

事实的确如此：陶树勋从云南带回了些血蚁卵。他知道血蚁的习性，这东西喜欢在树木里钻洞独居，随着个头长大，也会把洞钻得更大。所以，他就想到了用这个办法来报复毛明东。现在，陶树勋办到了……

毛明东只好自认倒霉。可是，他实在太喜欢那栋别墅了，自己虽然搬了出来，可还时不时地进去看看，心里盼望着那些血蚁能自己灭亡。

携手铸梦

这天，阴云密布，快要下雨了，天气十分闷热，毛明东全身都让汗湿透了。他小心地躲避着血蚁走进别墅，忽然心念一动，有个惊奇的发现，然后便在别墅里到处走走看看，呆立了半天。

第二天，毛明东就把公司生意交给了副总，自己则去云南产血蚁的地方到处走访。一个月后，毛明东回来了，急急忙忙跑去那栋别墅，把从云南带回来的紫硝点燃。那紫硝生出淡紫色的烟雾，不一会儿就充盈了整栋别墅。那些血蚁纷纷爬出洞来，胡乱挣扎，不一会儿就全都死掉了。

这是毛明东从云南学回来的专治血蚁的方法。他叫人把死蚁扫起来，足足有半桶！然后，他又请来了专家评估这栋别墅，发现虽然柏木都被蛀坏了，但是因为木质本身坚硬缜密，各方面指标都还能达到居住的标准。这下子，毛明东高兴了。

这天，毛明东辗转打听到了陶树勋的电话号码，给他打了过去。

陶树勋一听到毛明东的声音，吃了一惊："你……你想怎么样？"他结结巴巴地说。

"我希望你回来，我们一起建柏木别墅！"

陶树勋愣了半天，忽然哈哈大笑起来："你想骗我回来？你以为我是三岁小孩啊？"

毛明东不理会这话，说"我是真心地希望你回来，因为只有你才能建柏木别墅。每个月，我给你一万块钱工资，你自己考虑吧！"

一万块！这数字弄得陶树勋心痒

痒的，他思前想后，决定还是狠狠心，赌一把!

一周以后，陶树勋坐火车回来了。他忐忑不安地联系上了毛明东，毛明东开车来接他，直接把他带到了那栋柏木别墅。这时正是冬天，室外气温在零度左右，但是陶树勋一走进去，却感觉不一样，暖融融的。他到处看了看，并没有看到空调什么的，怎么回事呢?

毛明东笑着说："还不是托你的福，都是你弄出来的蚂蚁洞啊!"

原来，血蚁灭了，洞却留下来了。这密密麻麻的小窟窿，使得屋子里冬暖夏凉，还有非常好的隔音效果。而且，

因为柏木结实缜密，房子也很牢固。

毛明东发现了这个秘密后，便有意在别墅里举办了一系列聚会，让很多社会名流都进来参观。果然，大家还以为这是一种特殊的设计，纷纷大加赞赏，羡慕不已。于是，毛明东立即注册了房地产公司，准备建别墅。

"你为什么还要叫我呢?"陶树勋憋了半天，终于问了出来。

"只有你才会建这种房子啊!"

"我是说，你……你不记恨我吗?"陶树勋涨红了脸。

毛明东看了陶树勋一会儿，说："朋友之间难免磕磕绊绊的，那很正常，过去的事情我也有不对的地方，希望你可以原谅!"

陶树勋愣了半天，似乎突然明白了，为什么毛明东有那么大的成就，而自己却一事无成。

此后，陶树勋安安心心地跟着毛明东建柏木别墅，建成后把血蚁放进去，过段时间才扫灭血蚁，装修以后再出售。这种别墅销量特别好，很多台商、港商都慕名前来订购，生意红火得不得了。

（题图、插图：魏忠善）

绿版编辑部各编辑邮箱：

夏一鸣：gshxym@163.com

邢　悦：simyyue@126.com

朱　虹：zhong98305@sina.com

杭　帆：hangfan1102@126.com

□ 吴芳芳

老鼠摆擂台

山根是个庄稼汉，平时在地里干活，捕到个小动物什么的，他都爱往家里带。这天，山根在老煤塘附近捕到了一个稀罕动物，那东西有二十来斤的样子，浑身横肉、身体特长，红褐色的毛又长又亮。

山根喜滋滋地把它带回了家。老婆翠花看到这个怪物，却睁圆了双眼，尖叫着让山根赶快拿走。

山根嘿嘿笑着说："莫怕，有我在呢，你先瞧个稀罕再说。"

翠花的尖叫声引来了看热闹的村民，大家围着这个怪物就争论开了，有的说是变色龙，有的说是刺猬，不过，大多数人都说这是只大老鼠。

到底是不是老鼠呢？有人建议说："找只猫来试试，不就知道了？"

山根连忙把家里的大黑猫抱来了，准备放到笼子里面去。谁知，大黑猫竟吓坏了，一边"喵喵"尖叫着，一边拼命地挣扎，就是不肯进笼子。

山根急了，嘴里骂道："猫捉耗子，天经地义，耗子再大也是耗子！"说着，就把大黑猫扔进了铁笼子里。

怪事发生了，大黑猫见了那怪物，竟浑身发抖，前腿一软就跪了下来。

"哈哈，它拉屎了。"一边看热闹的人指着那只黑猫大笑起来。山根上前一看，可不是嘛，那只大黑猫已吓得瘫倒在笼子里，身下是一堆难闻的猫屎。

看来那怪物不是老鼠了，要不然大黑猫怎么会害怕呢？大家正议论

着，村里的"百事通"福伯来了，他仔细看了看笼子里的怪物，面色一变，说："这是传说中的'红毛鼠仙'啊！得罪了它可是要遭殃的，还是快点放了吧。"

大家听了都将信将疑，但也没有人能说出个道道，议论了一会儿，就纷纷散去。

等大家都走了，山根不服气地嘟哝了一句："啥鼠仙啊？不就是一只大耗子吗？"

翠花却在一旁担心地说："就算是只大耗子，可猫怕耗子，也不是什么好兆头啊。"

山根脑子里突然灵光一闪，说："对呀！猫怕耗子，这事古来稀。咱不如就摆个擂台，谁家的猫要是能打败这只老鼠，咱赔一千块；要是打不败，只收十块钱；前来看热闹的老少爷们，每人收两块钱门票。这样一年下来，赚个万儿八千的没问题。"

"能行吗？"翠花有点心动了。

山根自信地点点头，说："没问题，我到村里的大喇叭上吆喝两声，这只大老鼠你可要喂好了，那可是摇钱树呀！"

山根给老鼠摆擂台的事，一下子就传遍了十里八屯。一时间，大家抱着各色各样、大大小小的猫前来挑战，山根家里就像过节一样热闹。

头一天，大老鼠战败了二十只猫，第二天，又打赢了三十只猫……山根和翠花笑得嘴都歪了。

这天，山根家来了一个不同寻常的客人，村里开煤矿的大老板拴柱。拴柱是开着宝马车来的，车上还有一只身形庞大的大白猫，只见它怒目圆睁，伸着长长的利爪，来回乱蹦。

一见到拴柱，山根和翠花都恨得牙痒痒的，这家伙太不仁义了！山根的爸爸和翠花的哥哥都是因为突发事故，死在了拴柱的矿上，拴柱却污蔑说是他们不听劝阻，私自违规操作，只象征性地一家赔了不到五千块钱。所以，他们见了拴柱就生气。

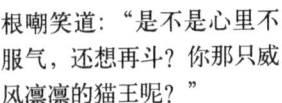

·大千世界 众生百相·

栓柱刚一下车，山根就阴沉着脸，问："你来干啥？咱这破庙容不下你这尊金佛，你还是赶快滚蛋吧！"

栓柱从鼻子里"哼"了一声说："山根，我不跟你吵架，我今天是攻擂来的。瞧见没有？我带了一只猫王来，你呀，还是趁早认输吧！那一千块钱我也不要了，你把那只老鼠给我就成。"

山根看了看那只上窜下跳的猫王，心里也直打鼓。但他不想在栓柱面前认输，咬着牙说："谁赢谁输，还不一定哩！"

栓柱哈哈大笑："你是不见棺材不掉泪，只怕你这只老鼠今天就要玩完。"山根闷声不吭，一把抓起猫王就扔进了笼子里。

猫王一进笼子就更加急躁不安，浑身的白毛都竖了起来，嘴里"喵呜"一声向老鼠扑去。可那老鼠却猛地向上一蹿，骑在了猫王的头上，尖锐的前爪一伸，正好抓到了猫王的眼睛。猫王凄厉地惨叫一声，夹着尾巴逃到了一边，再也不敢和老鼠斗法了。

栓柱一见猫王战败，顿时恼羞成怒。他抓起一根棍子就去捅老鼠，没曾想，那老鼠机灵地一躲，反倒在栓柱的手上狠狠地咬了一口。

栓柱痛得大叫一声，捧着手腕灰溜溜地走了。看着栓柱那狼狈的样子，山根和翠花都高兴地笑了起来。

谁知过了两天，栓柱又来了。山根嘲笑道："是不是心里不服气，还想再斗？你那只威风凛凛的猫王呢？"

栓柱尴尬地说："山根，我……我想出钱买你那只大老鼠。"

"买老鼠？"山根还以为听错了。

"对，我想出一万块钱买那只大老鼠，怎么样？"

"你要它干什么？"山根好奇道。

栓柱迟疑了一下说："最近矿上老出事，可能是得罪了这只红毛鼠仙，我要把它赎回去放生。"

"不行！这老鼠是我的摇钱树，我不卖。"山根毫不犹豫地一口回绝。

栓柱以为他嫌钱少，开始一千一千地往上加，最后一下子加到了五万。翠花连忙给山根使眼色，意思让他赶紧卖了。山根却一个劲地摇头，就是不卖。栓柱气得开车走了。

翠花过来气呼呼地问："都五万了，你怎么还不卖啊？"

山根咧咧嘴说："五万块算什么呀，那是死钱，花了就没了。咱办擂台赛，那可是像流水一样，永远也花不完的。"翠花见他说得在理，也没再坚持。

这天晚上，山根和翠花正准备上床睡觉，忽听门外"砰"的一声枪响，山根吓了一跳，赶紧跑出去一看，只见那只大老鼠在铁笼里蹬了几下腿，就死掉了。

山根气得大骂："哪个孬种放的

黑枪？有种的给我站出来！"

黑漆漆的夜里，没有一个人应声。翠花也跑了出来，一把拽住山根，安慰道："算了，摆擂台到底不是什么正道，咱都有双手，往后再想想别的法子吧。"

山根嘴上应承着老婆翠花，心里却还是不痛快。他借口去把老鼠扔掉，却一路跑到派出所报了案。

几天后，案子破了，打死大老鼠

的人原来是拴柱，更让人意想不到的是，拴柱竟然被判了无期徒刑。

不就打死一只老鼠吗？怎么会判得这么重？

山根到派出所一问，这才知道拴柱并不是因为打死老鼠被判的刑，而是因为他私下雇人偷采老煤塘。那老煤塘早就废弃了，里面煤虽然多，可非常凶险，稍有不慎，就会造成大面积塌方，山根的爸爸和翠花的哥哥都是这样出的事。

民警拍着山根的肩膀，说："这还要感谢你啊！要不是你送来的那只大耗子，我们也不会查到这些。"

"这和耗子有什么关系啊？"山根一头雾水地问。

民警笑了笑，解释说"那天你送来的老鼠个儿太大了，我们一看就觉得事情不一般，便专门请教了有关专家。这才知道，这老鼠俗称'煤耗子'，一般生活在废弃的老煤塘里。它是煤矿的'丧门神'，它一出现，就预示着煤矿快玩完了。因为，只有煤挖得深，破坏了生存环境，它才会跑到外面来。而附近的煤矿只有拴柱一家，所以我们便顺藤摸瓜，找到了拴柱私挖老煤塘的罪证。"

山根听完，叹了口气说："怪不得拴柱要打死我的大老鼠，原来他是想消灭罪证。但他没想到，杀死了老鼠，他这只真正的煤耗子也显出了原形。"

（题图、插图：刘斌昆）

□曹景建

人算不如天算

诡异失火

这天早上，县令冯文龙刚吃过早饭，就见仆人慌慌张张前来禀报："老爷，出大事了！昨晚邱老先生去世了。"

"什么？"冯文龙一震。这邱老先生是个满腹经纶的老秀才，平日里和冯文龙谈诗论文，两人很是投缘。此刻听得如此噩耗，冯文龙不由惊得目瞪口呆，立刻带上县衙孟捕头直奔邱家。

踏进邱家院门，他们被眼前的景象惊呆了：邱老先生的睡房已被烧得焦黑一片，他的遗体就放在院里临时搭建的灵棚里，被一块丈余白布盖

着。旁边跪着他的大儿媳青萍和小儿子学武，还有丫环小翠。

青萍见冯县令来了，赶紧止住哭泣，起身施礼道："民女见过冯大人。"

冯文龙还过礼，抬眼一扫，脱口问道："学文哪里去了？"学文是邱老先生的大儿子。

青萍忙答道："禀大人，相公三天前到苏北去买豆子。我已经差人报信去了。"

冯文龙知道，邱老先生的这个大儿媳十分能干，做得一手好豆腐，她经营的豆腐店生意很是红火，于是"哦"了一声，安慰说："大公子不在，真难为你了。"说完，带着孟捕头走进

·民间故事金库·

灵棚，向邱老先生的遗体三鞠躬。

随后，冯文龙疑惑地问青萍："一向好好的，怎么会突然失火呢？"

青萍叹了口气，哽咽着说："大人有所不知。我公公喜欢晚上看书，平时看罢书迷迷糊糊地睡去，蜡烛燃尽也就没事了。昨晚，一定是他睡着后，

"烛台被老鼠碰倒了……"

"烛台被老鼠碰倒？"冯文龙漫不经心地像是追问，又像是在自言自语。

青萍说："前几天，老爷曾说起他睡房里闹老鼠。唉！也怪我这个做媳妇的没把这当回事儿。要不然，也不会……"说到这儿，她越发哽咽起来。

院里的气氛沉闷不已，冯文龙伤心至极，深深地叹了口气，不由朝邱老先生的睡房走去，孟捕头紧跟在后。

青萍劝道："大人还是留步吧，那屋子已经烧得不成样子，会脏了大人衣服的。"

冯文龙摆摆手："我又不是什么金身玉体，还怕衣服沾灰不成？"

疑点重重

说这话的当儿，冯文龙踏进了邱老先生的睡房。看着眼前黑漆漆、焦糊糊的一片，他不禁潸然泪下。

突然，冯文龙发现，在邱老先生睡床的位置，几根黑焦木头旁边，有一个青铜烛台。他走过去细细一看，在那黑焦木头的夹缝里，还有几粒像是散落的颜色鲜亮的黄豆，于是便弯下腰去，把烛台和豆子捡起来。

青萍解释说："禀大人，这一定是我昨晚炒的豆子。公公平时就爱边看书边吃这个……"

谁知她话没说完，冯文龙突然把

34

手里的烛台和豆子朝地上一放，捂起肚子，哭丧着脸叫道："对不住，我……我得去一下茅房！"说完，顾不得失礼，跑了出去。

孟捕头看着冯文龙这副狼狈的样子，心里觉得好生奇怪。

过了一会儿，冯文龙回来了，很不好意思地朝青萍点点头。接着，他沉思片刻，又问青萍道："那……昨晚这场大火，是谁先发现的？"

青萍刚想说什么，邱老先生的小儿子学武，不知什么时候进了屋，在他们身后抢着回答："大人，是我先发现的。昨晚我被尿憋醒，从房里出来时，突然闻到一股很重的焦糊味，扭头一看，才发现是爹爹的睡房着火了。我赶紧喊在豆腐房里干活的嫂子和小翠来救火，可是已经迟了……"学武说到这里，"嘤嘤"地哭开了，再也说不下去。

冯文龙疼爱地把学武搂进怀里。

青萍看着此景，颤抖着声音说："大人，别在这里呆着了，还是去堂屋坐坐，喝杯茶吧？"

冯文龙点点头："好，我也真有点渴了！"说着，就抬脚离开了废墟。

真相毕露

就在冯文龙喝茶的工夫，青萍突然发现孟捕头不见了踪影。正要问，谁知孟捕头带了几名捕快从门外闯了进来。

冯文龙冲着捕快大声喝道"你们还愣着干什么？还不快把杀害邱老先生的这一对小人给我抓起来！"

捕快们立刻一拥而上，把青萍和小翠按倒在地。青萍和小翠一脸错愕，跪在地上大呼冤枉。冯文龙"哼"了一声："你们还敢喊冤？有什么话，到县衙说去吧！"说完，他安慰了学武几句，就带着一行人赶回县衙，吩咐孟捕头把青萍和小翠分别关进两个牢房。

冯文龙先审青萍。可不管怎么问，青萍除了喊冤，没有一句多余的话。孟捕头是个急性子，按捺不住就要用刑，却被冯文龙喝退。

冯文龙说："你什么时候见过老夫刑逼犯人？破案靠的不是刑具，是这里！"他说着，指了指自己的脑袋。

然后，冯文龙带着孟捕头来到关押小翠的牢房，说："姑娘，你家大少奶奶都认了，你也认了吧！你若是主动认了，本老爷作主，一定对你从轻发落。"

可小翠这丫头竟然像块榆木疙瘩，只是低着头，一言不发。

孟捕头站在一旁观看，心里说：还以为大人有什么好法子呢，还不就是那老一套？

这时候，只听冯文龙厉声对小翠说："让你招，你不招？那好，我现在就把大少奶奶招的说给你听听！"

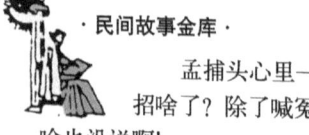

孟捕头心里一愣：青萍招啥了？除了喊冤，她可是啥也没说啊！

但冯文龙却像是真有其事，有模有样地说起来："大少奶奶对你家老爷动了杀心之后，就让你悄悄在青铜烛台的空芯里放上干黄豆，再倒进少许水，然后把蜡烛轻轻插上去；到了晚上，你家老爷看罢书迷糊入睡后，蜡烛却还燃着，他不知道烛台空芯里的黄豆浸水后会膨胀，会把原本插在上面的蜡烛给拱出来；正是那截燃着的蜡烛倒在书桌上，才引发了一场大火……"

小翠听冯文龙这么一说，吓得魂飞魄散，跪在地上连连叩头："大人饶命，大人饶命！不是民女不肯说，是

大少奶奶吩咐的，让我死活不能说。"

"哼！"冯文龙冷笑一声，"你们这一对主仆，真是良心被狗吃了，居然对老爷下得了如此毒手？头天晚上，你们是炒过豆子给老爷吃，可那是为了迷惑老爷和学武。事后，你们怕秘密被人发现，特地把烛台里的豆子全抖落出来。"

小翠拼命地点头，哭道："大人，我全说了吧！这几年，大少奶奶豆腐店的生意越做越好，可挣来的钱都要交给老爷供养学武，她心里不乐意，想分家，可老爷不答应。所以，趁前两天大公子外出的机会，她就拉上我干了这事。大人，我不敢不听她的呀！"

小翠认了，青萍还有什么话说？她一看小翠画过押的供词，长叹一声，只好也从实招认。

一桩诡异的案子，就这么破了。

孟捕头佩服冯文龙断案神速，可他想不通："明明青萍没有招过只字片语，怎么大人好像对案情了然于胸呢？"

冯文龙叹道："青萍这妇人可谓是机关算尽。殊不知人算不如天算，失火现场的诸多疑点，还是让我推断出了

编读往来：你的问题我来答

辽宁读者郑重： 我想问一个问题，生活里，我们常常把受骗叫作"上当"，这种说法有什么道理吗？

绿版编辑部： 欢迎提问！我们知道，现在常用的词语，不少都是有来历的，比如"上当"就有这么一个典故：说清光绪年间，清河县有一个王氏开的当铺，生意十分兴隆。可日子一长，王氏的族人们便缺少了当初的上进心，把业务委托给了一个叫寿苎的人来管理。这寿苎是一介文人，对生意并不精通。族人们见有机可乘，就常常从家中拿来东西到当铺里典当，估价时，"物"超所值，赎当时却偏偏要求照"价"赎回。一进一出，当铺"亏"大了。就这样，没多久，当铺便宣告破产。

后来，人们就编了一句话来讽刺王氏族人，叫"清河里，自上当"。意思是自己开当铺，却不遵守游戏规则，结果捡了芝麻，丢了西瓜。久而久之，"上当"一词便流传了下来。

广西读者杨晓菁： 我是一个自由撰稿人，发表了一些小故事，在很多刊物上也都有转载。我想请问一下，我可以自荐作品给"3分钟典藏故事"栏目吗？

绿版编辑部： 可以的。"3分钟典藏故事"栏目接受原创和推荐作品，作者当然也可以自荐作品。推荐作品注意以下几个问题：一、选择的故事篇幅尽量短小，有一个新颖出彩的细节，或温情动人，或励志感人；二、尽量避免摘录于其他故事刊物，以及发行量大的文摘类刊物；三、务必写明推荐作品的出处和原作者。另外，该栏目特别欢迎原创作品，一经录用，优稿优酬。

（本栏目欢迎读者提供新鲜活泼、有代表性的问题，一经采用，即致薄酬。）

案情的真相。"

孟捕头不禁奇怪："现场我也去了呀，怎么就没有察觉？"

冯文龙微微一笑，缓缓说道"当时我捡起那个青铜烛台，感觉挺重的。你想，这么有分量的东西，老鼠怎么能轻易把它碰倒？于是我撒谎肚子疼去了趟茅房，其实手里悄悄夹了一粒在房里发现的豆子。我把豆子放在嘴里一嚼，是生的，根本不是青萍说的她炒给邱老先生吃的豆子。我又联想到青萍是做豆腐的，肯定知道生

黄豆遇水会膨胀的道理。学武说，他闻到焦糊味时，看到嫂子和小翠还在豆腐房干活。那么重的焦糊味，她们怎能闻不到？这些疑点归拢来，就让我推断出了案情的经过。"

孟捕头不得不惊叹道："大人推理丝丝入扣，真乃狄公再世啊！"

冯文龙连连摇头："案子虽然破了，可我却没有一丝舒心之感。一个妇道人家，就因为几个钱，竟如此丧心病狂，真是太可怕了！"

（题图、插图：黄全昌）

灵丹妙药

□ 杨炯安　张贞祥　搜集整理

民国初年，重庆有个做丝绸生意的大老板，名叫康财旺。他身高只有一米六，体重却有两百五十斤，所以，虽然才五十出头，行动却非常笨重迟缓。

这天晚饭后，康老板躺在阳台的凉床上吹着电扇乘凉。女佣王妈给他端来一盅凉茶，康老板刚呷了一口，就"扑"全喷了出来，气呼呼地骂道："怎么会有茶梗在里面？差点呛到气管里！"

王妈吓坏了："老爷，怪我没看清楚。我马上再去给你重新换一杯！"说着，拿起茶杯转身就要退下去。就在这时，只听康老板"哎哟"一声喊，王妈回头一看，只见康老板正挥手"啪"地朝自己肚子上打去。

王妈一惊："老爷，有蚊子？我马上给你点蚊香！"

"不是蚊子，"康老板胖得都难以起身了，他撩起自己的衣服，用手指肚子，"快来给我看看，怎么肚脐眼这么痒？"

主人吩咐，王妈自然不敢怠慢，连忙上前俯下身去。一看，康老板的肚脐眼真是非同寻常，足有铜钱那么大，褶皱层层叠叠。

正在这时，康老板的大姨太扭着屁股走过来，一看此等情景，立刻揶揄道："哼，电扇都吹不凉，还要人这么吹？"

"呸！"康老板大声嚷嚷，"我肚脐眼痒得要命，不快过来看看，还说什么风凉话？"

康老板这一番嚷，把二姨太也引了过来。两个女人看康老板真的一副肚痒难耐的样子，便吩咐王妈："快去打盆热水来，给老爷洗洗。"

王妈赶紧去打来热水，用毛巾裹着手指，蘸了水，轻轻地替康老板抠呀、洗呀，康老板总算安定下来。

但奇怪的是，自此以后，康老板的肚脐眼每天都要痒几次，而且王妈再用热水洗也没用，后来，连肚脐眼周围的皮肤都开始红肿起来。

大姨太见情况不妙，不敢怠慢，赶紧请来一位老中医。老中医开了三剂灵丹妙药，可是康老板服了药，肚脐眼还是照痒不误，而且发作次数更频繁了。

无奈之下，二姨太去医院请来一位西医，这是一位留洋回来的女博士。她给康老板又是打进口针，又是吃进口药的，可是女博士前脚刚走，康老板就捂着肚脐眼痒得哭爹叫娘。

中药、西药都不管用，这到底算怎么回事啊？大家弄不懂了。

这天，康老板家来了个客人，是大姨太的一个远房表弟，叫李清。大姨太和李清拉家常时，说起康老板肚脐眼的事儿，李清便说认识一个姓温的草药医生，曾替人治好过不少疑难杂症，不妨叫来看看。大姨太便让李清去把温草医带来，她和二姨太先见见。

可等见到此人，两个姨太太都不禁倒抽了一口冷气。为啥？这个温草医蓬头垢面，口叼一根大烟棒，随着"吧哒吧哒"的吸烟声，嘴巴里的口水

"嘀嘀嗒嗒"直往下淌。两个姨太感到一阵恶心，但为了给康老板治病，都硬忍着。

大姨太问温草医："先生老家是哪里？"谁知温草医的回答却牛头不对马嘴："我没有天天吃醋，倒是经常喝酒。"

大姨太听得一脸糊涂，李清连忙说："姐，他耳朵不灵，也不太习惯你的口音。"说着，他指点温草医道，"我姐是问，你老家在哪儿？"

"哦，"温草医点点头，"懂了，家有双妻争男人！"大姨太越发糊涂了，李清赶紧解释："他说，他家住山西直鲁坪。"

二姨太接着问："先生家中有多少人？"温草医答得快："一人七个嫂。"

这回二姨太听清楚了，惊讶道："有七个嫂？不就有七个哥？总有侄儿侄女的，怎么说才一人呢？"李清又赶紧解释："他说的是'一人吃饱、全家不饿'的意思。"

两个姨太太真是哭笑不得。大姨太随口说："先生今年贵庚？"谁知温草医竟扯着喉咙大叫："大小老婆抱着男人睡。"

"什么？"大姨太和二姨太气得脸色发青，这不是分明在挖苦她们嘛！二姨太忍不住脱口骂道："你……你撒泡尿照照自己？像个什么东西！"说完，气呼呼地把温草医

打发走了。

两个姨太太窝了一肚子火，冲着康老板嚷道："要不是为了你，我们哪会被一个猪狗不如的草医挖苦？"

康老板被这一顿牢骚搞得丈二和尚摸不着头脑，忙追问事情的原委，两个姨太太比划着又发泄了一通。

康老板一听，心想：人家总不会平白无故介绍这个草医吧？他脑子一转，便叫李清再跑一趟，去把那个温草医带来替自己看看。

第二天，李清将温草医带来了。看见温草医这副邋遢样儿，康老板也感觉十分的失望，但他还是强装笑脸，在凉床上躺了下来，让温草医诊断。

温草医俯下身子细瞧，居然看见

一个比酒杯还大的肚脐眼，又红又肿，那中间的褶皱，已经肿得要冒出来了。温草医皱起眉头，在一旁的凳子上坐下来，两只手朝康老板比划了一下。

康老板惊疑地问："要开刀？"温草医摇摇头，又朝李清张开嘴巴，长长地吸了口气。李清忙说："姐夫，温先生烟瘾上来了。"

"哦！"康老板点点头，忙吩咐王妈，"快去把外国茅烟拿来！"

温草医接连吸了三大杆子茅烟，总算过足了烟瘾。突然，他又一屁股坐在地上，捂着肚子直摇头。康老板还以为他要拉肚子，赶紧吩咐王妈去拿便桶。

李清一把拦住了，说："姐夫，想必温先生是肚子饿了……"康老板又赶紧让王妈去弄点心。

温草医吃喝完毕，抹了一把油光光的嘴，朝李清比划了一下。李清忙说："姐夫，温先生说，让舀一碗清水来。"

王妈闻听，不等康老板开口，就一溜小跑去端来了。温草医接过碗，用左手大拇指、食指和小指托住碗，右手大拇指、食指

和中指与之组成剑指，对准水碗口中念念有词，然后伸出右手两指，轻轻蘸水抹在康老板的肚脐眼上。

原本发痒的肚脐眼，经清水一抹，舒服极了，康老板长长出了口气，不由问道："温先生，您这是用的什么法？"

温草医瞥了他一眼，不答话，只是从怀里掏出一个小红布包，打开，里面是一个拇指大小的青花瓷瓶。

温草医从瓷瓶里倒出一粒绿豆大小的白亮珠子，将它轻轻地滚在肚脐眼上，然后，两只手在周围揉啊揉啊，直到珠子完全滚进肚脐眼中。接着，他又用右手剑指按在康老板的肚脐眼上，口中瓮声瓮气地念个不停。

大概十来分钟后，温草医停止了念叨，要过一杆茅烟，"吧嗒吧嗒"抽起来。直抽到茅烟锅巴都烧到烟杆嘴肚子了，才"扑"的一口吹熄掉。然后，他伸了个懒腰，打了一声长长的呵欠，站起身来，"啪"朝康老板肚子上击了一拳："还睡着干什么？该起来啦！"

康老板愣了愣，在王妈的搀扶下好不容易下了凉床，他摸摸肚脐眼，开心得大笑起来："妙啊！一点不痒啦！先生真乃神医啊！快，给我拿赏钱来！"

康老板把一大把银元塞进温草医的手里，李清自然也大大有赏。待一顿饱餐之后，温草医方告辞出门，李清也跟着送出来。

走出康家好一段路，温草医突然神气活现地说："老弟，我这出戏演得还不错吧！"

李清不屑地说："你别自以为多么了不得，还不是我给你吹来的机会？"

嘿嘿，敢情这两人是演了出双簧。温草医也不是不会说话，而是李清不让他说。因为李清知道康家很有钱，他想借机好好捞一把，但又怕温草医万一话说不当露了馅，所以再三警告他，不许随便开口。

李清拍着温草医的肩膀说："哼，我得的赏钱够我一家人吃上一年了，可你才一个人，怎么用得完啊？"

温草医朝他撇撇嘴，说："老弟，你以为我是一个人用的吗？我还得去给菩萨烧香呢！"

"你烧啥子香？你不就是用了那么一点水银珠子嘛！对了，我姐夫的肚脐眼里，到底是什么东西在作怪？"李清好奇道。

"什么东西？不就是个半边风（風）嘛！"

"半边风？"李清又追问。

温草医洋洋得意地说道："半边风（風），不就是一个'虫'字嘛！你姐夫的肚脐眼里，其实是一只大虱子在作怪。这我小时候碰到过，所以一看就知道是怎么回事儿了。"

（题图、插图：谢　颖）

杀人的书法

□ 尤秀玲

有一个姓赵的副县长，在副县长的位子上原地踏步，一干就是若干年。倒是他的一手毛笔字，越写越好，越写越活，惊天地，泣鬼神，人称"神笔赵"。

神在哪里？据说，有家酒楼即将倒闭，老板死马当作活马医，竟异想天开，请赵副县长给他们题了个牌匾。没想到，那牌匾一挂上去，酒楼的业绩就"噌噌"直往上蹿，短短几个月内，非但没有倒闭，反而成了县里餐饮业的龙头老大。

最近又有人传，有个老者已经被医生判了"死刑"，后来托人上门求字，不想竟枯木逢春，现在那老者是老年人协会的会员，经常领着一帮人练习太极拳。

不过，赵副县长惜墨如金，轻易不示人。虽然每天都有人慕名前来求字，有的甚至重金求购，但都无功而返。

这天，赵副县长正闭门练字，突然，门铃响了，他走过去开门一看，不认识，就问："这位是——"

"我是个书法爱好者，"那人一边说，一边从包里拿出几张纸摊了开来，"写了几个破字，想请您指点一番。"

赵副县长拿眼一瞄，便知书法功底还是不错的。可是，看到最后一张纸时，他不禁倒吸了口凉气，原来上面写了一句咒语：某某某不得好死。

赵副县长皱了皱眉头，问："这是什么意思？"

那人说："我听说，您的字能使快

倒闭的酒楼起死回生。"

"好像有这回事。"

"能把被医生判了'死刑'的人，从阎王那里给拉回来。"

"有人这么说。"

"真是百闻不如一见啊！我今天来，就是想求得您的一幅字！"说着，那人跨前一步，将一个厚厚的信封放在了茶几上，说，"那您要是写一幅字咒一个人死，也一定特灵验！"

赵副县长听了，心念一动：是呀，自己的字能救人不假，可是否能杀人呢，还真的没尝试过。

那人说着说着，眼泪便止不住流

· 层峦叠嶂　峰回路转 ·

了下来，说："您不知道，我这副科长当了十多年了，窝囊气受够了，要是科长不死，我还要熬到啥时才能被扶正啊！求求您了，就赐我一幅字吧！"那人说完，"扑通"一声跪在了地上。

就在这时，赵副县长看到门外有个人一闪而过……

赵副县长先是愣了一下，继而一拍桌子，喝道："还不快给我滚出去！心术不正的小人，还惦记你们正手的位子，我看你连副手都不配。别让我再看见你，不然，我就罢了你的官！"说罢，把那包钱重重地摔在了那人的面前。

"快滚！"赵副县长指着门大吼，那人狼狈地逃走了。

赵副县长看着那人的背影，余怒未消……

没多久，李县长就听说了这件事，他特别赞赏赵副县长刚正不阿、清廉正直的精神，每逢大会、小会，都要忍不住表扬几句。

一年后，李县长不幸出了车祸。临终前，组织上问他有没有什么要交代的，他用尽最后一点力气说，请组织考虑让赵副县长接任他的职位。

参加完李县长的葬礼，赵副县长心情异常沉重。他回到家，从抽屉里取出一幅字，狠命将其揉皱，然后撕个粉碎……

（题图、插图：安玉民　梁　丽）

爱的习惯

小林和妻子新婚不久。这天，小两口一起回乡下看望妻子的父母。

小林为了给岳父、岳母留下好印象，每天都早起，想帮忙做一些家务，但再早也早不过岳父。

起床时，总会看到岳父把一杯加了蜂蜜的温热红茶放在餐桌上。小林心里热乎乎的，总是端起来喝个点滴不剩。

临回城前的一晚，岳父把小林叫到一边，对他说："爱一个人很容易，但要保持爱一个人的习惯，却很难！"小林若有所悟地点了点头。

回城后，小两口齐心协力，小日子过得红红火火。

可没过几年，小林禁不住外面的诱惑，出了轨。两人狠狠地闹了一场，到最后，只好提出离婚。

就在这时，岳父突然病倒了，两人把离婚的事搁了下来，忙赶回去探望。岳父一颗心清明如镜。小两口别扭的表情，他一瞧便明白了。

岳父故意支开其他人，对小林说："我住院的这几天，你能每天早上代我为你岳母泡一杯加蜂蜜的红茶吗？她有胃寒的毛病，习惯起床后马上喝上一杯红茶暖暖胃。"岳父意味深长地看了小林一眼，又说，"其实，我女儿也遗传了她妈妈的毛病，胃一直不太好。"

原来，那杯红茶是岳父为岳母准备的。小林终于明白了当年岳父所说的那句话：爱一个人很容易，但要保持爱一个人的习惯，却很难！

第二天早上，小林在为岳母泡茶的同时，也为妻子倒上了一杯，放在餐桌上。

岳父病好后，夫妻俩回城了。离婚的事一再拖延，到最后，两人都不再提起，重新把日子过得甜甜蜜蜜。

因为，小林已经习惯了每天清晨早起，为妻子泡上一杯暖暖的蜂蜜红茶。

（作者：江慧妍；推荐者：陈亦清）

（本栏目欢迎原创作品，或作者自荐作品，一经发表，稿酬从优。）

最好的就要来了

有一位太太身患绝症，只剩下三个月的时间了。于是，她邀请牧师来家里，商量如何实现自己最后的愿望。

她告诉牧师，在葬礼仪式上要唱哪些歌，读哪些经文，她想穿什么样的衣服；而且，还要和她最喜爱的《圣经》葬在一起。一切都安排得井井有条。

当牧师起身告辞时，太太突然想起了什么，说："等一下，还有一件事情！"

"什么事？"牧师问道。

"这件事非常要紧，"太太郑重地说道，"在入葬的时候，我想右手里能有一把叉子。"牧师听完，愣在当场，不知该说些什么。

"怎么，让您吃惊了吗？"太太问道。

"说实话，我的确对这个要求很不理解。"牧师说。

太太解释道："在我的一生中，每次参加宴会，当盛主菜的盘子被收下去以后，总会有人弯下身子说，'拿着你们的叉子！'我最喜欢这个时刻了，因为我知道，有更好的东西要来了，比如，香醇的巧克力蛋糕，或者苹果派……"

太太顿了顿又说："所以，我想让大家都看到，我的手里拿着一把叉

·沧海拾贝 人生百味·

子。我希望他们会问，'为什么要拿叉子？'这时候，请您告诉他们，'拿着你的叉子……最好的马上就要来了！'"

牧师在和太太道别的时候，拥抱着她，眼里涌出了幸福的泪水。他知道，这个女人比自己更理解天堂是什么，因为她确信有更好的东西会来。

在葬礼上，人们看见太太穿着漂亮的衣服，和她至爱的《圣经》在一起，右手还拿着一把叉子。

"为什么要拿叉子呢？"人们一遍又一遍地问，而牧师一遍又一遍地微笑着。

在致词的时候，牧师告诉了人们，太太临终前和自己的那次谈话，以及那把叉子的意义。

牧师说："我总是会情不自禁地想到那把叉子，我想从今天起，你们可能也会如此……"

是的。下一次，当你伸手去拿叉子的时候，请悄悄地提醒自己，最好的东西就要来了！

（推荐者：黎 志）
（本栏插图：安玉民 梁 丽）

学写作文，
从读故事开始

能够征服极限的英雄，不应该是输给自己的懦夫！

寂寞英雄

□唐雪嫣

死亡赌约

卡罗尔年纪轻轻的，便已经是一家公司的老板。他的业余爱好是登山，曾经攀登过好几座高山险峰。

卡罗尔有个女朋友，叫琳达，是一个舞蹈演员。这天晚上，卡罗尔驱车来到琳达家，佣人告诉他，琳达和查理一起出去吃饭了，卡罗尔的心不禁"咯噔"一下。

查理是个很有名望的游泳运动员，曾经在奥运会上拿过金牌。半年前，查理开始疯狂地追求琳达，没想到，琳达今天居然和他约会去了……

正在这时，只听"嘟"的一声，一辆车缓缓驶来，卡罗尔瞪圆了眼睛，原来坐在车上的不是别人，正是琳达

和查理！只见两人有说有笑地跳下车，分手时，查理还在琳达的脸上轻吻了一下。

卡罗尔实在忍不住了，他冲上去一把抓住查理，冷冷地说："先生，琳达是我的女朋友，请你以后不要再来找她！"

琳达眉头一皱，刚想说话，查理却笑着制止了她，说："卡罗尔先生，我们都有公平追求琳达的权力，不是吗？而且我认为，琳达跟我在一起，更可以享受世人尊敬的目光，从这个意义上来讲，我比你更像一个男人。"

卡罗尔呆住了，张了张嘴，却什么也没说出来。的确，查理是世界冠军，站在世界的顶尖处，自己又能拿什么来与他比？

琳达不悦地瞪了查理一眼，略带歉意地对卡罗尔说："对不起，亲爱的，我们只是一起吃了顿饭而已。你不要介意他说的话，在我心里，你是个了不起的男人！"

琳达是想安慰卡罗尔，但卡罗尔却感到了深深的耻辱。他大声说："亲爱的，我也能让你享受世人尊敬的目光，否则，我不配你的爱情！现在，可以让我和查理单独谈谈吗？"

琳达犹豫了一下，还是转身进屋去了。

卡罗尔紧盯着查理，挑衅地说："在温室里游泳，又算得了什么？我倒觉得，能站在冰天雪地、氧气稀薄的高山之巅，那才是真正的男人！"

查理一愣，随即笑了："比如说……超过8000米的高山之巅？带着氧气瓶、登山索，雇一些人帮你搬运补给？还是算了吧，有了这些，我也能站在世界之巅。"

卡罗尔也愣了，他没有想到，查理居然对登山如此了解。

世界上有14座超过8000米的山峰，这个高度的山峰被人们称为"死亡地带"。医学家们认为，在这个高度上，空气太过稀薄，人类根本不可能存活。当然，也有人登上了这些山峰，但他们使用了氧气瓶、登山绳索，或者是采用了在中途建立营地、借助向导帮助等办法，没有人能够独自不借助任何工具而登顶。

查理肯定了解这些，所以才会说出刚才那些话来打击他。

卡罗尔突然大笑起来："早在两年前，我已经用单人无氧的方式，攀登过好几座7000米的高峰。查理，我还能以这种方式登上8000米以上的高峰。历史上，还没有人能够做到这一点，我要攀登南迦帕尔巴特峰，你信吗？"

查理脸色一变，大声说："南迦帕尔巴特峰？据我所知，已经有人单人无氧冲顶成功，你登上去也不是世界第一。"

"如果我登上去了，我就是世界第一！"卡罗尔说，"你应该知道，五年前有人说登上去了，但最后被证实是狂妄之言。他没有任何证据证明自己站在了峰顶。可是我能，你信吗？"

查理摇了摇头。

卡罗尔说："那我跟你赌一场，如果我冲顶成功，请你以后不要再来骚扰琳达；如果我失败了，我从此不见琳达。你敢赌吗？"

不知为什么，查理的脸竟然逐渐失去了血色，他盯着卡罗尔，沉吟了好半天，才慢慢地说："你可考虑清楚，7000米和8000米，那是生与死的区别！当然，如果你真的那么想证明自己，我是没有理由拒绝的。"

卡罗尔毫不犹豫地伸出手，跟查理的手重重地握在了一起。

极限攀登

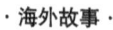

从那天起，卡罗尔就把公司交给手下打理，自己则全身心地投入到训练当中。经过三个月的魔鬼训练，卡罗尔已经有信心登上任何一座高峰。

位于巴基斯坦境内的南迦帕尔巴特峰，海拔8125米，是世界第九高峰。如果卡罗尔能够如愿登上峰顶，他将打破医学家所谓人类极限的神话，在登山史上留下不朽的声名。

卡罗尔准备单人无氧登顶的消息很快传开，各大媒体纷纷报道。但是，所有人都断言他不可能成功。

直到这时，琳达才知道卡罗尔和查理的赌约。她连夜赶去南迦帕尔巴特，请求卡罗尔取消这次冒险行动。

但卡罗尔拒绝了，他说："在爱人的眼里，伴侣一定是最优秀的，如果我做不到这一点，即使你选择了我，我也会郁闷终生！"

卡罗尔决心已定，不顾众人的劝阻，只身带着冰镐、冰爪和帐篷出发了。

一路艰险，卡罗尔终于登上了6100米处，在这里建了一座营地。营地就建在巨大的冰墙下面，当阳光照射下来的时候，冰墙会把吸收的热量反射出去，就像一个大炉子一样。卡罗尔呆在里面，可以感到强烈的热度，这样，他就不需要耗费体力去对抗寒冷，能够得到充分的休息。

休整了十多个小时后，卡罗尔继续向上艰难地攀登。最后的1000多米才是真正的挑战。

卡罗尔磕磕绊绊地向前走着，他能听到自己剧烈急促的喘息声，心脏像打鼓一样。他知道，在这种高度上，自己可能会得肺水肿，或是脑出血……一切意外都可能发生。但他努力坚持着，并尽量用相机拍下更多的照片，这是他单人无氧冲顶的证据。

在最后的100米，卡罗尔的力气几乎消耗尽了，他手脚并用，几乎是爬上去的，但他终于站在了南迦帕尔巴特峰的峰顶上。

虽然身体极度不适，但卡罗尔兴奋极了，他掏出相机，把周围的影像全部摄入。就在这时，他突然发现在一块岩石上，放着一个四四方方的东西。因为峰顶风大，积雪都被吹散了，那东西裸露在空气中，卡罗尔一眼便认出，那是一个金属盒子，登山者经常使用这种东西。

盒子的底部被冰冻住了，卡罗尔判断，一定是有人在上面浇了水，才使得盒子跟岩石结成了一体。到底是什么人费那么大力气爬上来，冻住这盒子的呢？

卡罗尔敲开坚冰，打开盒盖，看到里面有一张纸条，上面只有一个日期和一个签名，日期是五年前，名字是约翰逊。

卡罗尔看着纸条，呆住了。他想起来了：五年前，毫无名气的约翰逊突然宣布，他将单人无氧挑战南迦帕尔巴特峰，消息一出，引起舆论一片哗然。当约翰逊返回到地面后，因为冻伤，他被迫截去了八根手指和十只脚趾，而且智力也严重受损，只说自己登上了峰顶。但他的相机里面，没有任何峰顶的照片，顶多只有7500米处的景象。人们指责他狂言欺世，并不承认他冲顶成功。

以前，卡罗尔也以为约翰逊是在说谎，可是看了这张纸条，他终于明白了，约翰逊的确成功了。但是，由于相机损坏，他没能拍下峰顶的照片，为了证明自己，他留下了这张纸条，只是，没有人相信他。

卡罗尔突然感到一阵虚弱，身体第一次有了濒临极限的感觉。

真心英雄

卡罗尔默默地静坐了一会儿，然后将纸条收好，开始下山。

当他回到地面时，那里已经聚集了许多记者、登山爱好者，还有他的爱人琳达和情敌查理。

卡罗尔取出相机，向人们展示他冲顶成功的证据。就在大家欢呼雀跃的时候，卡罗尔却突然放声大哭起来，泪水滑过脸上的冻疮，他感到一阵钻心的疼痛……

这疼痛来自他的心底：如果他接受了世人仰慕的目光，那就违背了自己的良心，伟大的约翰逊将再也没有被承认的机会，历史在铭记自己的时刻，也将记录下虚伪的一页……

琳达吓坏了，只知道紧紧地抱住卡罗尔。

卡罗尔低声说："亲爱的，对不起！"说着，他推开琳达，慢慢拿出了那张纸条，大声说，"真正的英雄不是我，而是约翰逊！早在五年前，他

已经完成了极限挑战,约翰逊应该得到原本属于他的一切!"

接着,卡罗尔向大家讲述了事情的经过。在场的人都惊呆了,这样的结果是大家都没有想到的。

卡罗尔苦笑着对琳达说:"对不起,我没能实现我的承诺,我输给了查理!可是,如果我用谎言来赢得你,我会一生良心不安。请原谅我……"

然后,卡罗尔对着站在远处的查理大喊:"我输了,从今天起,我不会再见琳达!"查理却像是没听到他的话,脸上一副难以形容的表情。

琳达一下子扑进卡罗尔的怀里,泪流满面地说:"或许,你永远都不会成为世界第一,但在我心里,你就是我的英雄!请不要再提什么赌约了,我是一个人,不是谁的赌注,我们结

婚好吗?"

这时,查理慢慢走上前来,说:"我为我的狂妄失礼道歉,我必须承认,你比我更像一个男人!我们的赌约到此为止吧,我不会再去找琳达。"

卡罗尔心里一阵狂喜,跟琳达紧紧拥抱在一起……

两个月后,卡罗尔和琳达举行了婚礼,那天宾客云集,场面十分盛大。查理也来了,在他的身边,还跟着一个痴痴傻傻的男人。

查理说:"卡罗尔,我来介绍一下,这是我的父亲,约翰逊。"

卡罗尔大吃一惊,说:"约翰逊?约翰逊是你的父亲?"

"是的。"查理轻声说,"五年前的那次登顶,让他的大脑永远失去了思考能力,现在,他只活在自己的世界里。"查理顿了顿,又说,"我真的谢谢你,卡罗尔!我没想到,面对荣誉,你会选择证实我父亲的清白。今天我带他一起来,就是要他为你祝福,愿上帝保佑你和琳达!"

一旁的约翰逊目光迷离,却仿佛带着一丝激动与欣喜,望着身边的人们,就像望着峰顶那冷酷却动人的风光……

(题图、插图:佐 夫)

·东方夜谈·

其实，风水之说并无根据，更多的是对世人行善积德、好人好报的一种劝慰。

□ 王立雪

乾坤一只眼

事有蹊跷

明朝时候，蕲水县沈家营境内有一户沈姓人家。父亲沈端全官至内阁大学士，人称沈阁老；两个儿子，一个是金吾将军，一个是龙虎将军。父子三人，真可谓权倾天下！

这天，是沈家老夫人八十寿辰，父子三人特地告假返乡，为老祖宗操办大寿。一时间，贺寿者纷至沓来，犹如过江之鲫。

谁知，就在沈阁老大宴宾朋之

时，老夫人却突然直挺挺倒在了太师椅上，嘶哑着声音大骂道："你们这些不孝子孙！如今一个个做了高官，却把我丢在水牢里，忍受虫蛀鼠噬的煎熬……"

沈阁老一听，愣住了，满堂宾客也糊涂了：老夫人怎么会突然说出这种话来呢？再一听，更惊疑了：这声音怎么那么像是去世的老太爷？可老太爷的后事明明都是沈阁老亲手料理的，难道他还有什么未了的心愿，借老夫人之口说出来？

片刻，老夫人醒了，面色煞白地对沈阁老说，刚才她突然一阵迷糊，就看见老太爷浑身湿漉漉地站在她面前。沈阁老听罢，脸上霍然变了色，说："难道是爹的阴宅出了问题？"

沈阁老当即带着儿孙和一班贺寿官员，往祖坟赶去。沈阁老命下人挖开坟墓，果然，老太爷的棺木就浸在齐腰深的水中！

沈阁老大叫一声："爹，您受苦啦！"

沈阁老恨不得立刻给老父亲迁坟，可按朝廷礼制，凡三品以上的官员建华厦、造阴宅，都要事先上报朝廷批准，否则就有欺君之罪。这可怎么办？

这时，蕲水县县令连忙上前揖道："下官斗胆直言，沈老太爷的墓葬，应该另择风水宝地。下官愿与众位大人一道联名上书，请求圣上恩准！"说完，就命人拿来笔墨印信，与各位大人写下奏折，马不停蹄送往京城。

这回，诏书很快就下来了。皇帝感念沈氏一门忠孝，特许他们在这一带任选地方，重建墓地。

风水宝地

于是，沈阁老立即差人去请风水先生。请来的先生姓欧，人称"乾坤一只眼"。据说，他的一只玻璃眼能观龙脉，看穴地，洞若观火，一看就准。

欧先生在山中转悠了七七四十九天，最后选定蕲水县境内一个叫金谷山的地方，说老太爷若是葬在这里，一定能保沈家代代公卿、万世恒昌。

沈阁老一听，大喜过望。他让儿子拨来一千兵丁，专门负责墓地的修建。一时间，沈家营里车水马龙，热闹非凡，一船船、一车车的建材用青

布幔遮得严严实实的，源源不断地运往山中。一年后，墓地终于修成，沈阁老选定九九重阳登高之日，举行祖坟迁葬大礼。

就在这时，离开多日的欧先生突然转了回来，瞪着一只玻璃眼东瞧瞧、西望望，围着墓地连转了三圈，大呼："可惜呀！可惜了这块好地方！"正在墓地值班的沈府管家看见了，连忙把他带回府上。

沈阁老听管家如此这般一说，赶紧将欧先生请进内堂，亲自执壶把酒，相对而酌。酒至半酣，他才小心翼翼地问："先生刚才在墓地何出此言？莫非是先生当初看走了眼？"

欧先生放下手中的酒杯，醉眼迷离地说："我堂堂'乾坤一只眼'，怎么会看走眼呢？实话告诉你吧，这金谷山又名'金骨伞'，人称'华盖地'。华盖是什么？皇帝出巡时头上打的伞哪！你想，若是把祖坟建在上面，后世子孙何止代代公卿！"

沈阁老疑惑地问："既然是好地方，那先生为何要说'可惜'呢？"

欧先生长叹一声："地方确实是好地方，可惜被你们糟蹋啦！这金骨伞是何等的娇贵，可你们却将土块任意倾倒在四周。如今，这伞骨子也压断了。我看，这墓地以后不仅不能带来福祉，说不定，还会惹来杀身之祸哩！"

沈阁老一听此话，手中的酒杯

52

"咚"的一声掉在地上，连忙起身朝欧先生深深一揖，毕恭毕敬地说："先生既然瞧出来，就一定有破解之法。万望先生不吝赐教，老夫定当重谢！"

欧先生摇摇头："风水已破，覆水难收啊！如今，只有再择宝地了。"

见沈阁老面色凝重，欧先生又缓缓说道："不瞒阁老，我观大别山之势，就像一条巨龙，而沈家营就是这龙头上的一颗明珠。大别山的龙脉，应该就在这附近。只要假以时日，我相信，一定能找出一块比金谷山更好的风水龙穴！"

沈阁老欣喜若狂，一边命人暂停迁葬之礼，一边赶紧让下人收拾出一间上房，请欧先生住下，每天好酒好菜地款待。

转眼一个月过去了。这天，天降大雪。一大早，欧先生带着一身风雪，兴冲冲地跑回沈府，二话没说拉上沈阁老就走。两人来到高山之上，欧先生抑制不住激动，指着悬崖下靠江边的一块平地，说："你看！"

沈阁老注目一看，惊得半天合不拢嘴。说来也怪，四周都是白皑皑一片，唯独那块地黝黑如漆，未见半分积雪。

欧先生指点着江山说："沈大人请看，这碧水环绕的大江，像不像皇上腰间的玉带？那隔江对峙的山峰，像不像朝臣手中的笏板？你再回头朝上看，这奇石突起的崖顶，像不像皇

上头顶上的王冕？沈大人啊，你真是洪福齐天哪！这样的风水宝地，可遇而不可求啊！"

沈阁老平素研习兵法，对风水地理自然也略懂一二。他仔细一看，果然气势不凡，心里对欧先生真是又感激又佩服。

依照欧先生的推算，当日午时，

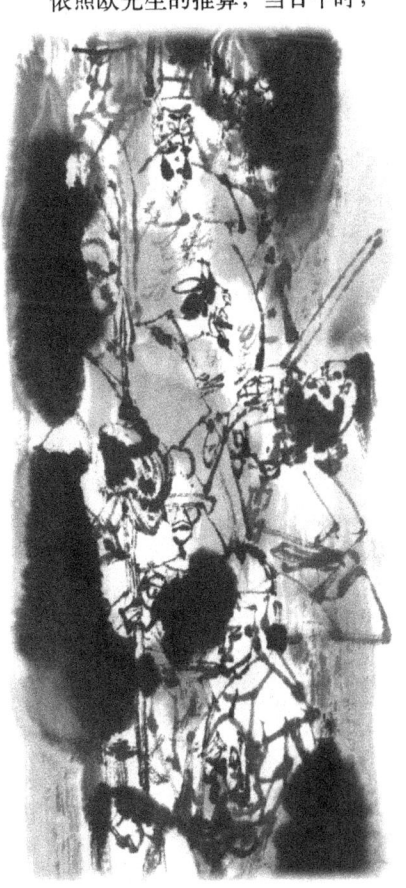

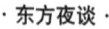·东方夜谈·

新的墓地便破土动工。为了形成山环水绕、龙穴砂水的格局，欧先生特意吩咐，将山中的一条小溪改道移了过来。一千多名军士，不分昼夜地忙碌了三个多月，终于在清明时节完成了迁墓。

从墓地归来，沈阁老突然发现欧先生不见了，派人四处寻找，也是音讯全无，不禁感叹："真是世外高人，来无影、去无踪啊！"

自在人心

这天半夜，突然电闪雷鸣，大雨倾盆。第二天一早，人们发现沈家新建的墓地，已经被山洪冲得七零八落。

满地数以万计的金银财宝不说，还堆积着小山似的刀枪剑戟；更让人惊奇的是，居然还有龙袍玉带、传国玉玺。一个手握重兵的将军，在墓地里私藏这些东西，这不是明摆着要谋朝篡位吗？

等到沈阁老一家闻讯赶来时，事情早已一传十、十传百地传出去了。蕲水县县令当即快马飞报朝廷，并火速派出地方团练，将沈家父子及全家两百余口全部捉拿，解往京师。

刑部大堂上一审，铁证如山，沈阁老不得不承认蓄意谋反的罪行。原来，沈家父子功高盖主，早生反意。沈阁老为父亲迁葬之举，一来是想找一块能出真龙天子的风水宝地，二来也

是借机屯积军饷兵器，以备举事之需。没想到，就是这块所谓的风水宝地，让他行藏败露，前功尽弃。

这一年秋后，沈家父子及同党被推到午门外开刀问斩。临刑前，欧先生突然端着一碗酒走上前来。沈阁老一见，真是分外眼红，咬牙切齿道："老夫做事一向谨慎，你是怎么看出来的？"

欧先生冷笑道："我在山中行走多年，对名门望族的祖坟了如指掌。听说沈家要迁葬时，我就心存疑惑：你家祖坟明明在山岗之上，何来积水？山里建材明明到处皆是，为何要舍近求远？我一探查，什么祖坟遭淹，纯粹是在演戏；所运之物，全是劫掠之财和起事刀枪。我再潜回金谷山墓地一看，那墓室之大，简直赛过皇家陵寝。原来，你们早已深藏谋朝篡位的狼子野心……"

沈阁老这才明白自己中了圈套，狂怒道："所以你就假借金骨伞之说故意设局，劝我把墓地迁到这里，借着悬崖地势，让暴雨败露我的真相？我说你一个看风水的先生，为什么要管世间的闲事？"

"哈哈哈哈！"欧先生仰天长笑，正色道，"沈大人此言差矣！俗话说，盗亦有道。我们看风水守的是天道。难道你到现在还不明白，风水宝地的灵验不在地脉，而在人心……"

（题图、插图：黄金昌）

54

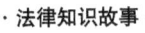

□ 刘仲明

实在
气不过

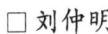

人。

俗话说：久走夜路必撞鬼。这天，罗一明因故提前回家，一打开门，屋里的情形差点儿让他晕过去，只见肖俐与龙阳正在缠绵。罗一明气得两眼冒火，浑身抖动如筛糠，冲上去一把提起龙阳。

罗一明是搞体育的，那真是力大如牛，只听"嘿"的一声，龙阳的身子就腾空而起，罗一明跟上去一阵拳打脚踢，只听龙阳"唉呀"一声惨叫，右手捂着左胳膊，满脸煞白。

罗一明还不解恨："你个小杂种，你装，我让你装！"边骂边不停地踢打。

肖俐见丈夫发起狂来，吓得赶紧拨打110。很快，派出所赵所长带着民警赶到了，可罗一明还是一副不依不饶的样子。

龙阳和肖俐在高中时就是一对恋人，后来龙阳随父母去了外地，两人的关系便淡了下来，渐渐断了联系。

一晃十多年过去了，想不到龙阳又被单位派回来当联络站站长。更巧的是，在一次产品展销会上，龙阳见到了肖俐。此时，肖俐已经和在体委工作的罗一明结了婚。

这世界上的事情，有时真的讲不清楚，就好像是上天故意安排好的。龙阳和肖俐又走到了一起，旧情人相见，爱火重燃，两人很快就打得火热。而且，只要罗一明外出比赛，龙阳就来肖俐家找她，俨然把自己当成男主赵所长他们简单了解情况后，立即兵分两路，一路送龙阳去了医院，另一路把罗一明和肖俐带回了派出所。

到这时，罗一明的情绪才稍稍稳定一些，他理直气壮地说："我是受害人，我强烈要求将那个家伙绳之以法，而且，他还要赔偿我的名誉损失费！"

从这天起，派出所展开了调查，罗一明也没闲着，时常到派出所来询问，话题只有一个：龙阳到底何时赔偿自己的名誉损失费？

过了几个月，这天，罗一明接到一个陌生的电话，只听电话那头说："喂，我是龙阳，我的胳膊还没好彻底，但为了节省费用，我准备提前出院了。"

罗一明听了，心里就来气，狠狠说道："你出院，管我什么事，你死在里面才好哩！"

龙阳倒也冷静，慢条斯理地说道："我的医药费一共是8621.32元，你马上来医院付一下吧。"

罗一明一下子没反应过来，拿着话筒半天没吱声，心想：这小子一定是受什么刺激，昏了头，偷了人家的老婆还敢口出狂言！这罗一明也不是省油的灯，对着话筒就是一顿臭骂。

当天下午，派出所的赵所长叫罗一明去一趟，罗一明很是得意：该那臭小子掏钱了，最好是送去劳改！

罗一明跨进派出所，见龙阳也在，他也不多说，大模大样地坐了下来。

赵所长给两人都倒了杯茶，然后不紧不慢地说："你们两个的事，我们都调查清楚了，主要责任在龙阳，他违背了公民的基本道德……"赵所长在批评龙阳，罗一明的心里，却只想着龙阳该赔自己多少钱。

赵所长终于说完了，罗一明还是没听到具体的赔款数，正想问，赵所长又说了："小罗啊，龙阳这次的医药费一共是8621.32元，他要你出，我想给你们两个调解一下。"

罗一明一听这话，当场就跳了起来："啥？这种人不枪毙已经从宽了，还要我赔他医药费？他才该赔我5万元名誉损失费！"

赵所长说："龙阳是有错，但你出手伤人也不对，他向你提出赔偿损失是有法可依的。"

罗一明脑子"嗡"的一声："什么，他偷我的老婆，反过来还要我给他钱？这、这天下还有说理的地方吗？"

龙阳仗着自己在派出所，口气也很大"我只让你赔偿医疗费，那已经是轻饶了你，还没叫你赔其他费用呢，比方说护理费、误工费、精神损失费……"

两个人你一言，我一句，闹了个不欢而散。

不久，龙阳一纸诉状将罗一明告上法庭，称罗一明侵犯了他的健康权，以及其他作为公民的合法权利，要求其赔偿医疗费、护理费、误工费、精神损失费等等，共计75104.78元。

这场官司轰动一时。法庭上，原、被告双方各执一词，争论不休。龙阳的辩护律师认为：公民的生命健康权受法律保护，任何单位和个人不得非法侵犯；至于龙阳与肖俐两人违背道德的行为，完全出于双方的自愿，不构成罗一明打伤龙阳的合法理由。

罗一明的辩护律师认为：龙阳与肖俐发生两性关系，在单位和当地造成了极坏的影响，给罗一明的伤害是一辈子都不能磨灭的。从后果看，罗一明所受到的精神伤害，要远远大于龙阳的身体伤害。因此，要求龙阳赔偿精神损失费5万元。

法庭没有当庭宣判。其实，合议庭在讨论这一案例时，遇到了一个很矛盾的问题：以法律原则来判，该判龙阳胜诉，但这样一来，不就等于承认了婚外情的合理性？以道德原则来判，该判罗一明胜诉，但这样一来，虽于情有理，但于法无据，有失立法原则。

再难判的案子终究要判，最后，合议庭达成一致意见：虽然从情理上看，罗一明有值得同情的一面，但是人民法院除了依法办案外，别无他理。在法律与道德发生冲突时，理应

以法律为准绳，根据《中华人民共和国民法通则》第九十八条公民享有生命健康权之规定，判罗一明赔偿龙阳医疗费8621.32元，护理费、误工费7354.22元，共计15975.54元。其他诉讼请求，法院不予支持。

罗一明耷拉着脑袋走出法院大门，正巧遇上旁听的派出所赵所长，赵所长悄悄跟他说："好在你没把龙阳打成残疾，否则，你除了承担民事赔偿责任外，还得受到治安拘留或负刑事责任哩！"

戏说电脑书名

如今，这市面上的电脑书，那真是五花八门、名目繁多，看看下面这组书名，是不是很眼熟呢？

◇ **轻松入门:** 当此书卖完后，书店老板就可以轻轻松松地入家门了，因为老板娘正在为该书卖得慢而闹离婚呢。

◇ **快速入门:** 当此书卖完后，书店老板会快速地跑进未婚妻的家门向她求婚，因为前段时间库存太大没有现钱，所以一直不能成亲。

◇ **宝典:** 这类书非常珍贵，因此看了几页后，就决定要作为礼物送人了。

◇ **大全:** 这类书的内容最全面，不仅包括了正确的知识，还包括了错误的知识，并且两者有机地形成了一个正误不分的共同体，达到了真理中有错误、错误中有真理的崇高境界。

◇ **自学教程:** 这是二合一的教材。因为要想学会本书，至少需要"自学"一遍，然后作为"教程"，再请老师讲解一遍。

◇ **跟我学:** 听这口气就知道，这很可能是你的同学、学生或者晚辈写的。

◇ **精通:** 只有少数极为精明的人士，才能读得通。因此，很多不太精明的人士，也买一本放在书柜里附庸风雅。

◇ **入门与提高:** 这是"入门难、提高更难"的缩写。

◇ **手把手:** 借鉴中国足球的教学训练方法而创作，因为电脑用手操作，所以书名不能叫《脚把脚》。

（推荐者: 史志鹏）

律师点评:

根据我国《婚姻法》相关规定: 夫妻之间有忠实义务。肖俐显然是违背了这个原则，所以，她应当对自己的出轨行为负相应的责任。

这个责任，与其他民事法律关系中的民事责任并无多大区别，即是一种违约责任。只不过，肖俐所违背的，是"夫妻之间有忠实义务"这么一个约定。

因此，肖俐要承担的，也是一个损害赔偿责任。而这个责任，必须

以罗一明提出离婚诉讼为基础的，否则，就没有太大的法律意义。

当然，对于龙阳和肖俐的行为，理当受到道德谴责，但尚没有作为我国刑事制裁的内容。

而罗一明动手殴打龙阳的行为，尽管有种种值得理解和同情的理由，但不可作为伤害他人的合法依据。

根据《中华人民共和国民法通则》有关规定，罗一明应该对自己的伤人行为承担赔偿责任。

（题图、插图: 安玉民 梁 丽）

蛛丝案

□ 马凤文

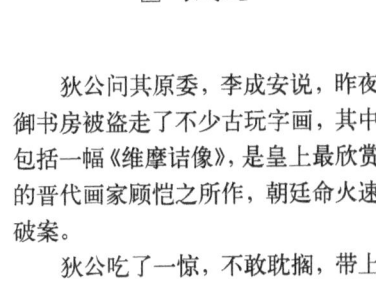

狄仁杰接连破了几个大案，不禁有些疲惫，参军洪亮特意让人做了几道精致小菜，两人开怀畅饮。

说来也巧，正吃着，有只小小的蜘蛛从棚顶落下，恰好落在狄公的筷子上。洪亮一皱眉，狄公却笑着将那小家伙轻轻一弹，放生了。

就在这时，仆人匆匆来报，说御书房总管李成安求见。狄公赶紧放下筷子，准备出迎。哪知还未起身，李成安已匆匆走了进来，满脸焦虑之色，见了狄公，张口就道："大人，您一定要救我！"

狄公问其原委，李成安说，昨夜御书房被盗走了不少古玩字画，其中包括一幅《维摩诘像》，是皇上最欣赏的晋代画家顾恺之所作，朝廷命火速破案。

狄公吃了一惊，不敢耽搁，带上洪亮，立即随李成安赶到御书房。

只见御书房内窗户紧闭，秩序井然，根本看不出有贼人来过的痕迹。狄公低下头，才发现地上隐约有一行脚印，从门口直至存放国宝的柜子前。

李成安解释说："这是我的脚印，我来打扫御书房，才发现柜锁被撬。"

狄公肃然道："这分明是你监守自盗嘛！"李成安吓得差点跌倒。

狄公笑了："开个玩笑而已！"说着，他将御书房里里外外仔细察看了一遍，心里不得不佩服盗贼作案手法之高明，竟没有留下半点痕迹。

从御书房回来，狄公一直沉默不语，洪亮试探着问："大人，您是不是已经心中有数了？"

狄公摇摇头："要说有数，也只

能初步判断作案的是个飞贼，可要到哪里去找他呢？"

恰在此时，又有人来报，说京郊发现一具男尸。这真是一波未平，一波又起！

狄公只好放下手中的飞贼案，带着洪亮赶往现场。果然，是一具男尸，身材颀长，脸色红润，看样子刚死不久。

洪亮对狄公道："大人，好像是个异族人。"狄公点点头，掀开死者衣服，发现其血肉模糊，惨不忍睹。

没多久，几个金发碧眼的异族人也闻讯赶来了，见了死者恸哭不止。狄公问来人身份，其中一人回道："我们是来中原经商的。我叫伽里，死者是我们的同伴，他昨天彻夜未归，没想到会遭此惨祸！"他边说边哭，情绪显得非常激动。

当得知狄公的身份之后，这个叫伽里的人一把抓住狄公的衣领，愤怒地吼道："你得给我们一个交代，我要你马上把凶手查出来！"

洪亮见伽里对狄公如此不敬，十分气愤，上去拉住他一用力，就把他甩到一旁。不想这个伽里身手敏捷，在地上几个翻滚之后，就站了起来，竟毫发无损。洪亮还要上去追打，被狄公一声断喝制止了。

狄公向伽里连连道歉。伽里这才稍稍平下气来，说："大人见谅，我是失友心痛，还请大人尽早破案。"

狄公点头答应，又低下身去对死者勘验了一番，发现他头发乱如蓬蒿，上面还爬着不少蚂蚁。狄公眉头紧蹙，陷入了沉思，片刻后，命人收敛死者。

伽里请求说："大人，我想明天将同伴送回家乡，按我们的习俗给他下葬。如何？"狄公立即应允了。

一场风波总算平息下来。但作案的凶手究竟是谁呢？又一个谜摆在了狄公和洪亮的面前。

洪亮心乱如麻，可让他意外的是，当晚，狄公却让人做了几个菜，邀洪亮同饮。洪亮惊异道："案子还没眉目，怎么大人倒有兴致吃喝起来？"

狄公笑了："你要永远记住一句话：不给点儿压力，歹人是不会主动罢手的。"洪亮瞪大眼睛，似乎明白了什么，又似乎什么也没明白。

此时，巧了！又有一只小蜘蛛从棚顶落下，落在狄公的筷子上。狄公对洪亮说："你先上去把蜘蛛清扫干净，回头咱爷俩再接着喝。"洪亮答应一声，"噌"的一下就上了棚顶。
……

转眼已是次日清晨，狄公带上洪亮和衙役，说是要去为伽里等人送行。等他们赶到驿馆时，伽里的驼队正要出发。

伽里见狄公到来，赶紧上前相迎。狄公一看装运死者的那口棺材实在太简陋，便立刻提出要换一口。伽里急得连连摆手:"大人可真会开玩笑!按照我们的习俗,已经入棺者,就不能再随便搬动了。"

狄公脸一沉:"可是,难道活人入棺也是你们的习俗吗?"

伽里脸色骤变。狄公不等他反应,立即命衙役将棺盖打开。

洪亮赶紧伸过头去一看,心里不由暗暗替狄公叫苦:棺材里确实就是一具死尸,别无他物。

伽里自然暴跳如雷,揪住狄公不放。可狄公却不慌不忙,喝令衙役把死者抬出棺,又让洪亮去提来一桶水,往死者头上一浇。哇!那死者居然把眼睛睁开了,就像刚睡醒了一样。怎么,他是一个大活人?

狄公乘胜追击,让衙役将棺材彻底拆开。不得了!棺材板的夹层里,竟然都藏着书画和古玩珍品,那幅

《维摩诘像》也在其中。

伽里做梦也想不到变数来得如此之快,但在事实面前没法抵赖,只好认罪。可他不明白,自己将一切都做得天衣无缝,狄公是如何识破的呢?

原来,当初御书房发生飞贼案时,狄公就从棚顶落下的蜘蛛身上受到启发,推测贼人一定是揭开房顶棚板,借用绳索进得御书房内。可贼人究竟是谁,不得而知。

偏巧这时,又报发现男尸。在勘验死者时,狄公发现此人头上爬着很多蚂蚁,将头皮咬出了许多红印痕。按理说,死人被虫咬了,是不会出现红印痕的,这只能说明他是假死;而且,他头发上还有不少蛛丝,因此,狄公估计此人就是御书房盗贼。

洪亮拍着脑袋直嘀咕"怪不得大人要我上棚顶去清扫，原来是要验证你的推测啊！"

狄公点点头："不错，你从棚顶下来时，沾着一头的蛛丝，这就更加肯定了我的想法。而且，这死者的身材让我联想起，近来街上出现的那帮异族杂耍师，他们借助绳索悬空而舞的技艺真是让人惊叹。"

洪亮恍然大悟："我说这些人怎么会功夫呢。那天，伽里被我一甩，竟然几个翻越不倒，原来他们是干这行的！"

"哈哈！"狄公朗声笑了起来，对伽里说，"这下，你该心服口服了吧？"伽里只好低头认罪。

可狄公依旧不依不饶："要认罪的，恐怕还有你们的内应！"

伽里脱口道："不不，这和李成安没有关系……"可话刚出口，他就吐了吐舌头，知道自己彻底露馅了。

原来，正如狄公推测的那样：伽里一伙看上了御书房的国宝，可皇宫内守卫森严，根本无从下手，他们便想方设法地买通了李成安里应外合。

可是，边关防卫甚严，要想把国宝运出去谈何容易？于是，在行盗得手之后，伽里便用药物故意造成行盗者被杀的假象，这样，一来可以引开狄公追查国宝失窃的视线，二来可以借运送死者之名换来通关文牒，趁机将国宝运出去。可他们万万没有想到，这一切策划看似天衣无缝，却未能逃脱狄公的慧眼。

作案者终于被绳之以法。

（题图、插图：黄全昌）

2009 年中国最佳故事评选

为了繁荣故事文学、推动故事创作，2009 年，故事中国网(www.storychina.cn)举办年度中国最佳故事评选。**评选标准**：在情节性、艺术性、思想性、文学性方面有突出表现，能够代表年度故事创作最高水平的各类故事作品。**参选条件**：2009 年 1 月 1 日至 2009 年 12 月 31 日期间在国内正规报刊（省级以上）发表的故事作品均可参加，不限题材、风格、篇幅。**参加方法**：1.作者本人登录故事中国网提交作品；2.推荐别人的作品，需事先征得作者本人的同意，再通过故事中国网提交；3.各家故事报刊编辑部可直接向故事中国网推荐作品，推荐信箱：storychina@gmail.com。

评选将邀请由资深故事编辑、专家、学者组成的评审组进行投票，评出年度最佳故事一篇，优秀作品若干。年度最佳故事作者获得特别荣誉证书及奖金 3000 元，并受邀前来上海领奖；所有优秀作品将结集出版《2009 年度中国最佳故事》一书，并支付稿费。更多详情，请登录故事中国网查看。

另外，2008 年"我最喜欢的《故事会》作品"评选日前揭晓，《古井恩怨》（童存云）、《床头婴》（尤培坚）分获红、绿版"最受欢迎作品"。

一口馒头，一人工钱，一句承诺，一腔热血！

带着馒头去讨债

□ 王应良

1. 带上馒头，留下老婆

姜大锤三十来岁，黑瘦黑瘦的，看上去老实巴交的样子，却是个极有头脑的人。

近年来，随着九寨沟、黄龙风景区声名鹊起，川西独特的自然风光成了旅游开发的热点，度假村如雨后春笋般地建了一座又一座。

一直在绵州打工的姜大锤，看准时机，果断回到大巴山老家寨子里，招募了三十多个乡亲，带了老婆到城里，拉杆子成立了一个工程队，也干起了承接工程的营生，当上了包工头。

这天，天还没亮，姜大锤一个激灵醒来，伸手往床边一摸，老婆不在。

他又摸索到手表一看时间，立马爬起来走出房间。

外面的工棚里，三十多个民工还在睡梦中，鼾声一片。姜大锤像做贼一样，蹑手蹑脚地穿过走道，来到工棚外边的灶房，只见老婆正忙前忙后，为几十号人生火做青稞粥。

姜大锤就着水龙头，随便漱了个口，洗了把脸，就闷声不响地出门了。老婆在身后轻叫一声，赶了过来，把一个鼓鼓囊囊的黄布包和一个旧的军用水壶，挂在他的身上，轻声交代说："带上！命比钱重要！"

就在这时，突然听到身后传来一声断喝："干什么？黑灯瞎火的，你们夫妻俩想溜？没门！"

姜大锤吓了一大跳，回身一看，只见刚才还在睡梦中的三十多个民工，不知什么时候都悄悄爬起来，正虎视眈眈地拿着棍棒家伙，拦住了去路。

姜大锤一见这阵势，就知咋回事儿了。他连忙走过去，笑着解释说："怎么可能呢？我这是出去讨钱，等钱一讨回来，我就一分不少地发给你们！"

民工们一听这话，马上七嘴八舌地一个个嚷嚷开来，有人说："你这话从去年一直说到今年，光打雷不下雨，你糊弄谁呀？"

"姜大锤，现在哄起人来，连草稿

都不打了！你不记得了，去年过年时，你就说工程没完工，没钱，我们信了你，连年都没回去过，还是跟着你干。现在，工程也完工一个多月了，端午节都快要到了，你还想把我们骗到何时啊？"又一个人说。

听了这些话，姜大锤只得苦笑着说："乡亲们，你们瞎想个啥？我是这样的人吗？再说，大家乡里乡亲的，我的家还在寨子里，我跑得了和尚，跑得了庙吗？你们……"

哪知姜大锤这么一说，反而提醒了大家，因为人人都知道，姜大锤为了筹集资金，已经把家里的房子、牲畜、果树全卖了。如今，他是房无片瓦、地无一垄的游民。民工们再也忍不住了，呼的一下围了上来，推推搡搡，有诉苦的，有骂娘的，当然也有劝说的，但都是一句话：不让他走。

姜大锤见状，忍无可忍了，他大吼一声："干什么？就你们急？我连家都赔进去了，我比谁都急！既然你们这样，我就不走了，大不了大家一起在这里，等着喝西北风！"

这一嗓子吼，倒把民工们给镇住了，大家大眼瞪小眼，一时静了下来。

姜大锤接着又说："这段时间，我早出晚归的，还不是去找那该死的周继武了！他明明说好了，工程一完工就付款，可现在，绵州城里连他的影子也找不到。昨天晚上，有个朋友给我透了个信，说周继武半夜里回家了。你们说，我现在是不是应该上门去堵他？要是这回再让他跑了，又不知要等到猴年马月。我去不去，你们就看着办吧！"姜大锤话一说完，就哭丧着脸，把黄布包抱在怀里，蹲在地上一声不吭了。

一个民工盯着姜大锤怀里的黄布包，突然若有所悟地大叫一声："这该死的背着大包小包，这么急着往外跑，莫不是已经找到了周继武？这包里说不定就是钱，他想卷钱逃跑！"

旁边的民工听了，立刻几步上前，蛮横地将黄布包和水壶抢了过去。打开一看，只不过是头一天剩下的半袋子冷馒头和一壶温开水。衣兜里，除了一部旧手机、半包香烟和几张不足一百元的毛票子外，再也没什么。

民工们开始小声地嘀咕起来。过了一会儿，有个民工走过来，把黄布包和水壶还给姜大锤，说："既然是这样，那你把馒头带上，但你老婆不能走！"

姜大锤没好气地说："我老婆走什么走？她不是还要给你们做饭吗？"

"饭也不劳驾她做了，我们得暂时委屈她一下，把她关起来。"

姜大锤一听，霍地站了起来，怒道："什么？你们要把她关起来？"

"不把她关起来，手脚长在她身上，一不留神，她要是跑了，我们上

哪儿找你要钱？丑话说在前面，你要是不回来，就别怪我们不客气！"说完，他们就不由分说地把姜大锤的老婆推进了房间里，"哐当"一声，锁上了门。

姜大锤望着民工们进了工棚，一时愣住了。

这时，有几个年岁大些的民工又返身过来，其中一个被人叫作"老爷子"的民工，对着姜大锤悄悄说："大锤啊，我们几个知道你的为人。如今，也难怪他们一时气恼，做出过火的举动，咱们三十几号人，谁家没有妻儿老小，谁不眼巴巴地盼着这血汗钱呀！你放心去讨钱吧，我们几个保证决不难为你老婆。"

姜大锤感激地点点头，又叹了口气，转身走了。

2. 一年不回，我等一年

姜大锤赶到一个叫锦霖花园的小区时，天还没亮。那个建筑商周继武，就住在这个富人区里，姜大锤他们做的工程，就是从他手上发包的。

此时，小区里一幢幢小别墅门窗紧闭，一片漆黑，只有路灯和门卫房亮着零星的灯光。

姜大锤向门卫房走去，门卫老头睁开睡意迷离的眼睛看着他，说"你来了，他还没走！"

原来，这个小区管理非常严格，没有户主的许可，闲杂人等一律不得

入内。姜大锤来过多次，幸亏眼前的门卫老头同情他，睁一只眼闭一只眼地放他进去。

可这周继武神出鬼没，很少回家，姜大锤竟一次也没找着。他那母大虫似的老婆不仅不让姜大锤进门，还放出大狼狗咬人。好在这一次，门卫老头发现周继武回来了，偷偷给姜大锤打电话报了信。

姜大锤推开门卫房的侧门想进去，门卫老头连忙拦住他，为难地说："别！别！你就别进了。前几次让你进去了，那女人跑到物业管理处投诉我，害得我连扣了几次工资。这次再让你进去，我怕饭碗要保不住了。你就在这里候着吧，他总得打这儿出来。"

姜大锤一听，将伸进门里的脚又缩了回来，一脸愧疚地冲老头笑了笑，连说了几声对不起。然后，他就跑到马路边，靠着一棵香樟树坐了下来，守株待兔般地盯着大门一动不动。

不知过了多久，姜大锤在迷迷糊糊中突然听到小区的自动栅门一阵轱辘响，接着，传来门卫老头的一嗓门大喊："周老板，早！"

姜大锤一个激灵惊醒，只见一辆黑色的高档小车，从小区里出来。姜大锤腾地站起身来，不要命地向车前扑去，嘴里大喊着："周老板，周老板！"

可周继武就像根本没瞧见似的，一打方向盘，车屁股一冒烟，就顺着街道疾驰而去。

这一下，姜大锤可就急红了眼。正好这时，一辆出租摩托开了过来，他一招手，飞身跨了上去，一指前面的黑色小车，说："快！跟着前面那辆车。"

这时，天已经放亮。摩托车一路加速飞驰，跟在周继武的小车后面，跑出了绵州城，驶上了高架桥，在城外一处高速公路的入口，总算追上了小车。

姜大锤急忙从摩托车上翻身下来，撒开脚丫子就冲了过去，可等他快要靠近时，周继武已交完了路桥费，"呼"的一下又上路了。

姜大锤只好回身坐上摩托车，想再去追，可被收费站的工作人员拦了下来。这高速公路，是不允许摩托车通行的！

眼看着周继武的车扬长而去，姜大锤急得抱着脑袋，蹲在地上不知如何是好。

这时，那位摩托车司机走了过来，碰了碰他的胳膊，说："哥们，现在就是让你追，也追不上了，我们回去吧！"

姜大锤抬起头，红着眼，犟着脖子说："不！我就不信，他不打这儿回来，我就在这儿等！"

摩托司机"扑哧"一笑，说："等？他要是十天半个月不回来，你也等？"

姜大锤咬着牙，说："他一年不回，我等一年！"

摩托司机见他一根筋的样子，就回头看了一眼摩托的里程表，把大手一伸，说："好！要等你在这儿等，我可没时间陪你在这儿磨洋工。给钱，送你十几公里路，收你三十不多吧！"

姜大锤听了，赶忙起身摸口袋，这一摸，他傻眼了。早上出门时，身上那几十元钱，都被几个民工掏光了。他哭丧着脸说："大兄弟，我出门时忘了带钱，要不……"

摩托司机一听，牛眼一瞪，说："没钱你叫什么车？想坐霸王车啊，找打！"说着，上前一把揪住姜大锤，蛮横地把他全身搜了个遍，真的除了一袋子干馒头，没发现一个子儿。

摩托车司机气得一挥手，将姜大锤推搡出去丈把远，摔了一个大马趴，然后，骂骂咧咧地跨上摩托走了。可是，不一会儿，他又回来了。

原来，这摩托司机尽管人高马大，却是个口恶心善的人。他跑出了二里路，又折了回来，

对着姜大锤按了按喇叭，问道："我看你也不像是坐霸王车的混混儿，你这么急巴巴地追人家干什么？你刚才追的人是不是叫周继武？我认识！"姜大锤一听，赶紧将自己姓什么、叫什么，还有事情的前前后后说了一遍。

摩托司机听了，就皱起了眉头，说："姜大锤啊，你怎么招惹上他了？这个周继武原是一个无赖，依仗他老婆娘家撑腰，靠坑蒙拐骗发起来的，黑白两道都吃得开，我们绵州城里的人都不敢沾惹他，他就专门糊弄你们这些外乡人。我问你，你和他签合同了没有？"

"没有！"

"他欠你的工钱，打欠条了没有？"摩托司机又问。

"也没有！"

摩托司机一跺脚，说："姜大锤呀，姜大锤！我看你真是个棒槌！你咋这么傻？无凭无据的，就敢跟着他干？我看你这钱想讨回来，难！"

姜大锤一听，眼前一黑，差点又要倒下去。摩托司机赶紧一把将他扶住，宽慰道："你在这儿傻等也不是办法，我给你指一条路。前面三十里地，有个厂银沟，绵州城里很多有钱人都在那里建别墅。我几次送人进去，都看见过周继武的车，他刚才八成是去那里了。"说着，他又骑上摩托，对姜大锤招招手，"你上来吧，我干脆好人做到底，索性把你送过去。"

姜大锤一听，喜出望外，连忙一边道谢，一边爬了上去。摩托下了高速公路，沿着一条通向大山深处的乡道，赶了过去。

3. 你不还钱，我就不走

姜大锤赶到厂银沟时，已经是午饭后。这厂银沟真是个景色宜人的好地方，一幢幢小别墅依山傍水而建，掩映在枝繁叶茂的林木间。

果然，周继武开着的那辆车，就停在一幢小洋楼前，姜大锤心里骂道：这该死的真会享受！

摩托司机把姜大锤一撂下来，抽身打转就准备要走，临走时，还不忘回过头来交代一声："兄弟！我这是好心帮你，你可别说是我送你来的，我还要在绵州城里讨碗饭吃呢，可不想招惹这个无赖！"说完，一加油门，"轰"的一声飞驰而去。

周继武果然就在这里。此时，他酒足饭饱之后，正坐在二楼客厅宽大的沙发上，一边看着电视，一边搂着一个娇滴滴的女人。原来，他发迹以后，就嫌弃起家里的黄脸婆，偷偷买了幢别墅金屋藏娇，也养起了小情人。

这一次，姜大锤学乖了，他悄悄地靠近小洋楼，围着转了一圈，看清地形后，才回到门口摁响了门铃，然后闪身躲到一旁的窗台下面，透过紧掩着的窗帘的一角缝隙，观察着里面的动静。

此刻，周继武正抱着小情人准备亲热一番，突然听到楼下的门铃大煞风景地响起来，不由气恼地皱起了眉头。他心想：这个地方，就连自己那帮狐朋狗友也不知道，是谁来了？他突然心里一惊，想起昨天回家时，老婆就阴一句、阳一句地警告他，莫不是老婆发现了什么蛛丝马迹，一路跟踪过来了？

这么一想，周继武连忙推开小情人，对她"嘘"地做了个噤声动作，然后便一个人蹑手蹑脚走下楼，来到门后，隔着猫眼往外偷瞧，门口空无一人。

这下，周继武心里更加断定是老婆捉奸来了，他大气也不敢出，踮着脚赶紧往屋后躲，想从屋后的侧门来一个脚底抹油，溜之大吉。他轻轻打开门，一探头，却愣住了，只见一个黑瘦的汉子笑嘻嘻地站在他面前。

周继武松了一口气，接着恼怒地低吼一声："你是谁？干什么？"说着，就要关门。

姜大锤赶紧将一只脚伸进门里，没好气地说："真是贵人多忘事，干活儿时认得，干完活儿了就不认得了？"说着，就强硬地挤了进来。

"呵！是你呀，老姜！找我有什么事儿？"周继武这才反应过来。

"无事不登三宝殿！我们的工钱，你该结了吧？"

"工钱？我不是跟你说了吗？上面的工程款还没结，等上面的钱下来了，我就一分不少地给你。你走吧，回去等我电话！"说完，就把姜大锤丢在一楼，头也不回地上楼去了。

姜大锤只好硬着头皮，跟着上到二楼。他见二楼客厅里，铺着一层比自家床单还要干净的地毯，忙把一双脏兮兮的脚缩了回来，低声求道："周老板，你就行行好！我们几十号人，从去年等到今年，我们实在是等不起呀！"

周继武回头一看，见姜大锤跟上来了，虎着脸喝道："谁叫你上来的？再不走，别怪我不客气！"

姜大锤依旧低声求道："周老板，我求你了！我老婆都被民工关起来了，我今天再不把钱讨回去，他们饶不了我！"

这时，周继武的小情人听到外面的争吵声，就蹙着眉头，从房间里走了出来。

姜大锤一看这女人，不是周继武的老婆，心里一动，有了主意。他几步上前，指着周继武的鼻子，大声说："周继武，做人要讲点良心！你有钱买别墅养女人，却推三阻四地不还我们一分钱，哪有这样的道理？要不，我现在就回去，找你老婆评评理！"

这句话真是歪打正着，正好敲准了周继武的软肋。他一听，脸色顿时变得异常难看，强忍住怒火，从皮包

里摸出车钥匙和一张卡，对着女人说："你不是说要去成都买东西吗？你一个人去吧，我跟这个人有点事情要谈。"女人接过金光闪闪的银行卡，笑逐颜开地下楼开着车走了。

小情人一走，周继武怒视着姜大锤，说："你想干什么？"

姜大锤不卑不亢："不想干什么，就想讨回我们的工钱！"

周继武瞪起双眼，审视地看了姜大锤好半天，突然哈哈大笑起来。他几步上前，拍了拍姜大锤的肩膀，说："老姜啊！我知道你也不容易，这样吧，我们来做一笔交易：我私下里给你十万，你回去后，就说找不到我，时间一长，你手下那帮民工等不起，不就一个个卷起铺盖回家了吗？"说着，他走进房间里，从一个保险柜里取出十叠崭新的票子，交到姜大锤手中。然后，又坐回沙发里，跷起二郎腿，旁若无人地看起电视来。这一招，他曾经在一些包工头身上用过，而且屡试不爽。

姜大锤接过钱，脸上一会儿红，一会儿白，一阵沉默后，突然将钱猛地砸在茶几上，怒吼起来："你以为别人都像你一样黑了心？他们跟着我没日没夜地干，连过年都没回家，家里孩子等钱上学，老人等钱看病，地里的庄稼等钱买农药化肥，我能昧着良心这么干吗？我不管，反正你今天不

给钱，我就不走，死也要死在这儿！"说着，就一屁股往地上一坐，要起赖来。

周继武一见，勃然大怒，猛地一拍面前的玻璃茶几，大吼一声："你别敬酒不吃，吃罚酒！你也不去问一问，我周继武在绵州怕过谁！"周继武没想到，他这一怒真是雷霆万钧，不仅坐在地上的姜大锤吓得浑身打颤，就连面前的茶几也被震得跳了几跳，房顶上的吊灯丁丁当当地晃悠起来。

周继武正在暗自得意时，却发现姜大锤一脸惊恐地看着窗外，他顺着姜大锤的目光一看，不由大吃一惊。只见屋后往日秀丽的山峰，突然变得面目狰狞起来，碎石和尘土腾起冲天的烟雾，挟带着轰隆隆的雷声，像山洪一样奔泻而下，眨眼间天昏地暗、地动山摇。

姜大锤猛地从地上爬起，上前一把拉起吓傻了的周继武，怪叫一声："快跑！山崩了！"

两人跌跌撞撞地跑下楼，可滚下来的山石已经将前后门堵得严严实实。他们连忙往楼上跑，想从楼顶逃生。

可就在他们跑回二楼时，一块半间房子大小的巨石从山顶滚落下来，正好砸在房屋上，楼房就像纸糊的灯笼一样塌了下去，两人突然眼前一黑，就什么也不知道了……

4. 给座金山，馒头不卖

不知过了多久，姜大锤在黑暗中，感到浑身上下不能动弹，他还以为自己躺在自家的床上做噩梦了，便伸手用力去推旁边的老婆，却听到一个男人粗重的呻吟声。

姜大锤这才惊醒过来，记起自己和周继武一起遭遇山崩，被困在别墅里了。这么一想，他用力挪动了下身子，感觉下半身被坍塌的水泥块死死地卡住了，双腿胫骨顿时传来一阵阵钻心的疼痛。

姜大锤惊恐地扯开喉咙大喊起来："救命！救命呀！"

不知喊了多长时间，也不知喊了多少遍，可外面除了不时传来山石滚落的轰鸣声外，一片死寂。

这时，一旁的周继武嘶哑着喉咙，说："别喊了！你现在就是喊破了天，也没人会应你！这个厂银沟，平时就没多少人来，眼下即使有几个喘气的，大概也和我们差不多，你就省省力气，留条命等外面的人进来，再嚷不迟！"

姜大锤一听，气就上来了，破口大骂："你们这些有钱人，城里住得好好的，非要往这野鸡不生蛋的山沟沟里钻，这不是找死吗？可你该死的别欠着人家钱呀，临死还要拉个垫背的……"

姜大锤从来没有这么畅快淋漓地骂过人，直骂得周继武瞠目结舌，自己也感到唇干舌燥、饥肠辘辘了，他才记起从早晨出门到现在，还没来得及吃口饭，喝口水。他忙伸手往怀里一摸，幸好黄布包和水壶还在，便摸出一个馒头咬了一口，又打开水壶抿了一小口，咂巴着嘴，津津有味地吃起来。

一会儿，一阵青稞的香味迅速在这个狭小的空间弥漫开来。周继武鼻子嗅了嗅，要说在平时，这种东西，他连看都不会看一眼，可此时，他也是十几个小时水米未进，早就饿得前胸贴后背，嗓子眼干得冒烟。

周继武羞于启齿，忍了又忍，可是实在是饥渴难当，只好放下脸面，

瓮声瓮气地说："老姜，你这馒头和水，还有没有？"

姜大锤拍了拍黄布包，摇了摇水壶，说："有啊，多的是！"

"要是有的话，能不能给我一点，我快饿死了！"

姜大锤一听，就连忙从黄布包里拿出了一个馒头，正准备递过去，忽地又硬生生地缩了回来。

姜大锤想起过去周继武那副盛气凌人的样子。这真叫六月债还得快，这个不可一世的周老板，竟也有求自己的时候。想到这里，姜大锤冷冷地说："给？我为什么要给你？"

周继武连忙赔着笑脸，说"不让你白给！等我们出去了，我请你上成都吃火锅！"

"算了吧！啥人啥命，你就等着吃你的火锅，我还是啃我的馒头！"说着，姜大锤故意把馒头咬在嘴里，用嘴巴咂吧得山响。

周继武气得破口大骂："有什么了不起！等一会儿，我那女人回来了，肯定找人把我救出去！你就继续吃你的臭馒头吧，噎死你！"

姜大锤故意气他说："你做梦吧！你那个小情人恐怕早就卷着钱跑了，还会回来救你？"

周继武气得一挣扎，伸手过来就要打姜大锤。没想到这一动，带动了上面的砖扑簌簌地往下掉，吓得他连

忙住手，大气也不敢出了。

不知过了多久，周继武已经饿得两眼金星乱飞，口里火烧火燎的。他知道，如果再不进食、喝水，恐怕不是饿死，就是脱水而亡。

周继武用手试探着往地上摸索，看能不能找点啥可吃的东西，却摸到一叠纸。他心里一阵窃喜，这不是刚才想和姜大锤私下做交易的钱吗？

周继武连忙伸手推了推姜大锤，嘶哑着嗓子喊道："老姜……"

"又怎么了？"

"我们俩……能不能……打个商量？"

"啥？"

周继武一副哭腔，低声下气地求道："我实在是受不了了，我这里有钱，我用一千块买你一口馒头，五百块买你一口水，行不？"

周继武不提钱还好说，一提钱，姜大锤禁不住怒火中烧。他把周继武伸过来的手，猛地往回一推，咬牙切齿地说："我知道你有钱，城里那好酒好菜，你去买呀！我告诉你，你现在就是给座金山，我也不卖馒头！"

5.一口馒头，一人工钱

又不知过了多久，姜大锤从迷糊中一下子惊醒。他竖起耳朵，听了听与他近在咫尺的周继武，却一点动静也没有，又伸手推了推，还是一动不动。

这一下，姜大锤急了，赶紧一边用手狠掐了一把，一边大声喊道："周继武，周老板！"

姜大锤使出了吃奶的力气，总算把周继武从迷迷糊糊的沉睡中喊醒，他有气无力地咕哝了一句："干什么？"

姜大锤一边用手继续推着他，一边说："周老板，你醒一醒，我知道你已经饿得不行了，再不吃东西，恐怕就等不到有人来救了。我可以给你馒头吃，给你水喝，但我们要做一笔交易！"

"交易？"周继武一听说有馒头吃，一个激灵就醒了过来，像溺水人抓住了一根救命稻草，死死地抓住姜大锤的手，说，"行！行！只要你肯给我馒头吃，给我水喝，你要啥我都给，要多少给多少！"

姜大锤鼻子里冷冷地哼了一声，没好气地说："别以为我像你一样心黑，想敲诈你！该我的我要，不该我的，我一分钱也不要！这样吧，我给你一口馒头一口水，你给我一个人的工钱，好不好？"

周继武原以为姜大锤会狮子大开口，没想到他只提这个要求。他连忙把头点得像鸡啄米，赌咒发誓说："好！好！我出去了，要是变卦，遇车车撞，遇桥桥垮，站在墙根儿墙就倒，不得好死！"

姜大锤叹了口气，说："算了吧！

人要是昧着良心，发啥毒誓也没用！"说着，他从黄布包里掏出半只馒头，递给周继武，又把水壶递到他嘴边，说，"这算二毛的，他家里有个老母亲瘫在床上，就等着他的钱上医院，你说他的工钱该不该欠？"

周继武一口就把馒头吞了下去，噎得他翻着白眼说："不该！不该！"说着，又把手伸了过来。

姜大锤又给了他半只馒头、一口水，说："这算大眼的，他儿子的学费还欠着，老师不知催了多少回了，你说，他的钱，该不该给？"

周继武点着头，连声说："该给！

该给!"说着,又伸出了手。

姜大锤一巴掌拍在他手上,恼怒地说:"你咋这么贪呢? 省省吧,谁知道啥时候,才有人来救我们? 我们俩的馒头债,慢慢算吧……"

6. 你要死了,找谁要钱

其实,姜大锤和周继武做梦也没想到,就在那天下午2点28分,离绵州不远的汶川发生了大地震。川西一带天翻地覆,死伤无数,哪里会有人顾得上厂银沟这个人迹罕至的山沟沟?

那天中午,姜大锤工程队的民工们,因为把姜大锤的老婆锁在房间里,没人给做饭吃了,一个个饥肠辘辘、百无聊赖地躺在统铺上,数着工棚顶上的窟窿。

突然,一个民工感到偌大的统铺像摇篮一样摇摆着,工棚的山墙像帷幕一样晃荡起来。他一个翻身就跳到地上,惊恐地大叫一声:"快跑! 地震!"

民工们一听,一个个抱着头,冒着如雨点般落下来的瓦块、椽子等等,歪歪倒倒地冲出了门。刚一出来,一回头就见工棚轰的一声倒塌了,再往旁边一瞧,他们刚造起来的那幢七层楼房,就像扭麻花一样扭动着摇摇欲坠,传来震耳欲聋的钢筋、水泥断裂声。

这时,"老爷子"回头打量了一下逃出来的人群,突然大叫一声:"坏了! 姜大锤的老婆还锁在里面!"

大家一听,又一窝蜂地跑回去,七手八脚拼命刨开碎砖断木,将躲在床底下的姜大锤老婆拉了出来。就在他们离开的一刹那,旁边的那幢七层楼房,铺天盖地般崩塌在原来的工棚上,腾起冲天的尘雾。

见此情景,大家吓得魂飞魄散。等他们拼了命逃出工地,来到大街上一看,一个个更是胆颤心寒,目瞪口呆。只见整个绵州城到处是尘雾弥漫、断垣残壁。街道上的人群,一个个鲜血淋漓、满身尘土,茫然不知所措。

姜大锤的老婆突然醒悟过来,歇斯底里地大叫一声:"大锤,我要去找大锤!"说完,撒腿就跑。

民工们一看,一个不落地跟在后面跑。姜大锤老婆沿着依稀可辨的街道,一口气跑到周继武家所在的小区,凭着记忆,找到他家的那幢小楼的残骸。众人顾不上余震不断,凭着血肉之躯,硬是把周继武家扒了个底儿朝天,将深埋在里面的周继武老婆和儿子救了出来。一问,傻眼了,周继武一大早就出门了,姜大锤根本没到这儿来。

接下来的几天,民工们根据周继武老婆提供的信息,把绵州城里凡是周继武有可能出现的地方,都刨了个遍，扒出上百具尸体，救出了十几个人，可姜大锤和周继武像是从人间蒸发了一样，还是杳无音讯。

随着时间的一天天过去，民工们心里的内疚也一天天地加深。他们意识到，姜大锤一定是深埋在绵州城里一个不为人知的角落里，即使没有砸死，也会饿死，生还的可能性几乎没有。

可姜大锤的老婆却坚信丈夫还活着，因为那天临行前，她给了姜大锤一袋馒头、一壶水，凭着这些食物，她相信丈夫一定能度过这一劫。于是，她学着别人，举着写有"姜大锤"三个字的纸牌，带着几十个民工，查找一家家的临时医院，在绵州城里四处游走，声声呼唤着亲人的名字。

这天，一个骑着摩托的人从他们面前经过，看着这群灰头土脸的人举着牌子，喊着一个人的名字，觉得耳熟，就折了回来，上前问道："你们在找姜大锤？"

民工们一听，呼啦一下围了上来，姜大锤的老婆一把拉住他的手，激动得语不成调："是……是……是……"

"是不是一个黑瘦的汉子，还是个包工头？"

"对！对！对！就是他！"

"这人我见过，五天前，我用摩托车送他去了厂银沟。"

姜大锤的老婆一听，"扑通"一声跪倒在地，死死抱住摩托司机的腿，喜极而泣地说："求求您！您好人做到底，快带我们去救他！"

……

再说周继武和姜大锤，他俩在冰冷黑暗的废墟中，不知等待了多久。周继武清楚地记得，反正自己隔三差五地一共吃了三十多块馒头，喝了三十多口水，把姜大锤工程队的所有民工的债都还上了，可是，还是没等到有人来救他们。

这里发生了这么大的事儿，外面的人咋还不知道呢？周继武一边想，一边用手捅了捅旁边的姜大锤，姜大锤却迷迷糊糊地睡着了，一动不动。

周继武也顾不上头顶上的瓦砾纷

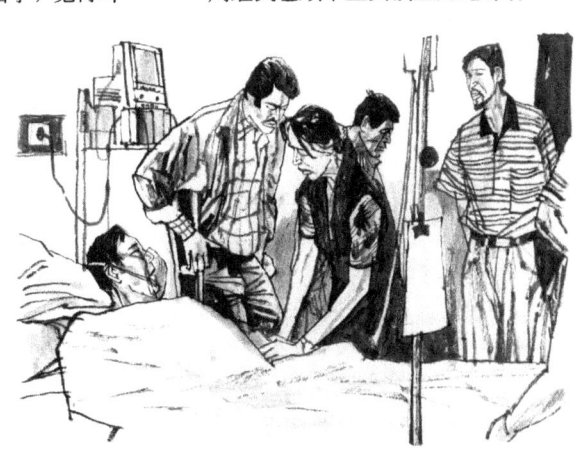

纷落下，拼命地摇晃他的身体，大声说："老姜！醒一醒，不能睡，睡过去了，就醒不过来！"可姜大锤还是纹丝不动。

这一下，周继武急了，他憋着气，大吼一声："姜大锤！你要是死了，我就赖账！"

没想到，这一句话比灵丹妙药还要管用，姜大锤一听，悠悠地醒了过来，笑骂了一句："你说话可要算数！要是再赖账，我那些馒头算是喂狗了！"

正说着，外面传来一阵人声，他们还以为是幻觉，连忙噤声竖耳，果然有人在喊他们的名字。两个人的心一下子蹦到了嗓子眼，拼命齐声高呼："救命啊！我在这儿！"

民工们手忙脚乱地将他们刨了出来，急送进了山下的临时医院。经治疗，周继武除了小腿粉碎性骨折，全身并无大碍。这时，他突然听到隔壁帐篷里，传来一阵撕心裂肺的哭喊声，连忙从病床上爬了起来，扯掉头上的眼罩，拖着残腿，冲了过去。

只见姜大锤的老婆哭瘫在地上，三十几个民工个个含泪围在床前。"老爷子"用棉絮蘸着水，一边在姜大锤那枯裂的嘴唇上润着，一边喃喃叫着："大锤兄弟，大锤兄弟！"

一旁的医生长叹一声说，由于姜大锤一百二十多个小时水米未进，全身的五脏器官极度衰竭，很难救了。

周继武一听，连连摇头说："不可能！他明明有一袋子馒头、一壶水，我都吃了，他自己怎么会没吃呢？"

这时，姜大锤突然从昏迷中醒过来，气如游丝地说："只有那么几个馒头、半壶水，都给你了，我还吃个鬼？"

周继武瞪大眼睛，打死也不相信地看着姜大锤，失声问道："为什么？你咋那么傻啊？"

"我带兄弟们出来，累死累活地干了一年，总不能让他们空手回家。我是贱命一条，死了没什么，你要是死了，这钱找谁要啊……"

说着，姜大锤扫视了一眼围在床前的民工们，如释重负般地闭上了眼睛……

（题图、插图：杨宏富）

故事看过瘾了吗？轮到你出手了，给我们的中篇故事栏目投稿吧。我们欢迎这样的故事：1.题材新颖，视角独特，能引起读者的兴趣，尤其欢迎反映当代生活的作品；2.情节曲折生动，线索脉络清晰，故事性强；3.人物形象鲜活生动；4.篇幅在10000字至15000字之间。热情期待您的来稿。优秀作品除了能得到优厚的稿酬，年底还有机会拿到千字千元的奖金。来稿可从邮局寄发，邮寄地址：上海绍兴路74号《故事会》杂志社，邮编：200020；也可从网上传递，本期责任编辑邮箱：hangfan1102@126.com。

还是好人多

□ 张海燕

天还没亮，"号贩子"陈三就赶到了医院。医院的挂号窗口前已经排了几个人，都是和陈三一伙的，只等窗口一开，几个人一拥而上，就把专家号全包圆儿了。

剩下的时间，陈三若无其事地在门诊大厅里转悠，瞅准那些没挂到号的病人，一转手用几倍的高价把号卖出去。

今天的"生意"很顺利，没多大工夫，陈三手里只剩下最后一张专家号。他心想：嘿嘿，这最后一笔，可要狠狠地宰上一刀。

这时，一个中年男人急匆匆走进了门诊大厅，怀里还抱着个小男孩。看他们风尘仆仆的样子，显然是从外地赶来的。那孩子病得很严重，背向后弓，胸廓却向前突，好像一个漏斗似的，腰都直不起来。

陈三扫了一眼，心想：都病成这样了，多半是冲着最有名的专家大夫来的。他凑上去一打听，果然，这男人要挂骨科张教授的号。得知号已经挂满了，男人顿时一脸茫然。

陈三趁机问道："我有张教授的号，要不要？"

男人大喜，说："要，要，好人啊，又遇到好人了！"说着掏出五十块钱。

陈三狡黠地摇摇头，慢吞吞地说："再加一个零。"

"五百……一个号？"男人吃了一惊，这才明白陈三是干什么的，他狠狠地摇了摇头。陈三笑了，没再多说什么，站在一旁冷眼观看。

只见中年男人把孩子放在椅子

上，就要去窗口询问。那小孩一把拉住他，从怀里掏出一沓折好的信纸，塞进男人的上衣内侧口袋里，说："爸，拿上介绍信！"

男人用手重重地压了压口袋，说："放心！有了介绍信，张教授一定能治好你的病。"

陈三感到很奇怪：这对父子看上去挺落魄的，居然认识张教授，还有什么介绍信？

男人来到挂号窗口前，希望有人来退号。一个小时、两个小时……眼看上午门诊的时间过去了一大半，还是没有等到号，男人不禁愧疚地扭头看了看儿子。

陈三把一切都看在眼里，他见火候差不多了，又凑上去问："大哥，这孩子的病是先天的吧？张教授可是这方面的权威，治好了不少人，比你儿子严重的有的是。"

男人明白陈三的意图，又生气又无奈地说："我真的没有钱。给孩子看病已经花光了家里的积蓄，这次来的钱都是大伙儿帮忙凑的，还要留着做手术呢。"

陈三听了，又装出一副仗义的样子，说把价格"降"到三百元。男人瞪着他，气得怔了半天才说："本来一个号才五十元，你加了六倍，还说是'降价'？心真是黑透了，这病我们不看了！"说着，他俯身背起孩子向门外走。

陈三知道男人的心思，冷笑道："你明天来，我在这儿；后天来，我还在。我在挂号处有熟人，我说让你挂不到，你就挂不到。"

男人呆了，不知这话是真是假。陈三左手把号在男人眼前晃了晃，右手伸出去做了个收钱的手势。男人犹豫了一下，慢慢把手探到怀里，正要掏钱，碰到一样东西，突然又收了回来，一转身，背着儿子径直朝骨科走去。

孩子问："爸，你挂到号了吗？"男人说："放心，咱有介绍信，一定能见到张教授。"

陈三急了，没想到这人这么倔。如果他那封介绍信真的灵验，自己岂不是白白跟他耗了几个小时？陈三紧跟着这对父子，价格从"三百"一直喊到"一百五"，男人只是充耳不闻。

到了骨科，男人背着儿子就往里面闯，被护士长一把揪住："挂号了吗？"

男人横了陈三一眼，说："没挂到，"又央求道，"您给我们加个号吧，您看……"说着，他侧过身，给护士长看背上的男孩，"小孩九岁了，因为这个病，到现在还没进过学校的门，这辈子不能就这么毁了。我们这趟来，骑三轮车走了一千多里地呢，您就通融一下吧！"

护士长虽然同情，但也很为难，说："可医院有医院的规矩，没挂号不

能看病。您看看这里的病人，来看专家门诊的，哪个不是重病号啊？"

男人听了这话，一时没了主意。这时，背上的孩子开口了："爸，咱有介绍信，您给阿姨看看！"

此言一出，在场候诊的病人都警觉起来：介绍信？难道他们是关系户？到大医院排队看病本来就是麻烦事，最反感有人托关系加塞儿了。

男人这时也很尴尬，他没料到儿子会童言无忌嚷嚷出来。护士长犹豫了一下，众目睽睽之下她挺为难，就说："信呢？我看看。"

男人看看儿子，迟疑地从内侧口袋里掏出信，那信已经给焐得热热的了。护士长打开看了半天，困惑地说："这得让张教授自己看。但是，你们还是得先挂号，这么多病人都等着呢，我不能给你们走后门。"

陈三一听来了精神，故意在男人眼前晃来晃去。男人无可奈何，咬着牙一张一张往外掏孩子的救命钱。

护士长看了看男人，又看了看陈三，一下明白了。她一把拦住了男人，又指着墙上的挂钟，对陈三说："再过半小时，上午的门诊时间就结束了，你这号怕是要'砸'在手里了吧？"

一听这话，男人赶紧又把钱紧紧攥在手里。陈三看着秒针滴答滴答地走，五脏六腑都跟着疼了起来：现在重新寻找买家怕是来不及了，千万别亏了本。想到这里，他一拍大腿，说：

"我好人做到底，八十块钱给你了。"男人怕他反悔，立刻掏钱买了号。

这笔生意白耽误了一上午，没赚到多少钱。陈三心里有些恼怒，他也不着急走，躲到一个角落里探头朝骨科这边瞧，脸上带着坏笑。

看完的病人一个一个地离开了，那对父子是最后一个就诊的。过了一会儿，诊室里突然传出惊呼声，男人冲了出来，后面还跟着张教授。

"信呢？我的信呢？"男人焦急地问护士长，"看见我的介绍信了吗？"

护士长说"刚才我看完以后，明

明还给你了，你是不是没收好，掉在地上了？"说着，两人弯着腰里里外外地找起来。

陈三在一边看着，差点笑出声来，心里的怨气一扫而光。原来，刚才护士长把信还给男人时，男人往兜里一揣，结果一大意没揣进去，落在地上了。陈三眼尖，趁没人注意捡了起来。

张教授见男人急得满头大汗，就问护士长："信上怎么说？"

护士长摇头道"我没看懂，上面有好多的人名。"

两人一齐看向中年男人，只见他低着头，一言不发，张教授便安慰道"没关系，慢慢记，记不住内容也不要紧，告诉我信是谁写的？"

男人支吾了半天，突然说"其实那根本不是介绍信，我们住在小地方的人，哪里认识张教授？"

男人又叹了口气，终于交了底：原来，他听人说省城医院有个张教授，能治孩子的病，就七拼八凑了一笔钱，骑着三轮车带孩子上了路。那时候，天已经很冷了，路又远，男人怕孩子吃不了苦，就骗他说有封介绍信，张教授看了一定会答应做手术的。孩子真的相信了，一路把信揣在怀里，再苦都咬牙挺着。

说到这里，男人激动起来"那可是护身符啊！要是没有它，我们怕是还在路上呢，也不知道能不能到这

里。"

这话是怎么说呢？张教授和护士长面面相觑，陈三也忍不住打开信纸，上面果然写了很多人名，名字后面还记着一些字。

陈三一边看，一边竖着耳朵听那男人解释："上路前，隔壁老赵帮了五百，李叔给了二百……骑到黄村时，车坏了，一位刘大哥帮忙换了轮子……到桐县后，赶上入冬第一场大雪，一位曾大姐用卡车捎了我们好长一段路……每一次遇到困难了，总有好心人帮我们一把，于是这名单就越记越长，是这些好心人一路把我们送到这里的！"

男人顿了顿又说："刚才，张教授说要帮我们减免手术费，我刚想掏出信纸记下来，就发现信不见了。噢，还有，多亏了护士长帮我说话，不然我就让那黑心肠的号贩子给坑了！"

听到这里，陈三的心突然一激灵，手里捏着信，就像捏了块烧红的铁板。趁着没人注意，他把信放在候诊室的椅子上，悄悄地走了出去。

没走多远，身后传来男人惊喜的声音："原来信在这呢，又不知是哪个好心人捡到了放在这里的。"

陈三听了，羞得一溜烟逃掉了。

（题图、插图：安玉民　梁　丽）

（本栏目欢迎原创作品。来稿可从邮局寄发，也可从网上传递。如为电子邮件，请发以下信箱：hangfan1102@126.com）

·第一推荐·

该出手时
就出手

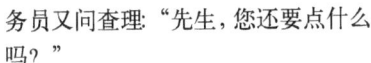

□ 徐均生

査理是一个职业杀手。今天晚上，他要到蓝山咖啡馆办一桩惊天大案。

蓝山咖啡馆是一家高级消费场所，平时进出的，都是一些有身份的人。晚上八点钟，查理准时走进了咖啡馆，马上就有一位漂亮的女服务员迎了上来，甜甜一笑，说："欢迎光临！"

查理嘴角动了动，没吱声，只是径直往里走。女服务员把他领到靠窗的座位坐下，问道："先生，您要点什么？"

查理点点头说："蓝山极品吧。"女服务员轻声答道："好的，请您稍等。"

过了一会儿，咖啡上来了，女服务员又问查理："先生，您还要点什么吗？"

查理看了一眼女服务员，说："再来一份蛋糕吧。"望着女服务员的背影，他心里嘀咕道：这女郎真漂亮！这时，查理往门口扫了一眼，就见一位女士带着一个小孩走了进来。

查理眼睛一亮，目标出现了！

查理从手提包里取出一张报纸来：这是"雇主"交给他的，上面有富人年度排行榜，排在首位的是一个离婚的富婆，照片就印在上面，看上去笑容可掬……

这张报纸查理已经看了无数遍，可现在还是忍不住再看两眼，然后迅速塞进包里，开始品起咖啡来。咖啡的味道真好，没有一点杂味，是纯正的牙买加蓝山咖啡。

这时，查理用手提了碰上衣口袋，那里面有一颗米粒大的剧毒药丸。只要找机会把它悄悄放进被杀者的咖啡杯里，就大功告成了……

杀人见血的杀手，
不是真正的杀手！

突然，只听"扑通"一声，查理扭头一看，原来是那富婆带来的小孩在一旁摔倒了。这小孩今天很兴奋，一会儿跑到这边，一会儿跑到那边。这不，一不小心给地毯绊倒了。

查理忙站起身把小孩扶了起来，还轻轻地给他拍了拍灰尘。就在这时，蛋糕送来了，女服务员甜美地朝查理笑了笑，然后问他："先生，我问您一个问题好吗？"

查理品了一口咖啡，笑了笑说："好啊！"

女服务员问："您有小孩吗？"

查理有些尴尬，轻声答道："没有。"

女服务员连忙道歉："对不起！我不该问您这些。"

查理勉强地笑了笑，说："哈哈，

没关系。"

女服务员快活地说："先生，您看，这小孩多快乐啊！"

一句话说得查理心里酸酸的。他可没有这么快乐的童年，他的童年大部分是在孤儿院度过的，曾经有一位富商收养过他，但没有过多长时间，富商突然去世，他又回到了孤儿院。

女服务员轻声告诉查理，那富婆很喜欢这个咖啡馆，几年来，每个周末她都要去孤儿院，带一个小孩来这喝咖啡、吃蛋糕。

查理听了，心里一阵颤动：这富婆心地不错啊！这么好的人，怎么会有人要她的命？但是，只有杀了她，自己才可以离开这个鬼地方，才可能过上真正想过的日子！想到此，那颗动摇的心重新又坚定起来……

查理注意到，那个小孩正在大口、大口地吃蛋糕，而富婆在一旁专注地看着，一会儿帮小孩擦一下嘴，一会儿倒一点咖啡给小孩喝。然后，就看着小孩玩耍。

查理知道留给他的时间不多了，他要尽快把药丸放进富婆的咖啡杯里，可是，万一咖啡让小孩喝了怎么办？

就在犹豫不决之际，查理猛然发现咖啡馆里多了一张陌生的面孔，而且，他只需看对方一眼，就能判断出：那人是个杀手！

82

请你帮个忙

□金　凤

这天，阿毛走在路上，忽然感觉尿急。他找了整整一条街，也没看见一个公厕，就连饭店、商场这些可以蹭厕所的地方也没有。

阿毛感觉就快忍不住了，急得不知如何是好。忽然，他看见有个小男孩跑到一堵破墙前，拉开裤子就撒起尿来。

不看还好，这一看，阿毛差点不由自主地跟着撒了出来。

情急之下，阿毛就想学小孩这一招。可当他不顾一切地冲过去时，刚好有个姑娘经过，吓得他急忙收住了脚步。冷静下来一想，自己毕竟是个大人了，怎么好意思随地小便呢？

于是，阿毛改变了主意，转向小男孩打听："小朋友，这附近有厕所吗？"

小男孩点点头："有啊。"

阿毛喜出望外："在哪里？快给我指一下！"

小男孩想了想说："我带你去

果然，那人突然掏出枪来对准了富婆。"不好——"说时迟，那时快，查理腾空而起，一下子扑了过去，顺手把咖啡杯砸向杀手……

只听"哎哟"一声惨叫，杯子击中了杀手，杀手捂着脑袋落荒而逃。而与此同时，查理也中了弹，重重地倒在地上……

等查理苏醒过来，已经是第二天了，那女服务员就陪在他身边。女服务员对他说："先生，您醒来了，吓死我了。"

查理满怀感激地说："谢谢你救了我！"

"没什么，我看你是个好人！"女

服务员说到这里，大惑不解地问，"不过，你为什么要救那富婆呢？"

查理笑了笑说："那富婆也是好人啊！"

"好人？"女服务员生气地说，"她才不是好人呢！很多人都想杀她，你知道吗？她每次来咖啡馆，都要带一个小孩来。"

"没错。"

"她是喜欢小孩吗？不是的，她是要用小孩试一试咖啡和蛋糕里有没有毒。告诉您，您昨天救她时，她早把小孩推到了自己的前面……"

（本作品系作者自荐，欢迎大家踊跃来稿。）

（题图：安玉民　梁　丽）

吧。"

阿毛连声感谢，跟着小男孩走进了一条小巷子。走了好一阵，还没看见有厕所，阿毛正要问，却见小男孩径直向一幢两层小楼走去。

阿毛心里嘀咕：还有这么高级的厕所？走近一看，分明就是个住人的地方嘛！一问才知道，原来这是小男孩的家。

阿毛顿时哭笑不得：这个小家伙太可爱了！居然热心过头，把自己带回家里来了。可哪有到陌生人家里借厕所的？不被人家骂出来才怪。

阿毛摸摸小男孩的脑袋，问："你爸妈在不在家？"小男孩点点头。

阿毛一听，这更不行了："算了，叔叔不尿尿了，你爸妈会不高兴的。"说着，掉转头就要走。

小男孩却一把拉住了他："他们不会不高兴的，叔叔，你跟我来吧。"

阿毛左右为难，最后一咬牙，今天豁出去了！就跟小男孩走了进去，一看，屋里有个又小又瘦的女人。

小男孩大声喊道："妈妈，这个叔叔要借厕所。"

阿毛不禁羞得满脸通红，结结巴巴地说："实在、实在找不到……我没想到，你儿子会把我带回家……"

女人笑着打断他的话"行，行！厕所在楼上，你跟我来吧。"

阿毛简直不敢相信自己的耳朵，还真有这么热心肠的人啊！女人带他上了二楼，推开一扇门，说："就在这里。"

阿毛进去一看，愣住了，马桶上竟然坐着一个大胖子，正仰着头呼呼大睡呢。

女人指了指马桶上的男人，说道："请你帮个忙，把这个醉鬼搬到床上去，厕所已经被他占了一天了。"

小男孩也附和道："是呀，爸爸太重了，我和妈妈都搬不动他，所以才想请叔叔帮忙……"

此时，阿毛已经快憋不住了，他也顾不得多想，赶紧上前拼尽全力把大胖子搬到了房间。

正当阿毛气喘吁吁地赶回厕所时，只见那女人堵在门口，说"不好意思啊！你再稍等一会儿，马上就可以借给你用了。"说完，就关上了厕所门。

(本栏题图、插图：顾子易　王　俭)

就爱名牌货

□天　一

小丽最近交了个男朋友，叫大刚。大刚对小丽那是言听计从，总想着法儿地讨她欢心。

这不，小丽生日这天，大刚竟然花了一万三千元买了一个LV包。小丽差点没当场乐晕过去，抱着大刚一口一个："大刚，我爱死你了！爱死你了！"

第二天，小丽精神抖擞地挎着新包就出门了。一进公司大门，小丽的新包立刻成了女同事们的焦点。大家叽叽喳喳，最关心的自然是花了多少钱。

小丽一脸轻松地说："才一万三。"

众人不由惊叹："天哪！太牛了！"特别是爱出风头的阿芳，眼馋得口水都快流出来了，她把包抢在手里，翻来覆去地看，那眼神就像要把包吞进肚子里。

突然，阿芳一惊一乍地指着一个线头，撇撇嘴说："这包的做工也不是特别好嘛！瞧，这还有个线头。对了，小丽，你可别被男朋友骗了，现在LV的假货多了，听说五六百块钱就能买一个。"

其他人听了，目光不由得也怀疑起来："是啊，一万多块钱呢，大刚又不是大款，他舍得？"

小丽料到会有这么一问，早有准备。她打开包，潇洒地拿出一张发票："发票在这里，如假包换！"

阿芳也不客气，一把拿过发票仔细查看，还真发现了问题："怎么过了十天了？"

小丽不屑地说："这都不明白？大刚早就买好了，单等我生日这天才送给我，给我个惊喜。"

阿芳再找不出什么破绽，酸溜溜地说："小丽，你以后可不能挤公交车上班了，拿着LV挤公交，多掉价啊！

别人看了，肯定以为是冒牌货！"

小丽微微一笑，说："只有买不起的人，才会觉得别人用的是冒牌货。"

这一下，呛得阿芳灰溜溜的，一句话也说不出来了。

小丽的好心情一直保持到中午。午休时，男同事建冰特地来找她："小丽，听说你买了个LV包？"

小丽心里暗暗得意：看来，现在全公司的同事都知道了，真是威风啊！她忙说："是啊。你看，漂亮吧？"

建冰参观完毕，咋舌道："确实漂亮，听说要一万三？真贵！"

小丽说："贵什么，还有几十万的呢！"

建冰神秘地向四周看看，趁没人注意，凑近小丽低声道："小丽，跟你商量点事，你能不能把包的发票卖给我，我出八百块钱。"

小丽一怔，不解地问："你要发票干什么？"

建冰不好意思地笑笑，苦着脸说："我女朋友一直想要个LV包，可这么贵，我哪里买得起呀？嘿嘿，这不，你把发票给我，我再去买个跟这个一模一样的假包，去哄我女朋友高兴一下！"

小丽听完，哭笑不得：怎么还有这种事？这人，真是太虚荣了。她找出发票，大方地说："你就把发票拿去吧，反正我留着也没啥用了。"

建冰大喜，千恩万谢地接过发票，小心地装好，然后拿出一沓钱放在桌子上："这是八百块，你点点。"

小丽不高兴地把钱一推，沉着脸说："你这人真是，一张破发票，我咋能要你的钱啊？"

建冰认真地说："这钱你一定要收下！你就放心吧，我也赔不了本，等给我女朋友看完，我再转手卖出去。嘿嘿，说不定还能卖个高价，小赚一笔呢！"

建冰说着，乐乐呵呵地走了。

不知怎么，建冰离开后，小丽越想越觉得有些不对劲。她忙掏出手机，拨通大刚的电话，劈头就问："大刚，那张发票你是花了多少钱买的？"

手机里传来大刚惊慌的声音："啊、啊……小丽，你……你、你都知道了？"

·幽默世界·

谁杀谁

□ 袁夫之

这天，孙东在风景区旅游，爬到山顶时，已近中午，肚子饿得咕咕直叫。

孙东一抬头，看见前面有一家叫"香煞人"的饭店，便兴冲冲地跑进去，却发现里面已经客满。

正在沮丧时，孙东突然发现对面的"俊峰"饭店人不多，便进去点了两碟冷菜、一盘虾，还要了一瓶啤酒，开始吃起来。

酒足饭饱后，叫来老板一结账，孙东差点没背过气去，居然要三百块钱！孙东要来菜单一看，叫了起来："你这虾难道是从火星上运来的？要一百八十块？"

老板不慌不忙地点点头，说"这可是海虾！活的！就我们这里有，自然是贵点。"

孙东急了："这贵得也太离谱了，你们这不是明摆着坑人吗！"

老板嘿嘿一笑，指着门外几个正在喝酒的彪形大汉，说："嫌贵？你对他们说去！"

孙东转头一看，顿时就蔫了，明知自己被黑了，可又惹不起，只好乖乖掏钱付了账。

从饭店出来，孙东闷闷不乐地下了山。在山脚看见一块"风景区管理委员会"的牌子，便一头闯进去告状。

接待孙东的是个姓翟的科长。他一边听，一边在纸上简单记了几个字，问："那家饭店叫什么名字？"

孙东气得晕了头，一时竟想不起来了，就说："就在'香煞人'饭店对面，我领你上去，指给你看。"

翟科长仰头看看远在半山腰的那几栋房子，站起来又坐下，说："不用上去了，不就是'香煞人'对面嘛，我知道是哪家了！"

孙东留下联系地址，翟科长看了看，欢喜地说："哎呀，原来是老乡

啊！放心，这件事包在我身上了！"

孙东悻悻地回了家，等了两个月也没有消息。恰好一个做记者的同学来访，孙东把这事一说，同学火了："岂有此理！这事你别管了，我去问问清楚，没有个说法，我让他们全上电视曝曝光！"

第三天，孙东突然收到一封加急快件，是凤景区管理委员会寄来的，里面装着一千块钱，还有一封饭店的道歉信。

信里希望孙东接受饭店的道歉，莫要捅到媒体那里去，并将孙东上次在饭店所花费的一千元钱全额奉还。署名是"香煞人"饭店。

孙东看了哭笑不得，连忙拨打凤

景区管理委员会的电话，打过去，正好是翟科长接的。

孙东苦笑着说："翟科长，不是一千块钱，也不是'香煞人'饭店。是对面一家，好像叫什么'峰'的。那一千块钱，我还是给你寄回去！"

翟科长显得有些苦恼，忙说"不用寄！不用寄！你不是说'虾杀人'吗？怎么又变了？好，好，我明白了，凡事好说，你等我的信儿！"说着，挂了电话，把个孙东听得一头雾水。

又过了两天，孙东收到一封厚厚的加急快件，那里面装了"春风"酒楼的道歉信和七百块钱，"小奉天"饺子店的道歉信和一千两百块钱，"冯老太"火锅城的道歉信和八百块钱……都是带了"峰"字的饭店，尽管音同字不同。

孙东数了数，总共有六封道歉信和五千块钱。

他苦笑着摇了摇头：这都什么事啊？

孙东再次拨通了翟科长的电话，翟科长的声音听起来醉醺醺的："老乡！怎么样？这下满意了吧！"

孙东无奈地说："翟科长，我想起来了，那家饭店的名字叫'俊峰'……"

翟科长怪叫一声："还嫌少？老乡，差不多就行了。人家就杀了你一个，你要把整个山上的饭店都杀一遍啊，大哥？"

带着宝贝上火车

□ 王 静

吴敏是个新乘务员，为人很热心。这天，她刚刚接班上岗，就注意到车厢里的一个老大娘有些古怪。

这老大娘怀里抱个婴儿，裹得严严实实的，神色看上去非常紧张。

吴敏试探着走过去，问有什么需要。老大娘赶紧将身子直了直，挡住孩子的脸，支支吾吾地说："不、不要了，孩子睡着了！"

吴敏觉得很奇怪，悄悄向周围的乘客打听，一个妇女说："这大娘上车后十几个小时，一直保持着这个姿势，也没见给孩子喂奶、换尿布。"

吴敏的神经一下子紧张起来：这么小的婴儿，哪能十几个小时都不哭不闹呢？听说，有些人会把小孩麻醉后拐卖到外地去，这老大娘该不会也是人贩子吧？

这时，吴敏突然看到老大娘从包里拿出一片尿不湿，抱着孩子站起身，挤过人堆，往厕所走去。

吴敏心想：这么挤的车厢里，给孩子换尿不湿，犯得着去厕所吗？这里面肯定有问题。

想到这里，吴敏几步追了上去，说："大娘，孩子要换尿不湿吗？我来帮您！"老大娘却赶紧摇了摇头。

吴敏又问："那是您要上厕所？您进去吧，我帮您抱孩子！"

没想到，老大娘一听这话，抱着孩子闪身进了厕所，"砰"的一下就把门关上了。

这下更证实了吴敏的猜想，她心说：今天我不把你抓住，我这乘务员就白当了！

吴敏在厕所门口等着。二十多分钟后，估计老大娘在里边呆不住了，冲门外叫道："同志，同志你还在吗？"

吴敏不做声。不一会儿，门果然

开了。吴敏瞅准空当，以迅雷不及掩耳之势伸手去抢那孩子，老大娘吃了一惊，使出全身力气抱紧小棉被。

两个人你争我抢，突然，一个东西从小棉被里掉到了地上。吴敏定睛一看，不由得"啊"了一声：竟是一个戴着帽子的孩子脑袋，在地上滚来滚去！

老大娘见吴敏吓呆了，捡起地上的小脑袋，拉着吴敏的手说："闺女，咱找个没人的地方说话！"

吴敏回过神来，见大家都伸长了脖子往这边瞧，便点点头，将老大娘带到了乘务室。

老大娘将小棉被打开，吴敏这才发现棉被里紧紧裹着的，原来是一个孩子身体般大小的青花瓷瓶。

老大娘说，这是她家祖传下来的东西，要带到北京去请专家鉴定。可她怕路上有人打这青花瓷瓶的主意，于是想了一个办法：上街买来了一个塑料娃娃，将娃娃的头连着脖子剪下

来，然后套在瓶子上，再给"孩子"戴个帽子，用棉被包裹起来。这样，她就可以一直抱着，既不怕有人偷这青花瓷瓶，也不怕瓶子被颠碎。

吴敏听完后，哭笑不得，说："既然孩子是假的，那您还换什么尿不湿啊？"

老大娘满脸通红，她将嘴巴凑到吴敏耳边，悄悄地说："尿不湿是我用的，人老了有尿频的毛病，带着宝贝上厕所不方便……"

让好故事伴随你的一生

436

2009

SEMIMONTHLY
上半月刊

4月

STORIES

欢迎登录本刊主办的"故事中国网"（www.storychina.cn）

2009年4月
上半月·红版

社 长、主 编：何承伟
常务副主编：吴伦

副主编：姚自豪（上半月·红版）
副主编：夏一鸣（下半月·绿版）
本期责任编辑：郑继文
电子邮箱：zjw002@vip.163.com

红版发稿编辑：
姚自豪 吕 佳 叶小萌
美术编辑：李宝强
电脑制作：郭瑾玮
通 联：归依玲

本社办公室电话：021-64375030
上半月刊编辑部电话：021-64332325
下半月刊编辑部电话：021-64336469
（上海市绍兴路74号 邮编：200020）
主管、主办：上海文艺出版总社
出版单位：《故事会》杂志社

制作、发行总监：张凯
电话：021-64313938
广告业务：上海故事会文化传媒有限公司
广告总监：张淮
广告业务：021-34010383
广告投诉：021-64333738
广告经营许可证
沪工商广字3100320050022号
发行：中国图书进出口上海公司

笑话

请你笑一下

对青年男女在影楼拍婚纱照，摄影师提醒男青年："先生，请你笑一下！"一连说了好几次，男青年就是苦着个脸，没有一丝笑容。

正当摄影师一筹莫展时，旁边的女青年凑到男青年耳边，悄悄说："新马泰咱就不去了，换成秦皇岛一日游，行吗？"

男青年的一张脸马上笑成了一朵花。

（焦淳朴）

（本栏插图：包丰一）

大枪胡同

小蔡在大木仓胡同上班，前几天，一位朋友通过快递公司给他寄了一份文件，小蔡一直没收到，便打电话给快递公司，问是怎么回事，快递公司的人一查，说："这怪不得我们，我们的投递员花了一整天，找遍了大半个北京城，就是找不到你们那个大枪胡同在什么地方。"

（方 政）

八 戒

单位里有位新来的同事，听到科室里的人都喊英俊潇洒的小朱为"猪八戒"，很是不解，便向小朱打听是怎么回事，小朱向这位同事大倒苦水："自从找了女朋友后，我就开始戒了：一戒烟，二戒酒，三戒早饭，四戒夜宵，五戒彩票，六戒生日庆祝，七戒假日旅游，八戒名牌服装，我又刚好姓朱，你看看，这不就正好成了朱八戒吗？"

（焦淳朴）

· 笑口常开 轻松一刻 ·

吃饱了撑的

有对夫妻发生了感情危机。这天，他们带着儿子到动物园散心，儿子对动物园的动物很好奇，问个不停。

儿子问："妈妈，这些狐狸怎么都长得这么漂亮？"

妈妈说："它们是狐狸精，都有男人包养，当然长得水灵！"

儿子又问："蜜蜂的腰为啥这么细？"

妈妈说："都是被喜欢拈花惹草的男人掐的！"

"猴子的屁股为什么是红的？"

"被狐狸精给亲的！"

"兔子的腿怎么不一样长？"

"它老是在外面偷吃嫩草，被别人揍的！"

"那骆驼背上为什么长着驼峰？"

一直没做声的爸爸再也忍不住了，大声说："那是因为它闲着没事干，吃饱了撑的！" （吴联平）

理想

爸爸见儿子一直对着天空发呆，就问："儿子，你已经四岁了，长大了想干什么呀？"

儿子回答："如果我长大了是个男人，就去开飞机；如果我长大了是个女人，就去当空中小姐。" （梁朝家）

裁的是谁

陈楠正在家歇年假，看到报纸上说金融危机爆发，好多跨国公司都在裁员，心里一阵紧张，赶忙给同事小文打电话，询问公司情况，小文说："到目前为止，咱们公司还没动静。"陈楠松了口气，但还是叮嘱小文，一有风吹草动，马上电话告知。

中午，陈楠刚吃好午饭，小文的电话就来了，只听小文紧张地说："不好了，咱们公司开始有动作了！"

陈楠忙问："把谁裁了？"

小文说："没裁人，裁的是荤菜，咱们公司的免费午餐一直是两荤两素，今天中午，只给了一荤两素。"

（振　华）

孩子的报答

小张的儿子还在上幼儿园，她就专门为儿子雇了家教，辅导他学习。

这天，儿子到小张的单位里玩，小张的同事跟他逗趣，问："你妈妈这么为你操心，你长大了怎么报答她呀？"

小张的儿子头也不抬，胸有成竹地说："我长大后要挣好多好多的钱，让我妈妈在家里好好念书，如果她敢贪玩，我就雇个家教看着她，让她一天到晚看图识字。"

（吹笛子的牧童）

大象和老鼠

大象对一只小老鼠说："你是我见过的最小、最没用的东西。"

小老鼠一听，连忙掏出纸和笔，说："请您再说一遍，我过会要去见一只跳蚤，正好把这句话讲给它听。"

（方 政）

"剪彩"新说

有位熟人在路上遇到小萍，想起小萍一年前就找到男朋友了，就问她结婚没有，小萍笑笑，说："结婚？昨天我已经跟他剪彩了。"

熟人说："你们真时髦，不把结婚叫结婚，叫剪彩。"

小萍更乐了，说："你没见过剪彩吗？就是拿把剪子，咔嚓一声，一刀两断！"

（徐翠英）

买 车

丈夫好几次想买车，老婆都不同意，这天，老婆跟几个小姐妹到茶馆泡了一天，一回来就对丈夫说"我们买车吧！"丈夫奇怪了，问"你不是不让买吗？怎么改主意了？"老婆说"买车好哇，我去看我妈的时候，可以带去很多东西；你去看你妈的时候，可以带很多东西回来！"

（林元硕）

不全是你家的

有个人从梦中醒来，发现家里来了小偷，十分生气，朝小偷怒喝："你把所有的东西都给我放下!"

小偷说："那怎么行呀! 这些东西不全是你家的，有一半是我在别人家拿的。"
（佚　名）

没吃完

王丽一家三口准备吃午饭，刚拿起筷子，王丽就接到一个电话，请她和老公赶紧去办件急事，王丽出门前，叮嘱儿子文文说："你一定要把饭吃完，回来我要检查的!"

王丽和老公办好事回来，却看到文文跟前一碗饭满满的，一点也没动，就生气地说："你怎么一口也没吃? 真不听话!"

文文说："妈，我吃完你和老爸的两碗饭后，实在吃不下自己这一碗了。"
（佚　名）

儿子来信

两个男人在一起讨论他们上大学的儿子。

一个男人说："我儿子真有学问，每次看他的信，我都得查字典。"

另一个说："我儿子真有本事，我每次看他的信，总要跑银行。"

（张海妃）

秀色可餐

这天，小赵在路上遇到一位老同学，老同学惊奇地问小赵："才两月不见，你怎么变得这么胖了?"小赵摇摇头，一拍肚子，说："唉，别提了! 这两个月我一直在追一位漂亮姑娘，害得我总在吃。"

同学一听，大发感叹："怪不得人们说'秀色可餐'，原来是真的!"

"你说什么呀? 我追的那姑娘是个开饭店的!"

（樊　涛）

本栏欢迎来稿，读者、作者可将有新鲜感、有精彩细节的笑话佳作投寄给我们。来稿一经采用，最高稿费为一则100元。本期责任编辑电子信箱：zjw002@vip.163.com。

不听话的

猫

这天，董事长和席先生议论的问题挺有意思：稳定一个家庭最重要的是什么？

席先生说："德能安居。"对一个家庭来说，钱是经济支柱，房是安家之所，儿女是感情纽带，但最重要的是"德"，夫妻双方的道德修养，是稳定一个家庭最重要的砝码。

席先生讲了这么一个故事——

这个故事，要从一只猫说起。猫的主人是个女的，叫莫小慧，她的丈夫叫关山朋，年纪轻轻，事业有成，平时忙着公司里的事，在家待的时间就少了，这样，妻子莫小慧有时就觉得有点寂寞。

这天，关山朋回到家，刚开门，突然从房里窜出一只猫来，黑黑的，把

他吓了一跳，这时，莫小慧从厨房里奔出来，说："这是我同学送的猫，她养了好几年，很可爱的，没吓着你吧？"

关山朋满肚子不高兴："你不是不喜欢养小动物吗？怎么突然养起猫来了？"还没等莫小慧回答，关山朋的手机响了，是短信息提示音，他打开手机一看，说"有个外地客户约了我，我得马上赶过去，就不在家吃饭了！"

关山朋出去后，一直到了后半夜才回家，他打开门，看到莫小慧正抱

着那只猫，坐在沙发上，呆呆地等着他，关山朋见了，心里不禁也有点酸酸的，于是走上前去，好言好语地哄了一番。

第二天下班时，关山朋回到家，发现莫小慧不在，连饭都没有做，不觉有点奇怪，他估计妻子不会走远，就开着车出去找。车子转过一个路口，关山朋突然看见了莫小慧，于是他赶紧停下车，叫道："小慧，你怎么在这儿？"

莫小慧一见是关山朋，急忙跑过来，说："我的猫咪不见了，我在找它！"

关山朋没好气地说："不就是一只猫吗？值得吗？"

莫小慧说，这只猫咪很听话，她很喜欢。刚才听人说，有一只猫咪往这个方向跑过去，她就一路找来了，正说着，突然，莫小慧手一指，叫道："看，我的猫咪！"

关山朋一看，前面凤凰小区一幢房子的三楼阳台上，有一只黑猫正瞪着两只眼睛，东看看，西瞧瞧，这正是莫小慧要找的那猫！在它旁边，还站着一只白色的猫，两只猫那样子正亲昵着呢。关山朋见了紧绷着脸，看样子不太高兴，他也不帮莫小慧逮猫，开着车走了。

莫小慧见丈夫走了，只好一个人走进了那小区，找到了那房子，敲响了那户人家的门，开门的是一位漂亮

的女孩，见到莫小慧，一怔，冷冷地问道："你找谁？"

莫小慧很有礼貌地对那女孩说，她家的猫跑到女孩家的阳台上去了，她想抱回去，女孩听说是这么回事，就把莫小慧让了进来。莫小慧走上阳台，抱起自己家那只黑猫，黑猫竟然对女孩家的白猫很有感情，一副难舍难分的样子，莫小慧问女孩："你们家这只猫是个姑娘吧？"

女孩问："你怎么知道？"

莫小慧说："它长得那么漂亮，像个白雪公主，我们家这个坏小子

肯定骚扰它了！"说着，她笑了笑，抱着猫出了门。

谁知这以后，那只黑猫真的被女孩家的白猫给迷住了，隔三差五地就要去一趟，莫小慧来来回回去了女孩家好几次，弄得那女孩很不高兴，莫小慧对她说："我们家的猫对你的猫那么钟情，干脆你把它卖给我吧？"

女孩说："那怎么行！我的这只白猫陪伴了我这么久，我怎么能把它卖了呢？"

莫小慧"哦"了一声，说："原来

你也舍不得呀！那就算了。"

最近，关山朋越来越忙了，莫小慧总是一个人抱着那只黑猫，度过了一夜又一夜。这天晚上，那只猫又溜走了，关山朋也不在家，莫小慧披上衣服，朝凤凰小区走去，她走到那女孩家门前，犹豫片刻，在门上轻轻敲了三下。

过了一会儿，房里响起了那个女孩的声音："谁呀？"

莫小慧轻轻地说"真对不起，我家的猫又跑到你这儿来了！"

那女孩一听是莫小慧，很不高兴，说："这么晚了，明天再说吧！"

莫小慧说"不行啊，今晚我老公也不在家，我一个人好孤单，我得有只猫作伴啊！"

看样子那女孩更不高兴了，莫小慧又在门外等了半天，女孩才慢悠悠地开了门。莫小慧一脚踏进去，就看到了自己的那只黑猫，到了此时此刻，莫小慧再也忍不住了，她像平静的火山突然爆发，奔上前去，一把拎起黑猫的耳朵，伸出另一只手，"啪"地打了下去，一边打一边骂："你这只死猫，好好的家不呆，偏偏要跑到这里来，深更半夜的，你就不能陪陪我吗？"

那只猫在莫小慧的手上"喵喵"地叫着，像是在讨饶，莫小慧却打得越来越狠，那女孩看不下去了，说："你要教训你们家的猫，别在我这儿，回家去教训！"

莫小慧站在房中央，说："不行，我就要在这里给它点教训，不然它不知道我的厉害！打你，我就是要狠狠地打你，以后再深更半夜地往这里跑，我就打断你的腿！"说着，她继续狠狠地打那只猫，直打得猫四只爪子在空中乱抓。

莫小慧打累了，这才把猫扔到地上，指着猫说："你给我听好了，以后要是再不听话，跑到这里来跟它幽会，别怪我下狠手！"说完，她带着那只猫回去了。

第二天一下班，关山朋就回了家，还带回来一枝玫瑰花，递给莫小慧，莫小慧羞红了脸，说："搞那么浪漫做什么？"

关山朋轻声说："老婆，前一阵子公司太忙，扔下你一个人在家，很对不起，以后，我要多陪陪你。"

莫小慧抱着关山朋亲了一下，说："老公，你对我真好！"关山朋听了，脸"刷"地一下红了，一直红到脖子根上。

在接下来的日子里，关山朋天天准时回家，哪儿也不去，这样过了十来天，关山朋突然发现家里少了什么，对了，少了那只猫，他问莫小慧"咱们家的猫呢？"

莫小慧说："我把它送人了。"

关山朋奇怪了："你不是喜欢那只猫吗？干吗要送人？"

莫小慧说："你知道的，我不喜欢小动物呀！"

关山朋心里一热，伸出手来将莫小慧搂在怀里，说："老婆，你对我真好！"

关山朋心里最清楚了，因为那个女孩的白猫是他买的，送的，而他们两人的事，其实莫小慧是全知道的。那天晚上，莫小慧到凤凰小区找猫时，他正在跟那个女孩幽会，只好躲进女孩的衣柜里，莫小慧训猫的那些话，他一字不漏全听进耳朵里，那一刻，他才知道老婆其实早就发现了自己的行踪。第二天，他给了那个女孩一笔钱，狠狠地跟女孩分了手。现在，莫小慧知道丈夫回心转意了，才把猫送了人。

（**本期作者**：徐军欢）

（**题图、插图**：安玉民 梁 丽）

征稿启事

"新一千零一夜"是本刊"红版"推出的特色栏目，希望广大读者能喜欢。"红版"编辑部热忱欢迎作者惠赐原创佳作，要求：1.题材不限，能以较新的视角反映生活，立意独到；2.核心情节新鲜、奇巧、生动；3.篇幅在2000字左右。来稿可从邮局寄发，也可发电子邮件，请在信封或电子邮件的主题栏内注明"新一千零一夜"字样。红版编辑部各编辑邮箱见第43页。

红印章，黑印章

□ 任黎明

周志是位进城的农民工，他一直在一处建筑工地上干活，又苦又累还挣不了几个钱，不过，他儿子挺给他争气，从乡下转到城里的小学才一学期，就当上了班长。周志一说起儿子来，浑身上下都冒出自豪来。

这天，有个工友找到周志，神神秘秘地说："你写得一手好字，现在有个既能让你施展才华又能赚钱的好事，干不干？"周志一听来了劲，忙问什么事。工友说，有个专门给别人办证的老板，需要打广告揽生意，以前找人沿街贴手掌大的不干胶，都被环卫工人给撕了。现在他想出一个新招：用墨水将办证电话写在地上，这样既不容易清除，又能引起行人的注意。老板要找几个会写字的人来干这活，按条数结算工钱。周志听了连连摇头，说："这样做是违法的，再说，现在城管也厉害。"

话是这样说，但周志还是动了心。他在心里算了一下，干这活儿，写不了几个小时就能赚几十块钱，轻轻松松的，比在建筑工地上出苦力强多了；再说，这活儿可以下班后在晚上干，能避开城管。

傍晚时，周志骑着辆电瓶车去接儿子，特意留意了地面上的广告，那些字歪歪扭扭的，写得比自己差多了，他有点心痒痒了：儿子进城后一次零花钱都没要过，用起文具来也是省了又省，现在当上班长了，不能显得太寒酸。为了儿子，就偷偷摸摸地干几次吧！到家后，他悄悄给那位工友打了电话，答应晚上到主马路的自行车道上写广告。

晚上十点多，周志等儿子睡下后，提着瓶墨汁，拿了支毛笔，悄悄出了门。

第二天，那位工友来发钱了，他说，他今天骑着车沿路看了，就数周志的字写得最好，但他也是写得最少的，只有二十多条，只能得三十多元的酬劳，末了，这工友拍拍周志的肩膀，说："不好意思，我们是按条数来付钱。"周志笑了笑，没吱声。

傍晚，周志又到学校去接儿子，儿子一出来，周志便掏出十块钱，递给儿子，说："儿子，给你零花。"

儿子细心地把钱装进贴身衣兜里，笑眯眯地在周志脸上亲了一口。

到了晚上十点钟，周志想出去干活，可儿子做完作业还没睡，正坐在灯下，专心致志地用小刀在一根胡萝卜上刻着什么，过了会，他拿起手中的胡萝卜，轻轻蘸了点红墨水，轻轻按在一张草稿纸上，马上，纸上出现几个歪歪扭扭的字："周笑天印"，这小子高兴得叫起来："爸爸，我的试验成功了！快来帮我刻个印章吧！"

儿子对周志说，老师给了他一个任务，班上凡是做了好事的同学，班长就在他的笔记本上签一个名，得到班长签名最多的同学，就可以进班上的红榜。儿子觉得自己的字写得不好，就打算刻个印章，需要签名时，直接把印章盖上去就可以了。

很快，周志把儿子的胡萝卜印章刻好了，儿子拿着印章，在草稿纸上不停地盖，兴奋得脸都红了。"爸爸，

你看，又快又好！"周志看着满页的红章印，脑子里突然有了一个念头。

第二天，那位工友又来发工钱了，周志将他拉到一边，说："从今晚开始，你多给我分几个片区好不好？我保证把字写得又快又好！"

晚上，周志骑着电瓶车出去了，原来，他昨天晚上连夜制作了一块印章，今天出门时，他把那块印章粘在鞋底上，再将一盒黑色的油墨放在电瓶车的踏板上，慢悠悠地骑着车，每隔一段路，就将那只粘着印章的鞋在踏板上的油墨盒里踩踩，再踩到地上，地面马上就印出一条办证广告来，既做得不知不觉，又省时省力！

这次，那位工友给了周志一百块钱，周志揣着钱，兴冲冲赶到学校，准备带儿子吃一顿肯德基套餐。

刚到校门口，周志就看见儿子和一群小朋友出来了，儿子见了周志，便说："老爸，你回去吧，我们今天有重要的事情要做，做好后我自己坐公交车回去。"周志一心想带儿子去吃肯德基，忙问是什么事，能不能改天做，儿子连连摇头，说："这事很急，不能拖到明天。我是班长，得带头！"周志疼爱地看着儿子，担心他们出什么意外，便说："什么事这么急？要不，我跟你们一起做？"儿子笑笑，说："很好！这种事很需要大人的参与配合。"

于是，周志骑着车，跟在儿子他

们后面，路过一家日杂店时，周志看到儿子从贴身衣兜掏出那张十元钞票，买了两只塑料盆和几个钢丝球。

不一会，周志跟着儿子到了他昨晚的工作区域，儿子指着地面上的黑章印，对周志说："老爸，现在大家都在为争创文明城市出力，这些小广告像是人脸上的一块块疤，太不好看了，我们要把它们全部清除！"

接着，儿子让同学们排好队，安排他们两个人一组，围住一个黑章印，先洒上一点水，再用钢丝球使劲地刷，把黑油墨全部刷掉，弄好一个，再弄下一个。

儿子见周志还在一旁发愣，便朝他喊："老爸，你也来呀，你擦掉一个黑章印，我就奖你一个红章印，一个红章印，可以换我给你捶一次背……"说完，他满是自豪地告诉身旁的小朋友："我老爸的字写得可好了！"

周志挽起袖子，蹲在地上学着儿子做起来。他发现，这些小广告印上去容易，要擦掉真的很难，一个不小心，连皮都擦破了。再看看儿子和他的同学们，就像在擦去作业簿上的污迹，那么专注、认真，周志突然羞得满脸通红，恨不得找个地缝钻进去。他决定，今天一定要把自己弄的那些小广告全部清除干净，再回家把那枚黑印章毁掉，不然，他就不配给儿子当爸爸。

（题图、插图：安玉民　梁　丽）

一笔回程的汇款单

开学不久，他收到一笔500元钱的稿费，决定把这笔钱寄回乡下老家。为了不让父母多想，他在汇款人姓名这一栏写上"真心帮助你的陌生人"，回去的路上，他想到家里能买种子、农药和化肥了，父母能松一口气了，心里不禁一阵轻松。

半个月不到，传达室又送来一张500元钱的汇款单，他打开一看，大吃一惊，原来钱是家里寄来的，附言栏上写着：有位真心帮助我们家的陌生人寄来了一笔钱，先分出500元给你寄过去，余下的用在春耕生产上。你在外面要照顾好自己，别为家里操心。

他明白了：自己寄回家的钱，父母又原封不动地寄回来了。一张汇款单，载着父母沉甸甸的爱。

一张回程的汇款单，是爱在人世间奔跑。　（作者：张振旭）

奶奶的哲学

那次，乡下亲戚送来一只活鸡，奶奶不想立即就杀，要再养几天，等在外读书的孙子回来吃，便用绳子系住鸡的一只脚，把鸡系在院子的木桩上，鸡因为这根绳子的束缚，只能在以木桩为中心、以绳子为半径的范围里活动。

有一天，绳子断了，家里人急了：这下鸡肯定要跑走了。奶奶却说，它不会跑的。果然，鸡仍然在原来的范围里活动，虽然绳子断了，但鸡这几天已经养成了一种习惯，这习惯束缚着它的行动。

后来，乡下亲戚送来了两只鸡，这次奶奶仍然只用一根绳子，一端一只，把两只鸡拴在一起，这样，两只鸡既能活动，又逃不了。果然，被一根绳子拴住的两只鸡，一只鸡想往左奔，另一只鸡想往右跑，忙得一团糟，还是在原地绕圈子。

一只鸡容易被自己的习惯束缚，两只鸡便容易互相束缚。鸡这样，人何尝不是如此？（作者：袁小虎）

孤独是什么

位老人从海外回来，老家已经没有人认识他，谁也不上他家的门。

老人买了好几套农具，放在别墅的栅栏边，经常对路过的村人说，你们没农具就来拿，农具要磨出来才好用，你们年轻有力气，多用用，这些农具就能早点磨出来。

农忙到了，有些村人家里的农具不够用，就来老人这里拿了用，老人每天坐在石凳上喝着茶，笑呵呵地看着村人们来拿农具，再来还农具。有的人还农具时会送些自家种的蔬菜，老人都笑呵呵地收下。有时还请村人到他的院子里看他种的瓜果，讨论怎么施肥和喷药。

渐渐地，村人们就都喜欢过来跟老人聊天了，到了冬闲的时候，老人漂亮的别墅简直就成了村里人的俱乐部。

这天，老人的儿子打来电话，问老人在乡下是不是很孤独，老人呵呵笑着，把话筒对着满屋子的人，问儿子，你听到了什么？

儿子听到了满屋子的笑声，他放心了。

孤独是什么呢？是你没有找到一条通往别人心里的路。

（作者：杨玉红；推荐者：张一民）

爱不在，情分在

在一次宴会上，一男一女紧挨着坐在一起，有人给男人倒酒，女人说："别让他喝，他有糖尿病，昨天还注射了胰岛素。"

席间，上了一道水煮鱼，辣得很，众人围着吃得火热，男人夹了一块最好的给女人，小声说："小心刺。"

很多人眼里露出羡慕的神色，有人说，都四五十了，看着像初恋一样。

宴会结束了，女人对男人说"我从香港给咱妈带来一盒人参，明天你到我家来拿。"

有人听不明白了：怎么回事，他们不是夫妻吗？怎么不住在一起？

知情人赶紧解释，说"他们离婚已经五六年了。"

生活中的离婚夫妻大多是反目成仇，不把对方拖死不算完，而这对男女却让我们感动，他们曾经爱过，爱不在了，情分还在，她知道他有糖尿病，他知道她爱吃水煮鱼，连对从前婆婆的称呼也不改口，还叫那声妈。

（作者：雪小禅）

（本栏插图：安玉民　梁　丽）

学写作文，从读故事开始

不测
不知道

王丽的老公在外地工作，一两个月才回家一次，为了让对方了解近况，又能省点电话费，她和老公各自在网上开了个博客，加了链接，只要打开博客，对方的情况就一目了然。王丽精心打点自己的博客，弄得图文并茂，不仅经常在上面发自己的生活照，就连每天吃的水果饭菜，王丽也拍成照片，挂在博客上，让老公看着放心。

这天，王丽正在办公室里更新博客，领导走过来，看了看王丽的博客，说："你这博客很漂亮，就是点击量太少了，你得想办法增加点击量。网络时代，点击量代表着你的人脉啊！"

王丽觉得领导的话很有道理，就把自己博客的网址发给了单位的几位同事，让他们时常去"踩踩"，通过这些同事，王丽又串连了几个"圈子"，加了很多博友。这样一来，王丽博客的点击量果然直线上升。

王丽加的博友里，有个叫小米的女孩，她和王丽关系最好。这天，小米给王丽推荐一个好玩的模块，叫"不测不知道"，说是可以测试博主和博友之间的关系，小米还特地给王丽留言，说："这个模块大家用了都说准，可好玩了，你一定要试试哦！"

于是，王丽在自己的博客上挂了"不测不知道"，她试着测了一下跟几个博友的关系，一试就哈哈大笑起来。这个模块显示，王丽老公和王丽

的关系是"和你终生相守的人"，小米和王丽的关系是"闺中密友"，王丽又试着在模块下点了自己的名字，结果显示"搞什么嘛，简直就是一个人嘛"，哈，真是太好玩了！于是，王丽把"不测不知道"高高挂在自己博客的最顶端，建议每个来访的博友都测试一下。

谁知，一试试出了问题。第二天上班，领导一见王丽脸就阴沉下来，冷冰冰的。对面的小韦捂着嘴，站在一边偷着乐，王丽丈二和尚摸不着头脑，等领导走远了，急忙问小韦是怎么回事。小韦说："领导为了追赶时

尚，也开了个博客，偷偷链接了你，你博客上那个叫"唐伯虎"的博友就是他。"王丽赶紧打开博客一看，"唐伯虎"和王丽的关系是"对你窥视已久的人"。天，怎么会这样！王丽赶紧删除了"不测不知道"。

王丽下班回家，看到老公从外地回来了，好不高兴，不想老公劈头盖脸就问："你的博客怎么关了？心虚了？"王丽一愣："怎么了？"老公说："你博客上那个'和你眉来眼去的人'，是不是坐你对面的'韦小宝'？"

王丽连忙告诉老公，"不测不知道"只不过是电脑游戏，不可信的。

老公说："不可信？那它怎么测出我是'和你终生相守的人'？"

嘿！这都是哪跟哪啊！王丽觉得自己就算浑身是嘴也说不清，就没理老公，忙着做饭去了。

不一会，王丽又听到老公在书房里大叫："哼！还在跟我要花招，真是不测不知道，这回看你怎么说！"

王丽急忙跑过去，伸头一看，只见老公的博客上，显示王丽和老公的关系是："和你同床异梦的人。"

王丽气得直哆嗦，指着老公，说"你——你到底信电脑，还是信人？"

老公说"我本来是信你的，可这电脑也是你摆弄出来的呀！"

王丽张口结舌，说不出话来……

（作者：王云霞；推荐者：萧　风）

（题图、插图：谭海彦）

18

永远的记忆

□ 李毓藩

艰难上坡路

城里有个卖蜂窝煤的人，叫罗守田。这些年，蜂窝煤的生意不好做，因为现在只有一些餐馆和单位食堂才会用蜂窝煤，好在赚钱少，竞争也少，罗守田有时拖着板车在外面跑几天，也遇不到一个同行，总算能赚些辛苦钱。

这天，罗守田又和老伴拖着板车，给郊区的一家大客户送蜂窝煤，他的车是加长的，足足装了一千斤蜂窝煤，拖起来很是吃力。他和老伴顶着夏天的毒日头，累得汗流浃背，偏偏这时又遇上一个高坡，罗守田把腰弯得像虾米，拼命往坡上爬，他老伴也使出吃奶的力气，从后面把车子往坡上推，可板车硬是不肯往上挪，罗守田使出浑身气力，只觉得眼冒金星，依然毫无办法。如果手一松，板车就会往坡下溜，如果轧到了在后面推车的老伴，真是不堪设想！越是急，越是使不出劲来，眼看吃不住劲了，突然，罗守田觉得板车一下轻了许多，有如神助，一口气就冲到了坡上。上了坡，罗守田停了车，一边擦着汗，一边往后瞧，这才看到是一位小伙子帮他把板车推上来。这小伙子二十来岁，模样周正，穿戴得挺括齐整，一看就是有钱人家的子弟，罗守田连忙道谢，小伙子却不在意，只是问："咋不走了？快走呀！"

罗守田说："小伙子，谢谢你！后面都是平地，我们拖得动，不用你帮忙了。"

小伙子瞪了罗守田一眼，说："你在前面拖，我当然要在后面推了！快

走呀，别耽误了生意！"

奇怪推车人

罗守田不明白小伙子这话的意思，停下来不肯再走。不想他不走，小伙子一屁股就在板车旁坐下，也不走了！僵持了一会儿，罗守田想着客户正等着蜂窝煤，只好把拉绳往肩上一搭，小伙子连忙站起来，腰一弯，推动了车子。

车子到了目的地，事情却还没完，小伙子仍然跟着罗守田的板车

走，一车接一车地往外送煤，这小伙子不光有一把子力气，推车的功夫也很老到，装车、卸车、垒蜂窝煤，一件件做起来都非常麻利，很像是一个行家里手。

煤送完，天也要黑了，小伙子又跟着罗守田回到制煤场，罗守田说："小伙子，感谢你帮了我一整天，现在天黑了，你也该回家了吧？"

小伙子四处看看，奇怪地说："回家？这不就是我的家吗？"

罗守田还要说话，老伴忙把他拉到一边，说："你什么眼神啊？这小伙子不是个正常人呀！"这下，罗守田恍然大悟，别看小伙子穿得体面，智商显然有问题。他又问小伙子家里的事，小伙子说制煤场就是自己的家，其他的闭口不提。罗守田没法子，只好把小伙子收留下来。

制煤场地处偏僻，是政府免费提供给罗守田做蜂窝煤的，罗守田将它隔成一大一小两间，大间生产，小间住人。罗守田安排好小伙子的住宿，又开动机器，开始做蜂窝煤。没想到呆在小间的小伙子听到机器响，马上就跑出来，乐颠颠地给罗守田当帮手，一套一套地做得非常熟练，一直忙到深夜，小伙子兴致不减，越干越来劲儿。

第二天，罗守田又拉起板车往外送煤，小伙子仍兴冲冲地跟上来，罗守田知道拦不住他，就准备送完这车

煤，顺便把小伙子送到派出所，让警察帮着找到他家人。

同是卖煤人

走到半路，三个人刚爬上一道坡，罗守田抬头喘了口气，便看见前面停着辆轿车，挡住了去路，罗守田只好把板车停下来，这时，前面轿车的门开了，一个人下了车，朝着板车奔过来，一把将小伙子拉到一边，一边掏出毛巾给小伙子擦着脸上的汗水和煤灰，一边心疼地说："子欣，你怎么跑到这里给人干活来了？你爸都要急死了！告诉我，他们欺负你没有？"

这个叫子欣的小伙子一把推开那人，说："我正干活呢，你拦住我干什么？要是耽误了生意，我们家靠什么吃饭？"

这人没法跟子欣说，便让罗守田不要走，掏出手机拨了个电话。

不一会儿，一辆豪华轿车开过来，停在一边，车上下来一位派头十足的中年男人，子欣一见，高兴地喊起来："爸，你也来了呀？快，我们一起去送煤！"

中年男人走过来，心疼地看着小伙子满是汗水的脸，替他掸了掸身上的煤灰，说："怎么弄成这样子？快跟我回家去！"说着，就把子欣往车上拉。

没想到子欣却一把拉住中年男

人，倔强地说："爸，煤没送到地儿，怎么可以回家呢？不行，你得和我一起把煤送到！"

中年男人疼爱地看看儿子，无奈地说："行！爸爸和你一起送煤！"说着，走到板车前，熟练地把拉绳套在肩上，问罗守田："这车煤送到哪儿？我帮你送。"

罗守田见中年男人一副大老板派

2009 年 "《故事会》最有影响力的故事" 征文启事

为鼓励多出优秀作品,《故事会》杂志社决定举办 2009 年 "《故事会》最有影响力的故事"征文大赛,并对优秀作品实行四大奖励措施:

1. 入选作品除在杂志上发表外,还将收入《第一推荐·最具人气的故事E》一书; 2. 入选作品可得两笔稿酬: 在《故事会》杂志发表的作品,首发稿酬每千字 400 元; 获 "《故事会》最有影响力的故事"优秀作品奖,再追加每千字 1000 元; 3. 入选作品均颁发奖励证书; 4. 本刊将邀请有关作者参加年底的颁奖大会,所有费用均由编辑部承担。

征稿范围: 1. 具有现实感、新鲜感且可读性强的中短篇 (包括超短篇)原创作品; 2.故事性强、有口传性、能引起读者兴趣的推荐作品。

超短篇 (如"幽默故事")的字数一般在1500字以内,短篇 (如"中国新传说")的字数一般在 5000 字以内,中篇故事的字数一般在 15000 字以内。

来稿方法: 1. 从邮局寄发,请在信封上注明"征文大赛"字样,本刊地址: 上海市绍兴路 74 号《故事会》杂志社, 邮编: 200020。

2. 从网上传递,可寄各责任编辑信箱,请在主题上注明"征文大赛"字样,本期责任编辑的信箱是: zjw002@vip.163.com。

头,紧张得舌头都打起了哆嗦,连忙说:"老板,对不起,你儿子,是他自己主动来给我们帮忙的……"

中年男子点点头,和善地说"我知道。我儿子只要看到有拖煤的板车,就一定会上前帮着推。如果我不帮你把这车煤送到目的地,我儿子就不会跟我回家。"

罗守田更慌了,说:"不行! 不行! 怎么能让你拖板车呢?"

中年男人笑了笑,说"我以前跟你一样,也是卖蜂窝煤的。那时,我带着妻子和孩子从农村来到城市,很穷,也很苦,我们晚上制煤,白天再拖着板车卖。那时我儿子才8岁,就跟着我一起制煤、送煤,像个小大人,

什么事都干。有一次,他在干活时摔倒了,头撞在煤机上,脑子受了损伤,智力和记忆就一直停留在那个阶段,现在,只要看到街上有拖着板车卖蜂窝煤的,他就当成自己家的事,拿出拼命的劲头干……"

罗守田听得眼泪都出来了,他擦了擦头上的汗,说:"这车煤,我们一起送!"

中年男子熟练地将拉绳套在肩膀上,看了子欣一眼,说:"儿子,我们上路吧!"

四个人推着这辆板车,两部豪华轿车缓缓地跟在后面,一起朝前走去……

(题图、插图: 刘斌昆)

和尚开车

□ 胡斯庆

群游客乘着辆大巴，来到位于大山深处的驼峰寺，玩得十分尽兴，正要返回，大巴司机突然发起高烧，休息了一个多小时，热度还是不退，根本无法开车，眼看天色越来越晚，再不上路，就要困在山里了，大家心里十分着急。

驼峰寺的住持知道这事后，找到导游，说："让我的司机惠能把你们送回去吧！"

导游说："我们那车是几十座的大车，再说，这山路很难走……"

住持笑笑，说"惠能拿的是A照，开车的技术没得说，你就放心吧！"

导游喜出望外，连忙答应。不一会，惠能过来了，导游一看，心里一凉：这人一身僧衣，矮矮胖胖的，怎么看都不像个能开车的，能把那部大家伙从崎岖峻峭的山路开出去吗？他半信半疑，但想到游客们都急着返回，还是无奈地把车钥匙交给了惠能。

惠能接过车钥匙，坐进驾驶室，刚启动车子，便听发动机发出两声"呜呜"怪叫，一下就熄了火，惠能摇摇头，重新启动发动机，大巴渐渐一摇一摆地上了路。车上的游客渐渐开始有说有笑，哪知没过多久，大巴突然来了个急刹车，停了下来，全车的人都被猛地晃了一下，吓了一大跳，再看车外，啥也没有，有的人火了，朝惠能嚷道："好好的你踩急刹车干啥？吓死人呢！"惠能侧过头歉意地笑了笑，又掉转头，双手依旧握着方向盘，眼睛一眨不眨地望着前方路面，就是不松刹车。大家顺着他的目光朝前面望去，前面一无行人，二无

·中国新传说·

车辆，也没有任何障碍物，这是唱的哪一曲呀？导游走上前，耐心地问道："惠能师傅，有问题吗？"惠能摇摇头，轻轻地说："请再等等。"又过了好一会，惠能终于松开刹车，重新开动了大巴，可开了不一会，大巴又像个醉汉似的，突然在弯弯曲曲的山道上扭起了"秧歌"，一车的游客就像颠簸在波涛汹涌的海面上，被颠得晕晕乎乎的……

就这样，惠能时而来一个急刹车，时而又扭一段秧歌，车上的游客看着车外的悬崖峭壁，一个个的心都吊到了嗓子眼里，双手牢牢抓住座位

旁的扶手，只觉得这段山道走得比唐僧去西天取经还难！有人开始小声抱怨了："不是说出家人不打诳语吗？住持怎么能派技术这么差的司机来？这不是拿大家伙的生命开玩笑吗？"

这样折腾了一个多小时，大巴终于开出了山路，开上了高速公路，但游客们悬着的心这时不但没有放下，反倒绷得更紧了。为什么呢？高速路上全是川流不息的车辆，一辆辆都像利箭似的往前飞奔，稍一不慎，难免与其他车辆"亲密接触"，惠能行吗？

哪知道一上高速公路，惠能就像换了个人似的，大巴车既开得四平八稳，又跑得飞快，大家伙像坐飞机似的，真叫一个爽！

到达目的地后，导游出于礼节，邀请惠能上去坐一会，喝口茶，惠能憨厚地笑一笑，说："不麻烦了，再过一会就要下大雨，我得赶紧坐车赶回驼峰寺。"

导游抬头看看天，疑惑地说："这么好的天，怎么会下雨呢？"

惠能说："蚂蚁搬家蛇过道，不久便有大雨。刚才在山道上，有很多蚂蚁在成群结队地搬家，我使出浑身解数，才避开它们，没让它们受伤害。只是让大家跟着受了颠簸和惊吓，贫僧告罪了！"

惠能说完，给游客们打了个稽首，转身走了。

（题图、插图：谭海彦）

潜规则

□ 吴泽武

机会来了

叶豆是局里的副科长，他熬了五年，终于等来"转正"的机会：再过两个月，现任科长就到了"一刀切"的时候，大家私下都说，叶豆当科长，基本上没悬念。

这说法是有道理的，因为叶豆跟局长赵大嗓不是一般的交情，两人是一个村子出来的，论辈分叶豆该管他叫"叔"。当年，叶豆在老家上学时，赵大嗓是村支书，叶豆高中毕业考上了农校，他爹觉得农校没意思，不想让叶豆去，赵大嗓知道后，跑到叶家把叶豆爹一顿臭骂，第二天，叶豆他

爹就背着铺盖卷把叶豆送进了农校。后来叶豆一路跟着赵局长到了局里，谁都知道叶豆是赵大嗓的人。

叶豆把老科长即将离任的消息告诉了媳妇小兰，小兰问："你敢保证科长位子非你莫属？难道别人就没盯这个位子？你知道官场'潜规则'吗？"见叶豆一脸茫然，小兰接着说"别以为你跟赵大嗓关系特殊，就十拿九稳，要是半路冒出个肯花本钱的主儿跟你竞争，别说是赵大嗓，就是你亲叔，也保不准会改变主意。依我看，咱们得先出手，把赵大嗓的心笼络住，不要给别人留下机会。"

怎么笼络住赵大嗓的心呢？按当下的规矩，得给他送礼。说起送礼，叶豆先前倒是给赵大嗓送过两回。

第一回是叶豆刚到乡政府上班时，那时赵大嗓是乡长，叶豆和他爹扛着一袋自家地里新收的花生，给赵大嗓家送去，赵大嗓高兴地收下花

生，留着他们吃了顿中饭，临走时，拿出两瓶酒让叶豆爹拎上。后来一打听酒的价钱，比那袋花生贵多了。那两瓶酒叶豆爹至今还放在家里，没舍得喝。

第二回是叶豆调到局里上班的头一个月，叶豆花了一个月工资，给赵大嗓买了两条好烟，这回赵大嗓很生气，把叶豆一顿好骂："好你个王八犊子，好东西不知道学，尽学些旁门左道，我今天给你个面子，收下你的烟，以后要是再跟我来这一套，我让你滚回乡下去！"没几天，赵大嗓回到村子，把自己那辆八成新的自行车送给了叶豆爹。

但这么多年过去，现在社会上讲究"潜规则"，没对策肯定是不行的，但叶豆和赵大嗓关系到了这个份上，送烟酒，太小气；送电器，太张扬；送首饰，太俗气；送现金，太赤裸。叶豆媳妇说，必须送得巧妙，赵大嗓才能欣然接受，要是被拒绝，那就弄巧成拙了。他们谋划了大半宿，就是想不出应该给赵大嗓送什么。

心领神会

说来也巧，叶豆两口子没想好送啥礼物，赵大嗓却找叶豆要礼来了。这天，叶豆经过局长办公室门口，被赵大嗓叫了进去，说"叶豆呀，我岁数大了，吃不惯城里的米，总惦念着老家那没打过农药的稻米，你爹妈不是还在老家种着几亩稻子吗？你回去一趟，把你爹妈吃不完的稻米弄点来，送我尝尝。"叶豆一听，心里暗暗叫苦：爹妈近几年身体一直不好，爹几年前摔断了腿，至今走路还一瘸一拐的，虽说种着一亩多稻田，但打下的粮食还不够老两口自己吃，哪来的富余？自己进城这几年，又是买房，又是供孩子上学，经济压力很大，没有顾得上乡下的爹妈。

晚上回家，叶豆把赵大嗓要吃乡下稻米的事跟小兰一

26

说，小兰顿时面露喜色，说："看来你当科长的事有戏了，他不是真的想吃乡下稻米，是在向你透露一个信息，主动找你要东西，说明事情八九不离十了，这是官场上的'潜规则'，懂不？明天，你到乡下去买两百斤最好的稻米给他送去，他哪知道是不是你爹种的！"

说做就做，叶豆马上到乡下买了两百斤大米，送到赵大嗓家，他觉得自己和赵大嗓的关系又近了一步。

过了些日子，赵大嗓又把叶豆叫到办公室："叶豆呀，天凉了，现在商场卖的棉被根本比不上乡下自产的棉被，你爹不是种了棉花吗？你给我弄点棉花，在乡下找个弹花匠，给我弹两床棉被送过来。"

这回叶豆心领神会，马上到乡下买了上好的棉花，找了最有名的弹花匠，弹了四床棉被给赵大嗓送去。

接着，叶豆又到乡下买了菜籽油、小米、芝麻、绿豆，一次次给赵大嗓送去，赵大嗓一听是叶豆自家地里产的，都乐呵呵地收下。

老科长离任的时间越来越近了，科里同事对叶豆的称呼悄悄地发生了变化，由"叶副"变成了"叶科"，叶豆听着舒服极了。

这天晚上，媳妇小兰说："老公，你马上要当科长了，将来到咱家里的客人层次上升了，客厅得重新装修一下，这笨重的电视机和人造革沙发都

过时了，得换成液晶电视和布艺沙发。"叶豆觉得媳妇说的很有道理，当即拍板同意。

电视和沙发搬回来时，正好遇到赵大嗓，问："新的买回来了，旧的咋处理？"叶豆说："准备扔了，家里没地方放。"赵大嗓说："那就给我吧！我乡下有个亲戚很困难，用得着。"

赵大嗓把旧电视机和旧沙发用车拉走，一分钱没给，但媳妇小兰却异常兴奋，亲热地挽着叶豆的胳膊，柔声叫道："老公——叶科长——"

目瞪口呆

转眼间，老科长的任期到了，新科长人选也揭晓了，令几乎所有人感到意外的是，新科长并不是叶豆。

叶豆蔫了，懵了，他百思不得其解：赵大嗓既然没打算提拔自己当科长，为啥一次次收自己的东西？想来想去，原因只有一个：自己送的礼太轻。稻米、棉被、菜籽油、小米、芝麻、绿豆、旧电视、旧沙发，总共加起来值几个钱？听人说，现如今给领导送礼，没个万儿八千的根本拿不出手，自己净拿不值钱的东西去敷衍，结果让其他下手重的人占了先，现在后悔也来不及了！

到了周末，叶豆心里非常烦闷，只想找个清静的地方躲一躲，去哪呢？他突然想起自己快半年没回乡下看父母了，也不知他们过得咋样，顺

便回去看看吧!

叶豆走进老屋时,爹娘正坐在沙发上看电视。咦,家里哪来的沙发和电视? 叶豆再一细看,正是自己换下来、被赵大嗓拉走的那两样。老两口见儿子回来了,好开心,爹说:"你托赵局长带给我们的米、棉被、菜油都收到了,你们在城里过日子也不容易,有份心就够了,以后别净挑好的买。"娘说:"你这孩子心还真细,还记得娘爱吃小米、绿豆什么的杂粮。"

叶豆听了,更是目瞪口呆。

娘宰了只大公鸡,拿出平时舍不得吃的腊肉,张罗了一桌子菜,还拿出当年赵大嗓送的酒,正要动筷子,门口突然响起大嗓门:"老嫂子,我老远就闻到香味了,你专门招待儿子的,我能不能跟着吃一口呀?"叶豆一听,头一下大了:赵大嗓来了!叶豆爹连忙把赵局长请到上席,三个男人你敬我、我敬你,两瓶酒很快喝得见了底,赵大嗓这才站起身,说:"我娘还饿着呢,我得回去给她做饭,叶豆,你送送我。"叶豆起身,送赵大嗓走了一段路,赵大嗓停下来,叹了口气,说:"叶豆呀,你看你爹娘今儿个多高兴啊! 他们不为别的,就因为你回来了。你爹娘老了,总盼着你能常回来陪陪他们,你说你进城这些年,你对你爹娘关心了多少? 一年回来看过他们几次?"

赵大嗓接着说:"我知道你没当上科长心里不痛快。按说我一直拿你当自己的孩子一样对待,总希望你能出人头地,可你知道我为什么不让你当这科长吗? 就因为你当个副科长都没时间管你爹娘,要是你当上了科长,应酬一多,那还不把你爹娘全忘了? 实话跟你说吧,我用人不光看他的工作能力,我还有个'潜规则':对爹娘不孝敬的,一概不用!"

叶豆被赵大嗓一番话惊呆了,望着赵大嗓,一句话也说不出来。

（题图、插图：魏忠善）

烦心的
狗事

□ 范国清

长大，性情就大不一样了：王大汉的狗凶，常常冲着人汪汪叫，像个骂街的泼妇；石奇迹的狗很温顺，王大汉老婆上石奇迹家打麻将时，那狗一见她就摇尾巴，摸它一下，就围着撒欢。王大汉老婆总是夸这只狗可爱，石奇迹就把这只狗送给了王大汉，从此，王大汉家便有了两只哈巴狗。厂里的人为了方便，把石奇迹送的那只叫"奇迹狗"，把原先那只叫"大汉狗"。

刚开始，"大汉狗"对新来的狗很霸气，张口就咬，"奇迹狗"像个龟儿子，见了它就躲。吃食时，"大汉狗"先吃，"奇迹狗"得等"大汉狗"吃到肚儿圆，才能舔食钵里的残羹剩饭，每次都吃不饱，最后还得舔舔"大汉狗"嘴边的饭渣充饥。"大汉狗"很懂得享受，每次吃饱后，就把嘴巴伸给"奇迹狗"，让它帮自己舔干净，舔得

一个难题

佛镇有个砖瓦厂，前不久，厂长王大汉退休回家，闲来无事，靠遛狗打发时光，但最近他发现，家里的两只哈巴狗成了不祥之物。

这两只哈巴狗是王大汉当厂长时，和副厂长石奇迹一起到县城买的，当时，他和石奇迹一人买了一只，各自带回家养起来。两只小狗崽渐渐

不满意，还要咬它一口。

王大汉当厂长时，石奇迹隔三差五要上王大汉家坐坐，每次都要看看自己送给王大汉的狗，满脸堆笑地看着他送的狗在王家舔食钵、舔"大汉狗"的嘴巴，还经常挨咬，一声不吭。后来，王大汉退休了，石奇迹当上了厂长，有时还到王大汉家坐坐。石奇迹一来，王大汉就叫老婆做几个好菜，和石奇迹一起喝几杯。王大汉这样做是有道理的，因为他儿子是厂办公室的办事员，在石奇迹手下。

石奇迹每次来还是要看看"奇迹狗"，他发现自己都当上厂长了，"奇迹狗"还在舔食钵，舔"大汉狗"的嘴巴，经常挨咬，脸色就不好看了，渐渐地，他不上王大汉家了。

这天，王大汉突然想起石奇迹好久没来，就问儿子："石厂长咋不上咱家来了？是不是对我有什么看法？"

儿子说："有一次，石厂长说他的狗在咱家舔食钵，舔咱家狗的嘴……"

王大汉一怔，瞅瞅墙根下的两只哈巴狗，"大汉狗"已经吃了个肚儿圆，正伸着嘴，美滋滋地让"奇迹狗"舔着，王大汉火了，操起棍子，照"大汉狗"屁股就打，边打边骂："孽畜！你凭啥让它给你舔嘴巴？"

"大汉狗"突然挨了一棍子，恼火地发出嗷叫，从家里逃出来。"奇迹狗"连忙跟着跑，一起跑到街对面的墙角蹲下，"大汉狗"又伸出嘴巴，让"奇迹狗"舔。王大汉提着棍子追过去，两只狗又爬起来跑。

这时，石奇迹夹着公文包，正一晃一晃地从厂大门走出来，王大汉见了，就躲在一棵树背后，远远望着。

这时，两只狗在厂门口蹲下，"奇迹狗"又伸出舌头，舔着"大汉狗"的嘴。石奇迹见状，脖子猛一下粗起来，"呸"地一声，吐了口痰，抬脚就朝"大汉狗"踢去。两只狗吓得又跑起来，石奇迹这才气哼哼地往家走。

几天后，王大汉的儿子突然从厂办公室下放到车间，当了个运砖工。王大汉大为震惊，他明白，这完全是狗事引起的人事变动，他决定先把"大汉狗"的威风打下去，再找石奇迹求情。

奇思妙想

接连几天，王大汉一见"大汉狗"让"奇迹狗"舔嘴巴，就操起棍子赶，赶得两只狗满镇子乱跑，但两只狗依然如故。这天，王大汉还听到有人说："王大汉下台这么久了，'奇迹狗'还在舔'大汉狗'的嘴巴呢！"把王大汉急得直冒冷汗。

这天傍晚，王大汉抱着"奇迹狗"来到石奇迹家，堆着一脸笑，说："石厂长，我把这只狗还给你……"

石奇迹一听，立即摆手，说："老

厂长，你这是何苦？这狗是我送给你的，如今你退下来，我当上厂长了，就收回狗，厂里的职工会怎么说我？"

王大汉一想，对呀！这影响不好，忙说："要不这样吧，我把我家那只狗送给你……"

石奇迹又是摆手："那更不行，你是老厂长，我当上厂长你就给我送狗，别人更要说闲话了！"

王大汉又想了想，说："你家的狗在我家活得委屈，主要责任是我家的狗不知天高地厚，干脆，我把我家那条狗打死算了！"

石奇迹板下脸，说："为了我的狗，就打死你的狗，你这不是给我脸上涂黑吗？"

天哪，这不行，那也不行，怎么办呢？王大汉想呀想，终于想出个好主意……

第二天，王大汉来到镇上的白铁铺子，弄了两块白铁皮，剪了两块牌子，一块像野兽，另一块像小鸡，然后，请镇中学的美术老师涂上颜色，这样，两块牌子就成了老虎和小鸡，活灵活现，像真的一样。

接下来，王大汉把老虎牌子挂在"奇迹狗"的脖子上，把小鸡牌子挂在"大汉狗"的脖子上，两只哈巴狗突然挂上牌子，很不习惯，相互对视着，"大汉狗"见"奇迹狗"脖子上挂着一

只张着大嘴的老虎，顿时吓得后退一步，"奇迹狗"见"大汉狗"脖子上挂的是一只嫩黄的小鸡，便往前跨了一步，"大汉狗"见了，吓得又退了一步，"奇迹狗"便又往前跨了一步，"大汉狗"大叫一声，逃出了门。

一旁的王大汉看得哈哈大笑，他往狗食钵里倒了一碗汤饭，"奇迹狗"立即奔到食钵边吃起来，"大汉狗"见了，也跑回家，蹿到食钵边，刚叼了一口，突然看见眼前老虎一晃，连忙退到一边。王大汉拿棍子敲了它一下，说："畜生，你给我记住，人家是老虎，你呢，是一只小鸡！"

这一餐让"奇迹狗"吃了个肚儿

圆，它蹲在门口墙脚边，直打饱嗝儿，刚舔完食钵的"大汉狗"连忙上前，伸出舌头，把"奇迹狗"嘴上的饭渣舔了个干干净净。

从这天起，王大汉总是只给足一只狗的食量，让挂老虎牌的"奇迹狗"吃饱，然后让"大汉狗"舔食钵和"奇迹狗"的嘴。这样过了一个星期，两只狗的地位完全颠倒过来了。

牌子掉了

这天中午，王大汉来到砖瓦厂，邀请石奇迹到家里去坐坐。

石奇迹见王大汉来了，不冷不热地跟他打了个招呼。

王大汉说："石厂长，你嫂子做了几个菜，想请你去坐坐，聊聊。"石奇迹连忙推辞，说自己还有事，王大汉说："去吧，我家里有稀奇看呢！"

石奇迹一愣，说："能有啥稀奇？又让我看我的狗舔你的狗嘴巴？"

王大汉摇摇头，神秘地一笑，说"狗这东西，比人还精，现在，我的狗天天舔你狗的嘴巴……"

石奇迹一听这话来了劲，说："哦，好些天没上你家了……"

下班后，石奇迹直接来到王大汉家，王大汉家的桌子上已经摆满了酒菜，王大汉想让石奇迹一睹为快，就先盛了一碗饭，拌上肉汤，倒在狗食钵里，正蹲在狗窝里的两只狗见了，急忙从窝里蹦起来，直奔狗食钵。

石奇迹眼睛一眨不眨地盯着两只狗，只见他的狗跑到食钵边，埋头吃食。"大汉狗"围着狗食钵打转转，却不敢上前，心里正在偷偷高兴，突然，"大汉狗"猛地一跳，对着"奇迹狗"的脖子狠狠地咬了一口，"奇迹狗"发出一声尖厉的惨叫，挣扎着扑向"大汉狗"，但"大汉狗"越咬越凶，这些天的饥饿、屈辱和愤怒转化成无穷无尽的力量，像只小老虎似的，把"奇迹狗"咬得连连惨叫，落荒而逃。"大汉狗"还不罢休，紧跟着追出门外。

王大汉被这场意外惊呆了，在一旁站着一动不动！

石奇迹的脸色变得铁青，说："老上级，今天你叫我来看的就是这稀奇啊？你是故意戏弄侮辱我吧？"他说完，"哼"的一声，拂袖而去。

王大汉老半天才缓过一口气，大喊一声："老天爷啊！"

这时，"奇迹狗"又被追得跑回来，一头钻到王大汉跟前躲藏，王大汉弯下腰，看着"奇迹狗"身上的斑斑血迹，说："你今天怎么被欺负成这个样子？我不是给你挂了老虎牌子吗？"这一说，他猛一惊，只见"奇迹狗"脖子上光光的，急忙跑到狗窝里，捡起掉在狗窝里的老虎牌子，朝石奇迹追过去，边跑边喊："石厂长，牌子掉了，是牌子掉了啊……"

（题图、插图：谢 颖）

收房租

□ 许文培

购房遇阻

陆亮是一家废品回收站的老板，腰包鼓鼓的，房子有好几套，最近，他听说县政府推出了经济适用房，他一点也不嫌自己房子多，马上兴冲冲地跑到房管局，申请购买。

他敢这么做，是做了准备的，他那几套房子的房产证都没用他的名字，因为偷税漏税，他的纳税记录非常难看，却给他哭穷创造了便利条件。

不久，这期经济适用房的分配方案公布了，陆亮一看，上面有他的大

名，眼看一套价值不菲的房屋就要到手了，把他给乐的!

这天上午，陆亮倒上一杯茶，正美滋滋地想像着房子到手后的快乐，外面突然进来两个人，递上一封介绍信，陆亮接过一瞅，顿时土地庙里失火——慌了神。原来，这两人是房管局的工作人员，他们这次来，是要查证一件事:有人举报陆亮在申请经济适用房时故意隐瞒在县城有住房的事实，弄虚作假。

陆亮稳住心神，起身为调查人员让座、敬烟、泡茶，顺手带上办公室的门，又擦了擦头上的汗，这才说:"这肯定是有人与我过不去，完全是睁着眼睛说瞎话嘛!你们看——"他用手指指窗户外的简易房，"我每天吃住都在这里，我老婆现在还住在乡下的老房子里，如果我在城里有房子，难道我有福不会享、心甘情愿遭这份罪?再说了，废品回收这行业，市场竞争激烈，一年赚不了几个钱。

特别是今年，受国际金融风暴影响，能不亏就谢天谢地了。我一人挣钱全家花，完全没有能力买商品房，只好靠政府救助，让我买一套经济适用房。"

调查组人员严肃地说："无风不起浪，你如果真有什么事情，还是向我们讲清楚为好，要是让我们查出来，后果就严重了。"

不速之客

陆亮的头上顿时冒出一层层汗珠，正在想着怎么应答，突然，办公室的门"砰"地一下被人推开，一个女人气势汹汹地闯进来。

陆亮一见，脸一下白了，额头又冒出一层汗来。原来，这女人是一家酒吧的坐台小姐，陆亮与她勾搭成奸后，买了套房子把她包下来，后来，陆亮另外有了女人，就把她抛弃了，最近一个多月里，陆亮非但没到她那里过夜，连生活费也不付了，给陆亮发短信，不回；打电话，不接。她不甘心就这样被陆亮抛弃，所以今天特地上门向陆亮要说法。

这女人见办公室里多了两个陌生人，一时竟张不开口，呆立在那里，不知如何是好。

陆亮何等聪明，一见她这个神情，马上就把女人往外推"你来干什么？我们现在正忙着呢！"

调查人员疑惑地看着女人，问陆亮："她是——"

陆亮故作镇静，搪塞说："她是我原先的房东，因为我老婆、孩子住在乡下，来回上下班不方便，所以向她租了间房子住。"

女人也是个机灵鬼，听陆亮这一说，先是一愣，接着就明白了：对了，这事当着外人面，是不能直说的，于是，她双手往腰里一叉，气冲冲地说："我问你，你已经一个多月没上我那儿去了，我那房子，你还要不要了？怎么连个信也不给我？"

陆亮对女人的话心领神会，他回到办公桌后面坐下，口气十分坚决："你那房子我不要了！"

女人上前一步，眼睛死死盯住陆亮"你说不要就不要了，总得有个理由吧？"

"你那房子太陈旧，式样老化，设施不全，缺乏新意，没有刺激……"

女人仍赖着不走："你要是搞点投资，包装一下，改变一下使用方法，我这房子哪会比别人差？你在我那儿，要多体面有多体面……"

陆亮火了："你有完没完？我说不要就不要了，你没见我正忙着公事吗？真不识趣，你那旧房子有什么值得留恋的……"

"你这喜新厌旧、忘恩负义的家伙！"女人一屁股坐到陆亮跟前的办公桌上，破口大骂，"你的良心给狗吃了，当时你包我那房子时怎么说的？

你说你那乡下的老房子不想住了，想找个时间处理掉，长包我那房子。为此我回绝了其他客户，把房子让你一个人独自享受，谁知一年还不到，你就变卦了，看上了另外的新房子。告诉你，姑奶奶我也不是吃素的，这是你违约，你要是不付我违约金，我就跟你没完，不但要把你这事张扬出去，而且还要告诉你老婆，叫你吃不了兜着走！"

陆亮又气又急，只想赶快把这女人打发走，就极不情愿地拿出几张钞票，往女人手里一塞，说："先给你一个月的房租，其余的事等我晚上去你那里协商解决，你快出去，别耽误我们办正事。"

女人接过钱，数也没数就往怀里一塞，跳下办公桌，边走边说："哼，跟姑奶奶玩这一套，门都没有。"她头也不回，走出办公室，扬长而去。

女人这一走，陆亮忙打起精神，准备继续对付房产局的调查人员，不料两个调查人员都站起身，跟他握手告别。

陆亮把他们送到门口，临别时，调查人员半开玩笑半认真地说："你那旧房东可真够厉害的。"

陆亮擦擦头上的冷汗，苦笑着指指脑门，说："她这里有点毛病。"

乐极生悲

调查组人员一走，陆亮的情绪一落千丈，不用说，今天被那女人一搅和，眼看到手的经济适用房肯定黄了。

不料没过几天，房管局来了通知，要求他马上到房管局交经济适用房的款子。

陆亮喜出望外，马上赶到房管局，交了钱，领到了经济适用房的钥匙，他出了财务室，看到一个人从办公室走出来，进了厕所，正是那天到他废品收购站调查的，便走进这个人的办公室，准备等他回来后问问情

况，这时，办公室里空无一人，办公桌上放着一份调查报告，上面写着陆亮的名字，陆亮上前细细一瞅，只见上面写着：据查，陆亮在县城没有住房，现在仍租房居住，调查当天，我们亲眼目睹房东向他收房租……

天哪，房管局竟然有这样的糊涂蛋！陆亮心里美死了，他哼着小调回到废品收购站，中饭时还喝了二两，一个下午都乐得合不拢嘴，哪晓得眼看就要下班了，他又接到房管局的电话，对方严肃地说："我们又接到举报，说你在县城有三套住房，房主都是你的直系亲属，经调查完全属实。你必须马上到房管局交回那套经济适用房钥匙，等候进一步处理，否则后

果自负！"

陆亮一下子傻掉了，他向一位当律师的亲戚打听，亲戚说，那房子可不好随便拿，弄不好是个诈骗罪！把陆亮吓了个半死，第二天一上班，就把经济适用房的钥匙交还房管局，同时还交了份深刻的检讨。

陆亮灰头土脸从房管局出来，又在门口跟人撞了个满怀，抬头一看，跟前站着的，正是那天去废品收购站调查的那两个人，那两人一见陆亮，眼里顿时冒出火来："好你个陆亮，你跟那女人到底搞的什么名堂？害得我们连饭碗都丢了！"

陆亮擦擦一头的汗，结结巴巴地说："以后再也不敢搞名堂了！"

（题图、插图：魏忠善）

2009 年中国最佳故事评选

为了繁荣故事文学、推动故事创作，2009 年，故事中国网(www.storychina.cn)举办年度中国最佳故事评选。

评选标准： 在情节性、艺术性、思想性、文学性方面有突出表现，能够代表年度故事创作最高水平的各类故事作品。**参选条件：** 2009 年 1 月 1 日至 2009 年 12 月 31 日期间在国内正规报刊（省级以上）发表的故事作品均可参加，不限题材、风格、篇幅。**参加方法：** 1、作者本人登录故事中国网提交作品；2、推荐别人的作品，需事先征得作者本人的同意，再通过故事中国网提交；3、各家故事报刊编辑部可直接向故事中国网推荐作品，推荐信箱：storychina@gmail.com

评选将邀请由资深故事编辑、专家、学者组成的评审组进行投票，评出年度最佳故事一篇，优秀作品若干。年度最佳故事作者获得特别荣誉证书及奖金 3000 元，并受邀前来上海领奖；所有优秀作品将结集出版《2009 年度中国最佳故事》一书，并支付稿费。更多详情，请登录故事中国网查看。

·中国新传说·

真会过日子

□ 张建国

刘老汉是位专治烧伤烫伤的民间医生，前不久，他在城里的儿子住进了新房，又买了辆新车，给他打了电话，让他进城住些日子，享享儿子的福。

刘老汉一听，脸上乐开了花，连忙答应："好好好，等我收治的那两个病人好了，我就动身！"

儿子不放心，接着一个劲地叮嘱："爹，您下了车就给我打电话，我们开车去接，现在咱有车了，方便！"

儿媳妇跟着也交待"爸，咱家的

新房子您还不知道地方呢，一定要等我们开车来接啊！"

这天，刘老汉美滋滋进了城，下了车，就在车站旁的电话亭给儿子打了个电话，儿子高兴地说："爹，您就在电话亭那儿等着，我和媳妇这就开车过去接您。"

付完电话费，刘老汉从兜里掏出烟，就在电话亭旁抽起来，等着儿子来接。

也不知怎么回事，儿子一直没来，刘老汉一支接一支地抽烟，眼看着大半盒烟快抽完了，还是不见儿子媳妇的影子。刘老汉有些沉不住气了，又打儿子的手机，一连打了三次，都打通了，可儿子就是不接！刘老汉更着急了，嘀咕说："这是咋回事？是路上堵车，还是有其他什么事？"

就在刘老汉焦急万分的时候，儿子开着车终于来了，刘老汉上了车，黑着脸说："你怎么才来？害我干等老半天！你媳妇呢？她怎么没来接

我？"

儿子长叹一声，说："别提了！刚才来接您，把车开得有些急，半道上蹿出一条狗，只好来了个急刹车，车上的热水瓶歪倒了，一瓶滚开水全浇在媳妇的脚面上了，没办法，只好先送她去医院，所以，她没能来接您，我也来晚了！"

刘老汉看了看车厢里的碎玻璃碴儿，着急地说："你看这事闹的，走，到医院看看去！"

来到医院，刘老汉见儿媳的两条

腿用绷带吊着，两只脚上，那些燎泡，一个挨着一个，让人看了心里发慌！

刘老汉又是心疼又是生气，责备儿子说："好好的车子里，摆热水瓶去干什么？一个还不够，还要摆两个？你看看你媳妇脚给烫的，真是造孽呀！"

听了刘老汉的话，儿子看了媳妇一眼，疑惑地问："您怎么知道车上有两个热水瓶？"

"你们可别忘了，我是治疗烧伤烫伤的，一看就清楚，就这样的脚伤，没两瓶滚开水，根本烫不成这样！"刘老汉眼瞪着儿子，一副不依不饶的样子，说："你在车上放俩热水瓶干什么？"

儿子知道老爷子的脾气，不说实话是不行了，于是，支支吾吾说了原因。

原来，自打儿子买了私家车后，会过日子的儿媳妇就买了两只热水瓶放在车上，要求儿子每天从单位回家时，在单位的锅炉房打两瓶开水回家，每天能为家里省一点煤气！

刘老汉一听就明白了，气愤地说："你们两人每月光工资就有五六千，买得起房，买得起车，难道就用不起两壶开水？一定要到单位去揩油？真会过日子啊！"

刘老汉话没说完，儿子媳妇全都红了脸，低下了头。

（题图、插图：刘斌昆）

车上有只

□ 张省如

橡树洼村的石华强和聂金贵合伙买了一辆农用车，一起往县城贩运山货。

这天下午，县城一家酒店来电话，急着要一些山羊，两人连忙备好车，装上收购来的山羊，朝县城赶去。谁知出发没多久，天就下起了雨，越下越大，开车的石华强只好放慢车速，缓缓前行，没想到走了才一半，又遇到一处山体滑坡，山脚边的公路被泥石流堵塞，无法前行，要疏通至少得三个多小时，他们看到不远处有家小酒馆，便把车开了过去，准备在那里歇歇，顺便吃点饭，等公路修通了再赶路。

小酒馆的主人姓杨，一见来了客人，连忙热情地迎出来，招呼老伴端水泡茶，说了几句家常话，就忙着到厨房烧菜做饭。石华强他们吃好饭，又歇了好半天，前面的公路总算疏通了，这时，夜幕已经笼罩了整个山峦，老杨说："天要黑了，你们不如歇一夜，明天一大早再出发。"石华强说："不行啊，车上装着山羊，城里的酒店正等着要呢！"他们结好账，跟老杨告了别，开着车上了路。

一路上没看到其他的车辆，但雨后的路面很湿滑，再加上是夜行，所以石华强开得格外小心。坐在边上的聂金贵听到后面车厢里山羊一直在"咩咩"叫唤，心里直犯嘀咕，就对石华强说："华强，山羊老在车厢不停地叫唤，会不会有什么事？你把车子停了，我到后面看看。"石华强说："羊在车厢里叫唤，说明它们都在车厢里，没丢，不会有事的。可能它们长时间没吃草料，饿了；要不就是路况

不好，给颠的。"这一说，聂金贵不吱声了。

这时，后面跟上来一辆摩托车，石华强放慢车速，往边上避了避，想让摩托车开过去。谁知摩托车的车速跟着也慢了下来，与他们并排前行。石华强以为是熟人来了，扭头朝窗外一看，只见驾驶摩托车的人一手握着车把，一手拿着镰刀，嘴里大声喊："停车！快停车！"

石华强猛地吓出身冷汗，哪里还敢停车，他加大油门，甩掉摩托车，迅速朝前奔，边开车边对聂金贵说："快打110报警，有人要拦路抢劫了。"聂金贵连忙拿出手机拨打，但连拨几遍

都没接通，看来是山区的信号太弱。突然，骑摩托车的人猛地加大油门，一阵狂奔，超过了农用车，在前面来了个急刹车，将摩托车横在公路中间，停了下来。

石华强只好停下车子。骑摩托车的人下了车，迅速朝这边跑过来，边跑边挥舞着手里的镰刀，高喊"狼！你们的车上有一只狼！"

笑话！车上怎么可能有狼？聂金贵拿出一沓钱，从车窗递出去，说："兄弟，我们没多带钱，就这么多，你全都拿去吧！"

这个人对钱看也不看，径直朝车后跑去，边跑边喊"你们车上真的有一只狼，快下来帮忙！"

两人只好从车上下来，半信半疑地跟在这人身后，这人到了车后，握紧镰刀，扒住车厢板，纵身往里一跃，就在此时，一只动物箭一般从车厢里蹿出来，跳到地面上，眨眼间便消失在公路边的丛林中。

聂金贵急忙跟着爬进车厢，打亮打火机，一瞧，有两只山羊被咬死，其余的山羊都缩在一个角落里，一个个吓得发抖。

这个人从车厢里跳下来，石华强连忙上前，握着他的手，不住地道谢。这个人说："我是你们刚才吃饭的那家酒馆老板的儿子，就叫我小杨好了。刚才你们车子开出后，我爸发现你们后面车厢露出一对绿荧荧的眼

40

·我的故事·

会结果子的
饼干

□ 凝 视

去年初，我作为工程技术人员，来到一个不发达国家从事天然气勘探工作，到达后，我和同事们安装好设备，搭建好简易的工棚，很快安顿下来。

工棚后面有一户当地居民，他们住的是一间土坯房，那房子歪歪斜斜的，似乎随时都会倒塌，不过，这个国家类似的房子有很多，随着勘探工作一步步展开，我就顾不上特别留意他们了。

这天，我正在工地上忙碌着，一

晴，他凭着多年的狩猎经验，断定那是一只狼，连忙喊你们，但你们没听见，我回到酒馆后，他就让我开着摩托车追你们。"

石华强又是一阵感谢，说："真没想到狼会跑到我们车上。"

小杨说："刚才你们吃饭时，把车子停在山坡边，停的时间又长，坡上就是密林，估计是车厢里的山羊叫声招来了狼，狼悄悄从山坡上跳进了车厢。"

聂金贵从兜里拿出一张百元钞票，递给小杨，说："请转告你父亲，就说我们对不起他，刚才结账时，我付了张假钞……"

小杨一挥手，把聂金贵递来的钱推回去，说："你这是变着法儿来谢我，我是不会接受的。山里人遇上这样的事不理睬，那才叫昧良心呢！"说完，他跨上摩托车，朝石华强他们挥挥手，一踩油门，朝家里奔去。

（题图、插图：魏忠善）

个小孩突然来到我身边。

这孩子脑袋大大的，可脖子却细得像根油条，一看就是身体有病的孩子。我一怔：这孩子不是住在我们工棚后面的邻居吗？连忙蹲下身子，先用英语问他需要什么，小孩着急地摇着头，表示他听不懂，于是，我用出国培训时学到的这个国家的语言，半生不熟地和他说起来，这孩子用心地听着，看那神态，竟然听懂了，他一边说着当地土话，一边用手比比画画，说，他想给我们打工，赚一点钱。

我心里一酸，拿出一些食物，想打发他回去。

小男孩不接我的食物，转过身就自顾自在工地上忙活起来，他一会给人递扳手和螺丝刀，一会拿块抹布像模像样地擦拭仪器，一副机灵样，把

大家都逗乐了。

下班时，小男孩一本正经地向我索取他的报酬，我拿出钱包，他急忙摇头，又比比画画地说，他不要钱，只要一块饼干。

我想起来了，前几天，我在工棚里吃从国内带来的饼干，这个小孩趴在窗户前，死死地盯着看。于是，我连忙返回工棚，拿出一盒饼干，递给他。他摇摇头，打开铁盒子，小心翼翼地取出一块饼干。

我心里一动，没想到这个病病歪歪的孩子有这么强的自尊心，他明明只有七八岁啊!

后来我又了解到，小男孩的父母几年前就死了，家里只有一个十四岁的姐姐，他姐姐每天要走十里地，去一家化工厂上班，每天的工资是五美分。

从此，小男孩每天都要来我们工地上'工作'，每天依然只要一块饼干，我问他为什么这样，他却一扭头跑掉了。

这天，小男孩的姐姐突然来到工棚找我，她把一大把零钱放在我跟前，非常诚恳地对我说，她想买下我一整盒饼干。

我把钱还给小男孩的姐姐，拿出一盒饼干递给她，说，这盒饼干本来就

是送给她弟弟的，让她把这盒饼干交给她弟弟，以后别来工地"做工"了。小姑娘拿着饼干，朝我笑了笑，开开心心地走了。

第二天，小男孩还是准时来到工地"上班"，下班时，他要求的酬劳依然是一块饼干。我心想，小男孩的姐姐肯定没把饼干给他！自此以后，我再看见小男孩姐姐时，就不想跟她多说话了。

这天夜里，我一觉醒来，到外面方便，在明亮的月光下，我突然看到小男孩正蹲在自己家院子里挖土，挖出一个小坑后，他拿出一块饼干，放进坑里，小心翼翼地填上土，用手轻轻地拍了拍，然后脱下裤子往上面撒尿，他一边尿，一边认真地说："快快长大吧！快快结果子！"

我脑子轰然一声响，泪水止不住涌了出来：这孩子是在种饼干！可怜的孩子，他以为饼干跟花生一样，是可以种出来的，所以，他每天只要一块饼干，然后种在地下，等着饼干开花结果。

我看到男孩转身进了屋子，随后也进了工棚，拿出一盒饼干，朝男孩家的院子走去，我要把这盒饼干埋在地下，让那孩子以为他种的饼干结出了果实……

我到了男孩家的院子里，在他刚才"种"饼干的地方挖着坑，挖着，挖着，突然挖到了一个铁盒子，心里一惊，连忙拿出来一看，天哪，正是我送给小男孩姐姐的那盒饼干。

天哪！小男孩的姐姐并没有把饼干偷偷吃掉，而是和我一样，把饼干埋在地下，让小男孩以为饼干结了果实。

这时，身后传来一阵呜咽，我转过身一看，小男孩的姐姐正站在我身后，在轻声抽泣。

第二天一早，我看到小男孩走到院子里，挖出了两盒饼干，他惊喜地朝屋子大叫："姐姐，我种的饼干结果子了，结了两盒啊！我们再也不会挨饿了……"

不久，我接到了回国的指令，临走前，我特意到了小男孩家，跟他告别。这时，小男孩已经虚弱得无法下床了，他患的是一种血液病，这是一种绝症，已经没多长时间可活了，但他的眼睛明亮得像一颗宝石，他看着我，说："叔叔，我都知道了，谢谢你，你真是一个好人！"

我的眼泪又一次忍不住流下来，我把这次出国的薪水全拿了出来，悄悄放在他的床上……

（题图、插图：杨宏富）

红版编辑部各编辑邮箱：
姚自豪: yaobianji@126.com;
郑继文: zjw002@vip.163.com;
吕 佳: lujia411@yahoo.com.cn;
叶小萌: xiaomeng.ye@gmail.com.

诗人出书

□ 张 敏

有两位诗人，笔名分别叫枫叶和萤火虫。枫叶的诗写得好，时不时还有一些作品在报刊发表；萤火虫就不敢恭维了，他的诗全是些不着边际的大白话。枫叶经常笑话萤火虫，说："萤火虫呀萤火虫，你这也叫诗吗？你何时才能写上路呢？"萤火虫听了也不恼，只是摇摇头，说："我六七个字组一行，五六行成一段，还押韵，怎么不是诗？你说我写得不好，我正准备出本诗集，卖了钱买台笔记本电脑呢。"

枫叶哈哈大笑："你出诗集卖钱？还买笔记本电脑？那好，我也出本诗集，我们比比看！我就不信，会有人买你的诗！"

萤火虫说："你不信？那我们走着瞧！"

说干就干，第二天，枫叶带着他写的一些诗稿，找了一家工作室，交了几千块钱，把事情谈妥了。

萤火虫也找到那家工作室，也交了几千块钱，跟着也把出书的事情定下来。

诗集很快就出版了，枫叶和萤火虫一起到工作室把书拉回来，临时存放在枫叶的单身宿舍里，枫叶从萤火虫的书堆里抽出一本来，大方地说："虽然你的诗根本不算诗，但谁让我们是兄弟呢？为了避免你一本也卖不出的难堪，我就先为你捧个场，买一本！"

己的10本，这是极大的讽刺啊！于是，枫叶咬咬牙，拿出钱包，掏出100元钱，交给萤火虫，说："哼！就你这诗还跟我换？我出钱买！"接着，枫叶拿出一本自己的诗集，交给萤火虫，说："虽然你不懂诗，我也送你一本，让你回去好好读读，看看诗是怎么写的！"

枫叶把诗集放在一家书店寄卖，放了一个月，一本也没卖出，只好把寄卖的诗集拉回来，全部送给了亲戚朋友，诗集定价才10元钱，他无论如何也伸不出手向他们收钱；再说，人家看你的诗集，那是看得起你，又怎么好意思收钱呢？所以，枫叶一分钱也没收回来。

这天，萤火虫拿着一台崭新的笔记本电脑风风火火地赶过来，递给枫叶，得意地说："国外名牌，漂亮吧？刚用卖书的钱买的！"枫叶奇怪了："你的诗集都卖掉了？你真的是用卖诗集的钱买的？"萤火虫说："是啊，全部卖掉了，一本没剩！"这下枫叶心里不平衡了，他仰天长叹："这年头究竟是怎么了？到底有没有人懂诗啊？"

萤火虫拍拍枫叶的肩，说："老兄，别这样叹气了。为什么你出书亏钱，而我出书能赚钱？这是有诀窍的。你以为陌生人会买你的诗集？不会的！我们的书只有亲戚朋友才会要，亲戚朋友拿了你的书会看吗？不

枫叶把萤火虫的诗集翻转过来，准备按定价付钱，哪晓得一看不得了，枫叶把眼睛都瞪圆了，问："有没有搞错？你的诗集定价100元？"

萤火虫微微一笑，得意地说"没错！我的书定价100元，你要是出不起这钱，就别买了，用你的诗集跟我等价交换，也成！"

枫叶的诗集定价10元，得用10本换萤火虫一本诗集，而且，自己的诗集是呕心沥血之作，全是精品，再看萤火虫诗集里的内容，完全是胡扯，纯粹是瞎胡闹，这样的东西一本换自

神仙指甲

□ 韦凤新

圣物显灵

安徽凤阳府有座凤凰山，山下有座凤凰镇，镇里有个叫赵二的流浪汉，五十大几仍是光棍一条，这人品行不端，靠坑蒙拐骗混了几十年，镇上的人都说，赵二早晚会饿死！哪知道，最近他突然撞上了好运。

会的！人家买你的书，都是因为面子，你的诗集10元钱一本，这点钱人家怎么拿得出手？你又怎么好意思收人家这点钱呢？我就不同了，100元！亲戚朋友会觉得应该拿这点钱出来，而且这些钱拿出来多少有点分量，又在他们可以承受的范围内，当然就心甘情愿地掏钱了！"

枫叶觉得萤火虫讲的有道理，但他还是不死心，便跑到一个朋友家，进了朋友的书房，只见萤火虫的诗集端端正正摆在书柜显眼处，与那些定价高的文学名著摆在一起，老半天才看到自己的诗集，被扔在最底层，与旧书废报堆在一起。

（题图、插图：谭海彦）

这天天擦黑，赵二突然发疯似的在街上跑起来，边跑边大喊"神仙指甲显灵了，显灵了啊！"有个人拉住他，好奇地问："什么神仙指甲？你在街上跑来跑去干什么？"

赵二喘了口气，说"我家珍藏了几十年的神仙指甲，昨天晚上发光了。"拉住赵二的人一听，想：这个赵二疯了，就放开赵二走了，赵二冲他大叫："你别不相信啊！我真的有神仙指甲，它正在发光呢！"

旁边几个围观者见赵二说得挺像回事，就问神仙指甲在哪里，赵二说："就在我家里！"人们自然不相信，赵二大大咧咧地说："不信？跟我去看看不就知道了？"于是，大家跟着赵二一起来到他的破屋，只见桌子上摆着一只碗，碗前点了一根蜡烛，还烧着几炷香，碗里放着一片指甲，这指甲看上去有些年头，连颜色都变了。

跟着进来的人骂了赵二一句，就要走人，赵二连忙一口气吹灭了蜡烛，叫道："你们看，它真的在发光！"大家眼前一黑，随即有人发出一声惊呼，只见碗里那片指甲在黑暗中发出了微光。人们都吓呆了，急忙问赵二神仙指甲从哪里来的，赵二嘿嘿一笑，说，这是他小时候，一个神仙给他留下的。

在场的人不由得不信，大家都对着指甲跪下来。

接下来，赵二家有一片神仙指甲

的消息传遍了方圆百里，来赵二家求神仙保佑的人络绎不绝。没多久，镇里人共同出资建了个仙甲塔，专门供奉神仙指甲，并由赵二守护，只有官员和富人才有资格上塔祭拜神仙指甲，普通百姓只能在塔底烧烧香，呈些贡品。香火一天比一天旺盛，赵二也渐渐阔起来。

皇上亲临

这时，已经登基一年多的朱元璋回凤阳祭祖，听说了仙甲塔的事，觉得很奇怪，决定亲自去看一看，到底是哪位神仙有这么大的灵气。

朱元璋来到仙甲塔，到塔里看了那片神仙指甲，问赵二"这神仙指甲真是神仙亲手送给你的？"

赵二忙说："是我捡来的。"

朱元璋又问："那你怎么认定它是神仙的指甲？"

赵二连忙给朱元璋跪下，说："这是二十多年前的事了，那天傍晚，我饿得发慌，就跑到凤凰山上的兴龙寺，准备溜进寺里偷点东西吃，谁知刚到寺门口，就看到一个十来岁的小僧人在剪指甲，我怕被小僧人看到了，就躲进草堆里，不敢出声。"

赵二接着说，过了一会，那个小僧人把指甲剪完，起身进了寺，赵二连忙出来，打算跟在他后面进寺，谁知经过小僧人剪指甲的地方时，突然发现小僧人遗弃在地上的指甲在发光,他大为惊奇:人的指甲是不会发光的,小僧人的指甲能发光,说明他不是凡人,于是,他捡了一片指甲藏在怀里,连夜下了山。

谁知过了几天,这片指甲却不发光了,跟常人指甲没什么两样,但赵二相信自己的眼睛,一直珍藏着这片指甲,只是不敢对别人说。一直等到去年三月,指甲又发光了,这才兴冲冲地对外公布。

朱元璋一怔,问赵二是哪一年捡到指甲的,赵二掐着指头算了算,说出了年份。朱元璋摇摇头,说:"不对!那时兴龙寺除了我,只有两位五十来岁的师傅。"

这时,朱元璋身旁的近侍突然说:"莫非那位小僧人就是皇上?"

马上有人跟着说:"难怪这片指甲在去年三月又发光了,那正是圣上登基的时候啊!"

谁都知道朱元璋小时候在凤凰山上的兴龙寺出家当过和尚,从赵二所说的年份看,当时看到的那个小和尚除了朱元璋,不可能再有其他人。这就是说,上天早就安排好朱元璋当皇上了。于是,在场的人纷纷对着朱元璋跪了下去。

朱元璋虽然想不起当年在寺院门口剪过指甲,但从赵二所说的情形看,太像是真的。他开心极了,仰头对着天空哈哈大笑。

接下来,朱元璋当场给仙甲塔题写了一幅字,将仙甲塔改名"圣甲塔",赵二摇身一变,成了守塔的五品官员。

祸从天降

赵二当了官,钱跟着多起来,一连讨了几房老婆。

这天夜里,赵二喝得烂醉,他躺在床上,突然哈哈大笑起来,得意地对小妾青梅说"真没想到,我从脚趾剪下的一片指甲,竟然捞了这么大的便宜。"

青梅一惊,问

"那指甲不是皇上的吗？怎么会是你的？"

赵二又是一阵大笑，说"普天下的人都被我骗了！"

原来，赵二招摇撞骗几十年，虽然没发财，但见多识广。有一次，他在外地看到一种会发光的莹石，就将这种石头磨成粉，从脚上剪下一片指甲，和石粉浸在一起，一直浸了一年多时间，这片指甲就能在黑暗中发光。他拿这片指甲骗人，骗得连朱元璋都信了他，换来个五品官。

青梅笑着说："你真够胆大的，连皇上都敢骗。"

赵二说："编这套谎话时，我可是费尽九牛二虎之力，才弄清皇上在兴龙寺出家的来龙去脉，幸好皇上身边的人顺着我的话，凑成了一出神仙下凡的好戏，真是天衣无缝啊……"

赵二的酒一直到第二天才醒，他睁开眼睛，突然发现自己躺在一道山坡上，脖子上搁了把刀子，拿刀子的是家里的一名仆人。赵二吓得浑身发抖，结结巴巴地问："你——你想做什么？"

仆人"嘿嘿"一笑，扬了扬手里的刀子，说："你倒是说说看，我还能做什么？"

赵二大叫一声"你竟然敢谋害主人？"翻身坐起来，挥拳朝仆人身上打去，仆人只轻轻一掌，赵二便身子一挫，顿时动弹不得。

仆人又笑着对赵二说："实话告诉你，我是皇上派来的，一直潜在你家里，盯着你的动静，你的小妾早让我买通了。其实，如果你这辈子能一直把这秘密藏起来，你就会富贵到老，谁知你还是管不住自己的嘴巴，只能领死！"

赵二大吃一惊，叫道："皇上也知道那指甲是假的？那他当时为什么不杀我？"

仆人大笑，说"皇上是什么人？如果让你一个下三滥给骗了，他还能当得了皇上？只因为你证明他是神仙下凡，合了他的心意，留下你对他有用。他让我来盯住你，就是怕你有一天会说出真相，你既然酒后能对小妾说，自然也会对别人说，你说，皇上还能留你吗？"

赵二大声求饶，发誓再不敢乱说了，但他求饶的话还没说完，仆人手里的刀已经插进了他的胸膛……

（题图、插图：黄全昌）

不当败家子

□吴治江

匪首托鹰

光绪三十年，大清朝走到了末路，全中国都找不到一个太平的地方，四川省一个名叫太平镇的地方，更加不太平。为啥？附近的牛头山上聚集了一帮土匪，打头的叫马三棒，是个独眼，他武艺高强，为人凶残，为了补他独眼的视力，每打死一个人，当即把这人的眼珠挖出来，泡在酒里喝下，知道他的人，没有不怕的。

偏偏有不信邪的人，这天，镇上一个叫李清的二赖子喝多了酒，竟然在酒馆夸下海口，说他要灭掉马三棒，为民除害。

酒馆的人听了李清的话，全都哈哈大笑。谁都知道，李家本是镇上数一数二的大户人家，就因为出了李清这个败家子，几年下来，给他败得只

剩一间月亮点灯风扫地的小破屋。他三十大几的人，连个老婆也讨不上，尽管到了这田地，还是成天胳膊上架只鹰，四处游荡，从来不务正业。镇上的人教育孩子，总是说："千万别学李清那个败家子！"

第二天，有个人在街上遇到李清，笑嘻嘻地问："李大少爷，你准备啥时为民除害？"李清白眼一翻"我啥时说过要为民除害？你别害我！"

这天早上，马三棒的马队突然冲进了镇子，马三棒骑着匹高头大马，右手提根铁棒子，左臂上架一只鹰，横在大街正中，吼道："哪个是李清？快给老子滚出来！"

这时，李清正在一家小酒馆喝酒，有人急匆匆跑来喊他："你还不快去！马三棒点名要见你，你要是不

去，镇上的人全得遭殃。"

李清一听，双腿便筛起糠来，好不容易跟人走到马三棒跟前，马三棒问："你就是爱玩鹰的李清？"

李清连忙点头："在——在下就是。"

马三棒接着说："你很能吹牛！"

李清一听，双腿又抖了起来，说"没，我没吹牛呀！"

"没吹？那你怎么说没有你熬不熟的鹰？"

所谓"熬鹰"，就是把捉来的野鹰，去掉它的野性，让它服人管。李清听马三棒这么说，顿时松了一口气，说："熬鹰？那倒不是吹的！"

"好！"马三棒说着，从部下手中拿过一只鸟笼，指着关在里面的一只鹰，说："这是我刚得的一只红鹰，怎么熬也不熟，你给我把它熬熟了！"

李清接过鸟笼，点头哈腰地说："只要三十天，我一定把它熬熟。"

马三棒接着问："你要是熬不熟，咋办？"

李清抬起头，愣愣地望着马三棒，说："要是熬不熟，就——"

马三棒狠狠地问："就怎么样？"

李清突然抬高声音，大声说"就挖我一只眼，给马三爷下酒！"

"好！"马三棒一挥手，带着马队疾驰而去。

人们纷纷围上来，有说李清自寻死路的，有骂他为虎作伥该死的，也

有摇头叹息的，李清就像没听见，他提起鸟笼，哼着小曲，一摇一摆地回到小酒馆，继续喝他的酒。

喝完酒，回到那破屋，李清盯着笼中的鹰，喃喃地说："宝贝，我们开始吧，我熬你，你也熬我……"

熬鹰的基本方法就是控制住它的食物量，同时死死盯住它，不让它睡觉，直到它熟悉了人的气息，不再怕人，还能听人管教。这是技术活，也是体力活，得通宵达旦紧紧盯住它，当然，熬的人自己也不能睡觉。李清从来不请别人，从头到尾都是一个人，直到把鹰熬熟。

五天过去了，十天过去了，二十五天也过去了，每次有人问李清把鹰熬熟了没有，李清都把头摇得像拨浪鼓。

浪子出手

离马三棒约定的时间只剩两天了，半夜时分，李清突然登门拜访镇上最有威望的王老爷，问："要是我灭掉了马三棒，你会咋待我？"王老爷盯着李清，上上下下打量好半天，说："要真是那样，我会在十字街口给你立块碑，如果灭了他你还活着，我就给你买房买地，再娶房媳妇。"

李清说："这些我都不要，如果我灭了马三棒，我只要全镇人不再叫我'败家子'！"

王老爷好奇地问："你怎么像变了个人？"

李清叹口气，说："成天让人指脊梁骨的味道真不好受，我也要好好做回人！"

约定的时间到了，这天中午，马三棒带着马队风一样扑到镇上，不一会儿，十字街口便围了好多来看热闹的人，却唯独不见李清。

马三棒吼道："把李清叫来！"

这时，李清拎着一只酒葫芦，晃晃悠悠地走过来了，马三棒一见就大声问："鹰呢？我的鹰你熬熟了没有？"

"熟了！"李清扬了扬胳膊，只见马三棒交给李清的那只鹰稳立在胳膊上，还戴着一顶皮帽，遮着眼睛，马三棒接过鹰，说："好，我看看！"他动手揭开鹰头上的皮帽，便见鹰两眼发光，正炯炯有神地盯着自己，高兴地说："好——"

不料，他"好"字还没说完，那只鹰突然一振翅，像支箭一样，"嗖"的一声便朝天上射去，瞬间便不见踪影。过了好一阵，围观的人们才回过神来：这鹰哪里熬熟了，明明还是只野鹰嘛！

马三棒气得指着李清直吼："你的眼珠子是你挖，还是我动手？"

"这——这——明明是熬熟了的嘛，怎么又飞走了呢？"李清一屁股瘫坐在地，话也说不顺溜了。

马三棒接着吼："好好一只鹰，让你弄飞了！你怎么交代？"

突然，李清像是激发了血性，大声吼道："拿碗来，我自己挖！"

马三棒手下一名喽罗下了马，从旁边一间铺子拿了只碗出来，递给李清，李清把碗放在地上，提起酒葫芦，咕咚咕咚灌了几大口酒，说："马三爷，我没有把鹰熬熟，赔你一只眼珠，不过，我想讨一个赏。"

马三棒问："你没熬熟鹰，本来就得挖眼珠子，还想讨赏？"

李清说："我送你一个养眼的法子，难道还不能换个赏？"

马三棒不耐烦了："什么法子？"

"这鹰虽说飞走了，可我跟它四目相对熬了二十多个晚上，我这眼珠吸收了它眼睛的精气，你吞下我这眼珠后，再蘸着碗里的酒，在好的右眼眶周围抹上几圈，你的眼睛以后就跟那只鹰的眼睛一样亮了，你说，用了我这法子，你是不是该赏我？"

马三棒从口袋掏出一锭银子，抛给李清，说："好，赏给你！"

李清又灌下几口酒，再把酒倒满碗，又开右手的食指和中指，猛地向左眼戳去，一把将眼珠子抠出来，放进碗里，端起酒碗递给马三棒："三爷，请！"

"有种！"马三棒端过酒碗，一口把那带着血的眼珠吞下，又蘸着碗里剩余的酒，在那只好的右眼眶周围画了好几圈，扔了碗，仰天大笑。

突然，刚才那只鹰箭一般从天空俯冲而下，朝马三棒直扑过来，只听一声惨叫，马三棒唯一的那只好眼珠被生生啄了出来，痛得他扔了手中的铁棒，一把捂住了眼睛。

说时迟那时快，李清一把捡起地上的铁棒，使出全身气力，猛地将马三棒打落马下。

·烟雨长海 朝花夕拾·

这时，围观的人群中突然冲出好多年轻后生，挥舞大刀长矛，朝着马三棒的喽罗扑过去，眨眼工夫，那些喽罗一个个从马上跌下来，束手就擒。

那只鹰又飞了回来，稳稳落在李清胳膊上……

揭开谜底

从此，太平镇再也没人喊李清"败家子"了。王老爷送了块地给李清，让他像别人一样自食其力，没过多久，在王老爷撮合下，李清还娶了个媳妇。

这天，王老爷又跟李清聊起灭掉马三棒的事，他悄悄问李清："你究竟用了什么法子，竟能控制那只鹰？"

李清笑笑，说："也没啥，我只是在酒里掺了些田鼠尿。"

王老爷不懂了："田鼠尿有用？"

李清说："田鼠尿里有一种东西，只有鹰能看到，所以，鹰抓田鼠一抓一个准。那天，我骗马三棒把酒抹在自己眼眶上，他那眼珠子在鹰眼里就成了一只田鼠，一下就被鹰啄了出来。"

很多年以后，王老爷在城里上大学的孙子看到一份资料，上面说，田鼠尿能发出一种特别的红外线，鹰对这种红外线特别敏感，相隔很远都能看到……

（题图、插图：黄全昌）

争宝物

□ 郭　亮

青年秦小宝这段时间过得特别不顺，他天天上网、喝酒、泡妞，谁见谁厌，这几天他又和父母大吵一场，他一怒之下，离家出走了。

在街上漫无目的地逛了几圈后，秦小宝发现不对劲了，为啥？今天是中秋节，大家都在家过节，一个朋友也找不到，无奈之下，他决定到大伯家去过节。

大伯家在城郊的农村，倒也不远，一会儿就到了。秦小宝推开院门进去，只见厅堂里烟雾缭绕，原来大伯家正在祭祖。这地方流行逢年过节时在厅堂里摆上祖宗牌位来祭祀的习俗，以示后人不敢忘本，以孝为先。见秦小宝这个时候进来，熟知他的处境和为人的大伯倒也不觉得奇怪，叫秦小宝也来上上香，拜拜祖先。

秦小宝在插香时，发现大伯家的香炉好像有些与众不同。别人家的香

炉往往就一只，不是陶的就是瓷的。而大伯家的有三只，一大两小，还外带六只盆碟，尤其奇怪的是，这九件家伙都像是铜铸的，看上去年代很久的样子。趁没人注意，秦小宝偷偷捧起一个香炉仔细看了看。那香炉很沉，确实是铜铸的，圆腹、双耳、三足，两耳稍大，三足是圆柱形，两耳位于三足之间，胎体厚重，花纹精美，非常古朴，香炉通体刻着很多文字和纹饰，不过这些字秦小宝一个也认不

出来；再翻过来看看炉底，那上面也有几个字，这些秦小宝倒是认出来了，上面写着"贞观六年制"。

无处落脚的秦小宝吃完饭后还是灰溜溜地回家了。那天，百无聊赖的秦小宝又窝在床上看电视，忽然，他看到中央电视台的《鉴宝》节目，平时秦小宝从不看这类节目的，今儿个也不知中了什么邪，居然有滋有味地看起来。他看到节目中一个民间家传的明代铜炉居然被专家认定价值十万块钱，秦小宝脑门一亮，琢磨开了：人家一个明代的铜炉就值十万，大伯家有一套九件，而且还是唐代的，这得值多少钱啊！他曾听大伯说过，那是祖上留下来的。大伯就只有父亲这个弟弟，大伯的祖宗不就是自己的祖宗吗？这祖上留下来的东西，我家也应该有份啊！秦小宝琢磨了很久，终于想到了一个办法。

第二天晚上，秦小宝破天荒地在家做好了饭。看见父亲回来了，还恭恭敬敬地叫了声"爸爸"。毕竟是自己的血脉，秦小宝父亲脸上有了点笑容。秦小宝给父亲盛好饭，也不拐弯抹角，直接问"爸爸，你知不知道大伯有一套很古老的铜器？"

秦父说："知道啊！听老辈说，那是祖上传下

·解剖一个案例　明白一个道理·

来的，是一套祭祀祖宗用的器具，共有九件，三炉六碟，是专门在过年节时拜祖用的。"

秦小宝又问："那为什么就传给大伯？"

秦父说："那是祖上定的规矩，传给长子。三十年前，你爷爷去世时，我才十多岁，你大伯已经成家了，按照祖规，自然是传给你大伯。"

秦小宝试探性地问道："你怎么不叫大伯分几个给你？"

这下轮到秦父搞不懂了："那是一整套的，我分几个干什么？再说，那玩意儿也就祭祀祖先时才用用，平时又没什么用处，我才懒得要。你问这个干什么？"

秦小宝见父亲没理解自己的意思，就把《鉴宝》节目上的事说了一遍。秦小宝说："爸，你算算，一件明

代的铜器就值十万，大伯那是一套唐代的铜器，保存完好，数量多，还配套，那得值多少钱啊！"

秦父脑袋有些晕了："几件祭祀用的家伙就那么值钱？"

"爸，你怎么就不开窍呢？"秦小宝说，"电视上说，盛世搞收藏。现在很多有钱人钱多得不知道干什么好，就喜欢买这种古时候的东西。大伯那套铜器市面上肯定稀少，我估摸着，至少值二百万。爸，你说，咱是不是该跟大伯平分这套宝贝？"

一直被生活压得直不起腰的秦父被儿子这么一鼓动，有些动心了，而秦小宝的母亲一听大伯居然保存着这么值钱的家传宝贝，眼都放光了，也跟着说："是啊，既然是祖传的，咱家

也该分一半啊！"

秦父想想，有点为难，说："可祖宗有规定，只传长子，我没资格去要啊！"

秦小宝急了："爸，那祖宗定的规矩都是封建残余，早过时了。咱根据《继承法》去要。按法律规定，爷爷留下的东西，你和大伯都有继承权，得分一份。"别看秦小宝平时不学无术，关系到自身重大利益时，讲起来倒是头头是道。

一家人意见一致，第二天，他们就去大伯家说分那套铜器的事情。大伯一听，气得勃然大怒，说按祖规，这套铜器就是传给长房的，一千多年来，就是这么传承下来的，九件铜器即使在战乱和动荡时期，也从来就没

分开过。见大伯拒绝得没点商量的余地，秦小宝火了："爷爷的遗产，我爸也有权分。既然没法商量，就法庭上见！"

回家后，秦小宝父子很快就找人写好了诉状，以大伯只是祖宗遗产保管人、不是所有人为由，要求法院判决平分那套祭祀铜器。诉状交到法院后，法院不久就开庭了。在法庭上，秦小宝的辩护人侃侃而谈："铜器是祖宗的，传给长房的祖训是叫长房保管，

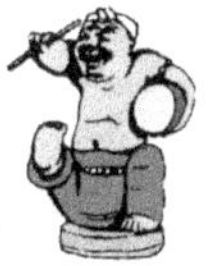

不是归长房所有。所以，其他后人有权主张对该套铜器的所有权。另外，铜器是用于祭祀的，还是一笔精神财富，不能因为保管人不同意，其他后人就不能瞻仰和使用铜器，缅怀先人……”

秦小宝在一边越听越高兴，他认为自己已稳操胜券，谁料最后的判决却是秦小宝父子败诉。法官的意见是：这套铜器从法律意义上说属于“物”，在一千多年的流传过程中，这个“物”的主人不断发生变化，应认定铜器的合法占有人为所有权人，而不是单纯的保管人。因此，大伯继承取得的是铜器的所有权，而瞻仰和使用的权利是所有权的一项内容，附属于所有权而存在，其享有和行使归属于所有权人。同时，《继承法》也规定继承纠纷自继承开始之日起，超过20年的不得再提起诉讼。

官司是打完了，可就因为这事，本来和睦的兄弟俩再也没来往了。唉，说到底，还是私欲害人啊！

律师点评：

根据我国《物权法》第29条之规定，因继承或者受遗赠取得此物权后，自继承或受遗赠开始发生效力。显然，故事中的继承行为实际上从秦小宝爷爷过世时已开始，又从秦小宝大伯接受对香炉的继承而结束。再根据《民法通则》第137条规定，诉讼时效从知道或者应当知道权利被侵害时起计算。但是，从权利被侵害之日起超过20年的，人民法院不予保护。根据故事的时间分析，诉讼时效已过，故假设秦小宝的父亲有继承权，也得不到保护。

（题图、插图：谢　颖）

·本刊信息传真·

法律知识故事征文启事

本刊在与司法部连续举办三届法制故事征文的基础上，推出新栏目“法律知识故事”，通过发生在我们身边的、短小而具体的个案，生动、形象地宣传法律知识。这些知识注重现实性、实用性，真正起到解剖一个案例、明白一个道理的作用。

为鼓励作者深入生活，写出高质量的法律知识故事，我刊决定面向全国征文，优秀作品除在《故事会》发表并参加评奖外，还将结集出书。

本次征文也欢迎读者和法律界人士提供相关素材、案例，一经录用，即付稿酬。

来稿方法：1. 从邮局寄发，请在信封上注明“法律知识故事”字样，本刊地址：上海市绍兴路74号《故事会》杂志社，邮编：200020。2. 从网上传递，可寄以下信箱：wulun@vip.sohu.net，请在主题上注明“法律知识故事”字样。凡已和我刊编辑有联系的作者，稿件可继续投给联系的编辑。

□ 湛鹤霞

女王的礼物

很久以前，有位女王统治着一个很小的国家，她像爱自己的孩子一样爱着全国人民，人民也非常爱戴她。女王手下有三个将军，分别是大胡子、胖子和光头。这三个将军率领士兵保卫着他们的国家。

有一天，一个野蛮的外国人来到了这个美丽的国度，他看到了女王的艳丽与华贵，也看到了这个国家土地的肥沃和资源的丰富，他的嫉妒和贪婪疯狂地暴发了，发誓要把这一切据为己有。于是，灾难降临了，外国人率领雇佣军开始了野蛮的侵略，三个将军率领士兵拼死抵抗，但寡不敌众，外国人胜利了，他很快就要占领这个国家了，他给了女王两个选择：一是立即归顺于他，二是继续抵抗，直到所有的国民被屠杀。

三个将军一致认为不能归顺那个疯子，他们不能看着自己高贵的女王身陷魔爪，于是，他们联名写好请战书，送到女王手里，请求率领所有的士兵拼死最后一战，女王把请战书上的每一个单词都看得认认真真，摇摇头，悲伤地说："很久以前，有两位妇女在法庭争夺一个孩子，她们都说自己是孩子的亲生母亲，法官就在地上划了一个圈，让孩子站在中央，再让那两位妇女各拉孩子的一只手臂，谁把孩子拉过线，孩子就是谁的。有个妇女一听，马上放弃了权利，因为，她怕在拉扯中伤了孩子。这个妇女才是孩子的亲生母亲。"

大胡子将军说："女王，您是最高贵的，我们要誓死保护您！"

女王摇摇头，说："比起那些年轻

士兵的生命来，我算什么？他们才是国家的未来。"

三个将军低着头，流下了眼泪，大胡子跪在地上，悲痛地说："您放弃了战争，虽然挽救了士兵们的性命，让您的人民得到了安宁，可是，我们怎么能看着您被那个魔鬼折磨？"

女王镇定地摇着头，说："不，我不会屈服于那个魔鬼！今天晚上，我要离开你们，去看望那些在战争中死去的战士，我要去陪着他们。"

将军们听到这里明白了，女王准备自杀了，但他们怎么能让女王死呢？于是，他们一个接一个劝说女王，但女王一直沉默着，没有答应将军们的请求。

三个将军围坐在宫外，心里非常悲伤。他们知道，任何劝阻都没有用了，但他们实在太爱戴他们的女王了，谁也不舍得让她这样走了。

这时，大胡子将军站起来，说："既然我们无法阻止尊贵的女王自杀，那我们就送给她一样特别的礼物吧……"接着，他向胖子和光头说了自己的想法。

大胡子把他的想法刚说完，另外两名将军立即站起来，坚决赞同。

大胡子马上起身作准备，然后，他们晋见女王，请求女王和他们共进晚餐，他们要在晚餐时亲自把礼物送给女王。

女王微笑着答应了，她说："我也

有一件特别的礼物要送给你们。"

这是这个国家建立以来最丰盛的一次晚餐，桌子上摆满了山珍海味，女王举起酒杯，给在座的臣子们敬了一杯酒，她把酒一口喝光，面色马上变得潮红，越发显得漂亮迷人。

在座的所有人都欢呼起来，高喊："女王万岁！"

这时，大胡子领着胖子和光头来到女王面前，三个人举着酒杯，虔诚地说："这杯酒是我们为女王喝的。"

女王看着他们的酒杯，微笑着说："你们的酒红红绿绿的，是从哪儿来的？快喝吧，喝完了，我要送给你

们一件珍贵的礼物。"

大胡子点点头，一仰头，把杯里的酒一口喝了下去，胖子和光头也举起酒杯，都把杯中酒一饮而尽。

大胡子从口袋里掏出一个信封，递给女王，说："这就是我们送给您的礼物！"

女王把信交给侍从，示意他打开，念给她听。

侍从拿过信，刚念了"尊敬的女王"，大胡子就"扑通"一声倒在地上，他的眼睛睁得大大的，嘴角流出了鲜红的血，身体剧烈地颤抖着……

女王一惊，上前把大胡子搂在怀里，大声喊着御医，但已经没用了，大胡子将军很快就死在女王怀里。

女王还没来得及为大胡子抚上眼睛，胖子和光头也相继倒在地上，女王连忙跑过去，抱住他们，大声喊着他们的名字。很快，胖子和光头也一一死在女王怀里。

女王悲伤地哭了，她问闻讯赶来的御医是怎么回事，御医说，三位将军好像是中了毒。女王愤怒了，命令身边的侍从："马上给我查出是谁下的毒？可怜的孩子们，我还没来得及把礼物交给他们，他们就死了。"

侍从不做声，悲伤地把将军们的信递给了女王，女王接过信，只见上面写着：

"尊敬的女王：您执意选择自杀，我们劝阻不了您，所以，我们只好走在您前面，让您死时也不觉得孤单，我们会在天堂等着您，还是做您的臣子……这就是我们送给您的礼物。"

女王看完信，眼泪止不住流下来，她从怀里掏出一封信，说："我的孩子们，你们太性急了，不看看我的礼物就死了。我给你们的礼物是：我决定不自杀了，因为我放不下我的人民，我担心我们的人民在那个疯子的统治下会过得很惨，所以，我决定活下去，用我的美德和智慧去感化他，让他像我一样，爱护我们国家的每一个人。"

这个礼物真是太珍贵了，可是，三位将军却再也收不到了。不过，从这以后，这个国家再也没有人失去信心，更没有人去自杀。

（题图、插图：佐　夫）

　　您手中有没有得意之作？本刊辟有二十多个原创性栏目，如中国新传说、我的故事、情感故事、东方夜谈、幽默世界、16岁故事、海外故事和中篇故事等；您读到或听到什么有趣事可以和大家一起分享吗？3分钟典藏故事、第一推荐、外国文学故事鉴赏和快乐辞典等都是本刊推荐性栏目。热忱欢迎来稿，可从邮局寄发，也可从网上传递。邮寄地址：上海绍兴路74号《故事会》杂志社，邮编：200020；如为电子邮件，本期责任编辑信箱：zjw002@vip.163.com。

网络世界的神奇在于：只要你步入其中，就不会是旁观者。故事中，一场阴谋构织了严密的罗网，不知不觉间，他已不能自拔……

致命搜索

□ 马凌杰

1. 赏金猎人

郭子乾是滨海市一家知名网络公司的白领职员，今年二十八岁，他事业有成，人又长得帅，可有一样不好：经常和形形色色的女孩来往密切，游戏人生。好在他妻子罗莎是一名作家，一天到晚闷在家里写小说，对他在外面的那些花花草草的事无从知晓。

这天下午，郭子乾忙完手上的活，看看离下班还有点时间，就随手点开网页，进入本市一家在线论坛，胡乱浏览着。突然，一篇题为《可恨的艾滋男，你在哪里》的帖子吸引了

他的眼球。他打开帖子，认认真真看了一遍，心里顿时涌出一阵兴奋。

这帖子是一位名为"蔷薇花开"的网友发的，她说自己是一所艺术院校大四的学生，前不久在网上认识了一个男的，对方谈吐高雅，长相英俊，两人聊得非常开心，便约好见面，后来稀里糊涂跟他到酒店开了房间，发生了关系。一段时间后，她觉得身子不适，到医院一看，竟然是HIV阳性，也就是说，感染了艾滋病毒！打电话质问那男的，对方竟然说："没错，我就是艾滋病患者！是一名女网友传给我的！我要报复，我要让你们这些不知廉耻的女人都染上艾滋病！"她放下电话，又到其他医院检验，都是相同结果，再找那男的，已经无影无踪……"蔷薇花开"最后说："我为自己的轻浮付出了代价，如今生不如

死，但我不能让那条丧心病狂的豺狼再去残害别的姐妹！所以，无论如何，我也要将他揪出来，放到网上曝光！"

真是字字血、声声泪呀！郭子乾又把帖子看了几遍，然后照着帖子的提示拨通了对方电话："喂，蔷薇花开吗？我有办法帮助你，可以见面详谈一下吗？"

一个小时后，郭子乾在一家咖啡厅见到了蔷薇花开，这女孩自称姓苏，穿一身黑风衣，戴一副墨镜，把自己裹得严严实实的。几句寒暄后，郭子乾便直奔主题："苏小姐，我是一名资深的'赏金猎人'，最擅长'人肉搜索'，要从网上揪出一个人，对我来说并不是什么难事。"

苏小姐一怔："人肉搜索？赏金猎人？什么意思？"

郭子乾大吃一惊："你连这些都不知道？那网络上轰动一时的虐猫、铜须门、华南虎事件，想必你有耳闻吧？发动成千上万的网友找出这些无头案的幕后黑手，便是'人肉搜索'，策划这种活动的人，就叫'赏金猎手'。只要我在网上发起'人肉搜索'，不出十天半月，那名艾滋男就会现出原形！"

"真的？"苏小姐先是一喜，可神色马上又黯淡下来，"他的资料我掌握得太少，只有他的手机、QQ号和一些聊天记录。"

郭子乾手一挥，自信地说："没问题！我相信，就算没有赏金，大伙儿也会积极参与，将他一查到底，你就等着瞧吧！"

苏小姐两脚一跺，像是最终拿定了主意"郭先生，那这件事我就全权拜托你了，相关资料我会很快传给你的！"说完，她匆匆离去。

苏小姐一走，郭子乾马上给公司老总打电话，把刚才的事跟他说了一遍，老总一听，兴奋不已，说："这件事如果在网上发动起来，声势和影响都将是前所未有的，可以大大提升公司的品牌和知名度。好！这事就交给你来操作，事成之后，市场部总监的位子就是你的！"

郭子乾放下电话，哼着小调回到家中，马上打开电脑，在QQ上加了苏小姐，对方很快将那个艾滋男的所有资料发了过来，郭子乾马上点开翻阅。这时，妻子罗莎来喊他吃饭，见他这么高兴，问是怎么回事，郭子乾便将这事告诉了她。罗莎最近正缺生活素材，一听这事，连忙凑了上来，一块看着这些资料，边看边和郭子乾分析讨论。

两个小时后，郭子乾便以"揪出艾滋男"为题，用慷慨激昂、催人泪下的笔触，写了一篇重磅"悬赏令"，再以自己的名义分别在他们公司网站主页、本市"滨海在线"论坛以及全国"人肉搜索"主站，将"悬赏令"发布出来，并开价五十万元，呼吁成千上万的网民联合起来，共同揪出艾滋男！

帖子发上去后，郭子乾长长地吁了口气，他想着马上将在网上掀起的暴风骤雨，越想越激动，一晚上没睡好。

2. 天罗地网

第二天一早，郭子乾兴冲冲赶往公司，哪知刚到公司大门口，便被一位女孩拉到一边，这女孩二十四五岁的样子，长得很漂亮，她叫齐娜娜，前不久刚跟郭子乾在网上认识，两人很快从网上混到了床上，来往一段时间后，齐娜娜当了真，死缠烂打，一定

要郭子乾和老婆离婚，再跟她在一起，郭子乾这阵子正躲着她。

齐娜娜把郭子乾拉到边上，拉着个脸，说："我怀孕了，你说怎么办吧？"

郭子乾先是一愣，马上又松了一口气，说："娜娜，你又在骗我吧？"

齐娜娜猛地将一张纸拍到郭子乾手上："你给我好好瞧瞧，这是医院的证明！告诉你，孩子我是不会打掉的，你只有一个选择，就是马上跟你老婆离婚！要不然……"齐娜娜冷冷地说，"我去找她摊牌，把这事闹到你家里，闹到你公司里，闹得你鸡犬不宁！你就看着办吧！"

齐娜娜说完话，不再理郭子乾，掉转身走了。

郭子乾好半天才回过神来，看看已到了上班时间，连忙打起精神，走进办公室，打开电脑，进入公司网站，点开自己昨晚发的"人肉搜索"帖子一看，不禁又惊又喜。短短几个小时，这篇帖子的点击量已超过十万，有上千条跟帖，成千上万的网友义愤填膺，一致声讨那个艾滋男，已经展开了声势浩大的网上搜捕行动。

网友们首先从手机号码入手，查出手机的登记者叫杨建国，再调查户籍资料，全市叫杨建国的共有四人，一个是退休老干部，一个是外科医生，一个是出租车司机，一个是在校

中学生，跟艾滋男都相差太远，看来艾滋男是拿假身份证办的手机卡。这条路看来行不通。

再接着就是追查QQ号和聊天记录，网友们很快查到艾滋男的IP地址，是来自本市最大的一家网吧，看来这家伙真够贼的，不过没有关系，有人已经联系到了网吧经理，请他调出所有的监控资料，进行地毯式搜寻排查……

"人肉搜索"就像是天罗地网，已经在网络世界全面铺开。

望着帖子后面不断刷新的数字，郭子乾心里这个兴奋就甭提了！接下来几天，这篇帖子更是以暴风骤雨之势，席卷全国各大网站，点击量以千万计，尤其在郭子乾公司的网站，每天都有数以万计的网友加入到搜索大军中来，服务器几度瘫痪，公司老总喜滋滋地掏腰包，更换了一台容量更大的服务器。报纸、电视等媒体也跟着造势，长篇累牍地跟踪报道，一时间，无数人的眼球聚焦在郭子乾公司的网站上，网站主页的广告费三天时间就翻了四番，乐得老总拍着郭子乾的肩膀连声叫好，郭子乾的大名跟着也一夜蹿红！

与此同时，当事人"蔷薇花开"也成为关注度最高的网络人物，凑巧的是，香港歌星龙丹的演唱会最近将在本市举行，在歌迷见面会上，当龙丹问歌迷们有什么要求时，歌迷的回答竟是异口同声：希望"蔷薇花开"能从网络中走出来，上台与龙丹同唱一首歌！

龙丹得知"蔷薇花开"的遭遇后，当即表示，愿意跟"蔷薇花开"同台演出！

虽然"蔷薇花开"心理上压力重重，郭子乾还是极力怂恿她勇敢揭下面纱，说这样更有助于网友同仇敌忾，尽快找出艾滋男。终于，三天后，在龙丹演唱会上，"蔷薇花开"现身了！万众瞩目之下，她一身素白色连衣裙，一张清纯程犹如天使的面孔，美得连郭子乾都屏住了呼吸。接着，她唱了一首《隐形的翅膀》，唱得柔肠百转，催人泪下，现场气氛被她推到了最高潮！

第二天，"蔷薇花开"的大幅玉照登上了各大媒体娱乐版的头条，一时间，"蔷薇花开"不再神秘，她从网络走向了娱乐圈，无数的邀约也随之而来：唱片公司想请她签约做歌手，著名医院力邀她做爱心慈善大使，品牌商家想请她做形象代言人……她整天忙得不亦乐乎，把郭子乾也拉了进来。郭子乾这才知道她真名叫苏菲，整天陪着她出入各种场合，俨然变身为她的经纪人。

这天，郭子乾和苏菲一起出席一个活动，已经很晚了，郭子乾将苏菲送回家，到了楼下，苏菲邀郭子乾上去坐坐，郭子乾上去后，苏菲的兴致又来了，一定要郭子乾陪她喝几杯。几杯酒下了肚，苏菲就有些醺醺然了。

"谢谢你！"苏菲朝郭子乾举起酒杯，说，"要不是你，我不会有今天，来，我再敬你一杯！"话没说完，苏菲突然凑上来，"啵"地一下，在郭子乾嘴唇上亲了一口。

郭子乾一阵心旌摇曳。苏菲痴痴地望着郭子乾，身子渐渐偎向他怀中。

"啊——"郭子乾猛一下清醒过来，跳起来，连连擦着嘴唇，叫道，"你——你的病？"

苏菲微微一笑："傻瓜，那都是做

的戏，我怎么会有艾滋病？"

"做戏？"郭子乾愣住了，"那帖子里的事？"

"全是假的！我根本就没遇上什么艾滋男，更没感染艾滋病毒，不信就去医院检查！"

郭子乾还是不相信，真的带着苏菲到医院一检查，苏菲真的毫无毛病，非常健康！郭子乾苦笑一声，说"我算是栽在你手里了，你这样一来，这场'人肉搜索'怎么收场呀？"

苏菲说："其实，帖子上的事是真的，只不过真正的主人公另有其人……"

郭子乾心中一动："那人是谁？"

"是个陌生人，我也不认识她，她说她感染了艾滋病毒，一心只想死，那天在聊天室里遇到我，向我倾诉，我一听，就知道机会来了……"

苏菲说着，又像猫一样钻进郭子乾怀里，抱紧了郭子乾"管她是谁！现在咱俩在一起，才是最重要的……"

郭子乾还待再问，苏菲火热的红唇已吻了过来……

3. 无处可逃

郭子乾连着几天跟苏菲泡在一起，罗莎打电话来，他都找理由敷衍过去。

这天早上，郭子乾刚从苏菲楼上下来，一抬头就看到了齐娜娜，齐

娜娜冷冰冰地盯着郭子乾，问："你跟老婆摊牌没有？"

郭子乾避开她的逼视，支吾道："这几天我忙，没回家……"

"没时间？"齐娜娜怒气冲冲地指指楼上，"怎么就有时间跟那贱人混在一起？我再问一遍，你到底跟不跟你老婆离婚？"

郭子乾烦了，把心一横，说："娜娜，我们当初在一起已经错了，现在，我不能再错下去！这孩子你生下来也行，拿掉也罢，我是不会跟罗莎离婚的！"

齐娜娜脸色铁青，气得浑身发抖："你现在出名了是不是？我告诉你，有人能把你捧上来，就有人能再把你踩下去！等着瞧吧，总有一天，我要让你众叛亲离，名声扫地，生不如死！"郭子乾听得心里一颤，不敢再看齐娜娜，急匆匆地走开了。

整整一天，郭子乾都没心思做事，好不容易盼到下班，他急急忙忙赶回家，进了门，看到罗莎正在厨房里忙碌，郭子乾心中一暖，走上前将罗莎抱在怀里，轻声说："老婆，以后我每天都早点回家！"

罗莎点点头，没说话。

一会儿，饭菜好了，罗莎却只摆上一副碗筷，郭子乾问她怎么不吃，罗莎说，刚才她跟朋友出去，在外面吃过了，正说着，她突然脸色苍白，虚

汗直冒，身子一软，一下子晕倒在地。

郭子乾大惊，一边拨打"120"，一边手忙脚乱地把她抱起来，过了一会儿，罗莎缓缓醒了过来，"120"急救车正好也来了，郭子乾要送她上医院，罗莎摇摇头，执意不肯，说自己最近赶写小说，熬夜过多，只是身子有点虚弱而已。

郭子乾只好扶她上床休息，罗莎闭着眼，没说话。郭子乾下楼跟"120"办好手续回来，发现罗莎泪流满面，忙问："罗莎，你这是怎么了？"

罗莎擦了把眼泪，说："刚才，一个女的来找过我，她叫齐娜娜……"

"对不起。"郭子乾把罗莎的手贴在自己脸上，沉默了一会儿，重重地说，"是我不好，但一切都过去了，我答应你，以后，你就是我的唯一！"

"不，子乾，是我对不起你！"罗莎哽咽着，轻轻抽回手，将脸转了过去……

网上追捕艾滋男的行动仍在如火如荼地进行，这几天，又出现一位名叫"殇之舞"的女网友，声称是"蔷薇花开"第二，也遭到了这个艾滋男的毒害，并提供了大量资料，她条理清晰，言辞犀利，对大伙儿的搜索结果一一过滤排除……

郭子乾看了"殇之舞"的帖子，心里暗暗好笑，想，肯定又是苏菲搞的噱头，事情闹得越大，持续的时间越长，对她就越有利。

没想到更不可思议的事情又出现了！两天后，"殇之舞"在网上宣告了她的鉴定结果，将艾滋男最终目标锁定为三个人：一个是公务员，一个是在读研究生，而另一个，竟然是郭子乾！

郭子乾先是觉得滑稽，突然心里又涌出一阵恐惧，他抬头一看，周围的同事一个个躲得远远的，不时对自己指指点点，好像认定他郭子乾就是那个艾滋男！

郭子乾身上冷汗直冒，他在同事们灼灼的目光中，仓皇逃出了公司，直奔苏菲住处。现在只有苏菲能证明自己的清白，不然，他将被所有人唾弃，无异于被判死刑！

快到苏菲家时，郭子乾又遇到了齐娜娜，齐娜娜朝着郭子乾冷笑道："怎么？又去找你的小情人？告诉你，刚才我去见她了，已经将你的丑事跟她说了，她再也不会理你了……"

郭子乾不理齐娜娜，他奔到苏菲家门口，敲了敲门，没有人来开门；喊了几声，里面也没人应声；掏出手机拨电话，也没人接听。还好，他身上有苏菲给他的钥匙，便直接开了门，坐在客厅的沙发上，他又想起刚才齐娜娜那冷得像冰的眼神，登时不寒而栗。

他起身到卫生间，想洗把冷水脸清醒一下，刚一进去，眼前的一幕顿时令他魂飞魄散：苏菲俯身趴在浴缸里，背上赫然插着一把刀，鲜血染红了浴缸里的水！

郭子乾将苏菲翻转过来，大声问："苏菲，你怎么样？是谁害的你？"

苏菲费力地睁开眼睛，说："陌——陌生——人——"话没说完，呼吸一滞，再也没有声息。

郭子乾木然地抱着苏菲，苏菲死了，再也没人能说清那个"人肉搜索"的来龙去脉了，"殇之舞"再添油加醋地继续"推理"下去，不用说，那个艾滋男一定就是他郭子乾，他将一黑到底，永世不得翻身！

·中篇故事（精编版）·

谁会这么恨自己？

郭子乾脑海里猛地跳出一个名字：齐娜娜！不错，刚才还在楼下遇上她！他掏出手机，拨了"110"……

警方连夜审讯齐娜娜，齐娜娜大呼冤枉，说，她上门找苏菲，只是想跟她谈郭子乾的事，但苏菲对她爱理不理，她气得摔门而出，一走了之。

警方想找到"殇之舞"，但"殇之舞"显然是个电脑高手，连IP地址都隐藏起来，让警方无从查起！齐娜娜也终因证据不足而获释，案子陷入了僵局。

郭子乾到一家大医院做了检查，把"HIV"阴性的检验结果挂在"人肉搜索"的帖子后面，结果引起网友们一大片嘲笑，说他的这种造假手法实在太小儿科了，这样一来，郭子乾不仅没洗脱自己的嫌疑，反倒更像那么一回事了。

"蔷薇花开"被杀，"赏金猎人"郭子乾疑似艾滋男，这些热点又被媒体拿来进行了新一轮的炒作，郭子乾公司的网站都快被成千上万的网民挤爆了，广告量像火箭一样直往上冲，郭子乾却在巨大的压力下病倒了，在床上一躺就是五天，到了第六天，他支持着勉强回到公司，再次打开电脑，点开那个"人肉搜索"帖子，一条惊天爆料差点将他击晕了！

原来，"殇之舞"仍在对艾滋男穷追猛打，昨晚，她传了一张艾滋男的照片到网上，说是以前两人一起洗澡时她拿手机拍的，这是一张背影，艾滋男的左臀上有块醒目的红色胎记！

顿时，郭子乾惊呆了，所有熟悉他的人都知道，他左臀上有一块红色胎记，跟照片上的一模一样！

果然，这场沸沸扬扬的"人肉搜索"便宣告终结，最终被钉上道德十字架的，竟然就是当初的发动者——"赏金猎人"郭子乾！

郭子乾终于明白，这是一场阴谋，幕后黑手就是那个"殇之舞"，可她究竟是谁？她又怎么会有自己的照片？

时间已不容郭子乾多想，老总气急败坏地冲过来，指着他的鼻子骂道："你，你这个人渣，马上给我滚！"

郭子乾没说话，木然地起身收拾自己的东西，在保安的监视下，一步步离开了公司。刚走出公司大门口，就被守候的一大帮记者围住，上来就是一阵狂拍，接着便是连珠炮似的发问：

"郭先生，你就是艾滋男，为什么还要发起'人肉搜索'？这是你和'蔷薇花开'一起策划的吗？"

"'蔷薇花开'浴室被杀，凶手是你吗？"

"你老婆被传染没有？"

郭子乾仰天大叫一声，夺路便逃。也不知跑了多远，他气喘吁吁地

68

靠在路边的一根灯柱上，心如死灰。这时，他身上的手机响了，一接听，是市公安局刑侦队打来的："喂，郭子乾吗？请你马上回家，你老婆自杀了！"

4. 真相大白

郭子乾回到家时，罗莎停止呼吸已经两个多小时了。郭子乾跪倒在地，抱着罗莎放声痛哭："你为什么要这样？连你也不相信我吗？可我并不是艾滋男啊！"

一位警察拍拍郭子乾的肩膀，递给他一张医院的化验单，化验单上的姓名是罗莎，上面赫然写着：HIV 阳性，再看日期，却是二十天前的，正是自己发起"人肉搜索"的那个时候，这么说，苏菲说的那个感染了艾滋病毒的陌生人，就是罗莎！刹那间，前些日子罗莎的种种反常行为在郭子乾的脑海里闪过：不跟他同桌吃饭，不跟他床上亲热，整天忧心忡忡的，哭着说对不起他……

就在这时，郭子乾的手机又响了，这次是齐娜娜打来的，她得意洋洋地说："喂，还记得我吗？我说过，我能让你声名扫地，众叛亲离，生不如死的，哈哈哈……"

郭子乾压住心里的怒火，说"我知道，你就是那个'殇之舞'，这些都是你一手导演的！""没错！"齐娜娜咬牙切齿地说，"我就是要给你扣上

'艾滋男'的帽子，让你老婆抛弃你，让所有的女人都离开你，让这个世界唾弃你……"

郭子乾怒火中烧："你、你好狠毒！"

"我狠毒？"齐娜娜大笑，渐渐地变成了哭泣，"难道这不是你逼的？你知道我有多爱你？我肚里都有咱们的孩子了……"

"别说了。"郭子乾痛苦地闭上了眼睛，"我问你，艾滋男是否确有其人？苏菲是不是你杀的？"

齐娜娜平静地回答："我不会回答你的，我要让你痛苦一辈子！就算

凶手是我，警方也没辙，因为，他们毫无证据……"

郭子乾偷偷把齐娜娜这段对话用手机录了音，交给了身边的警察，第二天，警方拘捕了齐娜娜……

料理完罗莎的丧事，郭子乾万念俱灰，成天在家呆着。这天，有位中年人来访，自称是一家出版社的编辑，他拿出一本样书和八万元稿费，说："这是罗莎的小说样书和稿费，她的小说很畅销……"

郭子乾签了字，送走客人，拿起送来的样书，这是一部名为《致命搜索》的长篇小说，郭子乾随手翻了翻，一时目瞪口呆，小说以"人肉搜索"为题材，里面的情节内容和发生在他身上的故事如出一辙！

这到底怎么回事？罗莎一定知道什么，她一定会留下最后的解释的！郭子乾在家里四处搜索，没找到罗莎的遗书，就打开罗莎的电脑，终于在电脑里找到一个隐藏的文件夹，里面果然有留给郭子乾的遗言：

子乾：

对不起，我才是真正的"蔷薇花开"。一直以来，你用情不专，我表面上装作不知道，暗地里不知流过多少泪水，我心中怨恨，为了报复你，后来也在网上认识了一个男人，那天，我经不住诱惑，被他约了出来，想不到他在酒中动了手脚，一杯酒下去，我就人事不知，醒来时，已经躺在酒店的房间里，更可怕的是，我被感染了艾滋病毒。后来，苏菲要借这事出名，齐娜娜也插进来，扬言报复你，为了保护你，我去找苏菲，让她结束这场游戏，正好听到她和你们公司老总的电话，原来这事从一开始就是场阴谋，为的是炒作公司的网站，那个'殇之舞'就是你们公司的老总，正是他策划了这场阴谋，你那张露出胎记的照片，是苏菲在你洗澡时偷拍的，因为他们要把艾滋男的帽子戴在你头上，造成更加轰动的效应，我气急了，抓起一把刀……哪知道，苏菲死了，阴谋却没有停止。齐娜娜并没参与这场阴谋，不然，只怕你会被整得更惨。她是爱你的，而且怀着你的孩子，现在我走了，对她，你应该负起男人的责任来……

第二天，郭子乾把罗莎的遗书交到市公安局刑侦队，开脱齐娜娜的嫌疑。接待他的警察认真地看了遗书，沉重地叹了一口气，说："齐娜娜被拘留后，思想上非常抵触，当天晚上就自杀了。可怜呀，她肚中还有个三个月的胎儿……"

郭子乾再也控制不住自己，他蹲下来，抱头痛哭："我才是凶手，是我害了你们呀！"

（题图、插图：杨宏富）

丑女嫁了状元郎，丑妻旺夫，仕途显达；夫贵妻荣，光耀一身，但这样的女人往往不幸福，而她却找到了幸福，这是有道理的……

丑妻不可怜

□ 张延艳

1. 金殿赐婚

清朝道光年间，这一年，朝廷又开科取士，经过一轮考试后，荣登甲榜的士子又经过了一轮殿试，最后摆在道光皇帝案头的，是三份试卷，将由皇上在这三份试卷中钦点本科的状元、榜眼和探花。道光皇帝把这三份试卷拿起又放下来，左右为难，只觉得这些试卷字字珠玑，篇篇锦绣，实在难分高下。后来，他干脆不看卷子了，直接宣三名士子上殿。

道光皇帝看着三名士子进了殿，惊讶得眼都直了：这回真是奇了怪了，这位列前三的士子个个年轻俊朗，气宇轩昂，这可如何是好？他回转头，朝躲在龙椅背后的葵喜格格看了看，葵喜吐吐舌头，伸出手，往左边靠了靠，跷起了大拇指。这下道光明白了：格格看上的是左边第一个人，那是扬州士子秦俊生。

原来，这回道光皇帝不光要点状元，还附带着要为葵喜格格挑个女婿，虽然这事没张扬，但在考场内外早不是什么秘密了。

道光皇帝倒也爽快，直接就问："你们当中，谁已婚娶？"

三个人中，有两个人忙着说没有，只有跪在左首的秦俊生叩了个头，说："臣昨天刚刚定了亲事……"

道光哈哈一笑："昨天才定下的？不算不算！"

秦俊生又叩了个头：说"臣既与

她订了白头之约，岂能言而无信。臣心中，已视她为妻了。"

道光一听，皱起了眉头：这人有点拧呢！他又回头看了看葵喜格格，只见葵喜撅着个嘴，竖着指头直摇，那意思，就是让秦俊生毁了那个婚约。于是，道光又问秦俊生："你是扬州人氏，独自一人在京城订婚，可有父母之命，媒妁之言？莫不是遇上了烟花女子，沉湎于她的姿色？"

秦俊生摇摇头，哽咽着说："皇上，我的未婚妻丑陋不堪……"

接着，秦俊生讲了一个故事。

原来，秦俊生本是扬州富家公子，其父秦方城是扬州有名的盐商，后来，秦家被一个姓沈的仇家坑害，一夜之间倾家荡产，秦方城气得吐血数升，临死前，他交代秦俊生：学成文武艺，货与帝王家，以此重振家业。从此，秦俊生发奋苦读，顺利通过乡试，直奔京城，哪知在路上遇到歹人打劫，将盘缠抢了个干干净净，一路支撑着到了京城，晕倒在东三条胡同一家小客栈门前，被客栈老板王有禄所救，住了下来。王有禄的独生女儿王引娣不避嫌疑，每天为秦俊生熬汤药，一直侍候了一个来月，总算让秦俊生的身体恢复了元气。

这王引娣身材婀娜，声音婉转好听，却总是戴着面纱，把自己的面目遮得严严实实。秦俊生在穷途末路之际，对王引娣感激涕零，这天，他趁房中无人，对王引娣说："小姐救命之恩，秦某没齿难忘，这次我如果能金榜题名，一定向令尊求亲，终生报答你们父女的大恩！"

王引娣连忙摇头，喃喃说道"公子说笑了，我是丑陋不堪的民间女子，岂敢与满腹才学的公子相配！"

转眼到了放榜的日子，秦俊生心事重重，他赴京的盘缠是他母亲四处告借而来，现在身无分文，又欠着王有禄父女天大的人情，如果名落孙山，不仅回不了家，就连客栈的食宿之资，他也偿还不起呀！

东三条胡同突然热闹起来，铜锣声一路当当地敲过来，不看也明白，这是送喜报的来了！秦俊生不敢下楼，他躲在楼上的房间里，支起耳朵，听着下面的动静。可是，从早晨到傍晚，住在客栈的六个士子都收到了喜报，唯独没有秦俊生的。客栈的灯一盏盏地亮了，已经有客人喊那个叫六斤的跑堂送饭食了，秦俊生万念俱灰，踩着凳子，往梁上挂了条白绫，正把脖子伸进去，门"砰"地一声开了，王引娣跑进来，一把将他拉下来，大叫："秦公子，你这是干什么？"

秦俊生痛不欲生，说"让我去死吧，死了容易，活才难啊……"

王引娣"啪"地给了秦俊生一耳光："亏你说出这样的话来！你想过你衰落的家吗？想过你死去的爹吗？

想过你在家苦候的娘吗？"

秦俊生难过得抱着头："我做梦都想振兴秦家啊！"

"只要你有心，你可一直吃住在这里，发奋苦读，等待下次大比。"

"下一科至少得等三年，我凭什么在这儿白吃白住呢？"

王引娣突然低下头，嗫嚅地说："上次公子说了那番话后，我也细细地想了，虽说我配不上公子的品貌才学，可是，如果公子能给我一个名分，公子就能名正言顺地住下来，用心准备下一科，所以，没听到公子的喜报，我就上来，想跟公子说这番话……"

秦俊生喜出望外，一把抱住王引娣，说："小姐如此待我，俊生今后必将肝脑涂地，厚待小姐一生！"

王引娣推开秦俊生，掀开脸上的面纱，说："你看，我长得丑陋不堪，你要是现在后悔了，我不怪你……"

王引娣的脸上沟壑纵横，全是烧伤后留下的疤痕，秦俊生轻轻惊叫了一声，但马上镇定下来，拉住王引娣，一直把她拉到楼下，当着满堂客人的面，朝着王有禄跪下，大声说："求您把引娣嫁给我！"

突然，一阵响亮的锣鼓声在客栈门口响起来了，一个领头的跑进来，大声问："哪位是扬州士子秦俊生？"

秦俊生一愣，连忙上前说："在下就是——"

领头人请了个安，大声说："恭喜

公子！贺喜公子！公子高中甲榜，明天赴金殿面试！"

秦俊生惊得呆了，领头人附在他耳边，说："没想到公子住这么寒碜的客栈，我们可是找了半个北京城，才找到这里的啊！"

客栈顿时欢腾起来，客人们纷纷上前祝贺，一位老者对秦俊生说："良田丑妻，家中二宝！你刚跟王小姐订

了终身，喜报就上了门，真是旺夫之相啊！"

听了秦俊生的讲述，道光皇帝很是感慨，说："想不到你和王引娣如此重情重义，也罢，朕就成全你们，钦点你为本科状元，赐你和王引娣即日完婚，不离不弃，永结同心……"

2. 六斤远走

葵喜格格见皇阿玛把自己中意的秦俊生派给了一个丑女子，心里很不开心，回到后宫，便撅着个嘴，站在道光皇帝跟前，一下一下跺着脚。

道光皇帝见了，拉着葵喜在一旁坐下，说："找个才貌双全的女婿并不难，难的是秦俊生和王引娣的一番情义啊！皇阿玛治天下，靠的是礼义仁爱，三纲五常。朕给他们赐婚，就是要给天下人竖一根标杆啊！以后，我还要重用秦俊生，让天下的臣民都明白，只要讲礼义仁爱，不仅能得到朕的嘉奖，还能当大官儿……"

皇上金殿赐婚，给了王有禄掌柜天大的面子，王有禄只好急事急办，直接把婚礼放在客栈举行，他拿出全部积蓄，大发喜帖，凡是沾了一点点关系的都请了来，没有关系，但凡拐带着七大姑八大姨八杆子能打着的，也全都请了来。流水席开了三天三夜，把王有禄忙了个昏天黑地。

三天忙下来，王有禄突然想起一个人，忙问手下："六斤呢？他在哪

里？"

手下的说："他在婚礼第一天就喝了个大醉，第二天一早，跟谁也没打招呼，拎着包袱走了。"

王有禄急得一拍大腿："这孩子，怎么说走就走了呢？"接着又叹息一声，说，"六斤呀，王家对不住你！"

王有禄说的六斤，是客栈跑堂的伙计，原本是流落街头的小乞丐，后来被王有禄收养，待他像亲生儿子一样，将他抚养成人。六斤跟王引娣年岁相当，两人差不多是一起长大，不知不觉，六斤就对引娣有了情意，一点也不嫌引娣被大火破了相。王有禄也挺喜欢六斤，再说自己闺女破了相，托付给六斤这样的人才放心。引娣平素待六斤也很好，却嫌六斤不会识文断字，不肯把终身托付他。这不，一拖两拖的，就遇上了秦俊生。

秦俊生带着王引娣住进御赐状元府，把母亲秦张氏也从扬州接了来。他虽说只是个六品的户部主事，但享受到皇上如此隆恩，朝中大臣无不对他另眼相待。

这天，秦家来了位客人，跟秦俊生密谈了很久，客人走后，秦张氏走进来，问秦俊生："刚才来的是谁？"

秦俊生结结巴巴地说："他姓沈，扬州来的。"

秦张氏气得发抖，指着秦俊生骂道："他不就是害得我们家破人亡的那个人吗？不共戴天的仇人，你竟奉

为座上宾，你、你还是秦家子孙吗？"

秦俊生吓得恨不得捂住秦张氏的嘴，说："妈，您快别说了，他妹妹是当今太子的奶妈，我现在不过是小小的六品文官，怎么惹得起他？"

秦张氏不理儿子的话，继续问："我家的田产他归还没有？他在你爹灵前谢罪没有？"

秦俊生摇摇头，说"秦沈两家的冤仇，从此一笔勾销！"

秦张氏指着秦俊生，骂道："孽子！"气得昏了过去。

第二天一早，秦张氏不理秦俊生的苦苦哀求，执意要回扬州，最后，秦俊生"咚"的一声给母亲跪下，说"您孤身一人回扬州，千里迢迢怎么上路？身边没个人照料，我又如何放心得下？当今皇上最讲仁义道德，要是知道我把您一个人抛在家里，定会认为我不忠不孝，您让我如何做人？"

秦张氏冷笑一声："为了当官，你连不共戴天的家仇都能不顾，还愁找不到往上爬的法子？"

这时，一直跟着丈夫挽留婆婆的王引娣突然把丈夫拉到一边，悄悄说："婆婆执意要走，看来是留不住了，要不，就让我陪她回扬州？"

秦俊生叹口气，说："也罢，以后你就在扬州照顾她的生活起居吧！"

秦俊生为大义抛开家仇，妻子王引娣抛家别夫赴扬州伺候婆婆的事，又传到了道光皇帝耳中，道光皇帝一面赞叹秦俊生心胸宽广，一面感叹王引娣贤淑善良，当即敕封王引娣为四品诰命夫人，赐凤冠霞帔。一旁的大臣提醒道光，秦俊生领的是六品衔，王引娣封四品诰命，与体制不合。

道光皇帝大手一挥："擢升秦俊生为翰林院侍读学士，领四品衔。"

秦张氏带着王引娣前脚刚进家门，后脚就颁来了圣旨，封王引娣为四品诰命夫人，王引娣跪着接了圣旨，捧着御赐的凤冠霞帔，竟然号啕大哭起来。

秦张氏在一旁冷冷地看着，一声也不吭，她看着钦差出了大门，见王引娣还跪在香案前抽泣，火了，从墙脚操起根棍子，猛地砸在王引娣背上，骂道："嚎什么嚎？也不拿镜子照照，丑得像啥样，还要在我跟前臭显摆！告诉你，你能得这个诰命，别以为靠的是你勾引了我儿子的能耐，你靠的是我！哼，我辛辛苦苦养了个状元儿子，得便宜捞好处的却是你这个丑陋不堪的贱人。你给我记住了，在外人面前你是诰命，在我跟前，你就是个使唤丫头！我们秦家原本就是大家，规矩是一样也不能少的！"

王引娣被秦张氏一顿痛骂吓呆了，跪在地上愣怔了好半天，最后叩了个头，轻轻地说："侍候您本就是我的本分，我的福分，您就放心吧！"

3. 官运亨通

几个月后，王有禄才听说女儿没跟女婿住在一起，而是跟婆婆回了扬州，他急了，马上停了客栈生意，赶往扬州，哪知道王有禄千辛万苦赶到扬州，第二天就死了，秦张氏让王引娣扶父亲灵柩回京，王引娣却含泪拒绝，草草将父亲葬在扬州，自己仍一心一意侍候婆婆。

消息传到京城，又传到道光耳中，道光又是不停地赞叹王引娣："将父亲葬在扬州，既能为父亲守孝，又能为婆家尽孝，这孩子深明大义，辨得轻重，难得啊！"又令礼部嘉奖王引娣，秦俊生持家有方，也擢升一级。

三年后，秦张氏在扬州病逝，临终前，王引娣在病榻前侍奉汤药，比亲生闺女还尽心。道光皇帝念秦俊生夫妻二人一直分居，至今尚无子嗣，特许秦俊生不用丁忧守制，仍在京城为官，接王引娣回京城与秦俊生同居，并封王引娣为二品诰命夫人，赏秦俊生二品衔，任户部侍郎。

朝臣们感叹，这秦俊生只因娶了个丑老婆，没几年工夫竟然混上二品大员，丑妻旺夫，旺得也太离谱了！

王引娣一回到京城就病了，病得很重，她面色蜡黄，全身浮肿，没几天就卧床不起，郎中说，王引娣已病入膏肓，无药可治……

道光皇帝知道后，连忙让太医院派太医上门诊治，太医来了好几拨，看了看都摇着头走了，说是从来没见过这样的怪病。秦俊生痛不欲生，每来一个太医，他都要在太医面前哭上一阵子。

秦府开始悄悄准备王引娣的后事，秦俊生也推了官场的应酬，下朝回家就呆在书房。这天夜里，书房的门突然被推开，一双绣花鞋探了进来，秦俊生抬起头，惊讶得瞪大了眼睛："引娣，你——你怎么起来了？"

王引娣轻轻地说："我来祝贺你呀，你的愿望快实现了……"

秦俊生吓了一跳，说："引娣你在说什么？不要胡思乱想！"

"我胡思乱想？"王引娣凄然一笑，说，"你明知我的病是肝火旺盛，还不停地让我吃那些大补的东西，给我的病添柴加火，促我早死，可是，我死了，皇上还能对你好吗？皇上冷了你，你不但升不了官，官场上那些一直眼红你的大臣，他们的唾沫都能淹死你！你这些年在我身上用那么深的心思，怎么就想不通这个关节呢？"

秦俊生头上冷汗直冒，连忙说："引娣你误会了，我一定延请天下名医，治好你的病。"

王引娣冷冷地看了秦俊生一眼，掉转身走了。

秦俊生暗自埋怨自己想得不周全，王引娣现在的确不能死，她活着，皇上才会对自己好，自己的官运才能继续兴旺……他连忙吩咐下面：在京城和周边地区贴出榜文，凡能治愈夫人病症者，赏银万两！

道光知道秦俊生悬赏求医的事后，又是一阵感叹，正好太医院新进一位姓黄的太医，有一手专治疑难杂症的绝活，便让他去秦府看病。

黄太医为王引娣把完脉，脸上露出无比惊讶的神情，请秦俊生屏退下

人，问："听说大人婚后，夫人一直未育，此事当真？"

秦俊生苦笑一声，说："这些年我和她一直分居，自然没有生育。"

黄太医突然给秦俊生跪下，说："要救夫人不难，可是，我不敢对大人隐瞒实情！"

秦俊生连忙扶起黄太医，说："你照直说吧，无妨的。"

黄太医定了定神，这才缓缓说道："夫人腹中，有一个死婴！"

王引娣惊叫："胡说！前些时我

已将胎儿打掉了……"

黄太医说："夫人怀的是双生子，打掉了一个，还有一个留在肚里，但已经死了，留在腹中，成了病根。我只需开几服药，将死婴从夫人体内引出来，夫人的病就好了，只是秦大人膝下无子，你们为什么还要将双生子打掉呢？唉！"

秦俊生在一旁听得面如死灰，他靠丑妻换得皇帝欢心，青云直上，又把丑妻打发到扬州，自己偷偷在家里养了七八个绝色女子，骄奢淫逸，哪晓得，丑妻竟然在千里之外给自己戴了个天大的绿帽子！他指着王引娣，气得打颤："你、你——"

王引娣迎着他的目光，从内衣拿出一张纸，递给秦俊生，冷静地说："你是不是又想拿三纲五常来约束我？我嫁给你，只不过是给你作了往上爬的梯子，所以，我问心无愧！明说吧，我和六斤已经在一起生活三年了，是你母亲保的大媒！"

秦俊生接过那张纸，一看，是母亲留给自己的书信，渐渐地，他明白了事情的来龙去脉……

4.谁最可怜

事情得从王有禄到扬州说起，那天，王有禄风尘仆仆到了扬州，一见女儿便呆住了：女儿穿一身粗布衣服，一副村妇打扮，拉起女儿的手一看，原先娇嫩的小手，现在粗糙得像

一块老树皮！王有禄的眼泪"刷"地下来了，拉着女儿便朝外走，边走边说："孩子，跟着爹爹回家去吧，咱不当这诰命夫人了，爹爹替你向秦老爷下跪，求他休了你，让你回家跟爹过实在的日子……"

秦张氏在一旁看着，恶声恶气地说："赶紧给我走，谁稀罕了！"

王引娣拉住父亲，流着泪说："爹爹你好糊涂，我和他是皇上赐婚，他怎敢休了我？我又怎能回去？"

王有禄怔怔地看着女儿，问："孩子，秦大人有什么好？你如此心甘情愿地为他吃这份苦？"

王引娣"哇"地一声，扑到父亲怀里大哭起来，边哭边说："他从来就不碰我……他连看都不看我一眼……他装着对我好，只是为了讨皇上欢心……呜呜……"

王有禄脸色煞白，一屁股坐在地上，叫了声"我苦命的孩子"，便捂着脸痛哭起来。王引娣说："爹爹，你快回去吧，他不敢休了我，我也不能离开他，不然，就是欺君之罪，连你都会受到牵连的！"

第二天，王有禄在客栈上吊身亡，死前，他给王引娣留下一封信 孩子，为了让你无牵挂地逃出秦家的牢笼，爹爹只好舍出一条命了！别稀罕诰命夫人的虚名，你逃出去，找六斤去成个家，在乡间隐姓埋名，过自己的实在日子去。

王引娣抱着父亲的尸身，哭得死去活来。秦张氏看了王有禄的遗书，叹了一口气，扶起王引娣，说："可怜的孩子，我错怪了你。那个混账东西受王家大恩，他不该如此对你啊！以后，你就是我的亲闺女！"

王引娣哭着给秦张氏跪下，喊了一声"娘"。

过了七七四十九天，秦张氏对王引娣说："孩子，你把你爹的灵柩送回原籍吧，安葬后，你就别回来了。"

王引娣又哭起来，说："娘，我是你闺女，也算是秦家的人了。我要是走了，他的真面目就暴露了，他一倒，秦家也完了；再说，我从小就没娘，我想留下来陪你！"

秦张氏点点头，从此，两个人相依为命，过着简朴的生活。

这天，秦张氏和王引娣一起从外面回来，见家门口蹲着个乞丐，便回头对王引娣说："给这人一点吃的。"

王引娣却在一旁"呜呜"地哭开了，边哭边说："他、他是六斤——"

原来，六斤离开客栈后，到外地做起小买卖，赚了些钱，心里却一直放不下王引娣，便悄悄回到京城，一看客栈关了，一打听，才知王有禄去了扬州，就一路辗转着到扬州，打听到秦家，方得知王有禄为了王引娣自缢身亡，悲痛欲绝。这天，他故意装成个乞丐，蹲在秦家门口。

秦张氏连忙把六斤请进家里，六斤擦一把泪，说："我家小姐虽说破了相，可从小就被宝贝似的宠着，没吃过一点苦，不想落到这个地步……"

秦张氏跟着也落了泪，问："你有什么打算？"

"我想在这里开一家饭铺，赚钱养活小姐，不让小姐吃苦。"

·中篇故事（精编版）·

秦张氏点点头，把王引娣拉到身边坐下，对六斤说："好个有情义的孩子，实话跟你说吧，我并没把引娣当秦家的媳妇，她是我的亲闺女，只要你们愿意，我就让你们在一起好好过日子。"

王引娣忙说："娘，这如何使得？皇上的面子，还有他，他的名声——"

秦张氏说："什么使得使不得！你是我闺女，我自然做得了这个主。六斤对你好自不用说了，我只问你，你对六斤，可有情意？"

王引娣羞红了脸，低着头，轻轻地说："六斤哥，他，他对我真好——"

秦张氏哈哈大笑，说："成了！择日不如撞日，从今天开始，你们就住在一起，我就是你们的大媒和证人！以后，六斤在家堂上开个饭铺，晚上再住过来，我们一家三口开开心心地过好日子；至于那个混账东西，就让他在北京蹦跶去吧！"

就这样，三个人组成了一个家，过了三年美满幸福的好日子。前不久，王引娣不小心有了身孕，为了不给秦家添麻烦，她一狠心打掉了孩子。不巧的是，秦张氏这时也病倒了，百药不进，临终前，她把一个家传的手镯和一封早已写好的信交给王引娣，说："你拿好这两样东西，那个混账东西不敢为难你的……"

刚送走婆婆，皇上颁给王引娣二品诰命夫人的圣旨就到了，王引娣只

好来到京城，哪知又遇上这些事。

王引娣拿出秦张氏给自己的玉镯，说："娘说过，这玉镯向来是秦家嫁女的陪嫁，你如果看不懂那封信，看到这个玉镯，也应该明白了吧？"

"哈哈哈，"秦俊生仰天大笑，"世人都说你可怜，甘愿为我守活寡，让我在京城风流快活，哪知你和情郎在扬州过着好日子，连我的老娘也站在你们一边，我才是最可怜的人啊！"

最后，秦俊生让王引娣带着黄太医开的药方离开了……

两年后，朝廷找了个由头，以贩卖私盐的罪名查抄了扬州沈家，秦家的死对头终于轰然倒塌，令人想不到的是，秦家唯一的传人、官居二品的秦俊生竟然牵连其中，也被抄没家产，革职查办。不久，秦俊生被朝廷削职为民，永不叙用。

又是一年冬天，这天夜里，扬州城下了场鹅毛大雪，次日一早，一家饭铺的老板娘打开店门，突然发现门口躺着个乞丐，已经奄奄一息，连忙喊道："六斤，快来！"

饭铺老板跑出来，扶起那个乞丐，给他喂了一碗姜汤，不一会，这乞丐缓过气来，睁开了眼睛，老板娘这才注意到乞丐的脸，惊讶得瞪圆了眼睛，说："你、你——"

乞丐有气无力地说："在下秦俊生，请老板娘赏口饭吧！"

（题图、插图：黄全昌）

80

·情节聚焦·

生日蛋糕

□冯琼普

何加顺带着老婆到城里打工，两人租好房子，买了点生活用品，就只剩二十来块钱了，老婆说："老公，这点钱咱们吃不了几天，我们能不能马上找到工作啊？"

何加顺说："老婆，你就放十二个心吧！我保证不让你饿肚子。"

第二天一早，何加顺去了劳务市场，他在市场转悠了小半天，终于在报名队伍最长的一家摊位前停下来，排了快一个小时，轮到他时，管事的头也不抬，说："我们公司招满了，你到别家吧！"何加顺急忙掏出烟，给摊位后的两个人敬过去，说："您看，我都排小半天了，是不是——"管事

的那人不耐烦地摇手拒绝，这时，坐在边上的一个人却接过烟，朝何加顺看了看，问："你一个农民工，抽这五十元一包的烟？"何加顺连忙笑笑，说："我平时不抽烟，这烟是我专门用来沟通的，太差了不行。"

这人接过烟，慢吞吞地点上，深深吸了一口，点点头，说："嗯，是真货。你怎么不到其他摊位，一定要挤到我们这里？"

何加顺说："你们摊位的队伍长，说明你们是好公司啊！"

这人又点点头，跟旁边管事的耳语几句，然后说："你被录用了，到办公室打杂，以后就跟着我干。"

录用何加顺的是美蒂服装公司，录用他的人叫潘大海，是公司办公室主任，何加顺到了办公室，潘大海就对他说："我们公司是这里最有名的服装公司，待遇好，福利高，你好好干，不会吃亏的！"接着，潘大海又

说，"今天公司有三个员工过生日，你现在就跟我买蛋糕去。"

潘大海开着车，带着何加顺到了一家蛋糕店，跟老板一说，伙计不一会就端出三个大大的蛋糕，潘大海手一挥，何加顺赶紧把蛋糕搬到车上。回去的路上，何加顺好奇地问："蛋糕这么大，一定很好吃吧？"

潘大海奇怪地看看何加顺，说："难道你没吃过蛋糕？"

何加顺脸一红，说："在我们那个穷山沟，别说我，恐怕整条山沟的

人都只在电视里见过，肯定没有人吃过蛋糕。"

潘大海笑了笑，说："那等你过生日时，我让你吃个够！"

到了晚上，公司食堂张灯结彩，大家拼桌子，摆水果，忙得不亦乐乎，三个今天过生日的职工站在台上，一脸喜悦，职工们一个个轮番上台，表演着自编自导的节目，不时引起一阵哄堂大笑。过了一会儿，灯突然全灭了，整个食堂一片漆黑，三个大蛋糕上的蜡烛随即被点燃，全场齐声唱起生日歌。

三个寿星吹灭蜡烛，然后就给大家分蛋糕，突然，一个员工把一块蛋糕"啪"地拍在一个寿星脸上，把他弄成了一个大花脸！顿时，大家纷纷拿起蛋糕，互相投掷涂抹，晚会气氛达到了高潮。何加顺从没见过这种场面，暗自感叹："原来生日是这样过的，太好了！"

一转眼过了一个来月，这天一上班，何加顺就找到潘大海，说"主任，今天是我的生日，你没忘记吧？"

潘大海拿出登记簿看了看，说："公司今天没人过生日呀，你登记的生日也不是今天。"

何加顺："那上面肯定是按我的身份证登记的，当时村里急着统一办身份证，没问我就随便填了个日子，其实，今天才是我的生日。"

潘大海说："反正生日一年只有

何加顺，生气地说："你今天是不是吃错了药？你知道接受卖家的礼物是什么行为吗？你还想不想干了？"

何加顺没想到这一层，顿时吓了一大跳，结结巴巴地说："对——对不起，我错——错了——"

潘大海继续训斥他："一个蛋糕能值几个钱？拿了蛋糕，丢了人格，懂吗？"

何加顺脸涨得通红，说："主任，对不起，真的对不起！我以后再也不会了！"说完，赶紧抱起蛋糕，回到车上。

晚上，公司的职工都聚在食堂里为何加顺过生日，唱完生日歌后，何加顺开始给大家分蛋糕，这时，潘大海悄悄地到何加顺身后，举起蛋糕就朝他头上扣下去，用力一抹，何加顺一张脸顿时便成了个五花脸。

接着，又一块蛋糕飞到何加顺脸上，这何加顺也不知咋回事，只是大叫着，却不知道躲，转眼工夫，就有五六块蛋糕打在他脸上，除了眼睛和两个鼻孔，何加顺的脸上全是蛋糕。这时，何加顺再也不管大家伙了，他飞快地朝门口跑去，边跑边喊"我不玩了，我要回家……"

何加顺跑进车棚，骑上自行车，一路狂奔，不一会就回到了自己的出租屋，他翻身下车，连车都顾不得停好，一把推开房门，大声喊："老婆，

一次，迟几天早几天都无所谓，我就安排今天给你过生日吧！"接着，潘大海又带着何加顺去买蛋糕，到了蛋糕店，潘大海对何加顺说："今天公司只有你一个人过生日，你就自己挑蛋糕吧，挑个最大的！"

何加顺在店里挑肥拣瘦，最终挑了个又大又好看的，挑好了，他又吞吞吐吐地对蛋糕店老板说："能不能从这个蛋糕上挖一块下来，单独做个小的？"

老板说"从上面挖一块下来，蛋糕就破相了，还是让伙计再给你做个小的，算我们送给你的，不收钱！"

何加顺好不高兴，连忙答应，不住声地说着感谢。一旁的潘大海盯着

征婚条件

一位女子到婚介所征婚，她开出的征婚条件有两条：

1. 要帅；2. 要有车。

婚介所网上搜寻的结果是：象棋。

婚介所的人点点头，说：象棋有帅又有车，挺符合你条件的。

这位女子不服，马上修改征婚条件：

1. 要有漂亮的房子；2. 要有很多钱。

婚介所继续在网上搜寻，结果是：银行。

婚介所的人跟着说：真准啊！没有比银行更符合这两条的了。

女子很生气，但仍不放弃，继续输入条件：

1. 要长得酷；2. 要有安全感。

这回，网上搜索的结果是：奥特曼。

婚介所的人感叹：天哪，连动漫人物都被你搜出来了！奥特曼无所不能，战无不胜，够酷、够安全！

女子快气晕了，一下增加了很多征婚条件：

1. 要帅；2. 要有车；3. 要有漂亮的房子；4. 要有很多钱；5. 要长得酷；6. 又要有安全感。

婚介所再次在网上搜寻，结果是：奥特曼在银行下象棋。

婚介所的人摊开手，无奈地说：的确如此！你开的这些条件，除了它们没有人能同时具备……

（推荐者：张　涛）

祝你生日快乐！"

老婆见何加顺这个样子，吓得大叫一声："你怎么搞成这个样子？脸上是什么？"

何加顺气喘吁吁地说："今天是你的生日，刚才我给你买了个蛋糕，回来时车子骑得太快，一不小心摔了一大跤，把蛋糕压烂了不说，还把自己弄成了这个样子。"

老婆又是心疼又是生气，说："蛋糕多贵啊！你怎么可以乱花钱啊！给你说过多少回了，骑车别太快，你摔疼了没有？"

何加顺呵呵笑着，说："不疼，不疼，蛋糕全在我脸上，你快上来舔舔吧……"

老婆凑到何加顺跟前，伸出食指，在何加顺额头抠下一块蛋糕，放进嘴里一吮，过了好一会儿，才说："原来蛋糕这么甜啊！"接着，老婆又抠下一块，送到何加顺嘴里，说："你也尝尝，好吃着呢！"

何加顺突然哽咽起来，说："老婆，以后我要像城里人一样，让你每回生日都吃上蛋糕……"

（题图、插图：安玉民　梁　丽）

阿P
寻爹

□ 范大宇

阿P是个追求时尚的人，但凡是社会上流行的事儿，他都不放过。这不，这些天他一直闷闷不乐，老婆小兰问他怎么了，阿P长长地叹了一口气，说："兰，我爹我妈都是O型血，而我却是A型的，你说，我爹会是我亲爹吗？"

一句话把小兰噎得差点背过气儿去，她摸摸阿P的头，没发烧，就问他犯了什么邪。

阿P挺直身子，扳起手指，一一道来："你看现在最流行什么？寻亲！我们公司的阿宝，以前连肉都舍不得吃，去年找到了亲爹，一下子成了大款，现在开着宝马还嫌不够派！牛吧？还有楼上那个阿梅，上个月找到了亲爹，原来就是东城都的公安局长，得，阿梅不仅解决了户口，还从小保姆成了娇宝贝儿。现在，向她求婚的挤破了门槛儿。"

"这些和你有什么关系？就冲这，你就怀疑咱爹了？"

阿P点点头，说"这叫抓住机遇，一步翻身！我就想不明白了，像我这样头脑灵光的人，怎么会有这样憨的爹，这不符合遗传规律嘛！"

小兰笑了，说："正视现实，别胡思乱想。"

阿P笑笑"我胡思乱想？我天底下最聪明的阿P会胡思乱想？兰，如果我找到了亲爹，那咱们可就一下子摆脱经济危机了！"

"说得轻巧，拈根灯草。你两眼一抹黑，上哪儿找你亲爹去？"

阿P坏坏地一笑，说："我妈过几天要在家搞同学聚会，这不是机会吗？"

几天后，阿P的妈妈在家里招待

原来和她一起在内蒙古插队的"知青"战友，大家说起往事，一个个激动万分，又说，现在那地方大搞边境贸易，百万富翁满大街都是，特别是当年留下的知青，千万富翁都能成营成团了！阿 P 听得好不激动，他拉住一个叫王刚的人，左一口"王叔"，右一口"王伯伯"的，把王刚灌了个五迷三道。在王刚迷迷糊糊时，阿 P 不失时机地问："王叔，您和我妈当年是在内蒙古什么旗插队来着？"

王刚就一二三四将当年插队的详细地址告诉阿 P，阿 P 冷不丁又问："那我亲爹叫什么来着？"

王刚脱口而出："嘿，把你亲爹的名字都忘了，他叫呼东风！"说罢，王刚一下愣了，看着阿 P，奇怪地问：

"你都知道了？"阿 P 洋洋得意地一笑，什么也不说就跑开了。

阿 P 和小兰说了探听到的秘密，小兰惊讶地说："你真的还有个亲爹呀！"她说完又摇摇头："不过，咱爹对咱们比亲爹还好，再说，这么多年了，有必要再找你亲爹吗？"阿 P 当即就火了，说："你刚才没听他们说，那地方的人现在多有钱吗？只要在那住着，是人都是百万富翁！我只要找到了亲爹，让他赞助一下，没准就能买套别墅！"

阿 P 是个急性子，为了尽快找到亲爹，他请了年休假，偷偷地跑到内蒙古，没费多少劲儿就找到了妈妈插队的那个村落。村主任听说他是当年知青的后代，十分兴奋，给他介绍了当年负责知青工作的村干部，这位当年的村干部是位和善的老人，他听说阿 P 来的目的后，问阿 P："你妈知道你来吗？"

阿 P 愣了一下，随即说："知道呀！就是她让我来看我亲爹的。"

老人死死地盯着阿 P，问："你说的是实话？"

阿 P 把胸脯一拍，说："这事儿还能掺假？"

老人说，那好，我这就带你去看你的亲爹。

老人让儿子套上马车，在冰天雪地的大草原走了老半天，白毛风"嗖嗖"地刮着，差点没把阿 P 冻成冰砣

· 多重性格 憨态可掬 ·

子。马车走到一片荒地，停了下来，老人用手一指不远处的一座坟丘，说："喏! 你爹呼东风就在那儿! "

什么，我爹他死了! 阿P不相信地走上前，但是那块已经模糊不清的石碑上，还是能依稀看见"呼东风"几个字。

回来的路上，老人又说话了："娃子，你莫编瞎话骗我，你妈是不会让你来的。你知道吗? 当年你爹是个二流子，什么坏事都干，他强奸你妈，才有了你。这事儿闹开后，他被崩了，你妈可惨了，在这儿举目无亲，又带着你这个私生子，可真是难呀! 多亏你后爹心甘情愿娶了你妈，才让你们母子过了难关……他是个好人啊! "

阿P把头摇得像个拨浪鼓，根本不信老人的话，老人带阿P回到家，拿出一张30年前的报纸，上面白纸黑字，有呼东风的事儿。

回到家，小兰迫不及待地问阿P结果。阿P笑着说："找是找到了，可咱的'点儿'太背了，我爹早过世了。"

阿P寻爹的事早就传遍了整个公司，谁见到阿P都要问一问他的亲爹现在怎么样了，阿P面不改色心不跳，镇定地说："我爹当年就非常有名，还上过报纸呢，不过很早就死了! "阿P一边吹着，一边抹抹头上冒出的汗，心里说："也就是我阿P能如此镇定，要是换上别人，能这么应付吗? 看来，我阿P还蛮有外交才能呢! "

(题图、插图: 顾子易)

送饭工的遭遇

□ 陈伟斌

位送饭工来到小区门口，给里面的一位住户送饭。还没等他开口，大门口的门卫就对他一笑，问："是给8单元601送的吧? "

送饭工很纳闷，接着向里走，路过一片花园时，一个剪草工对他笑一笑，问："是给8单元601送的吧? "

送饭工心想，连剪草工都知道，这里的人太了不起了。

他又往里走，一个保洁员对他一笑，问："是给8单元601送的吧? "

送饭工想，这也太不可思议了!

他送好饭返回时，又碰到那位剪草工，连忙上前请教："师傅，为啥这小区里每个人都知道我是给8单元601送饭呢? "

剪草工哈哈一笑，说："这小区的房价贼贵，到现在只卖出8单元601一套房子。"

要当爸爸了

□ 梅纪国

老王是一位出租车司机，这天，他开着空车在街上揽活，经过一个小区时，一名年轻男子拦住了他的车，上了车还没坐稳，男子就着急地对老王说："快！师傅，快到市妇产医院。"

看着年轻男子一脸既兴奋又紧张的样子，老王笑呵呵地问："看你这高兴劲儿，是不是老婆快要生了？"

年轻男子使劲地点了点头，说："是啊！我就要当爸爸了，师傅，麻烦您开快点。"

老王开了几十年的出租车，驾车技术可不是吹的，一路把车开得飞快，可年轻男子还是一个劲地嫌慢。老王安慰他说："再怎么高兴，也得安全第一啊！"

一听这话，年轻男子不好意思地笑了，说："对，安全第一，不过，还是麻烦您尽量快点。"

老王也是当父亲的人，完全能够理解男子现在的心情，他让男子坐好，脚下一踩油门，车子一路左冲右突，中间还险些闯了红灯，终于把年轻人送到了市妇产医院。老王停好车，回头对男子说："市妇产医院到了，你快下车，去看看你老婆吧！"

谁知，年轻男子这时却不急了，他抬腕看了看表，说："师傅，你真棒！只用了不到七分钟就到了市妇产医院。走吧，咱还是回到刚才那个小区。"

老王一听糊涂了："怎么，你不去医院看生孩子的老婆？"

年轻男子呵呵一笑，说："我老婆的预产期还有两天，为了防止万一，我先做个试验，看看从我家打车到医院最快要多少时间。我试三辆出租车了，师傅您是最快的……"

一听这话，老王简直哭笑不得。

李局长患上了肝癌，单位里没一个人来探望他，他一个人躺在病床上，想：要是单位里有个人来看我多好啊！

没想到，他这么一想，还真有人来看了。谁？来的是局里的财务科长周守常和他老婆，李局长感动得直流眼泪，说："你来看我干什么？小心别人说你和我走得太近，影响了你的前程。"

周守常还没说话，他老婆已经在旁边说上了："怕什么？你是我们的恩人。我们来看恩人，应该的！"

这话没错，周守常是李局长一手提拔起来的，不过李局长一手提拔的干部很多，甚至还有升到副局长的，但来看他的只有周守常，所以，李局长还是非常感动。

李局长更没想到，周守常的老婆说着说着竟然抹开了眼泪："局长，看你平时身体健健康康的，怎么突然得了这个病？"

李局长叹道："唉，都是平时应酬太多，又抽烟又喝酒的，把肝弄坏了！"周守常点点头，简单汇报了单位的一些情况，就起身告辞了。

激动得满眼泪光的李局长坚持要送客，周守常两口子却死活不让他送，李局长拗不过他们，只好看着他们出了门，然后，李局长挣扎着下了床，想再去看看这两个知恩图报的好人。他走到拐角处，看到周守常两口子还在等电梯，就停了下来，接着，他听到周守常在抱怨他老婆："不让你来你偏来，买礼物还花了钱，要是让单位的同事看到，会让他们笑死的。"

周守常老婆说："你看到没？李局长刚五十出头就成这样了，这都是让抽烟喝酒给害的！看你还天天抽烟喝酒不？我今天让你来，就是让你到现场受受教育……"

探望局长

□马新敏

抢购保险

□ 张维超

夏东川被调到一家保险公司任经理。上任不久，他就遇到件头痛的事儿：弄潮小区的居民都不买他们公司的保险。

这是什么原因呢？原来，去年春天，公司为了打开市场，决定从弄潮小区下手，让弄潮小区的居民至少人手一份保险，要求业务员必须走访每家每户，不留死角。结果半个月不到，整个弄潮小区一见夏东川他们公司的业务员，马上闭门谢客。

找到了病因，夏东川果断下令，必须拿下弄潮小区，让弄潮小区每户人家至少购买公司一份保险。

此招一出，公司的人全傻了：弄潮小区的人对公司的业务员烦透了，这任务怎么完成？夏东川笑笑，说："只要走出第一步，后面的全是好戏，一准能完成！"

两个月后，夏东川手下的业务员几乎把弄潮小区每家每户都跑遍了，一个单子也没签下，反倒换来一片又一片骂声。

这天一早，夏东川召集公司全体员工，公布了一个新险种，要求立即在弄潮小区推开。员工们一看，欢呼雀跃，全部跑到弄潮小区，展开地毯式密集推销，果然，弄潮小区居民购买保险的热情火山一样爆发了，整个小区出现了抢购保险的热潮。夏东川公司的业务电话差点没被弄潮小区的居民打爆了，都是要求购买保险的，打电话的人都说，这样的保险，让他们掏起钱来心甘情愿。

十天不到，弄潮小区每家每户都买了这个保险。居民们拿着保险合同，每个人都松了一口气，说："这下总算保险了！"

原来，夏东川卖的是一个"防打扰"保险 凡是购买此保险的客户，如果在保险期限内受到夏东川他们公司业务员的打扰，就能得到高出保险金额双倍的赔偿。

（本栏题图、插图：顾子易　王　俭　包丰一）

437

2009 SEMIMONTHLY 下半月刊 4月 STORIES

欢迎登录本刊主办"故事中国网"（www.storychina.cn）

故事会

-STORIES-

2009 年 4 月

下半月刊·绿版

社 长、主 编：何承伟

常务副主编：吴 伦

副主编：姚自豪（上半月·红版）

副主编：夏一鸣（下半月·绿版）

本期责任编辑：朱 虹

电子邮箱：zhong98305@sina.com

绿版发稿编辑：

夏一鸣 邢 悦 杭 帆

美术编辑：李宝强

电脑制作：郭瑾玮

通 联：归依玲

本社办公室电话：021-64375030

上半月刊编辑部电话：021-64332325

下半月刊编辑部电话：021-64336469

（上海市绍兴路 74 号 邮编：200020）

主管、主办：上海文艺出版总社

出版单位：《故事会》杂志社

制作、发行总监：张 凯

电话：021-64313938

广告业务：上海故事会文化传媒有限公司

广告总监：张 淮

广告业务：021-34010383

广告投诉：021-64333738

广告经营许可证

沪工商广字 3100320050022 号

发行：中国图书进出口上海公司

（本栏插图：包丰一）

让她掐

岳父问女婿："我家妞妞对你还好吧？"

女婿想了想，说："她别的都好，就是发起脾气来，会摔个杯子扔个碗什么的。"

岳父叹了口气，说："唉，原本，我还打算把那套祖传的宝贝瓷器传给你们，现在看来只能传给她姐了。"

女婿忙说："还是传给我们吧！我有办法让她今后不会摔东西。"

岳父问："你有什么好办法？"

女婿脸一红，说："以前她发脾气想掐我时，我会马上躲得远远的，她就只好摔东西来发泄。我保证，以后会迎头而上，让她掐！"（高延萍）

比例精确

老公买了瓶84牌浓缩消毒液，还在瓶上写了个稀释比例。

晚上回到家，老公发现老婆对着一堆瓶瓶罐罐正发愁，便好奇地问："老婆，你在干吗？"

老婆哭丧着脸说："我怎么都配不出这个一比两万多的比例。"

老公听了很纳闷，比例不是一比两百吗？他忙拿起瓶子一看，只见上面写着"1:20084消毒液"。（谢小英）

证 明

这天，威尔太太莫名其妙地把一个乞丐领回家款待了一番。之后，她问："你愿不愿意娶我？"

乞丐受宠若惊："我当然愿意！"

威尔太太说："太好了，那等我丈夫回来，你就这样说！"

乞丐愣住了："啊，您有丈夫？"

威尔太太说："是啊，他一发脾气，就骂我'你这个连乞丐都不要的女人。'今天我要证明给他看，他彻底错了！"　　　　（艾洪飞）

加法和乘法

星期天，马老师在家吃饺子，香味四溢。邻居小孙闻到了很嘴馋，就故意在马老师家门口走来走去。

马老师见了，热情地说："兄弟，今天我家包饺子吃，也给你盛一碗？"

小孙假装客气道："那多不好意思！要不，来四五个就好了。"

很快，马老师端来一碗热气腾腾的饺子，等他前脚刚走，小孙就迫不及待地数起了饺子，数来数去都是九个，他一边吃一边嘀咕道："我说来四五个，结果只给九个，亏他还是个老师，居然只懂得用加法，不懂得用乘法！"

（如 木）

高层感受

夫妇俩新买了一套高层住宅，而且还是顶层。这天，两人站在阳台上聊天，丈夫问妻子："住在高层，你感觉如何？"

妻子说："住在高层的感觉真是太好了，不仅站得高，看得远，而且咱还比一楼先感觉到下雨下雪。"

丈夫撇了撇嘴，说"这算不了什么，我最自豪的是那些亲朋好友来咱家拜访的时候，那简直就叫……"

妻子追问道："快说，叫什么？"

丈夫嘿嘿一笑，说："叫高层访问。"

（余跃军）

按规定办事

小男孩和小女孩正在搭积木。小男孩搭了间大房子，小女孩嫌房子不好看，伸手要把积木推倒。谁知，小男孩却拦住了她。

小女孩问："不推倒，怎么盖别墅啊？"小男孩晃晃大脑袋，说："拆房子要按规定办事，大人们都是这么做的。"说着，转身跑了出去。

不一会儿，小男孩拿回来一张写着字的纸，他在纸上涂了胶水，贴到积木上，说："好了，可以拆了。"

小女孩一看，纸上有个大圆圈，圆圈里面是一个歪歪斜斜的字：拆。 （梅文化）

·笑话·

钱不够

母亲在厨房炒菜，突然发现醋没了，赶紧拿出5元钱让儿子去买。儿子接过钱，摇摇头说："不够。"

母亲肯定地说："绝对够了。"儿子说："再多给点儿吧，万一不够呢。"

"没有万一。"母亲催促道，"快去买吧。"儿子嘟着嘴走了。

不一会儿，儿子笑嘻嘻地回来了，母亲一看，儿子手里竟拿着一大包薯片，她忙问："醋呢？"

儿子理直气壮地说："我说钱不够吧，买完薯片后，就只剩几毛钱了。"

（靳兰英）

被吓死的

夫妻俩从菜场买了条鲫鱼回家。老婆不停地嘀咕着"到底是清蒸还是红烧呢？"一会儿又说，"去鱼鳞的时候，直接把鱼头去掉吧，反正上面没多少肉。"

过了一会儿，老婆发现盆里的鲫鱼死了，她气愤地说："怎么回事？卖鱼的不是说这条鱼的生命力很强吗？怎么没到晚上就死了？"

老公笑着说："估计这鱼太胆小了，你一直唠唠叨叨的，一会儿红烧，一会儿清蒸，一会儿去鱼鳞，一会儿去鱼头。鲫鱼听了能不害怕吗？它呀，一定是被你吓死的。"

（梅学问）

字帖

公司要举办书法比赛，小王踊跃报名参加，同事嘲笑他："就你写的那几个字，也好意思参赛？"

小王一听，很不服气，他买了本字帖，准备在赛前苦练一番。

没练几天，小王就对自己的字很满意，他向同事炫耀道："我的字已经今非昔比了！跟我那本字帖上的字一模一样。"说完，顺手写了几个字让同事看。

同事仔细看了看，说："哎呀，不好了，你的字帖是盗版的吧？"

（刘立）

6

注意了

农村老汉带着几个西瓜骑车进城，骑到一个路口时，正好是红灯。他刚想停车，只听交通协管员的喇叭响了："驮西瓜的人注意了，赶紧捏车闸，闯了红灯，小心挨罚！"

老汉一听，不禁慌了神，他的车，特点就是没闸，他赶紧伸出右脚，想踩住前轮，一不小心用力过猛，把鞋甩到了马路上。

老汉刚想换左脚去踩前轮，只听协管员的喇叭又响了："闯红灯的人注意了，赶紧找地方修车，靠右面的闸皮掉啦！"

老汉又气又急，慌乱中车把一歪，连人带车摔倒在马路上。这时，协管员的喇叭又响了："摔倒的人注意了，别忙着捡闸皮，赶紧把西瓜捡起来，马路练摊儿，小心工商局罚你！"

（秋　树）

送礼

宴会上，史密斯当着众宾客的面，将一串漂亮的珍珠项链，戴在了夫人的脖子上。史密斯夫人十分高兴。

这时，一位宾客悄悄对史密斯说："瞧你夫人乐成那样，要是你送一辆奔驰轿车给她，她会更兴奋的！"

史密斯耸了耸肩，叹气道："唉，没办法啊！奔驰轿车又没有假的。"

（谢小英）

辞退的原因

年底了，老板把一名年轻职员叫进办公室，说："我注意到你工作勤奋，而且在每一件小事上都很认真。"

年轻职员暗自窃喜：老板会不会给我发一个大红包？

谁知，老板语调一转，说："所以，我不得不解雇你。"

年轻职员如遭雷劈，愣了半天才喊道："天哪，这是为什么？"

老板无奈地说"以前，我们这里有过好几个像你这样勤奋的年轻人，后来他们都成了行家。突然有一天，他们辞职自己办公司，还拼命想挤垮我的公司。"

（赵景亮）

（本栏目欢迎原创作品、翻译作品。来稿可从邮局寄发，也可从网上传递。如为电子邮件，请发以下信箱：zhong98305@sina.com）

餐桌上的 老虎

□ 杨汉光

我在机关给局长当秘书。这天,周局长要我陪他出差,我不由得暗暗窃喜:局里正缺个办公室主任,我得好好把握这个难得的机会。

第二天一大早,我们就出发了。我一路逗周局长开心,可车子却不争气,来到青山镇就坏了,一时半会儿修不好。没办法,我和周局长只好在青山镇过夜了。

说来也巧,青山镇镇长正好是我大学时的同班同学,叫李大林。如果能让大林出面招待周局长,周局长一定会喜出望外。这么一想,我就打电话给大林,说我陪领导来到他的地盘了。让人扫兴的是,大林说他正在外地开会,没法赶回来尽地主之谊。我只好和周局长找了一家酒店,两个人对饮。

几杯酒下肚后,周局长说:"小杨啊,如果我没猜错的话,你那位大林朋友根本不在外地开会,他就在青山镇。"

我将信将疑:"他不会那么缺德吧?我和他关系挺好的,读大学的时候,他还用过我不少饭票呢。"

周局长说:"不信你用酒店的电话打给他,探探他在哪里。"

我当即用酒店的电话再拨大林的手机,并装成别人的声音,问他在什么地方。这回大林以为我是当地的朋友,果然说:"我在家,你哪位?"

我像被人兜头泼了一盆冷水,从头顶凉到脚跟。我不想跟大林多说一句话,就放下电话,问周局长怎么猜得这么准。

周局长微笑说，一镇之长，即使在外地开会，也可以叫手下人招待远道而来的朋友。所以只要没人招待，就可以断定李大林在本地，在外开会只是个借口。他拍拍我的肩膀，意味深长地说："小杨，你还嫩得很啊！"

我心里一沉：完了！一个嫩得很的人，怎么能当办公室主任呢？

晚上，我无法入睡，提拔的机会是不多的，一辈子恐怕就这么一次，必须想办法补救。想来想去，唯一的办法是让大林明天好好招待周局长一次。只要大林肯出面，我愿意自掏腰包，不要老同学出一分钱。

于是，我悄悄披衣起床，出了酒店，朝大林家赶去。大林就住在青山镇，两年前我到他家。因此，二十分钟后，我就到了他家。

看见我半夜来访，大林又吃惊又尴尬。我真诚地说："大林，我知道你的难处。这年头招待多，经费少，光应付上面来的领导都捉襟见肘了，哪还有余钱照顾朋友？"

大林握住我的手，亲热地说："没事儿，明天我做东，咱俩……噢，还有你们局长，好好喝几杯。"

"李大林，你充什么大头？"大林的妻子小兰从房里走出来。

大林赶紧去拦妻子，要她回房睡觉。小兰冲破丈夫的阻拦，走到我身边，一屁股坐下，说："趁你的朋友在这里，让我把话说清楚。"

听小兰诉了一番苦，我才知道，大林两个月前就不当镇长了，再也不能用公款招待朋友。外地的朋友不知道，只要到青山镇，就给大林打电话。大林只好自掏腰包招待朋友，短短两个月就花了一万多元。小兰叫他不要再招待朋友了，大林说，这些朋友都是以前招待过他的，怎么好意思拒绝人家？

劝阻不成，小兰就跟大林大吵一架，把电视机都砸坏了。大林只好让步，答应以后凡是外地朋友来，就谎称自己不在青山镇，概不接待。大林拒绝的第一个朋友就是我，但让大林

·我的故事·

和小兰想不到的是，我居然半夜三更找上门来。

大林家的电视机还没有修好，荧屏都被砸碎了。小兰的火气本来就没有熄灭，我的到来无异于火上浇油，她毫不客气地问："吃不到招待餐，你连觉都睡不着了吗？"

我脸上热辣辣的，尴尬地说："嫂子，你误会了，我是来请你和大林吃饭的。"我赶紧掏出一千元，双手递给小兰。

小兰一下子不好意思了："你是客人，我们是主人，怎么能让你掏钱招待我们？"

我动情地说："你们两个月就花了一万多，再招待下去，就要卖房子了。我不能让老同学倾家荡产啊！"

大林也动了感情，说："好兄弟，别说招待了，明天我们一块儿吃米粉，五块钱一大碗，包饱。"

"明天可不能光吃米粉，大林，请你帮帮我。"我把自己的困难，一股脑儿全告诉大林，请他明天无论如何要假装招待我和周局长一次。小兰已经不生气了，她也劝大林帮我渡过难关。

大林想了一会儿，才点头同意。我如释重负，跟大林约好时间，留下一千元钱，才重新回酒店睡觉。

第二天早上，大林如约来到酒店，订了一个包间，招待我和周局长。美酒佳肴，没多久，三个人都有几分醉意了。周局长喷着酒气说："李镇长，你真够朋友。昨天你不露面，我还取笑杨秘书呢，我自罚一杯。"

周局长自斟一杯酒，正要喝，大林突然按住他的手，说："我已经不是镇长了，也不想招待你们。"

周局长端着酒，怔怔地望着大林，一时回不过神来。我赶紧在桌下掐大林的腿，示意他别乱讲。

大林拨开我的手，说："老同学，别掐我了，我都快憋死了，你就让我说个痛快吧。"接着，他把老底都抖了出来，最后说，"以前花公家的钱，怎么吃都不心疼，小小一个青山镇，一

吃 惊 （文：谢小英；图：包丰一）

1. 贝克在小区物业管理公司当维修工。这天，他去修理小区一户人家的门锁。

2. 贝克来到那户人家的门口，敲了敲门，里面没人应声。于是，他跪在地上，开始检查门锁。

3. 这时，门突然开了，出来一位颤巍巍的老太太，看见贝克跪在地上，她大吃一惊。

4. 老太太双手扶起贝克，激动地说："快起来吧，我接受你的求婚！"

年就要吃掉上百万，现在花自己的钱了，才知道吃喝比老虎还要凶猛。一桌酒菜，少则几百元，多则上千元，咱一个月工资也就千把块，经得起几回吃？每吃一回，都是割我的心头肉啊！"

说着说着，大林就流下了眼泪，他把一千元钱塞给我，说："这钱你拿回去，今天算我最后一回招待朋友。以后就是天王老子来，我也只招待一碗米粉，吃就吃，不吃拉倒。"

周局长放下酒杯，再也没有心情喝酒了。

吃完饭，车子也修好了，我和周局长重新上路。

经过大林这么一闹，我已经心如死灰，对办公室主任不抱任何希望了。周局长却突然问我："小杨，如果让你做办公室主任，你能替我封住多少嘴巴？"

我一下子反应不过来："局长，您说什么？"

周局长感慨万千地说："吃喝猛如虎，大林的话振聋发聩啊！我们局吃得比青山镇还厉害，明年我准备削减一半招待费。你要帮帮我，咱们一个唱红脸，一个唱白脸，既要封住食客的嘴，又要尽量不得罪那些贪吃的人。"

（题图、插图：安玉民 梁 丽）

用一句话概括四大名著

最点题的答案

西游：疯狂的猴子
红楼：疯狂的石头
水浒：疯狂的好汉
三国：疯狂的战争

最时尚的答案

西游：三藏团队的艺术化管理
红楼：败家子是怎样炼成的
水浒：兄弟连
三国：是金子总会发光的——记农村
优秀青年孔明

最社会的答案

西游：俺们天上有人
红楼：俺们朝廷有人
水浒：俺们江湖有人
三国：俺们有的是人

最批判的答案

西游：公款旅游
红楼：公款追 MM
水浒：公款吃喝
三国：为了公款旅游、公款追 MM、公
款吃喝而奋斗

最畅销的答案

西游：《论旅游开发——唐朝学者记录
沿途奇遇》
红楼：《论大观园开发——美女公关口
述公司内幕》
水浒：《论梁山开发——108 人旅游团
的悲惨遭遇》
三国：《论中原开发——三大公司争夺
开发权内幕》

最直接的答案

西游：一个人和三个怪物的故事

红楼：一个男人和一群女人的故事
水浒：一群男人和三个女人的故事
三国：三个男人和战争的故事

最本质的答案

西游：猴子被人驯服
红楼：男人被女人驯服
水浒：好汉被官府驯服
三国：和平被战争驯服

最"有戏"的答案

西游：呔，妖怪!
红楼：嗨，妹妹!
水浒：嘿，老大!
三国：是，将军!

最实用的答案

西游：真经的取法
红楼：爱情的谈法
水浒：牛肉的吃法
三国：战争的打法

最"影迷"的答案

西游：动物王国历险记
红楼：趟过女人河的男人
水浒：我在黑社会的日子
三国：古惑仔之胜者为王

最"歌迷"的答案

西游：人在旅途
红楼：你究竟有几个好妹妹
水浒：其实不想走
三国：英雄泪

最无奈的答案

西游：神仙靠不住
红楼：亲戚靠不住
水浒：老大靠不住
三国：盟友靠不住（**推荐者**：陈松彦）

有道是君子施恩，不图
回报，但有时也会碰到让人
左右为难的时候……

另一种报答

□ 张洪瑜

俗话说得好，有啥别有病，没啥别没钱。大山十年前还是个百万富翁，可自从儿子生了怪病之后，口袋里的钱就像自来水一样哗啦啦流了几年，终于流成了一个穷光蛋。房子卖了，车子卖了，最后连值钱的家具首饰也拿去当了，好歹救回儿子一条命。可接下来还得用药物治疗一段时间，费用大着呢。

这天一大早，大山就到街头去揽零工。他在寒风中饿着肚子坚持了半天，终于等来了一个年轻的女人，说要改造一下卫生间，问大山会不会弄。大山忙不迭地说会会会。

女人又左右瞧了瞧，问要不要再找一个人。大山慌了，连忙给她拍胸脯："这点活我一个人干就行了，最多两天就好！"

女人一笑，把他带到家里。大山估算了一下，再次保证说两天内一定完工，之后和女人说好工钱，就准备给她写下要买的材料。

女人挺热情，招呼他在气派的沙发上坐下，还端来一杯水，让他慢慢写。大山喝着水，无意间发现茶几上放着一封信，上面收信人的姓名写着"刘元宵"。

大山一怔，眼睛立刻定格了，这个名字好熟悉呀！他把目光往下移，当看到寄信人的地址时，他的心猛地一跳，这个山西的地址他肯定见过。闭上眼飞快地在脑海里搜索一遍，大山差点喊出声来，这个地址他不但见过，而且还亲手写过多次。写在哪儿？写在一张张的汇款单上。

十年前，大山有钱的时候，曾资助过十几名大学生。每次汇钱，他都不肯留下自己的真实姓名和地址，在

汇款人一栏里，总是填一个"吴需报"。大山取这个假名字的用意，就是想让受帮助的人明白，不必知道他是谁，自己也不希望他们来报答他……

大山竭力使心情平静下来，抬头问那个女人："您爱人叫刘元宵吗？他老家是哪里的？"

女人点点头，说："是呀，他老家在山西农村。"女人还说，老公以前家里特别穷，差点上不了学，现在，老公在某个局里上班，总算熬出头了。

大山的心又是猛地一跳，真是太巧了，自己竟然遇到了一个当年受他资助的大学生。对这个资助对象，大山的印象还特别深，因为他的名字特别好记，而且从他上高中时就开始资助了，整整七年时间，大山已经记不清填过多少张汇款单了。

大山不禁四处打量起这个屋子，看得出来，这是个富裕的小家庭。女人有点奇怪地问："怎么，你认识他？"

大山忙说："不不不，我只是随便问问。"说着，低头飞快地在纸上列好需要的材料。正要告辞时，女人的老公回来了。刘元宵十分年轻，一副意气风发的模样，让人一看心里就有种感觉：嗯，这人一定活得很滋润！

刘元宵跟大山说了句客套话："师傅，那请你多费心了。"大山张了张嘴巴，想说点什么，结果还是没说出来，扭头匆匆走了。

回到家，大山一口气啃了三个大馒头，咕嘟咕嘟灌了一肚子水，一抹嘴巴，把遇上以前资助学生的事对老婆说了。

老婆一听，疲惫的眼睛里顿时闪出一丝光亮，她盯着大山的脸犹豫地说："咱们现在这么困难，他家要是过得好，能不能找他……咱们不说要他还，也不说报答，只是、只是……"

大山耷拉着脑袋，抓了抓头，这事儿太为难他了。怎么找？难道就明明白白地告诉他，自己就是资助他的吴需报，然后请人家帮自己渡过难关吗？他以前用这个名字，意思明摆在那儿，现在要是找上门去……大山心里就像有道坎似的，迈不过去。

大山闷声不响想了半天，抬起头坚决地说："不行，我就是去借，也不能去找人家要。"

老婆长叹一声："你到哪儿去借？"大山立刻又耷拉着脑袋不吭声了。是啊，这几年，他们把能借的地方都借遍了，也把能借的人都借怕了，哪还有什么地方可借？

第二天一早，大山带上工具去刘元宵家，进了门，他默不作声，只顾低头干活。两天不到，活儿就干完了，却没再见过刘元宵。女人说，老公总是那么忙，一天到晚都不在家。这女人倒是不错，不但端水递烟，还管他两顿午饭。

拿了工钱出来，大山忍不住又回

头看看，心里百感交集。刚好女人开门出来，问他："师傅，还有什么事吗？"大山忙说没事，掉头走了。

过了几天，大山的难关眼看马上又要来了：再过半个月，就得带孩子上医院检查，加上买药，需要好几千块，可他手里攒的钱还不够一半呢。为此，夫妻俩整天愁眉不展。

这天老婆出去借钱，晚上两手空空回来，饭也吃不下，抹着泪冲大山哭："为了咱们的儿子，你就去找那个刘元宵吧，算我求你了！过去你捐这个，帮那个的，我从来不说半句，现在轮到你需要帮助了，怎么就……"

大山盯着一旁的儿子，一咬牙，说："别说了，我去找刘元宵。"

天亮后，大山径直就往刘元宵家走去。谁知到了门口，他又犹豫了，在门外徘徊了半天。最后，他硬着头皮伸出颤抖的手，在门上"咚咚咚"轻轻敲了三下。敲完他想，如果里面没人，我就走了。

可门立刻就开了，女人一看是大山，有点惊讶地问："师傅，是你呀，有什么事？"大山的脸涨得通红："有……嗯嗯，没有。"女人呵呵一笑，打开门请他进去。

大山坐下一看，还是没见刘元宵。女人说，刘元宵出差去了。说着给他端来一杯水，笑着问他："师傅，你有什么事呀？"不知咋的，大山心里一下子虚了，他支支吾吾地说："没

事，没事，我、我先走了。"说着站起身来。

女人奇怪地看着他："师傅，你一定有事吧，有事你就说嘛！"大山挠挠头说："我刚好路过这儿……"情急之下，他撒了个谎，说这两天找不到活，就想来他们家看看还有什么活。

女人"哦"了一声，想了想说："我家现在没有什么活要干的，不过你可以留个电话，一有活我就通知你。"

大山现在哪有什么电话，他在纸上写下了自己的地址，女人提醒他还得留个名字。大山拿笔的手抖了几下，如果在这儿写下吴需报这个名

字，也许刘元宵就会知道他是谁了。想是这么想，写完了一看，还是清清楚楚写成了自己的大名吴大山。

大山回到家，老婆迫不及待地问他："跟刘元宵说了没有？"大山在路上早想好了，说："没见到他，不过我已经告诉他老婆我是谁了。他老婆说，等老公出差回来，就跟他说。"

老婆怔怔地望着窗外，喃喃自语道："希望这个人有点良心，知恩图报，反过来能拉我们一把。"

过了两天，老婆出去摆夜摊了，大山在家正就着开水啃馒头。忽然门外走进来一个人，大山一看，不由得又惊又喜，来人居然是刘元宵。

大山一下子站了起来："你……你……来了！"刘元宵笑着说："大山师傅，我今天刚到，听老婆说了你的事，一想我们局里刚好有点活要找人干，我就顺便来通知你。"

大山一听，不禁大失所望。他还以为刘元宵认出了他的笔迹，猜出了他是谁，特意找上门来呢。

刘元宵站在屋里，四处打量一番，又看看一脸病容的孩子，问道："这孩子怎么啦？"

大山长叹道："别提了，说出来你也许不信，我以前，也算是个有钱人。"接着，他就把因为给孩子治病而变成今天这个地步的事说了出来。

刘元宵听了，果然十分惊讶，连连感叹。大山一边说，一边注意他的神色："我以前有钱的时候，也做过不少善事，资助过不少大学生，唉，没想到自己今天会变成这样。"

大山眼巴巴地盼着刘元宵接过他的话头，说说以前家庭贫困接受资助的事，这样一来，也许说着说着刘元宵就明白了，眼前的人就是当年资助他的人。可刘元宵一句也没提自己以前的事，只是安慰他几句，匆匆地走了，叮嘱他明天就去干活。

大山望着他的背影，张着嘴巴，想喊，最终还是没喊出来。他狠狠地给了自己一巴掌："算了，算了！就当我们没遇上吧！"

忙乎了两天，大山把活干完了，刘元宵亲自把工钱交给他，并且说以后一有活就会通知他。大山叹了口气，回家了。

一回到家，儿子就举着一张纸冲他喊："爸，有人给咱们寄钱了！"

大山一愣，从儿子手中接过一看，天哪，竟是一张汇款单，数额是一万元，汇款地址就在本市。再看汇款人的名字，他不由得大吃一惊，上面赫然写着"吴需报"。儿子说："爸，附言栏里还有字呢。"

大山仔细一看，上面写着几行小字：吴需报不是我，他资助了我七年，而我却没有办法报答。我想用他的名字帮助你，算是对他的一种报答吧。

（题图、插图：谭海彦）

一块外表看似普通的石头，究竟一文不值呢，还是包含着极品美玉，这就要凭买卖双方的眼力和运气了。

赌 石

□ 刘 丹

石头的诱惑

李鸿儒爱好赌石，在市里的赌石圈里小有名气，他为人小心谨慎，善于察言观色，所以尽管他不常出手，但一出手必成功。

这天，朋友老赵急匆匆来找他："老李，我听说邻市有个老头要赌他收藏的一块石头，二十多公斤重，开价一百二十万，不还价！"

李鸿儒推了推眼镜，略一沉思，说："我们明天一早去看看石头吧。"

第二天，李鸿儒和老赵直奔邻市卖石头的老头家。老头住在一幢老楼里，姓孙，六十多岁，他说自己是退休教师，这块石头是三年前从云南买来的。

李鸿儒走近石头仔细观察了一番，心里一阵激动，多年的经验告诉他，这块石头里有玉，而且是好玉，但他表面上却不露声色："孙老师，这块石头要价不低呀！"

孙老师摇摇头："不高，不高，这石头我研究了三年，换平常就是给我三百万，我也不卖！"

李鸿儒没说话，镜片后的一双眼睛却在观察孙老师，在他眼里，赌石的对家是个什么样的人也很重要。孙老师身材瘦小，戴副厚厚的近视眼镜，一副知识分子的模样。

李鸿儒想了想，说"一百二十万不是个小数目，我要回去想想。"

回到家，老赵一直劝李鸿儒要谨慎。李鸿儒默默地抽着烟，过了好久，突然一拍桌子说："赌石、赌石，赌的不就是输赢嘛，既然赢的把握这么大，为什么不出手呢？"李鸿儒当即给孙老师打电话，约定三天后他带现金当场交易。

三天后，李鸿儒筹到了一百二十万，他和几个朋友如约来到孙老师家。孙老师找来了切割师傅，待双方成交后，对这块石头切割验明正身。

李鸿儒经过反复琢磨，选好了切割点，切割师傅开始切割。几分钟后，

切割机停止了工作，这一刀下去，石头里一片灰白，一丁点玉的影子也没见着。只见孙老师张大了嘴，好像不相信这个结果。李鸿儒更是急出一身冷汗，他皱着眉靠近石头，心想着要不要再切第二刀。他心里明白：第一刀下去没有玉，他还可以把这块石头低价卖出；如果第二刀还是没有玉，那这块石头基本上就一文不值了。

李鸿儒下意识地看了孙老师一眼，孙老师正热切地看着他，分明是期望他切第二刀。孙老师究竟是坚信石头里有玉，还是真想让这块石头彻彻底底一文不值呢？

想到这儿，李鸿儒决定给自己留条后路，不切第二刀了。就在大家往外搬石头的时候，孙老师却一下子拦住了李鸿儒"李先生，如果有人再和您赌这块石头，您会出什么价？"

李鸿儒想了想，答道"怎么也不会低于六十万！"没想到，孙老师竟坚决地说："那我就从您刚才给我的钱中拿出六十万跟您赌一把，咱们当场再切一刀！"

李鸿儒惊讶地看着孙老师，这种事他还真是从未遇见过，卖家一转身又变成了买家。突然，他想明白了一个问题：孙老师卖这块石头，得了一百二十万；又花六十万把它赌回来，这样石头还在他的手，他却凭空赚了六十万——这招真是高！这个孙老师究竟是何许人也？

李鸿儒向孙老师抱了抱拳说："对不起，孙老师，这块石头我目前不想赌了，咱们后会有期！"

石头的纠葛

李鸿儒把石头搬回家后，又研究了几遍，还是觉得这块石头里有好玉。思想斗争了几天，李鸿儒决定再把它赌出去，但他把价格再次定在了一百二十万！这可是前所未闻的稀奇事，谁会按原价赌一块已经切过一刀的石头呢？所以一年过去了，也没人敢赌这块石头。

李鸿儒又想起了孙老师，决定再会会他。到了孙老师家一敲门，开门的却是个中年人，中年人说这是他一年前租的房子，房东是个姓孙的老头。李鸿儒倒吸了一口气，看来这里面确实有问题，孙老师应该是躲着他呢！

又过了一个月，一个文质彬彬的年轻人突然到访，很有礼貌地问李鸿儒："李老师，我叫周可，我可不可以看一下您那块一百二十万的石头？"

李鸿儒同意了，心里却对这个年轻人多了分留意。周可围着石头看得很仔细，好一会儿才直起腰问："李老师，您这石头一点还价的余地都没有吗？"李鸿儒点点头。

周可脸上显出失望的表情，说回去考虑考虑便离开了。三天后，周可再次来到李鸿儒的家，开门见山地说："李老师，我对您这块石头非常感兴趣，可我只能筹到一百万。您看这样行吗？我手里有几块自认为有价值的石头，我想用一块跟您赌二十万，您认为值，这块石头就归您，您看如何？"这倒挺有意思，李鸿儒还是第一次遇上用石头赌石头的，他想了想说："你下午把石头拿过来，我先看看再说吧！"

下午，李鸿儒把老赵叫了过来。很快，周可也来了，他小心翼翼地从包里拿出一块小石头，李鸿儒接过石头，仔细看了起来。过了几分钟，李鸿儒把老赵叫到一边，轻声问："你觉得怎么样？"

老赵摇摇头说："这石头里啥也没有。二十万？二十块钱我也不要。"李鸿儒若有所思地点了点头，走回周可身边，把石头交还给他，然后一字一句地说："成交，我用二十万买这块石头！明天你带着一百万现金和这块石头来我这儿，我们当场对这一大一小两块石头进行切割！"

周可高兴地走了，老赵蒙了："老李，你是不是疯了？"

李鸿儒笑笑说："这块小石头里要真有玉，我就不敢再赌那块大石头了。说实话，我始终觉得这块大石头里有乾坤，我呀，既想把它赌出去，又怕把它赌出去。对这个周可，我正想试试他的眼力，这块小石头就是个试金石。现在看来，眼力一般。"

第二天，周可抱着一个大手提箱来到李鸿儒家。验过现金后，就开始对那块小石头进行切割，果真和李鸿儒预想的一样，里面什么也没有。李鸿儒悄悄看了一眼周可，他非常平静，平静得就像早就知道这块小石头的秘密。

李鸿儒暗叫不好，可也没有办法。接着就要切那块一百二十万的石头了，周可突然说："先等一下，我要打个电话！"没过多久，李鸿儒家就传来了敲门声。李鸿儒一开门，立刻张大了嘴，眼前站着的正是孙老师。

孙老师比第一次看见时苍老了许多，可当他一见到那块大石头时，眼睛里马上就放出了光。他走到石头前

不停地抚摸着，根本不在意屋里其他人惊诧的表情。

良久，孙老师才抬起头对李鸿儒说："对不起，让您见笑了。"李鸿儒恍然大悟："原来你才是真正的买家！"

孙老师点点头说："唉，我是怕我出面，您不卖给我，而且我是真拿不出那二十万了，不得已才想了这么个主意，让我的学生周可代我来。那块小石头是我随便找的，我知道您心思细密，如果周可真给您拿去一块好石头，那您一定会觉得这个年轻人眼光不错，您可能就会认定这块大石头里有玉，而不会和他赌了。不管这石头最终是什么，我都会想办法补给您二十万！"

李鸿儒没想到，自以为是的小聪明竟被孙老师看得清清楚楚，他追问道："那您上次赌石，卖家变买家，唱的又是哪一出呢？"

孙老师忙摆摆手，说："您是高看我了，我只是想知道，这块石头里到底有没有玉！"

李鸿儒摇摇头，说："孙老师，这里面一定有故事，不过现在，咱们还是先切石头吧！"孙老师点点头，重又回到石头旁，选了个切割点说："这次的切口一定要深！"

随着切割机不断地向深处切去，屋内的几双眼睛都一眨不眨地盯着，李鸿儒感觉自己的眼珠子都快瞪出来

了。突然，切割机停了，屋子里发出阵阵惊叹声，真的有玉，而且是玉中的极品——羊脂玉！玉石晶莹纯净、洁白无瑕，带有粉粉的雾感。

此时的李鸿儒知道自己错失了宝贝，懊悔不已。再看一旁的孙老师，早已跪在石头旁，眼泪刷刷地流了出来，喃喃地说着："老伴，你也睁开眼睛看看吧，这石头里真的有宝贝呀！"

石头的真情

接下来的一个月，李鸿儒真是难熬啊，到手的宝贝又拱手让给了别人，不亲身经历的人怕是体会不到这种"割肉"的感觉。当然他也时刻关注着孙老师和那块羊脂玉。

很快，李鸿儒知道，一个南方商人花了三千万从孙老师手里买走了它。正当李鸿儒痛心疾首时，孙老师又敲开了他家的门。

孙老师把随身带的包递给李鸿儒说："李先生，这二十万我说过一定要补给您的！"李鸿儒留下包说："孙老师现在是千万富翁了，我就不客气了！"孙老师摇了摇头，说"三千万，我一分钱也没留下，我成立了一个基金。"

"什么？"李鸿儒失声叫道。

"我成立了一个癌症患者治疗基金！"孙老师说这话时表情很复杂，既难过又欣慰，他终于缓缓说起了关于那块石头的故事。

· 大千世界　众生百相 ·

三年前，孙老师和老伴去云南，他看中了那块石头，当时卖主开价八万，但他要把积蓄留给老伴看病用，就忍痛没买。回到家，孙老师竟害起了"相思病"，他坚信那块石头里有着让人大吃一惊的宝贝。

谁知，一个月后，快递公司竟把这块大石头给他送来了，原来是老伴瞒着他托朋友买的，孙老师感动不已，病也一下子好了。

不料去年，老伴病情加重，孙老师毫不犹豫地把石头卖了给老伴看病，这才有了前面的故事。后来，孙老师为了方便照顾老伴，便把自己的房子出租，在医院附近找了间小房子住下来。

李鸿儒着急地问："那您爱人的病？"孙老师叹了口气，说："是癌症晚期，坚持了一个多月，还是走了，她临走时叮嘱我一定要把石头再买回来，让我替她看一眼里面的宝贝。看病花了三十万，手边只剩九十万，周可又帮我凑了十万，这才又到您那儿，把这块石头买了回来。现在这石头里真有宝贝，可没有老伴一起欣赏，又有什么意思？还不如拿这三千万帮助更多的人……"

听着听着，李鸿儒觉得，这是让他最难忘的一次赌石，虽然输得很惨，却得到了以前任何一次赌石都没有的感动。

（题图、插图：刘斌昆）

得饶人处且饶人

□ 刘俊杰

讨债真理

俗话说，借钱容易讨债难。四叔前些年借给别人十万块，结果这几年年底去要时，却一次也没见到欠债人，只留下老婆在家，一年还个三五千的把他打发走。转眼又到年底，四叔这回铁了心，不把钱全部讨回来，誓不罢休。正好侄子阿牛想跟四叔学做生意，四叔就带着他一起去讨债。

欠债人家住在几百里外的一个小村子，阿牛跟着四叔来到那户人家一看，心立刻凉了一半。只见几间破旧低矮的瓦房，窗门七零八落，没一点儿生气。他想，这样的人家能拿得出近十万来吗？

欠债人的老婆见他们来了，并不吃惊，只是淡淡地说："你们来了？进屋吧。"

四叔点了下头，冲阿牛一摆脑袋，走了进去。不出四叔所料，那小子果然又不在家。屋里就这女人和一个四五岁的女孩。阿牛心想，这家伙真不是东西，非但欠债不还，还做起了缩头乌龟，拿老婆当挡箭牌。

四叔是这里的常客了，一点都不客气，一屁股坐下抽起了烟。女人端来两碗水，阿牛下意识地从椅子上站起来，想说句客气话，却见四叔丢了个眼色过来，这才猛然想到，他现在的身份可是一个追债人。出发的时候，四叔就特地叮嘱他，追债人有三不软：第一，心不能软；第二，嘴不能软；第三，手不能软。

女人把碗放下，默默地转身到院子里抓了只鸡，接着就生火烧水，杀鸡买酒，一声不吭地忙乎起来。

不一会儿，女人就把鸡煮好端上桌，摆齐碗筷，倒满水酒，请他们吃饭。四叔冲阿牛一摆头，大马金刀地坐到桌子前，拿起筷子就吃。

女人却没有坐上来，只是给女儿夹了几块鸡肉，坐在一边喂，还不时地站起来给他们倒酒。两碗酒下了肚，四叔这才切入正题，说道："阿妹，你老公又躲起来了吧？今年他留下几千给我呀？"

女人说："今年……他一分钱也没有留下，他一年都不干活，整天赌钱，又欠了好多债，真是没钱了。"说着话，她眼眶已经红了。

四叔一听，不由放下筷子，冷笑一声："哼，一分钱都没有？阿妹，我跟你说实话吧，今年你就是给我一万，我也不能就这么走了。我们把行李都带来了，不把债收够，这个年就只好在你家过了。"

女人耷拉着脑袋，半晌不说话。四叔看来真是火了，咕嘟咕嘟大口喝酒，把碗拍得砰砰响。后来，女人终于又开口了："大哥你放心，他不还我也会还的，这样吧，我去借借看。"

说罢，女人带着女儿出去了。过了半个小时，女人就回来了，手上居然还真拿着一沓钱，说是从村子里借的，一共是三千块。

四叔大声说："阿牛，收起来，数数看。"

阿牛一看女人眼眶红红的，眼角还带着泪痕，心里真有点不是滋味，但还是硬着头皮走过去，从她手中接过钱，飞快地数了一遍，然后收了起来。

四叔又把碗重重一放："你告诉你老公，今年我们叔侄俩收不够钱就不走了。嘿嘿，我就不信他不回来过年，看谁挨得过谁吧！"

女人哽咽着说："我也不知道他躲在哪儿，再说，见了他也没有用，他借不到钱的，这里没有一个人信他。明天、明天我再回娘家想想办法。"

等女人离开，四叔低声说道："你别信她的话，那小子估计就躲在这个村子里。她想用三千块就打发我，没门！"

阿牛一想：也对，要不，一个女人家，哪能轻而易举就借到三千块？刚才倘若心一软，这三千块就要不到了。看来，四叔说的三不软还是个真理。

故伎重演

晚上，女人把自己的床让出来给他们睡。第二天，阿牛和四叔起床一看，女人已经做好了饭。见他们起来了，女人又默不作声地烧水给他们洗脸。忙完了，女人说要回娘家借钱，说完就要带着女儿出门。

"慢!"四叔一指女孩,"要不,我帮你照看吧。"

女人怔了怔,就把女儿放在一张凳子上,哄了几句,然后走了。阿牛奇怪地望着四叔,四叔一笑:"她一去不回怎么办?咱们总不能把她家搬回去吧?"阿牛这才明白,四叔原来是怕女人带着女儿逃走。

接着,四叔就像在自家一样,大大咧咧地找酒喝。阿牛走出屋子随便逛逛,村民知道他是来要债的,都纷纷替那个女人求情,说她太不容易了,老公是个赌鬼,挣不到钱也罢了,

还要女人挣钱给他花,不给就把女人往死里打。

阿牛回来把村民的话跟四叔一说,四叔不屑地一撇嘴巴:"别信!他们村的人,肯定向着他们。"

等到下午,女人还没回来。阿牛看着女孩说:"难道她也躲起来了?这可怎么办?"

四叔想了想,说别管她,她不回来,就把这女娃带回去。阿牛一惊,这可是犯法的啊!心里一个劲地盼着事情千万别发展到这一步。

四叔若无其事地去鸡窝里抓了只鸡,煮熟上桌,这时女人刚好回来了。只见她脸色发白,两眼肿得像核桃,她从怀里掏出一叠钱递给阿牛,说:"我把娘家的钱都借完了,连我弟弟准备结婚的钱也借来了,只有这么多。"说着,她忽然捂着脸哭了。

四叔面无表情地喊:"阿牛,数数。"

阿牛机械地数了一遍,五千六百块,有好多都是十块、二十块的小票。看来,真像女人说的,她娘家已经倾尽所有了。

四叔一句话也不说,点点头,招呼阿牛坐上桌吃饭。女人惴惴不安地坐在一边看着他们,眼神里充满了期待。吃完饭后,四叔仍旧一言不发,起身进屋躺下就睡。

女人期待的眼神顿时一片暗淡,她默默地和女儿吃起饭来。阿牛跟进

屋低声问四叔怎么办，四叔责怪地看他一眼："怎么，你心软了？"

阿牛脸一红，支支吾吾地说"看样子，也榨不出油来了……"四叔嘿嘿一笑："你等着，明天她肯定还会拿回来几千。"

第三天起床后，女人又做好了饭菜等着他们。然后她留下女儿，一言不发地出去了。

中午时分，女人就回来了，果然又借了三千多块，大多是小票，甚至连五块的也有不少。女人把钱交到阿牛手上，什么话也不说，带女儿进屋去了。

阿牛把钱收好，心里不得不佩服四叔的老到，多呆一天，这不又追回了三千多。看来，女人的眼泪真是信不得，别看她一次比一次说得困难，天晓得他们到底有多少钱！

四叔若有所思地喝了一碗酒，问道："阿牛，你怎么看？"

阿牛想了想说："咱们就一直住下去，一天几千，就算这个年不回家过，把债追回来也值了。"

没想到，四叔轻轻一拍桌子，叹道："不，明天咱们就回家，还有五天就过年了，难道还真在这儿过年吗？"

善良为本

第四天早上，两人吃过女人做好的饭，拿了行李就走。女人一直把他们送到村口，一路上不停地说着对不起。在去镇上的路上，阿牛笑着问："四叔，你怎么突然就心软了？"

四叔呵呵一笑"不是我心软，而是我看出来了，她老公就是条虫，这笔债就得靠老婆来还，可她确实是山穷水尽，再逼也逼不出多少来。"说着，伸手拍拍他肩膀，"得饶人处且饶人，明年再来吧。"说完走了几步，突然又猛地收住脚，喊道："回去！"掉头就往村里跑去。

阿牛愣了几秒钟，急忙向四叔追去，边跑边问："四叔，还回去干啥？"四叔没答他，只是撒腿狂奔。阿牛忽然脑子一亮：对，杀个回马枪！这时候女人的老公应该回家了！

两人跑回屋子前一看，门关上了。四叔握紧拳头使劲敲，阿牛也在一旁助起威来，大声喊："快开门，我们知道你在里面！"

可过了好一会儿，门就是不开。四叔急了，抬起一脚，猛地一踹，门轰然倒下。两人冲进屋里，四处一看，怪了，不但没见到女人的老公，连女人和孩子都不见了踪影。

四叔怔了一下，扭头冲出屋外，扯起嗓子大喊："快来人啊！"

不一会儿，很多村民跑了过来，问他们怎么回事。四叔大声问："你们村里有人想不开，会到什么地方去？"

2009 年 "《故事会》最有影响力的故事" 征文启事

为鼓励多出优秀作品,《故事会》杂志社决定举办 2009 年 "《故事会》最有影响力的故事" 征文大赛,并对优秀作品实行四大奖励措施:

1. 入选作品除在杂志上发表外,还将收入《第一推荐·最具人气的故事E》一书; 2. 入选作品可得两笔稿酬: 在《故事会》杂志发表的作品,首发稿酬每千字400元;获 "《故事会》最有影响力的故事" 优秀作品奖,再追加每千字1000元; 3. 入选作品均颁发奖励证书; 4. 本刊将邀请有关作者参加年底的颁奖大会,所有费用均由编辑部承担。

征稿范围: 1. 具有现实感、新鲜感且可读性强的中短篇(包括超短篇)原创作品; 2.故事性强、有口传性、能引起读者兴趣的推荐作品。

超短篇(如"幽默故事")的字数一般在1500字以内,短篇(如"中国新传说")的字数一般在5000字以内,中篇故事的字数一般在15000字以内。

来稿方法: 1. 从邮局寄发,请在信封上注明"征文大赛"字样,本刊地址: 上海市绍兴路74号《故事会》杂志社,邮编: 200020。

2. 从网上传递,可寄各责任编辑信箱,请在主题上注明"征文大赛"字样,本期责任编辑的信箱是: zhong98305@sina.com。

村民大吃一惊,异口同声地说: "后山的老虎崖!"四叔一挥手:"快、快去找,有人到那里去了!"

阿牛和四叔跟着一帮村民跑到了后山的山崖,一眼就看到女人带着女儿向崖顶爬去。几个婆娘上去七手八脚地拖住了她,女人两腿一软,瘫在地上,话也不说,只是号啕大哭。村民都明白着呢,女人为什么要来这里寻死,大家纷纷劝她:"就快过年了,挺一挺今年就过去啦,追债的不是走了吗?"

说着,一帮村民不由分说硬是把女人拖回了家,女人仍是坐在地上哭个不停。四叔在人群外看了半晌,忽然叫阿牛把这几天女人还的钱拿出来,说:"我们明年再来吧!"说完,转身拉着阿牛走了。

两人走到镇上坐上了车,阿牛看看一直沉着脸的四叔,忍不住问道:"四叔,你怎么预感到她会寻死啊?"

四叔感慨万千地叹了口气,说:"我前几年来追债,走的时候她都对我说,这笔债明年一定会还,一定还。可今年她一个字也没提,只是说对不起,对不起。唉,她是不想活过今年了,所以只能跟我说对不起啊!"

阿牛默默地点点头,他明白了,四叔的心其实一直都是软的,心不软的人不会这么想。

(题图、插图: 魏忠善)

26

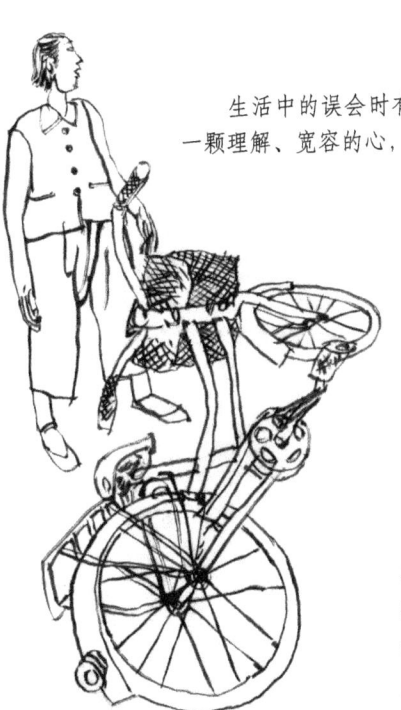

生活中的误会时有发生，只要我们彼此抱有一颗理解、宽容的心，一切都会雨过天晴。

到底谁坑谁

□ 杨军民

离奇失踪

李大婶退休后，找了个给自家小区车棚看车的活儿。平时，她都是吃住在车棚，昨晚家里有事，她就让儿子大宝代看了一晚上。今早，天刚蒙蒙亮，李大婶就向车棚赶去。

李大婶赶到时，大宝已经赶着上班去了。她开始打扫卫生，只等着一会儿大家陆续推车上班。

突然，一阵小曲儿飘进了车棚。李大婶抬头一看，是邻居王小娜。王小娜一边哼着小曲，一边找车子，突然，小曲儿变成了惊叫声："我的车子呢，我的车子呢？"

李大婶一听，赶紧跑过去帮忙。李大婶对王小娜的新车印象挺深，一辆深红色的女式车，款式挺别致。可这会儿，两人找遍了车棚，也没见到那辆车子。

王小娜急了，不顾邻居的情面开始质问起李大婶："你说，这可怎么办？"

李大婶也着急了，她昨晚明明看见王小娜把车子放进来的，这会儿怎么就没有了呢？可她嘴上还是安慰道"小娜，你别急，先把事情搞清楚，到时候该怎么赔就怎么赔！"

好不容易把王小娜劝走后，李大婶开始仔细检查，车棚门窗没有破坏，护栏完好，顶上也没有问题，车子怎么就没有了呢？想到这儿，李大婶担心的不仅仅是丢车的事了，大宝曾经因为盗窃被判过刑，这次不会是他重操旧业了吧？

　　李大婶赶紧打电话问大宝，大宝一听就急了，斩钉截铁地说："妈，请你相信我，做一次贼就一辈子是贼吗？"

　　李大婶听儿子这么坚定，也就稍稍放宽了心，儿子现在上班积极，还刚交了个女朋友，叫水莲，看情形应该和儿子无关。可这头刚松了口气，那头王小娜却吵吵嚷嚷拿着新车的发票要来赔款。李大婶怕这么嚷嚷下去全小区都知道了，只好当场按原价赔了，这一赔，就把近一个月的工资都搭上了。李大婶哪里甘心，从那天起，一有空闲，她就四处找车，但这就像

海底捞针，谈何容易。

失而复得

　　这天中午，李大婶在小区门口看见一辆很眼熟的女式车，在马路对面一晃而过，接着就进了对面的小区没影了。李大婶赶紧找人帮忙看着自家小区的车棚，然后直奔对面的小区。

　　很快，李大婶在小区车棚里发现了那辆车，颜色、款式和王小娜丢的那辆一模一样。她有些激动，把手伸到车座底下一摸，高兴地笑了。

　　李大婶心想，车是找着了，但逮不住偷车的人，也拿不回车来。于是，她偷偷在车棚里躲了起来。

　　到了下午，一个人停在了那辆车跟前。李大婶定睛一看，不是别人，居然就是王小娜！

　　李大婶先是一惊，马上又明白了，她冲出去抓住车龙头嚷道："好啊，王小娜，咱们街坊邻居这么多年了，你居然干这种事情！你坑谁不好，偏偏坑我一个没有能力的老太太！"

　　看见李大婶，王小娜愣了一下，随即若无其事地说："你说啥，我咋听不懂！"

　　李大婶见王小娜那死皮赖脸的样子，气得浑身发抖："你敢说这车子不是你丢的那一辆？"

　　王小娜振振有词地说："大妈，你可真是老眼昏花，这是我用你赔的钱

新买的车子，你可看好哟！"

听着王小娜睁着眼睛说瞎话，李大婶气得说不出话来。王小娜趁机骑着车子走了。

李大婶越想越不是滋味：好你个王小娜，不念街坊情谊，我也不念了。她心一横，直接来到派出所报了案。

派出所一个电话，就让王小娜赶紧骑上车子过去。王小娜到了派出所，还是坚持说，车子是她用李大婶赔的钱买的，不是原来的那一辆。警察问李大婶："你说这辆车子是原来丢的那一辆，有没有证据？款式相同的自行车满大街都是！"

李大婶走到车子前，从车座底下拽出一根栓在弹簧上的红毛线，说："这就是证据，凡是在我车棚里存放的车子都有这个标记！这个秘密只有我一个人知道！"

这下铁证如山，王小娜只得低下头，承认车子的确是原来的那辆，可她还是不愿承认自己是故意要坑李大婶。她解释说，前几天在街上，无意间发现一个女人骑着这辆车，她一眼就认出是自己的车，于是拦住骑车的女人盘问，结果没问几句，那女人居然扔下车跑了。车子失而复得，她想占个小便宜，就把车子放到了另一个小区的车棚。

李大婶听了王小娜的解释，虽然还有点将信将疑，但想想毕竟是街坊邻居，闹得太大也不好，于是拿回了

先前赔给王小娜的车钱，也就算了。

可临出派出所大门时，王小娜气哼哼地说："我一定会找到那女人，让你知道我不是故意来坑你的！"看到王小娜这气势，李大婶心里更疑惑了：如果王小娜所言不虚，这车究竟是怎么出的车棚呢？

这之后，李大婶好几次见了王小娜都想问问，可王小娜头一偏，就过去了。为此，李大婶一直心事重重。

扑朔迷离

没过几天，大宝带着女朋友水莲来家里，李大婶终于露出了笑容，赶紧包饺子款待水莲。他们把炉子支在车棚外，水开了，水莲端着碗饺子去外面下锅。

突然，外面传来吵闹声："哈，终于找到你了！说，那车子到底是从哪里来的？"

李大婶出门一看，只见王小娜拽着水莲的胳膊，正吵吵嚷嚷着。李大婶赶紧上前劝阻道："小娜，有什么事慢慢说，这是我家大宝处的对象……"

王小娜一听，把水莲抓得更紧了，激动地说："对象，你家大宝的对象？这就对了！你知道我从哪里寻回车子的吗？就从她手上！"李大婶一听，蒙了。

这时，大宝从屋里出来，见王小

娜拽着水莲,想上去把她们分开。王小娜见状,不依不饶地继续说道:"好你个李大婶,你和你的小偷儿子合起来设了套让我钻,到底谁坑谁呀!"

"什么,你说什么?"大宝最怕别人说他是贼,他一时火起,不禁推了王小娜一把。

王小娜被推了一个趔趄,扶着墙站稳了说:"好,李大婶,算你狠,咱们明天派出所见!"说完,气呼呼地走了。

李大婶一边对着王小娜的背影,连声说着对不起,一边拿起门边的一

把笤帚向大宝抽去:"你这个不争气的畜生,怎么一上来就动手?"然后,失魂落魄地回到屋里,呆呆地坐着,她简直不敢想象,王小娜、没过门的媳妇水莲、大宝、怎么都和失窃的车扯到一块儿去了。她越想越乱,至于大宝和水莲的解释,她压根就没心思听。

水落石出

第二天上午,派出所的电话来了。大宝一早就去上班了,李大婶带着水莲一起过去。

在派出所,水莲解释说,王小娜确实是从她手里拿走的车子,她昨晚和大宝合计了一下,应该是这么回事。

王小娜丢车子的前一天,大宝骑着水莲的车带着她一块儿回来看母亲。当晚,大宝要帮忙看车棚,水莲临走时把车钥匙留给大宝,还拉着大宝认车子,这样第二天好骑回去。谁知,大宝看了个大概方位说:"啰唆啥,钥匙能打开的肯定就是你的车!"

第二天一大早,大宝急着上班,走到王小娜的车子跟前,插上钥匙一拨,锁开了,他就稀里糊涂地骑走了。水莲的车子也是新买的,具体的颜色式样大宝也没记住。

王小娜一听,怎么也不相信有这么蹊跷的事,嚷嚷着:"不可能,绝对不可能,哪有这么巧的事情?"警察

说："要验证很容易，如果照水莲的说法，她的车应该还在车棚里。咱们用王小娜的钥匙去试一下就知道真相了，如果能开，就说明两辆车子的钥匙可以通用。"

于是，大家来到了小区车棚，可找了半天，也没找见水莲的那辆车。忽然，李大婶一拍脑袋，说有一辆车子一直没人推，她就放在旁边的车库里了。车库里的车果然是水莲的，王小娜迫不及待地把自己的车钥匙插进车锁里，"啪"的一声，锁开了。众人纷纷叹息，事情终于真相大白。

这时，警察突然问水莲"你的车大宝不认识，难道你自个儿也不认识？你发现大宝骑错了车子，怎么不吭声？"

水莲低下了头，说她的车子是从

黑市买的，黑市的车子让她心里不踏实，见大宝骑回来的车子也挺好的，就没说破，心想反正只是换了骑而已。

一旁的王小娜见自己兴师动众，结果闹了个无趣，连忙给自己找台阶下："那我那天拦你，你跑个啥？"

水莲说"那天你一喊，我就害怕了，我很清楚大宝的过去，心想这车子别是大宝偷来的吧？所以就跑了。"

事情到这里，总算水落石出了，警察叹息道："我看这事就这么算了吧，也就是个误会，这儿的人都没啥坏心眼，就是爱贪个小便宜，如果水莲、王小娜能早点把误会说清楚，大伙儿也不至于伤了和气，邻里之间，只有相互谅解才能和睦相处啊！"

（题图、插图：魏忠善）

· 本刊信息传真 ·

2009 年中国最佳故事评选

为了繁荣故事文学、推动故事创作，2009 年，故事中国网(www.storychina.cn)举办年度中国最佳故事评选。

评选标准：在情节性、艺术性、思想性、文学性方面有突出表现，能够代表年度故事创作最高水平的各类故事作品。**参选条件**：2009 年 1 月 1 日至 2009 年 12 月 31 日期间在国内正规报刊（省级以上）发表的故事作品均可参加，不限题材、风格、篇幅。**参加方法**：1、作者本人登录故事中国网提交作品；2、推荐别人的作品，需事先征得作者本人的同意，再通过故事中国网提交；3、各家故事报刊编辑部可直接向故事中国网推荐作品，推荐信箱：storychina@gmail.com。

评选将邀请由资深故事编辑、专家、学者组成的评审组进行投票，评出年度最佳故事一篇，优秀作品若干。年度最佳故事作者获得特别荣誉证书及奖金3000元，并受邀前来上海领奖；所有优秀作品将结集出版《2009年度中国最佳故事》一书，并支付稿费。更多详情，请登录故事中国网查看。

·海外故事·

狙击手的

□ 邢 东

恐怖的杀手

在美国西部，有个小镇名叫槐树镇，因栽满槐树而闻名。这天，在镇外的公路上，一个胡子拉碴的男人正独自散步，他叫汤姆逊，是个退伍兵。

汤姆逊正走着，突然，有个小伙子驾着摩托车，风驰电掣般从他身边经过。这时，在离汤姆逊不远的地方，传来一声枪响。汤姆逊条件反射似的匍匐在地，那个骑摩托车的小伙子就像挨了一记重拳一样，从摩托车上栽了下去。

公路上的人都围了过去。汤姆逊看周围没什么危险了，这才站起身来，他并没有像大家一样去看热闹，而是迅速朝自己家里走去。

汤姆逊的家一贫如洗，只有几样

简单的家具。汤姆逊把门关好，走到写字台前，俯下身子仔细看了看地面，这才长出了一口气，颓然坐在沙发上。

当天下午，槐树镇的警长麦肯敲开了汤姆逊的家门，他开门见山地告诉汤姆逊：今天上午，在镇外的公路上发生了一起谋杀案，有人看见汤姆逊在现场出现过，并且案发后急急忙忙地跑回了家。警方经过现场勘查，在汤姆逊曾经卧倒的地方，发现了一枚弹壳。所以他们要对汤姆逊的家进行一次搜查，请汤姆逊配合。

汤姆逊点头同意了，趁着警察们搜查的空儿，麦肯把死者的照片拿了出来，汤姆逊一看就愣住了：在这个

32

年轻人的两眼中间，有一个圆圆的弹孔，这么高速运动的目标，杀手居然能一枪毙命，位置又这么精准，简直太恐怖了。汤姆逊指着照片上的弹孔，说："案发时，我距离枪手大概有十几米的距离，可是我没有看到他。不过枪声我听着很熟悉，应该是M40狙击枪发出的。"

麦肯点了点头，让他继续说下去，汤姆逊说："我当兵的时候，用的就是M40，在好莱坞拍摄的战争电影里，美国英雄也没少使用M40，这种枪有一部分流入了民间，不好找，但能进行这么精准射击的人并不多，我这辈子就见过一个，是我的战友克里尔，不过他已经死在海外的战场上了。"

警察的搜查很快结束了，可除了一枚精致的英勇勋章外，什么也没搜到。麦肯把玩着那枚勋章，对汤姆逊说："很好，汤姆逊先生，您分析得非常有道理。从今天开始，我将派两个警察对您进行监视，希望您能配合我的工作。"

汤姆逊呆住了："您怀疑我是凶手？要知道，从我当兵的第一天起，我就发过誓，绝不向平民开枪。"

麦肯冷冷一笑，说"我可没这么说，不过，据资料记载，在战场上，您也是一名出色的狙击手，水平不在克里尔之下吧？克里尔已经变成了一个幽灵，而您是镇上唯一当过狙击手的

退伍兵。您说，我怀疑您没有道理吗？"说完，麦肯把那个勋章扔在桌子上，转身走了。

看着麦肯的背影，汤姆逊脸色铁青，他拿起勋章，突然重重地扔在地上，然后用双手紧紧揪住自己的头发，痛苦地趴在桌子上。

丢失的勋章

第二天早晨，汤姆逊起床后，打开房门，只见门外的草坪上，坐着两个年轻的警察。其中一个见汤姆逊出来，赶紧走过去，自我介绍说"您好，汤姆逊先生，我叫利维，您如果有什么需要，我们可以帮您去办。"

汤姆逊叹了口气，说"我什么都不需要，槐树镇夜晚的气温很低，你们可以到我房子里来，那样我就更跑不掉了。"

利维摇了摇头，看得出，他的眼神里充满了戒备。汤姆逊只好退了回来，他搬了一个凳子坐在门口，开始闭目养神，可他的心绪怎么也静不下来，M40那熟悉的枪响一直在他耳边回荡，一下把他的思绪带回到遥远的海外。

当时，克里尔和汤姆逊作为连里仅有的两名狙击手，奉命一左一右埋伏在山上，专门狙杀敌方的武装分子。克里尔的枪法非常精准，每击发一次，必然有一个身影倒下，弹孔正好落在对手的两眼之间，然后他就会

兴奋地朝汤姆逊竖起大拇指。战斗结束后，汤姆逊狙杀了5个人，克里尔狙杀了13个人，但最后汤姆逊回来了，克里尔却倒在了海外的丛林里。汤姆逊精神备受打击，他提前退役，来到了远离家乡的槐树镇定居。可没想到，熟悉的M40枪声又突然出现在这里，而他却成了警方的重点怀疑对象……

一连三天，吃过饭，汤姆逊就到门口坐着，晚上屋门也不关，好让警察能看得见他。可是，那几天，槐树镇再也没有枪声响起，汤姆逊的心里很矛盾：如果杀手出现，槐树镇上就会有一个人被害；如果杀手一直不出现，

自己就永远无法洗去不白之冤。

第四天天黑的时候，汤姆逊收拾起凳子，回到屋里。他打开电灯，突然发现屋子里似乎有人进来过，他四处看了看，发现只丢了那枚英勇勋章。汤姆逊苦笑了一声：真难为那个贼了，这间屋子里，还真再找不出比勋章更值钱的东西了。

晚上，汤姆逊躺在床上怎么也睡不着，克里尔那竖着拇指、瞪着眼睛的姿势，老是在他眼前晃悠。

半夜，汤姆逊突然听见远处传来一声枪响，那声音极其轻微，但汤姆逊一听就知道是M40的声音，那个幽灵杀手终于又出现了！他兴奋地爬起来，想冲出去，刚走到门口，又停下了脚步，自己现在被监视着，贸然出门，恐怕会引起误会，还是等警方来还自己一个清白吧。

到了凌晨五点，汤姆逊正要起床，麦肯和四个警察冲了进来，用枪抵住了他。麦肯掏出一个物证袋，在汤姆逊面前摇了摇，说："汤姆逊先生，你还有什么话可说？昨晚镇外公路上又发生了枪击案，这是我们在现场发现的。"

汤姆逊愣住了，那个物证袋里装的，正是他丢失的那枚英勇勋章。他有些结巴地说："警长先生，我想您是误会了，昨天我的屋子里进了贼，这枚勋章被人偷走了。昨晚，我连大门都没有迈出一步，怎么出去杀人呢？

不信，您可以问问利维他们。"

麦肯转头看了看利维，利维吭哧了半天，说："警长，昨晚我们一直在这里，可是，您知道，我们两个已经三天没睡觉了，而且汤姆逊先生也很配合，所以昨晚我们……睡着了。"

汤姆逊几乎想冲上去给利维几拳，但麦肯的枪口一直对着他，麦肯说："汤姆逊，虽然你曾经为了国家浴血奋战，但杀人偿命的道理你应该明白，现在，交出你的M40，跟我到警察局去，准备接受惩罚吧。"

汤姆逊的脸色非常难看，思忖了一会儿，他才对麦肯说："好吧，我跟你们走，但我必须告诉你们：人，不是我杀的，其实在第一起案子发生以后，我就猜到了凶手的名字，他叫……"汤姆逊的话音低沉下来，他用手指在布满灰尘的桌子上飞快地写了起来。

麦肯和利维凑到桌子前，仔细辨认着汤姆逊潦草的笔迹。费了好大劲，麦肯才看出那个单词是"笨蛋"，刚想发火，汤姆逊已经抓住了他和利维的脖子，把他们的头狠狠撞在了一起。只听"砰"的一声，两个人都昏了过去。另外三个警察见状也冲了上来，但汤姆逊的拳头更快，几个回合过后，他们全都栽倒在地上。

不知过了多久，麦肯醒了，发现他们几个都被反绑着坐在地上。而汤姆逊换上了一套旧军装，坐在他们对面的椅子上。屋里的写字台被推到了一边，地上扒开了一个长方形的洞，周围散落着一些撕破的油纸，而汤姆逊手里拿的，正是一支擦得锃亮的M40！

汤姆逊见麦肯醒了，义愤填膺地说道："本来，我已经把这支爱枪连同那场可恶战争的回忆，一起埋在了地下。我背井离乡来到这里，就是为了让自己彻底忘记过去，可你们非要唤醒我。我一直相信你们能还我清白，可你们根本不信任我。好吧，就让我去会会这个高手，只有让他的子弹打穿我的脑袋，你们才知道我是清白的！"说完，汤姆逊一脚踹开房门，走了出去。

高手的对决

汤姆逊开着麦肯的车来到了镇外，顺着小山爬上去，两起谋杀案都发生在山脚下的公路上，凶手肯定会在山上留下踪迹。当汤姆逊爬到半山腰的时候，突然听见镇子里传来了枪声，还是M40！方向似乎是自己的家，一枪、两枪、三枪、四枪、五枪，整整响了五枪！杀手怎么会出现在镇里？要知道，自己家里还绑着五个警察！想到这里，汤姆逊猛然醒悟过来，麦肯……麦肯他们完了！这下，自己就是跳进太平洋，也洗不清了。

没过多久，尖厉的警报声就响彻了全镇。天亮时，汤姆逊看到山脚下

已经全是军队，军方架起了大喇叭，冲着山上喊"汤姆逊，你已经被包围了，立即下山投降！"

汤姆逊懊恼地跌坐在地上，究竟是谁，把自己推进了这万劫不复的深渊？

突然，汤姆逊觉得身后有动静，他猛地跃起，转身举枪朝后瞄准，瞄准镜里，出现了一个五十多岁的老头，正是半个月前新搬来的邻居——白发苍苍的老西蒙，他手里竟然也举着一支M40！那举枪瞄准的姿势，让汤姆逊很快想起了一个人——克里尔！两个人除了年龄不同，面貌还真有几分相似，更重要的是两个人面对

目标的眼神，几乎完全一样。

老西蒙愤怒地看着汤姆逊，说："小伙子，我找了你整整五年，五年前，你一枪打死了我的儿子克里尔，虽然军方掩盖了事情的真相，但我儿子额头上M40的弹孔告诉我，是你嫉贤妒能，杀害了他！因为在那场战斗中，只有你和克里尔有这种枪！"

汤姆逊明白了：最近发生的一切，都是老西蒙一手操纵的，枪杀案是他干的，偷走勋章放到枪击现场的也是他！

汤姆逊点了点头，说："您猜得很对，克里尔是我打死的，但我不是嫉妒他。克里尔不配当狙击手！他没有人性！在最后一次战斗中，他狙杀了13个人，其中有9个是慌不择路的妇女儿童！在战场上，我有我的信条，那就是绝不杀害不穿军装的人，所以，我朝他开了枪……从海外战场回来，我就一直等着你来找我报仇，可你为什么把子弹射向跟此事无关的百姓？"

老头嘿嘿一笑"小伙子，我也曾经是个军人，在我眼里，狙击手的枪口下只有目标，克里尔是我全部的希望，他在给我写的信里，多次提到你，他那么信任你，可你却一枪打死了他！今天，你即使能逃脱我的子弹，也躲不过军队的围捕，上百支枪对着你，你已经百口莫辩了！哈哈……"

编读往来：你的问题我来答

吉林读者老韩： 我前段时间通过邮局给《故事会》寄去了一篇故事，至今还没有收到回音。请问咱编辑部现在还接受邮局投稿吗？

绿版编辑部： 接受邮局来稿。不但接受，而且从今年开始，《故事会》编辑部重新制订了审阅邮局来稿的管理制度，一般情况下，所有来稿抵达编辑部后，编辑一般会在一个月内处理完毕。如果稿件被采用，编辑会马上联系作者；如果你寄出稿件一个月后，还没有收到任何回音，那么说明这篇稿件没有被采用，你可以另行处理。请大家在稿件上务必写清自己的真实姓名、地址、电话等联系方式，并请保留好底稿。

湖南读者张小玲： 我在《故事会》2月下半月刊上看到一篇故事叫《"站起来"的作料》，我觉得标题中"作料"的"作"是错别字，应写为"佐料"。

绿版编辑部： 谢谢这位热心的读者，这篇故事里的用字没有错。在《现代汉语规范词典》中对"作料"和"佐料"两个词的解释分别如下：作料——烹调用的调味品；佐料——菜肴做熟后或临吃时所加的配料。这篇故事讲的是做菜时要用的调味品，显然原文中"作料"的用法是正确的。

（本栏目欢迎读者提供新鲜活泼、有代表性的问题，一经采用，即致薄酬。）

汤姆逊点了点头，说"我等待这颗子弹已经很久了，可惜，您没穿上军装，否则，我们之间倒可以来一场真正的对决！"

"砰"的一声，两支M40同时响了。汤姆逊的身子直直地朝后倒去，子弹击中了汤姆逊的脑袋，在两眼中间留下了一个圆圆的弹孔。此时，老西蒙也闭上了眼睛，他没想到这个汤姆逊的手法如此迅疾，居然能和他同时扣响扳机，他以为，今天的结果是同归于尽。可是等了一会儿，他才发现，自己并没有受伤，他摸了一下额头，没有半点伤痕。他快步跑到汤姆逊身边，拿起汤姆逊的M40，拉开枪栓，退出子弹，这才发现，里面装的

都是没有弹头的空弹！

老西蒙呆住了，汤姆逊那句话一直在他耳边回荡——狙击手不能杀害不穿军装的人！狙击手不能杀害不穿军装的人！

老西蒙颓然跪倒在汤姆逊身边，他觉得自己输了，克里尔也输了，汤姆逊宁肯自己被杀，也绝不违背自己的誓言。

过了一会儿，老西蒙站起身来，把手里的M40高举过头，一步一步向山下走去。山路上，荷枪实弹的军队已经包抄上来，这时老西蒙才发现：满山的槐树花已经开了，云一样的白……

（题图、插图：佐 夫）

绝世奇鸟

□ 李晓静

在 城南夫子庙前有个鸟市，鸟市里热闹非凡，经常有鸟贩子贩卖各种奇珍异鸟，成为县城里爱鸟之人淘鸟的好去处，就连知县孟大人都是那里的常客。

这天一大早，孟大人匆匆赶往鸟市，想给府上再添只名贵的鸟。刚到鸟市，他就看到几个鸟贩子正拿着砖头瓦块追打一只小黄鸟，可那鸟跃起跳下，竟能连连躲过。

孟大人觉得好奇，忙向一个熟识的鸟贩子林二郎打听原委。林二郎告诉他，刚才这只鸟飞到鸟市上一阵乱叫，竟把别的鸟都叫成了哑巴。

孟大人一听，立刻来了兴致"这鸟果真如此神奇？"林二郎答道："大人，您有所不知，这鸟聪明伶俐，会学十几种鸟的鸣叫声，但它很顽劣，会在别的鸟面前故意发出一种难听至极的叫声，吓得别的鸟不敢再叫了，因此有人给它取了个恶名叫鸟煞。但如果能把它驯好了，就会成为鸟中的珍品。"孟大人头一回听说这么新奇

的事，对这只鸟的兴趣更浓了。

这时，另一个鸟贩子刘大提着一只老鹰过来，命老鹰去捉鸟煞。眼看老鹰铁钩似的鹰爪就要抓住鸟煞了，林二郎于心不忍，大喊一声："飞呀，你快飞呀！"那鸟煞扑棱一下翅膀，忽然一头扎进了林二郎的袖口里。

刘大见状，扑过来拽住了林二郎的袖口，大叫道："快过来两个人，把它捏死！"林二郎一把甩开了他，转身就跑，边跑边喊"它好歹也是条性

命，你们就放过它吧。"跑了一会儿，见刘大没有追上来，就坐在路边喘口气。这时，那鸟煞叽叽喳喳地叫起来，一下子学出了六七种鸟的鸣叫声。

突然，林二郎听见背后传来一阵急促的脚步声，他紧张地回头一看，却是知县孟大人来了。原来孟大人一直跟着林二郎，就想看看这只怪鸟，刚才听到鸟的叫声，更觉神奇无比。

孟大人凑近一看，只见这鸟浑身的羽毛都是嫩黄的，唯独在眼睛上面长着两道黑褐色的眉毛，样貌甚为怪异。他逗了逗，鸟煞又模仿着六七种鸟的声音叫了一遍。孟大人养鸟无数，可从来没听见过如此美妙的鸣叫声，心下顿时无比欢喜。他很想把这只怪鸟给买下，但又怕带回府，会把府上那些名贵的鸟给害哑巴了，就吩咐林二郎先把鸟驯好了，过些时候，再把它买走。林二郎连连点头答应。

过了几天，孟大人想找林二郎问问驯鸟的进展，可林二郎却突然失踪了，而那只神奇的鸟煞，更是全无踪影。孟大人为此大伤脑筋。

过了些日子，孟大人应奉阳县的余知县之邀去做客。刚进门，就见余知县提着一个鸟笼子。余知县说，他买了一只奇鸟，但那鸟不吃不喝，眼看就要死了，他知道孟大人是个养鸟的行家，特向他请教。孟大人掀开布帘一看，笼子里的鸟正是鸟煞，他又惊又喜，连忙询问鸟的来历。余知县说："几天前，一个鸟贩子带着这只鸟来到我府上，我一看这鸟很特别，就花了一百两银子买下了。"

孟大人一听，心下顿悟：原来是那林二郎贪财，悄悄把鸟给卖了，怕他追究，这才逃走的。

再看那只鸟煞，原本躺在鸟笼子里，闭着眼睛，一副半死不活的样子，这会儿看到孟大人，忽然睁开了眼睛，摇摇晃晃地站了起来，冲他张开了嘴。孟大人忙找来小米和蛋黄，鸟煞吃了点，就开始叫了，一连学了八种鸟的叫声，那可是罕见的八口儿啊！余知县看这鸟煞和孟大人有缘，干脆做了个人情，把它送给了孟大人。孟大人得到了这稀世珍宝，乐得嘴都合不拢。

当天晚上，孟大人带着鸟煞赶回县里。走到一片湖边时，那鸟煞忽然一阵怪叫，驾车的两匹马随之上蹿下跳，把孟大人给掀了下来，鸟笼子也滚落在地。鸟煞又是一阵怪叫，那两匹惊马忽然开始踩踏鸟笼子，几蹄子下去，鸟笼子就给踏破了。

鸟煞从笼子里飞出来，飞到孟大人面前，冲他叫了一声，然后朝着湖水扎了下去，顿时没了踪影。孟大人被这诡异的一幕吓得惊呆了，还没待他回过神来，只见鸟煞突然又从湖水里冒了出来，飞到他眼前叫了一声，然后又钻进湖水里去了。

孟大人不由得一激灵：这鸟煞不会水，可三番五次冒死往水里钻，莫非是要告诉自己什么？他急忙命令一个衙役，循着鸟煞扎下去的地方下水查探一下。那衙役一头扎了下去，不一会儿就钻出来，慌里慌张地喊着："大人，湖里有个死人！"

孟大人吩咐几个衙役把死人捞了上来，发现死的这人竟是林二郎，他身上还绑着一块大条石。孟大人心下蓦然明白了，这林二郎并没有逃走，而是被人图鸟害命了。那卖鸟之人，无疑有最大的嫌疑。

孟大人马上派人折回奉阳县，请余知县画出卖鸟人的模样。不一会儿，衙役带回了画像。孟大人和衙役们看了，却都不认得。他只好派人到处张贴画像，又命仵作仔细检验林二郎的尸体。仵作很快报告，那林二郎是被毒死的。孟大人又派衙役到林二郎家附近去查访，看看最近这些日子，有谁跟他一起喝过酒。

然而，几天过去了，还是没有一点线索，而那只鸟煞也不见了踪影。

这日，孟大人正为此案而伤神，忽见一个衙役风风火火地跑进来，说："大人，鸟市上又出了一件怪事，一大群鸟正在攻击鸟贩子刘大呢。"

孟大人一听，立即赶到了鸟市。只见黑压压一群鸟正追逐着刘大，不住地对他进攻，刘大被啄得鲜血淋漓，抱头鼠窜，惨叫连连。

突然，那只鸟煞叼着一张人皮面具飞过来，把面具放在孟大人手上，然后冲着刘大叽叽喳喳地叫着。孟大人心中一动，让衙役把面具给刘大戴上，仔细一看，正是余知县画下卖鸟人的样貌。孟大人一阵冷笑："刘大，你还不明白吗？这鸟煞在替它的主人

鸣冤报仇呢。你还是老老实实地把你图鸟害命的事全讲出来吧！"

刘大却不慌不忙地给孟大人磕了个头，说："大人，草民的确卖了一只鸟煞给余知县，但那是草民家的老鹰新捕来的，根本不是林二郎家那只，这里的鸟贩子都能作证。"周围的鸟贩子们听了，也纷纷点头作证说，他们亲眼见过刘大的鸟煞，刘大出去卖鸟时，林二郎还在家里驯鸟呢。

孟大人哼了一声，继续追问道："既然你没做亏心事，为何要戴着人皮面具去卖鸟呢？"

刘大面不改色地说："大人，眼下世道不太平，草民怕高价卖鸟的风声一旦走露，会给自己惹来杀身之祸，就想到戴着这个人皮面具去卖鸟。"

孟大人听了，心里不禁暗暗一惊。他命衙役先把刘大押进大牢看管，自己苦思案情，却不得其解。

正在这时，孟大人忽然听到一阵奇特的催堂鼓声，他急忙走出府衙，只见一只鸟煞正驱赶着另一只鸟煞以头撞鼓，敲出断断续续的鼓声，最后前面那只鸟煞竟拼命撞向大鼓，然后一头栽倒在地。

孟大人捡起鸟煞仔细端详，发现它的眉毛是被粘上去的，把眉毛揭下来，不过是一只普通的黄鸟。孟大人脑子里一闪，忽然全都明白了。他命衙役把刘大押到大堂上，然后把那只撞死的黄鸟扔到他跟前，冷冷地问道："刘大，你给我看清楚，这是什么？"

刘大看到那只鸟煞，身子猛地一抖，瘫倒在地。

孟大人冷笑道"刘大，你做的事情，瞒得过世人，却瞒不过那只真鸟煞。它逼着这只假鸟煞来投案，就是要来揭穿你的谎言。你先做出了这只假鸟煞，而后四处张扬，接着，你假装出门卖鸟，其实，当晚你就折回家里，请林二郎喝下了毒酒，把他沉到湖底，神不知鬼不觉地得到了真鸟煞，然后戴着人皮面具去奉阳卖鸟。是这么回事吧？"

刘大听了，不禁脸色苍白，体似筛糠，终于一五一十地招了。孟大人大喝一声，命衙役将刘大押入死牢。

孟大人望着那只鸟煞，不禁暗暗惊叹：刘大为了霸占鸟煞，真是费尽心机，若不是那鸟煞三番五次点拨，自己也绝对破不了这个案子。

此时，鸟煞站在大堂的横梁上，模仿着各种鸟的叫声，时而婉转，时而凄凉。孟大人扳着手指头一一数来，竟是十三口儿。突然，鸟煞一个跟头从横梁上摔下来，栽倒在地，一动不动。孟大人慌忙捡起它，却见它口冒鲜血，身子慢慢变凉，竟然死了。

孟大人心里一颤，眼角儿竟有些湿了。后来，他命衙役把这只鸟煞跟林二郎埋在了一起……

（题图、插图：黄全昌）

我发誓

□ 无 量

西佛是个孤儿，从小靠小偷小摸维持生计。

这天晚上，西佛盯上了街区的一家大超市。谁知，他刚撬开保险箱，两个强壮的保安就突然冒了出来。西佛还没回过神，就已经被他们捆得严严实实。

周围的居民听到动静，纷纷围了上来。很快，超市老板史密斯先生闻讯赶来。史密斯先生是个白胡子老头，长得慈眉善目。

西佛佯装可怜，央求道："先生，我是头一回作案，求求你，千万不要报警！"

史密斯先生关心地问："孩子，你叫什么名字？"西佛迫不及待地答道："我叫布朗，我真的是头一回作案，我可以拿自己的名誉发誓！"

这时，有个邻居大声说道："史密斯先生，千万别相信他的鬼话。这小子叫西佛，三年前，曾经在商场偷过我的金表。当时，我见他年纪小就放了他。谁知，他仍然在偷鸡摸狗，招摇撞骗。这家伙臭名昭著，早就没什么名誉了！"

西佛没想到，居然在这里遇见了以前的冤家。可是，西佛再也不想蹲监狱了。因为，他昨天刚刚度过十八岁生日。按照这里的法律，他将要被判处五年以上的刑期了。

西佛哭丧着脸，继续央求道"好吧，那我向上帝发誓：从今往后，我要是再次行窃，死后就不能进天堂！难道，这样也不行吗？"西佛知道，这里的人都是虔诚的教徒。在此之前，他就曾经借此脱身，这一招屡试不爽。

果然，围观的人群都停止了辱骂，有的虔诚地望着天空，有的甚至还在胸前画起了十字。西佛差点笑出声来，看来，这一次又能侥幸逃脱了。

谁知，一个胖胖的中年妇女突然叫了起来："天哪，我终于认出你来了！半年前，你就曾经在教堂当众行窃。当时，我们正在听唱诗班吟唱。谁知，你趁机盗走了我一位女伴的珍珠项链。当我们抓住你的时候，你差点

将整条珍珠项链吞进肚子里。所以，请你别再向上帝发誓了，你这样做简直是在侮辱上帝！"

这下，西佛彻底绝望了。

众人气得直跺脚，纷纷义愤填膺地说："史密斯先生，对待这样一个骗子，你还犹豫什么呢？赶紧送他去警察局吧！"

西佛无助地望着史密斯先生，他知道，此刻自己的命运就掌握在这个白胡子老头的手里。

谁知，史密斯先生慢慢蹲下了身子，慈爱地问道"孩子，你再想一想，还能以谁的名义发誓？"

那一刻，西佛几乎不敢相信自己的耳朵。

西佛强忍着泪水，慢慢闭上了眼睛。过了好久，他终于庄严地说："先生，我以妈妈的名义发誓……"话音未落，所有的人都沉默了。就连两个保安，也下意识地松开了粗壮的双手。

史密斯先生终于笑了："孩子，我相信你！"

史密斯先生猜得没错：这世上，谁也不会轻易玷污妈妈的名节。从那天起，西佛真的履行了自己的诺言，一辈子都没再当过贼……

（题图、插图：安玉民　梁　丽）

（本栏目欢迎来稿。来稿可从邮局寄发，也可从网上传递。如为电子邮件，请发以下信箱：zhong98305@sina.com）

童心至纯

这天，有个男青年从便利店买了罐饮料，刚出店门，就被一个小男孩盯上了。

小男孩看上去大概六七岁，身上背着一只用碎布拼做的大布袋，里面叮当直响。很显然，他是一个捡废品的小家伙。

男青年一向对这种捡废品的孩子没什么好感。所以，当小男孩站在他身旁时，他故意慢吞吞地拉开易拉罐，并且以极慢的速度喝起来。

这时，小男孩冲他一笑说："叔叔，你慢慢喝，我不着急！"说完走

到一棵大树下，从那个大布袋里掏出一本书看起来。

男青年见小男孩被自己耍了，还对着他赔笑脸，不由得感到很可笑。他继续慢悠悠地喝着，当他终于喝完，准备随手扔掉时，小男孩突然跑了过来，撑开身上的大布袋，笑着说"叔叔，请给我吧！"

这时，男青年突然瞥见，小男孩手中捏着的竟是一本小学语文书。男青年好奇地问："自学啊？"小男孩笑着说："我在附近的学校上学哩！今天学校放假，我帮妈妈捡些废品。"说着，小男孩从衣服口袋里变戏法似的掏出一小袋纸巾，往男青年面前一递，说，"叔叔，你抽一张擦擦嘴吧！"

男青年一下子愣住了：这个小男孩被自己捉弄了，竟还递给他纸巾，为了怕他嫌自己的手脏，就让他自己从纸巾袋里抽取。

男青年顿时觉得羞愧难当。而那张洁白无瑕的纸巾，他一直没舍得用，珍藏至今！ **（作者：朱胜喜）**

返还亲情

有个小伙子最近开了家公司，经常需要宴请客户。不知为什么，小伙子的父亲突然闹着要跟小伙子一起去参加各种宴会。要知道，父亲患有老年痴呆症，这一去，不知会做出

什么怪异的举动，还不把客户笑死。

于是，小伙子想尽各种办法要父亲留在家里，可父亲固执得像个孩子，非要跟着去，小伙子为此头痛不已。

这天，小伙子灵机一动：既然父亲开始"返老还童"了，那玩具对父亲有没有吸引力呢？小伙子决定试试，他立刻找出装有自己儿时玩具的大木箱。箱子里的玩具都是父亲亲手给他做的，他拿起这个，又摸摸那个，心里陡生感动。

突然，一本发黄的日记本出现在小伙子的眼前，他拿起日记本随便翻开一页，一行父亲的字迹印入他的眼帘：今天同事结婚，六岁的儿子吵着非要跟去，我乐呵呵地带上了他。那里没有公共汽车，我背着他步行了十几里路才到达婚宴的地点。在婚宴上，儿子连吃了十几个肉丸，撑得直打饱嗝，惹得其他食客大笑不止，直说这小子连父亲的那份都吃了，你是打饱嗝了，你父亲却要打饿嗝了……

小伙子一边看着父亲的日记，一边泪流满面，里面的内容，十有八九都记载着他小时候跟着父亲尽出洋相的事情，但字里行间却充满了父爱。

突然，小伙子用手一抹眼泪，对一旁的父亲说"爸，咱们一起去参加宴会！"

虽说，生意场如战场，但有了亲情，却是另一番新天地！

（作者：喜 子）

像春天一样温暖

这年冬天，幼儿园的孩子们去养老院慰问老人，他们纷纷掏出小布兜，逐个给老人送礼物。

第一个孩子掏出几个奇怪的鸡蛋，每个鸡蛋上都画上了笑脸。这真是很温馨的礼物，老人们高兴极了。

第二个孩子拿出一个精致的音乐盒。打开后，两个外国小娃娃在盒子里跳起了舞，逗得老人们哈哈大笑。

最后，轮到幼儿园里年龄最小的孩子了，只见他慢慢地从小布兜里掏出了礼物。刹那间，老人们惊呆了：小男孩手里竟然握着一个空调遥控器。

小男孩骄傲地说："这东西可神奇了！每次，妈妈轻轻一摁，家里就像春天一样温暖了！"说罢，轻轻摁动了遥控器。然后，他迫不及待地问："爷爷奶奶，你们感到暖和些了吗？"

老人们都笑了，异口同声地说："真暖，像春天一样温暖！"

（作者：大　海）

（本栏插图：安玉民　梁　丽）

学写作文，从读故事开始

畅销书的诞生

□ 张春风

医院巧遇

迈克是个脑袋机灵的年轻人。这天，他去玛丽医院看病，突然，看到一个熟悉的身影：白瑞德！

迈克心里一阵激动：白瑞德是欧洲享有盛名的作家，拥有无数粉丝。可他向来行踪诡秘，没人知道他的真实状况。没想到，今天，竟然在这里遇见了他。

此时，白瑞德衣衫褴褛，拄着拐杖，神情呆滞地坐在椅子上。

迈克见四周没人，赶紧上前，恭敬地问："请问，你是白瑞德先生吗？"

白瑞德微微抬起了头，诧异地问："你是谁？"

迈克微笑着说："我是你的粉丝，我没有任何恶意，只是想帮助你。"

白瑞德想了想，点点头说："孩子，那你能送我回家吗？"

迈克连看病都忘了，赶紧拦了辆的士。白瑞德坐上车后，低沉地说："司机，去罗马街15号，谢谢！"此时，迈克难掩兴奋：白瑞德是个传奇人物，谁都不知道他住在哪里。

过了一会儿，的士停在了一栋阴暗的旧楼前，迈克扶着白瑞德下了车。见白瑞德走路摇摇晃晃，迈克试探着问："先生，要不我背你上楼？"白瑞德点点头，顺从地伏在他背上。

进门后，迈克发现白瑞德的家又脏又乱，四周还散发着刺鼻的霉味。迈克扶他上了床，又喂他吃了药。白瑞德望着他，欲言又止。

迈克明白了，白瑞德不想被别人看见他落泊的样子，于是，迈克拍拍胸脯说："放心吧，先生，今天发生的事我绝对不跟任何人说，我向上帝发誓！"

白瑞德欣慰地点了点头，说"谢谢，你可以走了！"

迈克担心地问："可是，我走了谁来照顾你呢？"

白瑞德淡淡地说："谢谢你的好意，我一个人习惯了！"

迈克真诚地说："先生，我不求任何回报，只想好好地照顾你！因为，你是我最崇拜的作家！"说罢，轻轻走出了卧室。

突然，白瑞德说话了："孩子，你要是不介意，每周一、三、五可以来看我。"

迈克喜出望外："太好了，先生，我一定会来的！"

之后，迈克真的按时去探望白瑞德，两个人的关系越来越好。

一天早上，白瑞德突然来电话，让迈克陪他去玛丽医院做例行检查。迈克很快就来了，然后费力地将白瑞德背下了楼。

一路上，白瑞德握着迈克的手，哽咽地说"真没想到，我临死前还能认识你这样的好心人！"

迈克诧异地问："先生，你在胡说什么呀？"

白瑞德叹了口气，说："医生说，我已经是癌症晚期了，最多只能活三个月！"

迈克惊呆了，原来，网上的传言都是真的，他赶紧安慰道："先生，现在医学这么发达，你一定会好起来的！"

很快，车子停在了玛丽医院门口。突然，几个记者举着话筒围了上来，迫不及待地问："白瑞德先生，听说你得了绝症，这是真的吗？"见此情形，迈克赶紧脱下外套，罩在白瑞德的头上，然后下车拼命阻拦众记者，并催促司机赶紧掉头。

几分钟后，车子终于冲破了记者的围堵。迈克长舒一口气，上车将白瑞德头上的衣服掀了下来。白瑞德感激地说："孩子，谢谢你，不然明天报纸头版全是我凄惨的照片！"

迈克义愤填膺地说："不用谢！我生平最恨的就是这帮狗仔队，每天

尽拿别人的痛苦换取发行量！"白瑞德赞许地点了点头。

惊天秘密

回家后，迈克给白瑞德煮了他最爱吃的意大利面。白瑞德非常高兴，狼吞虎咽地吃了一大碗。然后，他动情地说："孩子，我想拜托你一件事，这是我生前最后的心愿。"

迈克眼中噙着泪，说："您说，我一定尽力帮忙。"

这时，白瑞德居然脸红了，说："其实，30年前，我还有个私生女。我最近才知道，原来，她就住在这个城市……"

迈克惊呆了。谁都知道，作家白瑞德终身未娶，谁知，他竟然有一个30岁的私生女。

迈克慌忙说："你这样信任我，我真的很高兴。可是，我能为你做些什么呢？"

白瑞德哽咽地说："30年来，她从来不肯认我，这是对我最大的惩罚。我知道她恨我，因为我抛弃了她的母亲。可是，我就快死了，我很想拥有一张她的照片，这样，我就能安心地去见上帝！"

迈克感动地哭着说："放心吧，我一定满足你这个愿望！"

第二天清早，迈克就去找那个女子。白瑞德说过，她每天都会在施恩街的一家西餐厅出现。很快，迈克找

到了那家西餐厅，他发现角落里坐着个金发女子，长相和白瑞德描述的十分相似。迈克暗暗思忖该怎么办。

这时，那女子似乎有所察觉，也在不停地看他。过了一会儿，女子突然走了过来，迈克赶紧拿起一张报纸遮住脸，并假装打手机。趁她转身的瞬间，迈克飞快地拍下了她的侧脸。得手后，迈克忍不住哈哈大笑。

中午，迈克回到了白瑞德的住所。谁知，屋里一片狼藉，白瑞德也不见踪迹。迈克慌了，大声喊道："白瑞德先生，你在哪里？"

这时，有个胖胖的女邻居走过来，问："你是问，住在这里的老头吗？他上午死了，尸体已经被警察拖走了。"迈克一听，嘴角露出了一丝狡黠的微笑。

原来，迈克是一家图书公司的策划编辑。半年前，网上盛传白瑞德得了绝症。迈克觉得，这是个绝佳的选题，于是约作者写了一本白瑞德的人生传记。谁知，等了几个月，白瑞德也没死，计划只能搁浅。眼看再出不了书，迈克年底的奖金要泡汤了。就在这时，老天有眼，让他偶遇白瑞德。

迈克得知白瑞德真的命不久矣，不禁心花怒放。他趁白瑞德睡时，将屋里的摆设拍了个遍。之后又意外地得知，白瑞德竟然还有个私生女，迈克真是乐翻了天，这可是新书的最

佳卖点。更巧的是，照片得手后，白瑞德竟识趣地死了。

此时，迈克正马不停蹄地赶回公司，他要赶在别人前面出版白瑞德的传记。

猫鼠游戏

很快，迈克在网上发布了白瑞德逝世的消息，以及白瑞德生前的最后几张照片。短短一天时间，网站掀起了千层浪，点击率突破了百万。

第二天，由迈克主编的新书《白瑞德与他的私生女》隆重上市。老板押了宝，第一版就印刷了30万册。想象着读者争相抢购的情景，迈克简直笑弯了腰。

第二天，迈克还在办公桌前做着美梦，突然，老板气急败坏地来电话："迈克，你给我滚过来！"

迈克吓坏了，赶紧跑到老板办公室，战战兢兢地问："老板，出了什么事？"

老板气呼呼地扔给他一本新书："你自己看！"迈克翻了翻，差点瘫倒在地。

这本书是另一家图书公司出的白瑞德传记，书名是《白瑞德与他的私生子》。巧的是，两本新书同一天上市。在封二，赫然印着迈克哈哈大笑的照片，旁边还标注着：30年后，白瑞德的私生子终于曝光。这一招，与迈克不谋而合。因为，他也在新书的

封二上印着白瑞德私生女的侧面照。

老板气得直跺脚，说："现在，所有的书店都将这两本书摆在最显眼的位置。读者一看，这不是自相矛盾吗？白瑞德究竟有私生女，还是私生子？结果，谁也不买这两本书。你说，这30万册的新书该怎么办？"

迈克欲哭无泪，他不明白，他怎么就成了白瑞德的私生子？自己的照片又怎么会印在对方的新书上？

这时，女秘书惊慌失措地跑进来，说："电视台正直播白瑞德的访谈节目！"

迈克一听，吓得脸都变绿了："他……不是死了吗？"

电视屏幕上，白瑞德正和主持人谈笑风生，丝毫看不出半点病态。这时，主持人掏出了那两本新书，恭敬

地问："白瑞德先生，这两本刚上市的书居然造谣说，你已经死了。"

白瑞德一看，忍不住哈哈大笑："我知道，许多出版商都盼着我死，这样，他们就能大赚一笔了。可我才80岁，还没活够呢。前几天，在玛丽医院，一家图书公司的男编辑认出了我。他处心积虑，佯装关心我。其实，我早就知道他的底细了。于是，我将计就计，骗他说自己有个私生女。他哪里知道，在西餐厅拍的女子，其实是另一家图书公司的编辑。之前，那女编辑也以同样的方式关心我。结果，他们都中了我的一箭双雕之计！我让男编辑每周一、三、五过来，让女编辑每周二、四、六过来。他们拍完了照片，一定会偷偷藏下底片，然后假装回来交差，我买通了女邻居，趁机诈诈。那两个编辑一听，果然欣

喜若狂，纷纷回去赶稿。怪只怪他们兴奋过头，没去追着拍下我的遗容……"

主持人听罢，钦佩地说："瞧，这就是伟大的作家白瑞德。他的睿智与幽默，让我们终身受益。白瑞德先生，访谈的最后，你还有什么话要说吗？"

白瑞德笑了笑，从怀里掏出一本新书，说："这是我的新书《猫鼠游戏》，写的就是这两个蠢编辑的故事，他们丑陋、虚伪、唯利是图。书中，我附上了他们最真实的照片。因为我在卧室里装了摄像头，他们的一举一动全在我的掌控之中。最后，我要谢谢我的粉丝。今天，《猫鼠游戏》在网上的预售就突破了50万册。希望，它能成为全年的畅销书冠军……"

（题图、插图：佐　夫）

·本刊信息传真·

《青春读本》和《滴水藏海》再次面向全社会征稿

《青春读本——感动中学生的100个故事》和《滴水藏海——300个3分钟典藏故事》出版后，在社会上引起了巨大的反响，被读者誉为"能真正打动中学生心灵的好书"，"能让中学生懂得许多道理的教材"。根据广大读者的建议，编辑部决定继续编辑《青春读本——感动中学生的100个故事》和《滴水藏海——300个3分钟典藏故事》。为此，再次面向全社会征稿，希望广大读者特别是中学生们，将你们在各类报纸、杂志、网络上读到的最感人和富有哲理的作品推荐给我们。

推荐稿要求：1. 立意：清新隽永，富含真情至理，读之令人经久难忘；2. 内容：以叙事为主，一篇作品中要有一个感人的故事情节或细节；3. 字数：一般不超过2500字。

推荐稿请务必注明稿件的出处（最好能注明原作者、发表日期和出版单位），并请写明推荐者的真实姓名、联系方式。所荐作品一旦入选，每篇即付推荐费50-100元。推荐稿请寄：上海市绍兴路74号《故事会》编辑部，邮编 200020。网上来稿请发以下信箱 wulun@vip.sohu.net。征稿截止日期为2009年8月31日。推荐稿一律不退，请自留底稿。

寻找救命药

□草 帽

韩雪薇是个女强人，在青城市经营着一家很大的房地产公司，身价过亿。她工作虽忙，但经常抽时间去看望母亲，对母亲极为孝顺。

这天，是母亲的八十大寿。韩雪薇在饭店摆下八桌寿宴，为母亲祝寿。谁知，寿宴还没散场，老寿星就蹲在洗手间起不来了。韩雪薇赶紧把母亲送进了医院。

院长亲自诊断后开了药，但母亲在用药后仍然腹泻不止，并且流了很多血。韩雪薇着急地问院长："这究竟是怎么回事？"

院长尴尬地说："我也不清楚，我们已经做过详细检查了，病人只是很普通的肠胃道出血，可现在连最昂贵的进口药都试过了，依然毫不奏效。"

韩雪薇一听，更加心急如焚，她当即打电话，邀请北京的肠胃道专家前来会诊，谁知，他们得出的结果一模一样，还说如果几天内，再找不到合适的药，恐怕病人就危在旦夕了。这下，韩雪薇彻底傻眼了。

当晚，韩雪薇伏在母亲的病床前，不停地抹眼泪。这时，母亲突然抓住她的手，虚弱地说："孩子，我想起来了，以前你姥姥也曾因为肠胃道出血住院。当时，医生给她用了一种药就好了。"韩雪薇喜出望外，急急地问："妈，你怎么不早说，究竟是什么药？"母亲想了半天说："叫什么……安神止血栓剂？"

韩雪薇立刻问院长，医院有没有这种药，院长在药房的电脑上查了半天，也没找到。没办法，韩雪薇打电

话，发动所有的朋友同事一起找安神止血栓剂，可还是一无所获。

不过，一个医生朋友告诉韩雪薇一条线索，这种叫安神止血栓剂的药十分便宜，每支才卖一块五毛。许多医院见没有利润空间，纷纷将它拒之门外。一年前，那家药厂终于支撑不下去了，只好关门大吉。

听到这儿，韩雪薇突然灵光一闪：既然这种药十分便宜，城里没有，那么农村会不会有呢？如今时间紧迫，只能就近寻找了。韩雪薇立刻在网上发了求药帖。

网上的热心人还真多，两天后，就有个网友给韩雪薇发来了好消息：

在青城市郊的柳树村唐九婆家，有一盒安神止血栓剂。韩雪薇闻讯立刻驾车，沿着崎岖不平的山道朝柳树村赶去。

经过两三个小时的颠簸后，韩雪薇终于到达了偏僻的柳树村，找到了唐九婆的家。韩雪薇敲了敲门，轻轻走进了屋子。昏暗的屋子里，一个白发苍苍的老妇正病恹恹地躺在床上。床边，一个长辫子的姑娘正在给她喂粥。

长辫子姑娘见有人进来，问道："你找谁？"韩雪薇走到床前，恳切地说："大妹子，我是从青城来的，想找唐九婆……"话音未落，唐九婆就沉下脸说："你走吧，这里不欢迎城里人！"

韩雪薇吃了一惊，赶紧说明了来意，央求道："大娘，我没什么恶意！刚才，我已经问过村医生了，最后一盒安神止血栓剂开给您了，这个药厂也停产了。请您说个价吧，多少钱才肯让给我？"

唐九婆"哼"了一声，说："这倒奇怪了？凭什么要我把药让给你？难道，你们城里人的命比我们乡下人值钱吗？"

韩雪薇慌忙解释："我不是这个意思！只是，我母亲用其他药都不行。要不，我用最昂贵的进口药跟您换？"说着，就从包里拿出一盒包装精美的进口药。

唐九婆冷笑一声："你有这么好的药，自己干吗不用？这是最便宜的药，专救我们穷人的命，你还是去别的地方找药吧。"说罢，扭头对长辫子姑娘说，"杏花，让她出去。"

韩雪薇本想再求求杏花，但见杏花也摇了摇头，只好尴尬地说："大娘、大妹子，那我回去了！"临出门，她把手里的药轻轻地放在了桌子上。可走到门口时，唐九婆突然叫住了她："闺女，回来！"

韩雪薇不解地回过头，这时，杏花走过来拉着她进屋坐下，然后叹了口气，说："大姐，真不好意思，刚才我娘不是故意的。前些天，我到城里给娘买补品，有个药店老板极力推荐一对三千块的野山参。谁知，那是一对烂参，我娘吃后肠胃病更重了。后来，我找药店老板评理，他却死活不认账，还叫人把我轰了出去。回家后，我哭了一天一夜。那三千块，是我三年种麦子的收入啊！"那一刻，韩雪薇终于明白，为什么唐九婆母女这样怨恨城里人了。

这时，唐九婆也叹了口气，说："闺女，这药……我给你了！"

韩雪薇呆住了，难以置信地问道："大娘，这是……真的吗？"唐九婆点了点头："因为，你让我看到了城里人的善良，城里人的孝心！并不是所有的城里人都坏心眼的！"

韩雪薇感激地说："可是，如果我拿走了药，您怎么办呢？"唐九婆笑着说："没关系，我一个乡下老太婆，身体没那么金贵。再说你不是把那进口药留给我了吗？救人要紧，你赶紧回去吧。"韩雪薇恭敬地朝唐九婆行了个礼，这才拿着药匆匆走了。

回到青城医院，医生试着给韩雪薇的母亲用了药，果然，病情很快稳定了。专家解释说，这很可能是遗传病，而安神止血栓剂刚好是克星。见母亲转危为安，韩雪薇终于露出了笑容。

第二天，韩雪薇带着一位肠胃道的专家，回到了柳树村。在专家的治疗下，唐九婆的病很快痊愈了。

半个月后，韩雪薇再次来到了唐九婆的家里。她从包里掏出厚厚一沓钱，感激地说："大娘，这是给您的酬劳，请您一定要收下。"唐九婆瞪了她一眼："闺女，你这是干啥？那天，我看你有孝心，这才把药给了你，难道钱能买到孝心吗？"

韩雪薇的脸红了："那行，赶明儿我还您药。"唐九婆愣住了："那药厂不是已经停产了吗？"

韩雪薇笑着说："我刚刚成了他们的新股东，药厂很快就能恢复生产了！放心吧，安神止血栓剂还是只卖一块五毛。而且，将来我会开发更多的廉价药，为老百姓造福……"

（题图、插图：安玉民 梁丽）

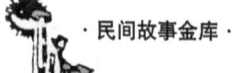

月光神影

□ 尤培坚

大宋年间，东河县出了个不孝子，名叫詹小三。他性格暴躁，常常无故打骂母亲。

这天，詹小三在家门口又对母亲拳脚相加，正巧有个卖货郎路过，他摇摇头说："俗话说'百善孝为先'，你这样做，当心遭天谴啊！"

詹小三一听，怒喝道："哪儿来的家伙？敢管我的闲事，看我不教训教训你！"说着，冲上来就想动手。

卖货郎见状却并不躲闪，反而指了指旁边马厩里的马说："这样吧，你如果能够骑着马赶上我，我就把这一大批的新布匹送给你，怎么样？"

詹小三看着卖货郎瘦弱的身子，狂笑起来："哈哈哈，你这个狂妄之徒，好，你马上给我跑，看我能不能

追上你！"那卖货郎一听，挑着货物，拔腿就跑，詹小三骑马就追。可奇怪的是，卖货郎跑得还真快，两条腿像生了风一般，任凭詹小三骑着马，却怎么也追不上。

就这样，他们一个跑，一个追，渐渐地，天都黑了。詹小三这才发现，他来到了一个陌生而奇怪的村庄。这个村子在一个斜斜的山坡下面，村子里的每间房子，都只有一扇木门和一个天窗。村子里的人，看起来倒十分和蔼可亲。

詹小三在村子里转了好久，也没看到那个卖货郎，只好向村里的一个老人请求暂住一晚。老人爽快地答应了，还神秘兮兮地告诉詹小三，如果第二天詹小三离开村子时，能够得到

村民的赞美，那么他将得到村民赠送的百两黄金。

詹小三一听，乐坏了：这不是天上掉馅饼的事吗？

老人把詹小三带到了一间幽暗的房子里，那房子也只有一扇小小的木门和一个大大的天窗。皎洁的月色透过天窗照进屋子，屋子里亮如白昼。詹小三感到十分奇怪，但因为白天追赶卖货郎太累了，他一躺上木床，就打起呼噜来。

半夜时分，詹小三突然看到自己的母亲，慢慢地从天窗上飘下来，颤巍巍地来到他床前，伸出惨白的手，哀求道："孩子，我已经三天没吃过饭了，给我一些钱吧。"詹小三狠狠地推了母亲一下，母亲惨叫一声，冲着木门的方向飘去了。詹小三吓得惊醒了，骂了一句，又倒下去睡着了。

第二天一早，詹小三起床后想去找昨晚的那个老人。可没等他开门，老人就一把推开了木门，冷冷地说："你可以走了！"

詹小三忐忑不安地走出房子，来到了马棚，想牵走自己的马，可他发现，马棚旁边站着好几个人高马大的汉子。这些汉子一改昨天和蔼可亲的样子，个个满脸凶相："你这个不孝子，今天，不把你的衣服脱下来，你就不能离开这里！"詹小三一听，吓了一跳，连连狡辩："各位大哥，我可是一个孝顺母亲的大好人啊，你们别

误会了……"

没等他说完，那几个汉子已经围上来，一把拧住詹小三，把他的上衣扒了个精光。詹小三只好光着身子，牵着马，打着冷战往村口走。这时，突然又一窝蜂地冲上来一群妇女，她们一边骂，一边把又烂又臭的野菜往詹小三身上扔，扔得他跪地求饶，这才愤愤地离开了。

詹小三浑身脏臭，又惊又怕，他赶紧骑上马，往村口奔去。刚到村口，他就看到昨天的那个卖货郎，正悠闲地坐在一棵大树底下闭目养神呢。

詹小三一下就来气了，他冲上前，一把抓住卖货郎，大声骂道："你这个该死的卖货郎，把我引到这个鬼地方。你看看，我现在成什么样子了？"

卖货郎推开詹小三的手，似笑非笑地说"这事可不怪我，本来你是可以得到百两黄金的。可你不孝顺自己的母亲，被这里的人知道了。"

詹小三怒道："你胡说！我做的事，这里的人怎么会知道？"

卖货郎叹了口气，道"若要人不知，除非己莫为。唉，你做的事，天都知道啊。"

詹小三不想再跟卖货郎纠缠，他抓起卖货郎担子里的一匹布，围在身上，然后骑上马想立刻离开这里。谁知他骑着马跑了半天，也跑不出这个奇怪的村子。没办法，他只好又回来

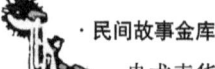

央求卖货郎带他出村。

卖货郎笑着说："要我带你出村不难，不过，你得答应我两个条件。"詹小三连连点头。

卖货郎指了指自己的货担，说：

"第一，你回家后，必须孝顺你的母亲；第二，你出村后，三天之内，必须把我货担里的布料卖光。否则，你必遭报应。"

詹小三看了一眼货担里的几匹布料，乐了，他心想：就这几匹布，我还卖不完？于是跟在卖货郎后面，出了这个神秘的村子。

在回家的路上，詹小三一心想着把布匹卖掉，赚些酒钱。可没想到，他每次刚卖掉一些布匹，货担里的布匹就会自动变满，好像永远都卖不光。而且，他的一只手也突然肿了起来，卖掉的布越多，肿得越厉害。詹小三吓得浑身哆嗦，不知所措。

这时，一个衣衫褴褛的妇女走过来，问詹小三这布匹怎么卖。詹小三没好气地回答："你随便拿吧，不要钱。"那妇女拿了一匹布，就走了。

詹小三低头看了看货担，惊奇地发现里面的布匹少了下去，他顿时明白了什么。于是，一路上，他把布匹全都送给了穷人。很快，货担就空了，而他的手也没有继续肿大。

终于，詹小三回到了家。母亲一见到詹小三，就焦急地问道："孩子，这两天你去了哪里？可把娘急坏了啊。"

詹小三望着母亲衣衫褴褛的样子，想起母亲多年来含辛茹苦把自己养大，又想到卖货郎临别时告诫他的话，不禁又悔又怕。他"扑通"跪了下来："娘，以前都是我不好，是我不孝，日后，我一定会好好孝顺你的。"说完，他抱着母亲号啕大哭。从此以后，詹小三像变了个人似的，对母亲百般孝顺，他的手也渐渐消肿了。

谁知，天有不测风云，突然有一天，母亲得了一种怪病，浑身无力，瘙痒无比。这下，可把詹小三急坏了，他四处寻医问药，却始终无法治好母亲的病。

这天，詹小三出门替母亲找药，没想到又碰到了那个卖货郎，卖货郎笑着说："大兄弟，你愿不愿意再到我们村里做客？"

詹小三摇了摇头，叹气道"货郎大哥，我现在已经彻底悔悟了。你交给我的布匹，我也全卖光了。但你那村子，我是不敢去了！再说，我还要赶着给我母亲找药呢。"

卖货郎神秘地笑笑说："你母亲的病，只有我们村中的月光藤可以治愈。"

詹小三一听，大喜过望，恳求卖货郎赶紧带他去，卖货郎答应了。

天黑时，詹小三跟着卖货郎，再次来到了那个神秘的村子。同样，他还是被那个老人安排在那间房子里。可他躺在床上翻来覆去，就是睡不着。突然，他听到房门外有轻微的说话声，就爬起来好奇地从门缝里往外瞧。

这一瞧，可把詹小三惊得目瞪口呆：在斜斜的山坡上，竟然有他的身影。他正跪在母亲的面前，端茶递给母亲。那奇怪的山坡上，不断映射着詹小三孝敬母亲的情景。

第二天一早，詹小三走出屋子，发现那些村民变得和蔼可亲，他们每个人手里都捧着一锭黄金，硬塞给了詹小三，笑吟吟地说："你孝顺母亲的事，月光都知道，来，这些黄金你收下吧，回家后，你要继续孝顺你的母亲！"

詹小三使劲点着头，拿着村民送的百两黄金，来到了村口。

村口依然站着那个神秘的卖货郎，他递过一根银白色的藤蔓，笑着说："大兄弟，这就是月光藤，它可以治好你母亲的病，你一路走好啊！"詹小三点头致谢，跟在卖货郎后面，出了村子。

这时，卖货郎停下了脚步，说："大兄弟，我们就此告别吧。其实，这里是天界，这个村叫月光村。人间的有缘人，如果无意间到了这里，他先前做过的事，就会被月光映照在斜月山上。如果做了恶事，他就会遭到村里人的惩罚；如果做了善事，他就会受到村里人的尊敬。"

听了卖货郎的话，詹小三吃惊不已。回家后，他把月光藤熬成了汤，让母亲喝下去，母亲的病果然好了。

（题图、插图：黄全昌）

这钱赔得真冤枉

□ 阿 翔 改写

阿利是一家糕点屋的小职员。他年纪轻轻，活力四射，特别爱玩手机，对手机的铃声更是情有独钟，常常变换着各种标新立异的铃声。这不，玩着玩着，一不小心，麻烦可就找上门了。

家住朝阳小区的徐老太，今天迎来六十大寿。女儿杨帆是个律师，本打算找个大饭店，气派地摆上一桌，以表孝心，可老太太勤俭了大半辈子，说啥也不愿意去，坚持要在家过。最后，好说歹说，老太太总算同意女儿花一百来块钱，给她订个生日蛋糕。就这样，杨帆来到了阿利的糕点屋，说明了订蛋糕的要求，阿利热情地接待了她，并很有礼貌地呈上自己的名片，说："有事请打电话。"

因单位有急事，杨帆匆忙回了趟家，简单和母亲交代了几句："如果十一点钟蛋糕还没有送来，你就打这名片上的电话催一下，我中午十二点之前回来。"徐老太一边接过名片，一边点头把杨帆送出家门。

到了十一点钟，徐老太见生日蛋糕还没有送来，就迫不及待地拿起电话，拨通了阿利的号码。谁知，紧接着徐老太就"啊"的一声昏倒在地。

不久，杨帆下班回到家，推开门一看，母亲昏倒在地，她不禁大惊失色，赶忙把母亲送到医院。经抢救，徐老太的命总算保住了，可一连住了半个月医院，光医疗费就花了四千多元。

后来，经了解才知道，阿利把自己的手机铃声设置成了鬼叫声，那天，当徐老太拨通阿利的手机时，听筒里突然传来可怕的鬼叫声，徐老太没有思想准备，再加上本来心脏就不太好，当时就吓晕了。

事后，杨帆越想越不爽，就去糕点屋找到阿利，想讨个说法。阿利觉得好笑，说："你搞错了吧，我的铃声是下载的，不管用哪种声音，都是我的自由。至于说吓着你妈了，那更是跟我一点关系也没有啊。"

杨帆见对方这么无知，就忍不住警告道："我是个律师，对法律的了解比你多，你如果没有正确的认识，我会将你告上法庭，让你长长见识！"

阿利觉得心中无鬼，当然不怕鬼敲门，他优雅地做了个手势，说："本人不胜荣幸，愿意奉陪到底。"

杨帆原先只想要阿利道个歉，可阿利这个态度，真把杨帆给气坏了，她一纸状书送到法院，诉求阿利赔偿医疗费及陪护误工费。

这桩案子不要说在当地，就是在全省、全国都是罕见的，而后来法院的判决也让很多人长了见识。法院的判决是：阿利赔偿徐老太医疗费等六千元。法院的理由是：一、阿利手机设定的声音超出了一般正常使用范围；二、对于这种异常声音，阿利没有事先告之对方；三、徐老太的住院与这种手机铃声有直接关系。

面对法院的判决，阿利这才如梦初醒："看来个人的爱好，还真不能妨碍他人的生活。"

律师点评：

这个故事中的阿利尽管有选择自己铃声的自由，但作为蛋糕店的送货员有注意安全的义务，对于自己设定的鬼叫铃声，他应当预见可能会造成顾客的惊吓。所以，徐老太听见鬼叫铃声后导致病发住院，阿利存在着一定的过失。

根据我国《民法通则》有关规定，侵害公民身体造成伤害的，应当赔偿医疗费、误工费等相关费用。因此，徐老太因受鬼叫铃声惊吓而产生的损失，理应由阿利来承担。

（题图：安玉民　梁　丽）

· 本刊信息传真 ·

法律知识故事征文启事

本刊在与司法部连续举办三届法制故事征文的基础上，推出新栏目"法律知识故事"，通过发生在我们身边的、短小而具体的个案，生动、形象地宣传法律知识。这些知识注重现实性、实用性，真正起到解剖一个案例、明白一个道理的作用。

为鼓励作者深入生活，写出高质量的法律知识故事，我刊决定面向全国征文，优秀作品除在《故事会》发表并参加评奖外，还将结集出书（具体评奖方法稍后公布）。

本次征文也欢迎读者和法律界人士提供相关素材、案例，一经录用，即付稿酬。

来稿方法：1. 从邮局寄发，请在信封上注明"法律知识故事"字样，本刊地址：上海市绍兴路74号《故事会》杂志社，邮编 200020。2. 从网上传递，可寄以下信箱：wulun@vip.sohu.net，请在主题上注明"法律知识故事"字样。凡已和我刊编辑有联系的作者，稿件可继续投给原编辑。

饼干的秘密

□魏炜 改编

比格是森诺尔小城的一名警官。这天晚上，他开车巡逻到了城外，突然发现一辆汽车从城里开出来，拐进了一条偏僻的小路。那条小路通向城外的盐碱滩，这么晚了，车主要去那里做什么呢？

比格远远地跟了上去。他发现，那辆车停在了盐碱滩上，很快，从车上下来一个人，钻进了旁边的丛林，吭哧吭哧地挖起来。比格悄悄地凑过去，这才看清那人原来是他的朋友辛迪。此时辛迪正奋力地挖着一个大坑，不一会儿，坑挖好了，辛迪从车子的后备箱里搬出两个大箱子，就要往坑里扔。比格赶紧叫住了他："辛迪，你深更半夜到这里来，想埋藏什么秘密呢？"

辛迪突然听到身后有说话声，吓得一哆嗦，一屁股跌到了地上。比格打开箱子一看，里面装的竟然是包装精美的饼干，他不禁大吃一惊："辛迪，你为什么要把这些饼干埋掉？"

辛迪看到是比格警官，这才松了一口气。他告诉比格，这些昂贵的饼干都是他的商场进的，一直都卖不掉，妻子安妮经常借此骂他，他实在受不了了，这才想到把这些饼干偷偷埋掉，然后用自己的私房钱来填充货款。

比格看着辛迪可怜巴巴的样子，无可奈何地叹了口气。辛迪是小城有名的胆小鬼，却娶了小城最漂亮的姑娘安妮。安妮对他非常刻薄，非打即骂，他的脸上经常带着伤，衣服经常被撕破。大家都很同情辛迪，觉得他就像生活在地狱里。

比格望着那些饼干，觉得就这么埋掉实在可惜，他问辛迪，能不能把这些饼干送给他的孩子们。辛迪想了想，高兴地和比格商量："太好了，这些饼干我就算卖给了你，每一盒的价钱是三块五，一共是四十二公斤，当然，我不需要你付一分钱。要是安妮问起，我就说是你买了，你也可以帮我作证。"

比格笑了笑，心想这个辛迪不愧是做生意的，把饼干的重量和单价记得这么清楚，于是他把饼干都搬到了自己的车上，然后和辛迪各自开车回到了城里。

比格还要到森诺尔饭店去看一看，因为著名的探险摄影师奥里森住在那里，据说这小子很有钱，有不少人要对他下手。比格怕出意外，就加强了巡逻。

比格刚下车，就听到花园里传出窸窸窣窣的声响。他马上奔过去，看到两个黑影正潜伏在草丛中。他掏出手枪，大声命令他们起来，那两人听话地站了起来，比格这才看清，两人居然是奥里森和安妮，他们的衣服都很凌乱。比格收起枪，生气地说："不要在这里伤风败俗了，你们快走！"

奥里森懊恼地瞪着比格，说"我们在这里亲热亲热，难道也犯法？"

比格微笑着点了点头，说："不错，我们这个小城因为濒临沙漠，能够存活的植物很少，因此小城有一条特别的规定：故意损毁植物生命是触犯法律的行为。你们俩在这里践踏了这么多小草，我会请市政厅来核算被你们践踏致死的小草数量，然后开出

罚单。"

奥里森气得说不出来，转身就进了饭店。

比格叹了口气，对安妮说"你应该忠于你的丈夫。"

安妮挑衅地望着他："比格警官，下次我们会换个更幽静的地方，你能拿我们怎么样？"

比格生气地说："那我就跟着你们两个，看你们踩死了多少小草，然后给你们开出很多张罚单，把你们罚得倾家荡产，看你们还有资本幽会吗？"

安妮张狂地大笑起来："那我就跟着奥里森到沙漠里去亲热。你不会跟到那里去吧？"说完，扬长而去。

接下来的几天，比格看到安妮果然在准备去沙漠旅行的物品。看来，她是真的决心要跟着奥里森走了。比格不禁替辛迪难过起来，想不到，辛迪如此忍气吞声，还是留不住安妮。比格很想帮帮他这个可怜的朋友，很快他就想到了一个主意。

这天，是奥里森去沙漠探险拍照的日子，市政厅特别给他举办了一个欢送仪式，比格站在一旁维持秩序。他怀里揣着一张巨额罚单，只要看到安妮跟着奥里森走，他就会把那张单子拿出来，让安妮交罚款。到时，安妮那个小气的女人一定会跟他争执起来，还会到法院去告他，那样就达到了留下她的目的。

但是，安妮并没有来。胆小鬼辛迪却开着车来了，奥里森的旅行用品，都是从他的商场里订购的。他指挥着手下从车上卸下那些大箱子，一只一只绑到骆驼身上。

比格把辛迪拉到一旁，问他安妮到哪里去了。辛迪摇了摇头，说安妮一早就出去了，不知道去哪里了。

比格忽然明白了：这个狡猾的女人，一定想到会有人阻拦她跟着奥里森走，所以她提前到半路上去等奥里森。比格让辛迪赶紧打电话给安妮，但安妮的手机却关了。比格告诉辛迪自己的猜测，辛迪听完，一屁股跌坐在地上。

很快，奥里森骑上骆驼，向着沙漠进发了。比格把辛迪拉起来，说："快去追他，那样就能找到安妮了。"辛迪却怯懦地低下了头。比格愤怒地望着眼前这个男人，决心不再管他的事了。

过了一个多星期，比格发现上次辛迪送给他的饼干都被孩子们抢着吃光了，他决定到辛迪的商场里再买一些。谁知，比格在辛迪的商场转了一大圈，也没找到那种饼干。售货员告诉他，他们商场里并不卖那种饼干，因为太贵了，只是前些日子，奥里森点名要那种饼干，他们才进了一批。

比格不禁暗暗吃了一惊。他突然想到了什么，立刻来到了辛迪的家。比格看着辛迪的眼睛，质问道："辛迪，你老实告诉我，那天晚上，你为什么想要埋掉奥里森订购的饼干？"

辛迪摇了摇头，坚决否认他想埋掉的那些饼干，是奥里森订购的。他拿出两张单据，一张进货单上清楚标明他曾经进了五十公斤饼干，而另一张收货单上有奥里森的签字，说明奥里森收到了五十公斤饼干。这五十公斤饼干，是奥里森三个多月沙漠行程的全部干粮。

比格不禁疑惑了：那辛迪想埋掉的那些饼干又是从哪里来的呢？这时，他的目光扫过辛迪的卧室，发现墙上贴着许多鱼的照片。原来，辛迪是个钓鱼迷，他每次钓到大鱼，都要拍照，然后贴到墙上，每一张都标明钓鱼的时间、地点和鱼的名称、重量。在那些鱼的照片中，有一张是安妮的照片，下面也这样标注：七月九日、商场应聘室、美人鱼安妮、四十二公斤。

比格的脑子里忽然一闪：辛迪想埋掉的那些饼干，也是这个重量啊。他脱口叫道："四十二公斤！天哪，你把安妮怎么样了？"

辛迪重重地叹了口气，终于说出了事实的真相：他事先偷偷拿走了四十二公斤饼干，接着让安妮吃了过量的安眠药，把她放在箱子底下，代替相同重量的饼干，然后在安妮上面铺上饼干。当天，奥里森验货时只是验了一下重量，恰好是他所要的五十公斤。而当奥里森进入沙漠后，肯定是从上面开始拿饼干吃。等他吃完了上面的饼干，才会发现下面的安妮。这时，应该是他进入沙漠后的十多天了，没有了食物，他只会饿死在沙漠里。而

· 意料之外 情理之中 ·

安妮，也永远都不会再醒过来了。

比格听完，愤怒地吼道："你不该谋杀了他们！"

辛迪痛苦地摇了摇头，说："我是那么爱安妮，我可以容忍她的一切缺点，却唯独不能容忍她的背叛。"说到这儿，辛迪突然疯狂地笑了起来，"哈哈，按时间来推算，奥里森应该已经发现了安妮，但他不会兴奋，他只会疯狂。他熬不过两天，就会活活饿死。沙漠里的动物会把他吃得尸骨无存，不会留下一点蛛丝马迹！"

比格低声吼道："我要逮捕你！"

辛迪反问道："你有证据吗？"

比格说："你想偷偷埋掉与安妮体重相当的饼干，这就是证据！"

辛迪一点也不害怕，笑着反问："我偷埋饼干？那些饼干在哪儿？"

比格忽然想到，那些饼干，正在孩子们的肚子里呢……

（题图、插图：佐　夫）

· 本刊信息传真 ·

内容的代表性·题材的多样性·叙事的时代性·编选的权威性

故事会30年优秀作品精华本

俗话说，欲望无止境。有些人，明明家有贤妻、衣食无忧，却偏偏被金钱蒙蔽了双眼，被欲望冲昏了头脑，从而迷失了人生的方向，踏上了一条不归路……

迷 失

□ 龙新霖

1．偷越国境

在云南边境有个小镇，小镇上有三个年轻人，他们结成了异姓兄弟，立誓有福同享，有难同当。

这大哥叫秦少锋，长得浓眉大眼，人高马大，是个敢作敢为、讲义气的小伙子。二哥许义，个子不高，一张短短的国字脸，把五官挤在一起，一道打架落下的刀疤，又深又宽，从额上一直拉到下巴，显得狰狞可怕。此人机油滑，人称机灵鬼。三弟起了个女性化的名字，叫毛思敏，人长得细蜂腰，白净脸，说话细声细气，也像女人。虽说三个人中毛思敏年龄最小，胆子也最小，却率先有了个对他一心一意的未婚妻，名叫黄珍，在小

镇信用社当出纳。

三个人平时除了"啃老"，根本没正当收入，想赚大钱，又眼高手低，老这么游来荡去、打打闹闹也没了兴致，年龄也一天天大起来。

这天，三人聚集在一家茶楼的一个幽暗单间里，商量着一件大事。只听秦少锋压低了声音道："哥们儿，想好了没有，到底是走还是不走？"

一旁的许义呼地站起来，一拍桌子道："走！走！哪个敢不走，老子就不认他这个兄弟！"

毛思敏紧张地看了一眼许义，说："许哥，你不要生气。不是说走就能走的啊，锋哥和你都凑了三五万块出来了，我一分钱也没有。没钱去外

国喝西北风啊？"

许义的嘴角掠起一丝笑容，说："别叫穷了，只要你肯下决心走，有的是钱，你身边不就是钱柜子吗？"说着，许义意味深长地望了望紧靠着毛思敏的黄珍一眼。

毛思敏一下子紧张起来："你是说卖了珍珍？"

许义笑道："你脑子进水啦？哪个敢卖你的心肝宝贝啊？我是说珍珍单位的保险柜里有的是钱，珍珍不是有钥匙吗？拿出来就是了！"

毛思敏惊愕地瞪大眼睛，既而摇摇头说："你是说拿信用社的钱？那是要坐牢的！"

许义骂道："你真是够笨的！拿了钱远走高飞到国外去了，还坐什么牢啊，那是享不完的福啊！"

这时，秦少锋开腔了："思敏，许义说的有道理，我们早就想好了，拿了钱我们就到外国去，你姑妈不是在南洋吗？当年偷渡去了那里，如今发了大财，当了大老板。外国最容易发财，你看南洋的华侨们哪个不是腰缠万贯？你和珍珍不是要结婚吗？没钱你结什么啊？到了南洋，最不济也可以在你姑妈的公司里打工啊。"

许义说："走海路太危险，坐那闷罐船说不定把老命都送掉，还得给蛇头许多钱，咱们就是倾家荡产也给不起，不如走陆路吧。"

这时，四个男女在茶楼里作最后的商议。事到临头，毛思敏又畏首畏尾起来，他看了看珍珍微微凸起的腹部，用商量的口吻问道："珍珍，你看呢？"

一直默不作声的黄珍，伸出手指狠狠地戳了一下毛思敏的脑袋，说："就你胆小，我早就想出去了，要不我嫁给你干什么！"黄珍说的是实话，结婚前，她在毛思敏家里，看到毛思敏姑妈寄来的一张张照片，看着美丽的南洋风光，她的心早就飞出去了，这才更坚定了她嫁给毛思敏的决心。

许义笑道："还是珍珍有胆！你哪天弄到钱，我们就哪天走。"

珍珍说"按规定，我们信用社不能存放大数额存款，但我们信用社每天的存款不多，所以，运钞车一般一星期才来一次。按平时的存款量，我们信用社一星期就二十几万元。"

秦少锋说："二十几万就二十几万，你看哪天能提出来？放心，这钱算我和义哥跟你借的，到时候加倍奉还！"

珍珍想了想，忽然大叫起来"对了，明天运钞车要来，就在今晚！今晚正好轮到我值班。"

秦少锋兴奋地说"事不宜迟，今晚就动手！珍珍，你去把钱偷出来，思敏，你去接应，我和许义去弄辆车，我们连夜走！"说罢，四个男女分头行动。

凌晨三时许，小镇上的人们在沉

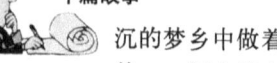

沉的梦乡中做着甜美的梦。一辆吉普车悄无声息地驶到信用社门前停下。这时，信用社的大门洞开，从里面蹿出一男一女，正是毛思敏和珍珍，他们提着一个麻袋，飞快地钻进车里，吉普车如离弦的箭向边境驶去。

天快放亮的时候，四人终于来到界河边。借着熹微的晨光，可以看见矗立在河岸边的高大界碑，秦少锋抚摸着界碑，激动地说："到了!只要一过河，我们就成功了!"

许义说："开弓没有回头箭。快!过了河就到国外了!"四个人"扑通扑通"跳下河，向对岸趟去。爬上岸，许义拿出指南针，在手掌上摆弄一下，校准了方向，说："我们不能走大路，否则被边防警察抓住送回国，那就是等着坐牢。现在我们唯一的路就是从原始丛林穿过去。为了以防万一，这

钱我们分开带着，但不能瓜分，到了南洋咱们用它作本钱，做点小买卖什么的，先站住脚，然后去哪儿再见机行事。"见大家都同意了，他把钱分成四份，每人携带一份绑在身上。然后，四个人就像四头脱笼的野兽，一头扎进无边无际的原始森林中。

2. 魂断他乡

森林里浓雾弥漫，秦少锋他们像四只没头的苍蝇，在雾海密林中乱撞。无数的藤蔓织成一道道藤网，挡住了前进的道路，不远处不时传来野兽的阵阵嗥叫。秦少锋拿着一把砍刀在前面奋力砍着挡道的树藤，许义不知从哪儿弄来一把小手枪握在手里，神气活现地在后面警戒，毛思敏扶着黄珍战战兢兢地走在中间。他们已经走了三天了，还没有走出密林，而携带的食物早已吃完。

此时，四个人又累又饿，特别是黄珍，小白脸被树枝刮得横一道、竖一道，伤痕累累，血迹斑斑，汗水一浸，火辣辣的痛，嘴唇由于焦虑而起了白泡，她不停地问："我们是不是迷路了啊?"

许义不耐烦地说："你嘀嘀咕咕的烦不烦?少说两句不行吗?我有指南针呢，不会错!"

"我口渴得厉害，走不动了。"黄珍伸出舌头，舔了舔干裂的嘴唇，靠着毛思敏的身体，摇晃着像要瘫倒。

毛思敏奋力扶住她，细声细气地说："珍珍，坚持，坚持就是胜利。"

秦少锋从前面递过来一节刚刚砍断的树藤说："这里面有汁水，喝一口就有力气了。"

黄珍接过来，塞进嘴里猛吸一口，顿时一股怪腥味使她的胃翻江倒海，一张嘴把黄胆水都吐了出来。她软绵绵地瘫坐在地上说："你们走吧，不要管我，让我死了算了。"

许义皱起眉头骂道："女人就是麻烦，早知道不要你来了，让你去蹲大牢。"黄珍和毛思敏都没出声。秦少锋看不过去了，他冲许义说："老二，你咋说话呢？黄珍丢了工作，偷公款犯罪，不都是为了我们？"说着过来帮毛思敏扶起了黄珍。

一行人就这样走走歇歇，歇歇走走，记不清翻了几座山，趟过了几条河。渴了喝一口山泉水，饿了吞一把树叶草根。渐渐地，眼前的树变得稀疏起来，走在前面的许义忽然大叫道："快看！那里有个寨子！"秦少锋和毛思敏一高兴，松开搀扶着黄珍的手就往前跑，哪知突然失去支撑的黄珍一下子瘫坐在一个又软又滑的物体上，说时迟那时快，还没等她回过神，她感觉自己被一条粗大的鞭子猛地抽倒在地，紧接着身子被一个冰凉的软体箍得喘不过气来。毛思敏和秦少锋听到黄珍的惊叫，回头一看，不由倒抽一口冷气！只见一条大蟒紧紧缠住了黄珍！原来那是一条吃饱了正在闭目养神的大蟒，黄珍一屁股正巧坐在它身上，大蟒受惊，顿时大怒，尾巴一甩把黄珍抽倒，身子一卷就把黄珍裹住了。

毛思敏吓傻了，双脚像被钉在那儿一动不动，张大着嘴巴却叫不出声来。秦少锋和许义冲上去要救黄珍。大蟒哧哧吐着红色的芯子，一张嘴，一团黏稠的液体喷了许义一脸，许义顿时两眼一黑，什么都看不见了。

秦少锋大吼一声扑上去，双手紧紧扼住大蟒颈部，大蟒松开黄珍，尾巴不停地摆动着，巨大的身子如铁箍一般缠住了秦少锋。秦少锋浑身的骨头被勒得咯咯作响，脸色发紫，呼吸困难。他拼命大喊："快拿匕首来！刺穿它的心脏！"

许义吓得双手在身上乱摸，却怎么也摸不到匕首，他冲毛思敏大吼："你傻呆着等死啊，还不快拿匕首去！"毛思敏颤抖着跑过去，从许义身上抽出匕首，大步上前对准大蟒颈部就刺了个对穿，一股黑血喷了他一身一脸，他全然不顾，急忙去看黄珍。只见黄珍倒在地上，两眼惊恐地睁着，眼珠暴凸，嘴角渗出丝丝鲜血。

"珍珍，珍珍，你怎么啦？你怎么啦？"毛思敏抱起黄珍焦急地哭喊

着。黄珍软绵绵地倒在毛思敏的怀里，一股一股鲜血正顺着她的裤管流下来!

毛思敏惊骇地大叫："天啊，她流产了!"原来怀有身孕的黄珍被大蟒一箍流产了，还引起了大出血!

毛思敏见黄珍血流不止，不知所措地失声痛哭。许义骂道："这个时候你还嚷啥丧呀? 还不快背起她到寨子里去! 说不定还有救!"

秦少锋急忙过来帮毛思敏背起黄珍。毛思敏跟跟跄跄地走出丛林，黄珍在他背上越来越软，气息越来越微弱。毛思敏带着哭腔喊道："珍珍，珍珍，你千万要挺住啊!"

四个人一路喊叫着冲进寨子。这是一座占地很大的石头寨子，有寨

门、竹楼和许多高高低低的铁皮顶房子，地上铺着石板。寨门口站着两个身穿黑色衣服、肩上扛着半自动步枪的家丁。毛思敏把奄奄一息的黄珍放下，转身跪在地上哭喊着："救命，求求你们救救她!"

两个家丁不知道他说什么，但一看黄珍被鲜血湿透的裤子就明白是怎么回事了，其中一人跑进寨门。一会儿出来一个五十上下、上唇蓄着几根鼠须、细眼如豆的小老头，他上身穿着西装，下身却穿着一条笼裙，显得不伦不类，身后还跟着一个不停为他摇芭蕉扇的男仆。这小老头正是族人土司，他操着生硬的汉语问道："你们是什么人?"

秦少锋抢前一步说："大叔，我们是从中国来做生意的人，没想到在森林里迷了路，我们这位怀了身孕的朋友被巨蟒缠住，造成了大出血，大叔，求求你救她一命!"

土司用怀疑的目光打量着面前这几位不速之客，沉吟不语。毛思敏见这个小老头会说汉语，如同捞到了一根救命稻草，他跪着爬上前哀求道："大叔，求求你救她一命，她需要医生!"

土司面无表情地说："没有医生。""医院呢? 有医院吗?""没有医院。"

毛思敏绝望地大吼："那你们这里没有病人吗? 人生病了不看医生

吗？""最近的医院在那旺，离这里有二百里远。"

毛思敏急了，一下子拉开上衣拉链，露出绑在里面的钞票道："大叔，求求你，无论如何救她一命!这些钱，我、我全给你!"说着，他把几扎钞票全扔在地上，秦少锋想上前阻拦，却来不及了。

土司的小眼睛顿时放出异样的光彩，他对一个家丁嘀咕了几句，家丁转身跑去端来一碗黑糊糊的汤药。

毛思敏问："这是什么？""鸦片汤。"

"去你妈的!这玩意只能害人，还能救人啊!"毛思敏愤怒地挥手打掉家丁递过来的碗，抱起黄珍，泪流满面道，"珍珍，都是我害了你啊，我不该让你跟着我到什么外国去享福啊!"

黄珍惨白的脸上露出一丝苦笑，断断续续说道："思……敏，我……我爱你，我……我不怨你，你……你答应我，一定要回去看我妈……"

毛思敏拼命地点头，哽咽道："珍珍，我答应你，我答应你!"黄珍嘴里嘘出一口长气，头一歪，魂游天国去了。

"珍珍!"毛思敏凄惨的号哭呼叫响彻异国他乡的上空。

3. 死里逃生

秦少锋帮毛思敏向土司买了一副薄皮棺材埋葬了黄珍。毛思敏趴在黄珍的坟堆上哭得死去活来。

土司假惺惺地劝他："年轻人，来日方长，何必为一个女人伤心呢，请节哀。"土司嘴里说着话，眼光却不时地瞟向许义和秦少锋，他见许义手不离枪，而秦少锋身藏匕首。此时，秦少锋的一双眼睛虎视眈眈地不离土司左右，只要土司稍有动静，秦少锋就会像一头猛狮扑向猎物一样扑向他。土司小眼睛一转，笑道："咱们交个朋友，走，到我家吃了饭再走。"

三个人自从逃出国境以来，已经几天没有吃饭，早已饿得饥肠辘辘，他们也不推辞，跟着土司进了府第。土司下令摆上酒席，还叫来几个姑娘跳舞助兴。饥饿战胜了悲哀、恐惧和警惕，秦少锋和许义不顾一切地吃喝起来。而毛思敏还在为失去老婆而伤心哀痛，没有食欲，只是目光呆滞地用筷子有一下没一下地把饭粒往嘴里拨送。不料吃着吃着，秦少锋和许义突然感到头晕目眩，二人支持不住便扑倒在桌子上，毛思敏一见大惊失色，霍地站起来推着秦少锋和许义叫道："大哥，二哥，你们怎么啦？"正喊着忽然感到脑后生风，没等回头，后脑被重重一击，咕咚一声倒在地上，便不省人事了。

不知过了多久，秦少锋从昏睡中苏醒过来，睁开眼，眼前一片漆黑，四周寂静无声。他用手一摸，竟然是冷冰冰的土壁。秦少锋以前听老人说

过，土司府有专门用来关押死囚的土洞，土洞一般都是挖在离土司府不远的山坡上，洞深三四丈，仅两尺见方，人被关在里面，如同被压在十八层地狱里，无光无声，只有死亡的恐惧和死一般的寂静黑暗包围着。据说再野蛮的犯人只要被关上两天，无一例外的都会发疯咬舌自尽!

秦少锋明白自己被关在土洞里了，一股难以形容的恐惧袭遍全身。他摸摸身上，所有的东西都被搜走了。要想从土洞里逃生，简直比登天还难。在这生死关头，秦少锋想起了家中的母亲，后悔自己不听母训，乱

交朋友，不务正业，更后悔不该如此草率到国外谋发展，妄想发大财。没想到自己一念之差，竟落得亡命他乡、丧身土洞的下场!想到这儿，秦少锋不由流下了两行悲愤的泪水。

不知过了多久，就在秦少锋闭目等死的时候，忽然，头顶上投下一丝细细的亮光，接着有人扔下一根长绳小声道:"快爬上来!"

秦少锋大喜过望，也不管上面救他的人是谁，用尽吃奶的力气抓住绳子爬了上去，一看原来救他的竟然是许义。他见许义手里还提着一支冲锋枪，在不远的地方躺着一具家丁的尸体，不禁惊喜地问:"你是怎么上来的?"

许义指指家丁的尸体，说"我在洞里大喊大叫，引来这家伙。他问我叫什么，我说我不甘心就这么死了啊，那么多钱，藏在树林里没人知道，他就要我告诉他。我的枪、匕首、指南针、地图、打火机虽然都被缴了，但我还有一把小匕首藏在鞋子里，他们没有搜到，我一上来就干掉了这家丁。"

死里逃生的秦少锋不禁热泪盈眶，他顾不得赞扬许义，急切地说:"快!去救毛思敏!"

两人又跑到不远处的土洞旁，掀开压在土洞上的石板，扔下长绳，可半天都没有反应，秦少锋喊道:"思敏，快上来!"依然没有回应。秦少锋

急了，说："我下去看看。"说罢，他顺着绳子滑下去一看，只见毛思敏已经神情恍惚，嘴里念叨着："我要回家，我要回家！"这时，洞口传来许义的叫声："快上来，有人来了！"紧接着上面响起了激烈的枪声。秦少锋心急如焚，狠狠抽了毛思敏两耳光，吼道："你想死就在这里呆着吧！"说罢，他攀着绳子嗖嗖嗖往上爬，回头一看毛思敏也紧跟着爬了上来。许义用冲锋枪撂倒了两名家丁，叫道："快走！"说着，三人扭头冲进密林里。

4. 血染沼泽

三个人慌不择路，在森林里狂奔了半天，确信后面没有追兵才停了下来。这时，他们迷路了，在丛林里转悠了四天还没有找到出路。秦少锋用剩下的三发子弹打了两只火鸡，没有火，饿急了的三人连毛带血把火鸡给生吞活剥了。这时，天空下起了雨，大雾又开始在森林里升腾起来。三个人又冷又饿，脸上疲惫得脱了形，衣服裤子被荆棘划得支离破碎。三个人衣衫不整、哆哆嗦嗦地围坐在一棵大树下，一筹莫展。

"如果再走不出去，我们就只有等死了。"面对困境，一向鬼点子多、信心十足的许义也仰天长叹。

秦少锋翻看着手里明晃晃的匕首说："不要灰心，我们还有匕首，你们学燧人氏钻木取火，我去搞点吃的

来，说不定能碰到一窝野兔什么的。"说罢，拿起匕首去寻找食物。许义和毛思敏二人捡来几根枯树枝，有气无力地一上一下摩擦起来，还没等他俩擦出火花来，秦少锋却快步奔回来急急忙忙地说："发现情况！快跟我来！"

两个人跟着秦少锋没走多远，就见森林里有一条羊肠小道伸向远方，不远处传来骡马打响鼻的声音和人的低语声。三人忙蹲伏在地，瞪大双眼盯着前方，不一会儿就见一队人马从林中走过，大约有六七十人和几十匹驮载货物的骡马。他们的骡马都衔着枚，赶马人个个头戴竹笠，身披蓑衣，静悄悄地在林中穿行。秦少锋一时激动，想跳起来喊叫，许义却一把将他按倒在地，低吼道："别动！"秦少锋不解其意地用眼光询问他，许义用嘴一努，秦少锋再定睛细看，这一看，差点没叫出声来！只见每一个赶马人的蓑衣下都露出一节黑黝黝的枪管！许义说："他们是走私鸦片的匪帮，这小道是他们的秘密通道，如果他们知道我们发现了这个秘密，那我们就死定了！"

秦少锋为自己刚才的鲁莽惊出一身冷汗，心有余悸地说："他们是去哪里？"

许义说："极有可能是去青远。我们只要悄悄跟着他们，就能到那里。"

秦少锋沮丧地说："我们钱都没

有了，还去青远干什么，不如回家吧。"

许义望着毛思敏问道："你呢？"

毛思敏道："我、我也想回家。"

许义冷笑道："回家？说得轻巧，地图没有了，指南针没有了，能走出这百里丛林吗？再转两天，不被野兽吃掉，也要活活饿死，跟他们走是唯一的出路。快走！"

于是，三个人忍饥挨饿，悄悄跟在那帮人的后面。

天黑了，马帮在森林里生起篝火，围坐在火堆边又吃又喝，秦少锋他们不敢靠近，闻着阵阵随风飘来的酒肉香味，肚子咕咕直叫。肚子越饿，身上就越冷，三个人挤作一堆，抱成一团，好不容易挨到快天亮时，许义实在熬不住了，说："再这样跟他们耗上三五天，还没走到青远，我们就饿死了，横竖是个死，不如我去他们那里弄点吃的来。"

秦少锋嘱咐道："小心点。"

许义把匕首衔在嘴里，弓着腰悄悄摸到马帮的帐篷前，只见一个哨兵靠在帐篷门口呼呼大睡。许义轻手轻脚地摸进帐篷里，见匪兵们一个挨一个睡得正香，帐篷里堆放着许多吃的东西，他小心翼翼地轻移脚步走到里面，把一瓶罐牛肉罐头塞进怀里，然后又高抬腿轻放脚地退出来。经过帐篷门口时，他看见哨兵的那杆冲锋枪靠在旁边，他一时贪心，顺手一提想把枪也拿走，不料，那枪带子是捏在哨兵手里的，哨兵惊醒过来，大喊一声："有贼！"许义一惊，怀里的罐头也叮叮当当掉落在地，帐篷里的匪兵全都醒了。许义又惊又怒，一刀把哨兵捅死，从哨兵身上拔了个弹匣，提起枪就跑。匪兵们追出来，子弹呼呼呼从他耳边飞过。秦少锋和毛思敏一看情形不对，就跟着许义没命似的往林中飞奔，匪兵们恼羞成怒，紧追不放。

跑着跑着，毛思敏"哎哟"一声摔倒在地，一股鲜血从小腿上流下来。秦少锋问"怎么啦？"毛思敏痛得直咧嘴："我受伤了。"秦少锋和许义只好架起毛思敏接着跑。这时，天已经放亮了，只见前面是一片铁锈色的沼泽地，水面上升腾着氤氲热气。再回头一看，匪兵们哇哇大叫着追上来。前有沼泽，后有追兵。许义端枪朝追兵扫了一个扇面，子弹打光了，他把枪一扔，大喊一声："快！下水！"

三人扑下沼泽，拼命往对岸游去。秦少锋和许义刚刚爬上对岸，忽然听到身后传来凄厉的惨叫声，回头一看，只见毛思敏的面部因极度恐惧，而扭曲得变了形，他扑腾着仰面躺在锈水里，鲜血立即把他染红了。秦少锋和许义再细一看，只见毛思敏手上、脚上、脸上，甚至眼睛里都密密麻麻叮满了一条条肥大的蚂蟥，还没等他们做出任何反应，毛思敏已经成了一具被吸干了的空壳，漂浮在水面上。秦少锋和许义看得心惊肉跳，冷汗淋漓！许义颤抖着声音说："是他的血救了我们。"原来毛思敏腿上的血腥来了千万条蚂蟥，他死了，秦少锋和许义逃过了一劫。

秦少锋喃喃道："太可怕了，太可怕了！"他浑身颤抖着望着毛思敏的尸体，声泪俱下道，"好兄弟，大哥对不起你呀！"

5.魂兮归来

秦少锋和许义互相搀扶着，如同两个醉汉，在密林里跟跟跄跄地走着。这时，太阳升起来了，丛林里百鸟歌唱，两个人穿过一片树林，许义忽然大叫起来："大哥，你看，那里有一户人家！"

秦少锋抬头一看，只见前面不远处有一幢竹楼，竹楼四周是几十株高大的板栗树，一架竹梯直通楼上，竹门虚掩，从窗口还飘出袅袅青烟。秦少锋惊喜之余，又疑云重重：是什么人独处在深山老林里？是猎人还是土匪？这么一想，他警惕地说："别出声，我们先悄悄走近竹楼看看。"

两人提心吊胆地刚接近竹楼，突然"呜"的一声低号，一条如狮子般大小的藏獒摇晃着冲下楼梯，瞪着乌溜溜的眼睛一步步朝他们走来。两个人吓得一声惊叫，连连后退，最后双双跌倒在地上。就在他们以为又一次大难临头的时候，忽听楼上传来一个苍老的声音："黑熊，回来！"那条样子凶猛却步履蹒跚的藏獒立即止步，摇头摆尾地回身上楼，守在楼梯口。

这时，屋里传来一阵狂笑："哈哈，哈哈！你们终于来了，你们终于来了！"

那怪笑声短促嘶哑，虽说秦少锋和许义一直在外闯荡，在短短的几天里又经历过无数次死亡的考验，但乍听到这声音，仍不禁毛骨悚然，两人抱作一团，不敢吭声。这时，楼上又传来那苍老的声音："不要怕，黑熊不会伤害你们，上来吧。"

两人互看看看，过了半天才相拥着战战兢兢地登上竹梯，推开虚掩的竹门。只见火塘边躺着一位白发白须

的耄耋老人，多皱的脸皮干枯得像一片风干的橘子皮，佝偻的身子紧紧裹着一条发黑的毛毡，活像一具木乃伊。他见两人进来，暗淡的眼睛顿时有了神采，他喃喃自语道："终于等到你们了，终于等到你们了!"

秦少锋和许义听了，不禁面面相觑。这时，他们看见火塘边的破竹箕里，放着已经剥壳风干了的板栗，饿得眼睛发花的他们，就像恶狼扑食般抓起板栗就往嘴里填。他们狼吞虎咽地吃着，干硬的板栗噎得他们直翻白眼，接着又抓起火塘边装水的竹筒，咕咕咕猛灌一气，以至于老人在嘟嘟哝哝地说着什么，他们一句也没听见，直到肚子填饱了，身上有了力气，秦少锋才抬起头来问老人："老人家，你刚才说什么?"

"我要你们带我回国。"

秦少锋惊诧道："回国? 难道这里不是你的家?"

老人忽然伸出一双如鸡爪般的手紧紧抓住秦少锋，说："你们带我回云南，你们带我回云南，我有好多钱给你们，全给你们!我那钱，就藏在板栗树下。"老人挣扎着想站起来，却又站不起来，秦少锋和许义再一看，只见老人左腿的下半截是空的。秦少锋连忙扶住老人，让他躺下，问道："老人家，我们一定带你回去，请问你是哪里人? 为什么一个人住在这深山老林里? "

老人抬起泪眼望着秦少锋，缓缓说起一个遥远的故事:

老人名叫武雄文，云南人，早年当过兵，四十年代随部队残兵留在国外，多年来，他在外谋生，吃了不少苦，也赚了一些钱。到了八十年代，他想到了叶落归根，决定回云南老家。不料在徒步穿越丛林时迷了路，一时出不了丛林，他只好暂时找个合适的地方先住下来。他怕一个人天长日久呆着，会失去说话的能力，就经常拿出随身携带的书，自读自听，后来又有了藏獒黑熊，他就天天对着黑熊唠叨说笑。他原想慢慢找机会回国，没想到一次在追赶猎物时摔下山崖，把腿摔断了，而且断腿还卡在岩缝里，为了保命，他砍断了伤腿，伤好后他却再也走不出丛林。他只好在这里等人来，他等啊等啊，一等就是十多年! 他今年已经86岁了，若再不能回家，就真的要在外国的丛林里做孤魂野鬼了。今天，他听到黑熊一叫，就知道有人来了。

老人说到这儿，忽然想起了什么，他摇摇头，问："你们是不是想去外国? "此时，老人的目光忽然变得冰冷起来，盯得秦少锋背后直冒寒气，接着老人又自问自答道，"去不得，去不得，你们过不了大江，几百里外的下游有桥，有警察把守。你们千万不要被金钱冲昏了头脑啊，外国不见得比中国好！"

秦少锋听了，又想起黄珍和毛思敏的死，想起那个黑暗的土洞，他恐惧地说："老人家，你多心了，我们要回中国去！"

老人一听，高兴地说："那就好，那就好，求求你们带我走。"说完，可怜巴巴地望着秦少锋和许义。

秦少锋抬眼环顾四周，发现屋子里除了板壁上有一支老式步枪和一把砍刀外，四壁空空，他半信半疑地问："老人家，你一个人在密林里靠什么生活啊？"

老人指指窗外的几十株板栗树说："是它们养活了我，还有我的黑熊。"

秦少锋明白了，老人把板栗收藏起来风干就是他一年的粮食。靠板栗果腹，靠黑熊作伴，凭着对回归故国的信念，老人度过了漫长的十多年的孤独时光！秦少锋感动地说："老人家，我们也是云南人，我一定带你回去。"

老人顿时兴奋得脸上泛起红光，喃喃道："叶落归根了，我终于要叶落归根了。我把树洞里的钱全给你们，全给你们。"

秦少锋道："老人家，今天天晚了，我们好好睡一觉，明天带你走。"

当晚，已经几天都没有睡过好觉的秦少锋，在饱饱地吃了一顿板栗后，头一落枕就进入了梦乡。睡梦中，他突然被狗的一声惨叫惊醒了，睁开眼一看，许义不见了！

老人也醒了，嘴里喊着："黑熊，我的黑熊！"挣扎着就想往楼下爬。

秦少锋扶着老人下了楼，老人指着一棵高大的板栗树，让秦少锋带他过去。他们上前一看，只见黑熊四脚朝天仰躺在树下，它的腹部插着一把匕首。老人发疯似的扑向黑熊，抱起狗头哭喊着："黑熊、黑熊，我的黑熊啊！"

秦少锋拔出狗腹里的匕首，一看竟是许义用的那把。"是许义！"他惊叫起来。老人忽然放下狗，发疯般去掏树底下的那个洞，里面已经空空如也。老人跌坐在地，满脸绝望。

原来，许义从回国心切的老人口

中得知，那树洞里有钱以后，就起了贪念。夜里他趁老人和秦少锋睡着时，就悄悄爬起来，一个树洞一个树洞地去掏，终于被他找到了。不料，聪明的黑熊一直在暗中监视着他，黑熊见许义拿着钱想逃跑，就从背后把他扑倒，许义掏出匕首杀死黑熊，卷着老人的钱逃之夭夭。

老人忽然抬起泪眼，用一种让人难以推脱的目光望着秦少锋说："你发誓，一定要把我带回去！"

秦少锋二话没说，举手向天道："我发誓！如果我不带你回云南，就遭天打雷劈！"

老人慢慢从身上摸出一张牛皮纸，说："你知道这是哪里吗？是野人山啊，与云南的直线距离不过一百多公里，但是你想走回去起码要十天半月。当年远征军战败回国，几十万人马没有死在日寇的枪炮下，却被这野人山吞灭了大半！没有地图你是走不出去的。这张地图是我花了几年时间出入丛林绘制的，我带在身边十多年了，有了它，你就能走出丛林。"

秦少锋一听这是野人山，不禁心寒而栗，但又庆幸自己遇到了老人。他想，不管遇到什么困难，也得把老人带回去，不过当他把目光移到老人那瘦弱的病体和那条残腿上时，他不由得又犹豫起来。他想，如果许义不跑，两个人抬着老人，兴许能把老人带出森林，可现在就剩下自己一个……

老人从秦少锋的目光里似乎明白了什么，他把地图交给秦少锋说："请你把我的骨灰撒在家乡的青山上。"说罢，老人突然一头撞向大树，顿时鲜血迸溅！秦少锋大惊，抱起老人大喊："老人家，你为什么要这样啊，为什么？"

老人脸上露出一丝惨白的笑容道："魂兮归去，我终于可以回家了。"说罢，气绝身亡。

秦少锋心里泛起难以言状的痛楚，他抱起老人的尸体，像孩子般失声痛哭！他不仅仅是为老人难过，更多的是为自己难过。

秦少锋火化了老人的尸体，背起老人的骨灰，按着地图指示的路线，踏上回国的路程。就在离老人住处不远的树丛里，他发现一具浑身肿胀发紫的尸体，尸体旁还散落着一些钱币和几根金条，秦少锋把尸体翻开一看，正是许义。原来许义卷着老人一生的积蓄，仓皇逃进丛林，还没走多远，就被毒蛇咬死了。

半个月后，秦少锋历尽艰辛，终于翻越野人山，回到云南。他找到了老人的后裔，把老人的骨灰和钱财交给了他们。他们为老人举行了隆重的葬礼，而老人的墓碑上刻着四个大字："魂兮归来"！

（题图、插图：杨宏富）

本期游戏难度指数：★★★☆☆

福尔摩伍的问题
寒夜里的谋杀案

这天凌晨四点半，福尔摩伍突然接到了莫斯太太的电话。电话里，莫斯太太说她丈夫被人杀了。

福尔摩伍立刻起床，发现外面北风呼啸，便披上大衣，开了40分钟的车，赶到了莫斯太太的家里。

莫斯太太正在客厅里等他，门铃刚响，她就把门打开了。房子里真暖和，福尔摩伍脱下大衣，把围巾手套也都摘了下来。莫斯太太穿着睡衣，把福尔摩伍带到书房，说："尸体就在这间屋子里。"

福尔摩伍一边查看现场，一边问道："太太，您丈夫是怎么被杀的？"

"我上床睡觉时，我丈夫还在书房里看书，4点25分我醒过来，发现他不在床上，我去找他，发现他已经死了……"

"那您后来做了些什么？"

莫斯太太抽泣着说："我就到客厅里给你打电话。那时我才发现客厅的窗户大开着，凶手一定是从那扇窗子里进来，然后又从那里逃走的。"

福尔摩伍走到客厅的窗户前，往外望去，外面什么都没有，风吹进他的脖子里，他缩了缩脖子，忙关上了窗户。

莫斯太太说："福尔摩伍先生，你要验尸吗？"福尔摩伍冷冷地答道："那是法医的工作，不过，我劝您还是自首吧。"

莫斯太太脸色变得惨白："你这是什么意思？"福尔摩伍说："因为刚才你没说实话！"

福尔摩伍为何知道莫斯太太说了谎？ **（推荐者：木　木）**

超级视觉
蓝色齿轮如何转动

在这个齿轮组中，如果红色齿轮是逆时针转动（如图），那么蓝色齿轮该如何转动呢？

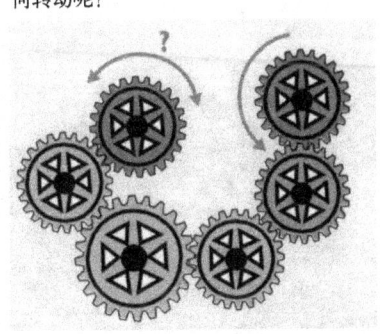

世界500强面试题
蜡　烛

玛丽在桌上点了12根蜡烛，晚上被风吹灭了3根，不久又吹灭了2根，请问第二天早上还剩下几根？

（推荐者：开　心）

答案

超级视觉的问题：
莫斯太太在开门前什么时候，客厅窗户应当还开着。

非常冷的。

超级视觉
她说她先生书房里看书，这么冷的夜晚居然开着门。

福尔摩伍的问题：

世界500强面试题
5根。

一个人，如果仗着自己拥有锦衣玉食、香车宝马，而目空一切、横行霸道，那么总有一天，会有一桩意想不到的事，让他彻底没了气焰……

牛不起来

□ 杨尚霖

黄二这些年发了点小财，整天牛气十足。最近他更是鸟枪换炮，把自己那辆开了好几年的破夏利一脚踹开，从别人手上买了一辆九成新的宝马。开宝马的感觉就是不一样，过去开破车的时候，黄二总有点瞻前顾后，不敢和人家的名贵车挨得太近。可现在反过来了，他的宝马在街上横冲直撞，别的车都躲着它。

这天，黄二到乡下去办事。出了城，拐进一条狭窄的乡村土路。这路上全是一个接一个的坑，黄二皱着眉头，颠簸着开了半天。忽然，看见对面来了辆牛车，刚好前面几米路面是个瓶口，非常狭窄，仅能勉强通过一辆车，两辆车是万万不能同时通过

的。

牛车就快到瓶口了，按理说，是这边的车应该放慢车速，让牛车先过这个瓶口。可黄二开的是宝马呢，他的交通规则里可没有让车这一条，更何况对面还是辆牛车。黄二冲那头拉车的大水牛使劲一按喇叭，示意对方停下让路。

牛车上驾车的是个六十多岁的老头，一看黄二的架势，再不停车只怕要酿成撞车的悲剧，迫不得已一声吆喝，把牛喊住。可牛车还是塞住了瓶口，肯定过不去。黄二又按出一串长长的喇叭，那老头没办法，慌忙从牛车上跳下来，拉着牛鼻子往后"倒车"，退了好几米远，然后尽量紧挨着

78

路边停下。

黄二不禁微微一笑，心说，你这破牛车也敢跟我抢道，不把你赔死才怪！然后径直把车往瓶口开。

没想到，正在这时，车突然一个紧急刹车，硬生生地停了下来，紧接着熄火了。

这一下毫无半点先兆，黄二脑袋撞到方向盘上，磕出了一个大包。他顾不上痛，往下面一看，这是怎么回事？自己的脚明明踩在油门上，根本就没碰到脚刹啊！

黄二一边揉着额头，一边重新发动。可试了一次，没成功；又试一次，还是没成功。他有点急了，解恨似的使劲扭那把钥匙，发动机开头几次还发出几下喘息，后来干脆连个气也没有了。黄二气得打了几拳方向盘，破口大骂："破马！破马！"

对面那老头拉着牛鼻子站在路边，脸上笑呵呵地望着黄二的车，等着他把车开过去。可等了半天，见黄二的车原地不动，不知是咋回事，想先过去吧，又怕他同时开过来。老头又等了一会儿，忍不住跑了过来，敲敲黄二的车窗。

黄二按下车窗，没好气地问："干什么？"

老头赔着笑脸问："老板，您怎么还不过啊？"

黄二说："等会儿！"

老头局促不安地搓搓手，说："老

板，那我可先过了。"

黄二又试了几下，发动机就像个死人似的，没半点反应。老头得到他的默许，想回去驾牛车，谁知一回头，却见那头牛不等他使唤，自己拉着车出来了。

老头慌忙跑回去，一边骂道："你这死瘟牛，不听话了！"一边飞身跳上牛车。

黄二正想下车检查，一抬头，看见那头牛抬着两只牛角，径直向他的车子大步走来。他吓了一跳，把头探出去喊："老头，你怎么驾车的？"

牛车上的老头也是一脸慌张，双

手拼命拉着缰绳，嘴里大声吆喝，想让牛改变方向。可那头牛好像脑袋抽筋了，已经不再听他的命令，一旁那么宽的路它不走，却偏偏冲着黄二的车走过来。它还高高扬着脑袋，鼻子里发出呜呜的叫声。

眼看着牛一步步逼近，牛角就要挑到车灯了，黄二吓出了满头大汗，想弃车逃跑，又怕牛追着他不放，不知如何是好。

就在这千钧一发之际，怪事来了，车子突然向后快速倒退起来。黄二又是大吃一惊，自己刚才可什么都没做啊。他急忙抓紧方向盘，可接着

他发觉，自己的车已经变成了全自动驾驶，根本就不由他控制了。

那头牛仍然噔噔噔地大步紧逼过来，黄二的车不住地往后退。黄二吓得脸都白了，情急之下冲老头喊"老头，你想害死我啊！"

这时，老头飞身一跃，几步蹿到牛跟前，顾不得危险，双手就把牛头牢牢抱在怀里。牛叫了几下，终于安静了下来。

可黄二的车仍然往后又退了十几米，这才停下。黄二惊魂未定，过了半响才轻手轻脚地打开车门下来，走到老头跟前，骂道："老头，你怎么搞的？要是撞了我的车，看你怎么赔我！"

老头一脸无奈地苦笑道："老板，对不起了，我也不知道咋回事，这死牛向来都听话，今天不知咋的就发疯了。"

黄二哼了一声，围着自己的车打量来打量去，闹不懂怎么会发生这样的怪事。打开车盖子检查了一番，也没发现什么问题，发动机好好的，可就是发动不了。他正想进去再试试，突然"砰"的一声巨响，好像汽车爆胎的声音。低头一看，坏了，四只轮胎都在往外泄气，车身一点点地往下降。眨眼工夫，车胎就瘪了，车身像只狗似的趴在了地面上。

黄二吓得离车远远的，心想，见鬼了，这车难道有鬼不成？

·荒诞视点 虚幻笔记·

老头看见这一幕，也是目瞪口呆，问道："老板，你这车咋回事啊？"

黄二紧张地说："谁知道，到了这儿它自己突然来个急刹车，后来怎么也发动不了，接着它还自己往后躲你的牛，这是什么鬼地方啊，咋这么邪门？"

老头摇摇头，说以前没发生过这样的事，好多车在这儿都好好的，没见过他这样的车。老头说完，先把牛车拉了过去，拴在一棵树下，然后走回来盯着车左看右看，忽然问道："老板，你的车是不是叫宝马？"

黄二说是。老头又问他，是不是从一个大胖子手上买的？

黄二奇怪地望着他，连说"对对对，那家伙是个大胖子，脑袋还光了一块。"

老头一拍大腿，哈哈大笑："我明白了！"

黄二一惊："怎么，你知道那个胖子，他是个鬼？"

老头拍手拍腿，乐个不停，笑得眼泪都出来了，好不容易他才忍住笑，说道："老板，你别急，我有办法让你的车好起来！"说着，他过去解开牛缰绳，拍拍牛背说道，"你先自个儿回去吧。"可牛却摆了摆头，没动。老头又啪啪打了两巴掌，说："走吧！"牛这才极不情愿地迈步，不紧不慢地往前面走去。

等牛走远了，老头对黄二说："行了，你进去试试。"

黄二半信半疑地坐上车，一扭钥匙，嘿，果真一下就发动了。接着，他感觉车子一点点在升高，探头一瞧，怪事，车胎居然又自动充满了气，恢复如初了。

黄二又惊又喜，感激不尽地冲老头说了句谢谢，不敢在此地久留，急忙开车走了。一直到他回到城里，车子也没出过什么毛病。

黄二给原来的车主打了个电话，跟他说了自己遇到的怪事儿，还问他这车以前有没有发生过什么事。那胖子想了半天说，有一件事忘记告诉黄二了，以前他开这辆车，路过今天黄二出事儿的那条路时，曾经出过一次故障，怎么也发动不了，后来碰到一个赶牛车的老头，只好请老头用牛拉回了城里。

黄二听完愣了半天，恍然大悟：怪不得，原来车这玩意儿和人都是一样的。人在比自己牛气的人面前，就牛不起来。他的宝马以前被那头牛拉过，就如同败军之将，脸面丢尽，碰上了哪还牛得起来啊？

（题图、插图：安玉民 梁 丽）

绿版编辑部各编辑邮箱：

夏一鸣 gshxym@163.com
邢 悦 simyyue@126.com
朱 虹 zhong98305@sina.com
杭 帆 hangfan1102@126.com

猜猜他开什么车

□ 翟德军

这几年，各种同学聚会五花八门。这不，和谐驾校的佟教练被十年前的几个学员找到了，要他组织个同学会，比一比现在大家都开什么车。

佟教练好不容易把那批学员都找齐了。到了同学会这天，他早早地来到聚会的酒店，看着门前的停车场。一会儿，从外面开进来一辆捷达，过了一会儿，又开进来一辆奥迪，后面还跟着一辆宝马，很快，学员们陆续开着车子来了。

酒店包间里，佟教练开始点名，点到最后，有学员问："当年咱们组的那个'撞杆王'怎么没来？"那个撞杆王，名叫李江，每次练车，他准保要撞几回杆，连考了几次"桩"，都没过去，可不管怎么说，他也算大伙的同学呀，为什么唯独缺了他。

佟教练解释说："李江会晚一点来，他想和大伙做个趣味游戏。这几年，他生意做得相当成功，他想让你们猜一猜，他现在开的是什么车？"

十年前，李江学车时，家里就有一辆桑塔纳，经过这些年的发展，毫无疑问，李江开的一定是豪华车。有人说是凯迪拉克，有人说是劳斯莱斯，学员们七嘴八舌地把好车都说个遍，可佟教练一个劲地摇头。突然有人冒出一句："该不会是拖拉机吧。"这一句提醒了大伙，全都笑着往下猜，可是好车坏车都说遍了，佟教练还是摇头，他神秘地说："现在李江非常有钱，你们说的那些车，他都买得起，但是他只能开一种车。"说着，佟教练向门口一指，大伙的目光齐刷刷地看了过去。

这时，只听门外由远及近传来一阵奇怪的"嚓嚓"声，大伙纷纷屏气凝神，眼睛瞪得像铜铃。终于，门口出现了一个熟悉的身影，大伙却惊得目瞪口呆，只见李江坐着轮椅车来了！

佟教练意味深长地说："做人和开车一样不能太牛，太牛就会出事。"

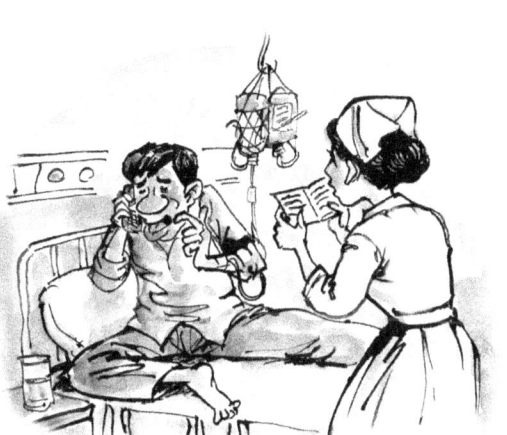

就是不信你

□ 李东东

这天，老杨到外地办事，刚下车就摔了个跟头，把腿摔断了，还摔掉了三颗门牙。幸好有人把他送去了医院，医生一检查，说起码得在这儿住上半个月，还让他赶紧交费。

老杨一想，坏了，这趟出门，身边没带多少钱，他只好找出电话本，请小护士帮忙打电话给他儿子，叫儿子打五千块到卡里。

小护士拿着电话本到外面打，回来时一脸的不高兴："大叔，你儿子警惕性也太高了！"

老杨捂着破嘴艰难地问："怎、怎么了？这、小子……不、不肯来？"

"来什么呀？"小护士说，"他根本就不相信我的话，一口咬定我是骗子，还骂人呢！"

老杨呵呵一笑，这小子以前真被人骗过呢。于是，他掏出手机想亲自跟儿子说，这下他总该信了吧？电话通了，老杨说："阿、阿明……我是、是你老爹，现在在……在医院……"

"你不用说了，我这就给你打钱进去。"阿明果然立刻就相信了，焦急地打断他的话，"要多少啊？"

老杨说五千，阿明想了想，说五千恐怕不够，他马上打一万进去。放下电话，老杨心里一阵欣慰，嗯，这个儿子还不错，关键时候用得上。

过了半个小时，儿子发个短信过来，说钱已经打进去了，他也正坐车赶来。老杨让护士拿他的卡去取钱，谁知护士却空着手回来了，说卡上就只有几十块钱，根本没人打过钱进来。

老杨急了，这小子莫不是记错账号打给别人了？他马上又打儿子的电话，没等他说话，儿子就问他收到钱没有。

老杨嘴巴痛得厉害，说道："没没没……"儿子哈哈大笑："没收到吧？想我给你打钱，做梦吧，你这个老骗子！说吧，手机是偷的还捡的？"

老杨大吃一惊："我是你爹呀！"

"我是你爷爷！"儿子在那头怒气冲冲地打断他，"你们组团忽悠我啊！我老子的声音我会听不出来？"咚的一下，就把电话挂了。

老杨一愣，又拨了一次"真是我啊，没、没骗你……""没空跟你们玩！"儿子又挂了，还索性关了机。老杨拿着电话愣了半晌，再摸摸自己磕破的嘴皮，恍然大悟：自己的嘴破了，牙齿也少了三颗，说话漏气，声音变了，怪不得儿子听不出他是谁，儿子刚才假装答应，那是故意逗他玩呢。

老杨这下没辙了，情急之下，他想起电话本上还有好多亲戚朋友的电话，于是叫小护士帮他打。过了好半天，小护士进来了，说把本子上的号码都打遍了，却没一个人相信她的话，基本上一提到汇款就马上挂了。

老杨一听，不禁哭笑不得。他郁闷地翻着电话本，一直翻到背面，突然看见一串数字，仔细一看，是个手机号码。再看前面，却没有写名字，只写着王××。他抓抓头皮，想不起这是谁的电话了，抱着最后一线希望问护士，这个电话打没打过。小护士一看，还真没打过。

老杨求她再试一次。这回，小护士出去不一会儿，就兴高采烈地跑回来说："终于成功了！这个人说他马上就动身赶来，要亲自送钱过来呢！大叔，他是您什么人啊？"

老杨喜出望外，可这个人到底是谁，他想破了脑袋也想不起来。

晚上十点多钟，老杨正准备合眼睡觉，忽然病房里风风火火闯进来一个人，看见他立刻就喊了起来："杨大叔，果然是你啊！哎呀，我这一趟没白跑！"

老杨看看来人，很年轻的一个小伙子，穿西装，打领带，自己肯定见过，却一时记不得是谁。那小伙子微笑着说道："杨大叔，您看，我说得没错吧？您早应该信我的话，这不，现在出事了……"

老杨愣了半晌，一拍床头，打断他的话说："小王，你别说了，你说得对，出院后我马上就听你的，给自己买份保险。可现在，你得先帮我垫点医药费。"

□ 竹 韵

镇乡之宝

红旗卜村

这天，市领导来刘桥乡视察。一开始，李乡长指点着司机往内定好的地方开，没想到，领导突然指挥司机，随便找个村子就停下来了解情况。这下可好，全盘计划被打乱，结果可想而知。领导板着脸留下了狠话，限他一个月之内整改。

李乡长这下傻眼了，看来他这个乡长要当到头了！忽然，他脑中灵光一闪，吩咐司机："快把咱们那辆破吉普车开出来！"司机纳闷地把那辆古董一样的吉普车开出来，又是洗又是冲，总算收拾得像个车的样子。

一个月后，领导果然又来复查。李乡长诚恳地检讨了错误："我绝对不再搞花架子、障眼法，今天就带您到几个最偏远的地方看看。那里路况不太好，您的车底盘太低，不如换坐我们的吉普车吧。"一看这破吉普，领

导脸上露出笑容："嗯，艰苦朴素的作风还是要保持的。"

一路上，那辆破吉普四面漏风，李乡长又专门指点往那些最坑坑洼洼的道路开，不到半个小时，领导就被颠得七荤八素，再过一会儿，领导终于忍不住呻吟起来，他有腰间盘突出的毛病，被颠得犯病了！李乡长假装为难地说："您看，离要去的村还远着呢……"领导一脸痛苦的神色，说："今天就到这里吧。"

晚上，领导直接被送进了市医院，视察工作不了了之。

从此以后，这辆破吉普就成了刘桥乡的镇乡之宝。但凡有领导来视察，李乡长必定让领导坐上这辆破得不能再破的车，外面刮风里面就下沙，天上下雨里面就滴水，赶上大晴天，里面更是像蒸笼一样。一般来说，

火眼金睛

□ 北大西洋

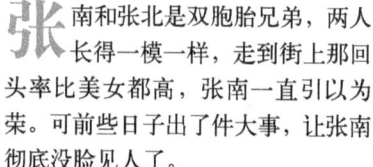

张南和张北是双胞胎兄弟，两人长得一模一样，走到街上那回头率比美女都高，张南一直引以为荣。可前些日子出了件大事，让张南彻底没脸见人了。

弟弟张北酒后闹事，结果失手打死了人，紧接着就跑了，警方正在悬赏缉拿。这下可苦了哥哥张南，自打通缉令贴出后，张南就不敢出门了，在家里像囚犯一样藏着，真是既憋气又窝火。

这天，张南实在憋不住了，想到外面透透气，可刚出家门没走几步，

最多两个小时，领导必定主动下车，结束视察工作。为此，李乡长特意交代司机："对这辆车要重点保护！"

这天，省里来了视察组，这次从轿车里下来的是个女领导，风尘仆仆，脸色苍白。李乡长赶紧上前迎接"要不先吃饭？"女领导有气无力地说："不了，还是先看看吧。"

李乡长赶紧把女领导带到那辆破吉普里，心里一个劲暗笑：一看就经不起折腾，用不了一个小时，她准打道回府！可他万万没想到，这个一脸病容的女领导，上了车后竟然越来越

精神，一会儿工夫就容光焕发，一会儿让去这个村，一会儿让去那个村，又是看又是问。

李乡长眼看着自己的心机要白费了，不禁又纳闷又着急，他忍不住悄声问女领导的秘书："她刚才看起来还病恹恹的样子，现在怎么这么精神了？"

秘书笑道："她那不是病，是晕车！越是好车晕得越厉害，换了你的破吉普，当然就不晕了！你就放心吧，有了你这辆四面漏风的破车，她不走遍十里八村，肯定不罢休！"

就让人给抓住了，不由分说扭送进了公安局。

幸好警察火眼金睛，通过一番查验，真认出他来了，告诉他可以回家了。可张南却坐着没动，说："我就这样出去，还会被抓回来，要是再让人给教训一顿，上哪儿喊冤去？"

警察无可奈何地说："你出门时，把脸包上点，别让人认出来，实在不行，你就报警，我们会给你证明的。"

张南捂着脸回了家，以后再出门时，就包得跟阿拉伯妇女似的，可眼看着夏天就要到了，再这样下去肯定不是办法。

就在张南无计可施的时候，案子破了，张北被抓到了。

张南以为自己这下可以"自由"了，可是一出去，还是会有人把他当作杀人通缉犯。

张南再也受不了了，决定去整容。他观察了好些天，看中了一家较为偏僻的整容店。

这天傍晚，天下起了蒙蒙细雨，张南看到店里只剩老板一个人时，才进了门。

老板看到张南穿着雨衣，戴着大口罩，捂得严严实实的，感到非常奇怪。张南环顾了一下四周，确信没有其他人，这才脱掉雨衣摘去口罩，凑近了对老板说："老板，我想做个整容手术。"

· 滑稽小品 喜剧空间 ·

老板看了一下张南的脸，说："想做手术容易，不知道你想怎么个做法？"

张南苦笑了一下说："怎么做都成，只要没人认出我来就行。"

老板听了，双手一摊说："你改天再来吧，我一个人做不了这样的手术，员工都已经下班了。"

张南说："我就是看到只剩你一个人，才敢进来的，实在不行，我可以当你的助手。"老板神秘一笑说："那好吧，我进去准备一下。"

可老板进去后，很长时间都没出来。张南觉得有点奇怪，他透过玻璃窗一看，老板正在那里弄手机。张南进去一把抢了过来，可是短信已经发出去了，他打开发件箱一看，只见有一条报警短信，上面写着："不好啦，有人越狱了，来我这里想整容。"

　　您手中有没有得意之作？本刊辟有二十多个原创性栏目，如中国新传说、我的故事、情感故事、16岁故事、海外故事和中篇故事等；您读到或听到什么有趣事可以和大家一起分享吗？3分钟典藏故事、开卷故事、财富故事、第一推荐、外国文学故事鉴赏和快乐辞典都是本刊推荐性栏目。热忱欢迎来稿，可从邮局寄发，也可从网上传递。邮寄地址：上海绍兴路74号《故事会》杂志社，邮编：200020；如为电子邮件，本期责任编辑信箱：zhong98305@sina.com。

·幽默世界·

不能自拔

□ 马凤文

乡长刘发和秘书小陈几个搓了一夜的麻将，直到第二天上午，还没有停下的意思。

这会儿轮到刘发坐庄，他掷了把骰子，然后按骰子点数抓牌，可由于太累了，刘发没看清，便把牌抓了起来。小陈觉得不对，对乡长说："你抓错了。"刘发一脸的不高兴："我堂堂乡长还能和你耍赖不成？"小陈想解

释清楚，可越解释刘发越生气，最后气得刘发一把推倒麻将，大声说："重来！"

小陈见刘发真生气了，连忙一边道歉一边重新洗牌，可刚把麻将砌好，就听外面一阵汽车喇叭响。小陈往外一看，吓了一跳，赶紧向刘发汇报："乡长，大事不好了，李市长的车来了。"

刘发脑袋嗡的一声，原来几天前市里开会，要求各乡镇做好建设布局规划工作，届时李市长要亲自检查。刘发只顾玩麻将，早把这事给忘了，眼看李市长就要进办公室了，麻将还在桌子上摆着呢，这可怎么办？不过，领导毕竟是领导，刘发灵机一动，迅速把桌上的麻将重新摆弄一下，拿起旁边的直尺便讲了起来。小陈等人见乡长反应如此迅速，连连佩服。

这时，李市长推门进来，见桌上摆着麻将，马上把脸一沉，刚要发作，却见刘发在那里讲得滔滔不绝，仔细一听才明白，原来刘发在讲乡镇建设的布局。

刘发开始装作没看见，李市长已到眼皮底下了，才如梦初醒的样子，说："哎呀，市长您来了，我只顾讲规划的事了，没注意您进来。"

李市长指着桌子上的麻将问："乡镇规划和麻将有关系吗？"

刘发笑着说"本来没关系，可我们乡开展一项改革，不准公务人员打

手机也烫手

□ 刘六良

小孙在路上拾到一个手机，看起来还挺高档。他想等失主打电话来，就把手机还回去。

果然，不一会儿就有电话打过来，正是手机失主，小孙和失主约好了在附近的公园门口碰面，物归原主。失主小心翼翼地问："你要多少酬谢金？"小孙笑着说："不用了。"失

主犹豫了一下，疑惑地说："不要钱？那……那好吧，我一会儿就到。"

于是，小孙急忙赶到公园。只见门口有一个高个子和一个矮个子，正拦着路人问，是不是来送手机的。那路人也不知怎么回事，面带惊恐，连连摆手说不是。

小孙的心"咯噔"一下，暗叫不

麻将，这不我就把麻将没收了，可放着也是放着，正好可以摆一个实物地图，便于讲解，也便于理解。"

李市长觉得新鲜，让刘发继续讲。刘发真不愧是江湖高手，又一阵口若悬河："市长，您看，这东南西北风象征地理位置，这红中代表中学，这发财代表商业区，而这白板呢，就代表居民区……"突然，李市长打断他的话问："你的规划确实不错，可这么好的规划你打算怎么招标呢？"

刘发哪里想过这个问题，顿时哑

口无言，秘书小陈见刘发无计可施了，马上拿起骰子，往桌子上一投，说："有好几个实力相当的单位在竞争，我们就用这种随机的方式来确定招标对象。"

刘发见骰子的点数和刚才掷的最后一把一样，气愤地指着小陈说："你来看看，我刚才到底抓错牌没有？"

小陈吓得一哆嗦，心说完了，乡长着魔了。

李市长顿时脸色大变，刘发这下傻眼了，再也说不出话来……

好，八成是遇上坏人了，说好了只是要回丢了的手机，干吗还气势汹汹地带个人来，不会是借机敲诈吧？小孙决定看看再说，他悄悄把手机塞到口袋里，准备不搭腔溜过去。可他刚走过这两人身边，口袋里的手机突然响了起来！

原来那矮个子正在拨自己丢掉的手机，听到铃声从小孙的口袋里传出来，他立马放开刚才拦着的人，向小孙冲了过来。

小孙见状，害怕得拔腿就跑，高个子和矮个子一起追上来，很快就将小孙追到了，并把他按倒在地。

矮个子搜出小孙口袋里的手机，愤愤地说："你这个小偷，偷了我的手机还装好人，幸亏我有准备带了人来，怎么，见讹不到钱想跑啊？"

小孙大呼冤枉，拼命地解释，但那两人就是不信，最后数落了小孙一顿，拿着手机走了。小孙又生气又懊恼，他扶着地想爬起来，突然感觉手触到了什么，低头一看，又是一个手机，但不是之前拾到的那个，好像是刚才矮个子拨电话用的手机。不用问，这两人只顾着追小孙，不小心又把另一个手机掉了。

小孙拾起手机，赶紧跑得远远的，边跑边想：那两人肯定还要找这个手机，这次必须让他们挨个给他道歉，才把手机还给他们，自己可不能平白无故被冤枉成小偷啊！

不一会儿，这个手机响了，小孙刚喂了一声，对方就气呼呼地骂开了："好你个小偷，趁我们拿回那个手机的空，你居然又偷了这个手机！别得意，你跑不了的，我这就去报案，你等着警察来抓你吧！"

小孙不慌不忙地答道："你尽管去报吧，幸好我刚才打开了自己手机的摄像头，把整个过程都拍了下来，你们就等着在警察面前向我道歉吧！"

让好故事伴随你的一生

为了让更多的读者走进好故事，阅读好故事，欣赏好故事，珍藏好故事，传播好故事，我们特编选了一套"故事会5元精品系列"以飨之。相信这些颇具艺术感染力的有恒久趣味的故事作品，对今天的读者仍具有启迪作用。